Triggerwarnung

Dieses Buch enthält Elemente und fiktive Ereignisse mit möglichem Auslösereiz. Für eine Liste davon blättere bitte zur letzten Seite.

WREADERS

Über die Autorin

Nina E. Christ, geboren 1995, verfiel dem geschriebenen Wort, noch bevor sie das Lesen lernte, zeichnete ihre »Romane« und ließ andere für sie schreiben. Sehr zur Erleichterung ihrer Familie entfloh sie später allein in fantastische Welten, und nicht selten schrieb sie – nur aus Vergnügung – Fortsetzungen ihrer liebsten Bücher. Auch eigene Geschichten schrieb sie mit Eifer, bis sie sich schließlich dazu entschied, ihre Leidenschaft zu ihrem Beruf zu machen. Mit ihrem Germanistik und Kunstgeschichte Studium erfüllt sie sich diesen Traum und möchte andere an ihren Welten teilhaben lassen.

NINA ELISABETH CHRIST

STADT DER TOTEN

Chroniken der letzten Stadt

WREADERS

WREADERS TASCHENBUCH
Band 205

Dieser Titel ist auch als E-Book erschienen

Vollständige Taschenbuchausgabe

Verlagsleitung: Lena Weinert
Druck: BoD – Books on Demand, Norderstedt
Umschlaggestaltung: Miriam Schwardt
Lektorat: Melanie Graff, Hannah Dornseiff
Satz: Elci J. Sagittarius
Kartenillustration: Ollosaurus (twitter.com/Ollosaurus)

www.wreaders.de

ISBN: 978-3-96733-400-5

Für all jene, die kämpfen.

Wofür möchtest du
kämpfen?
Deine Nina

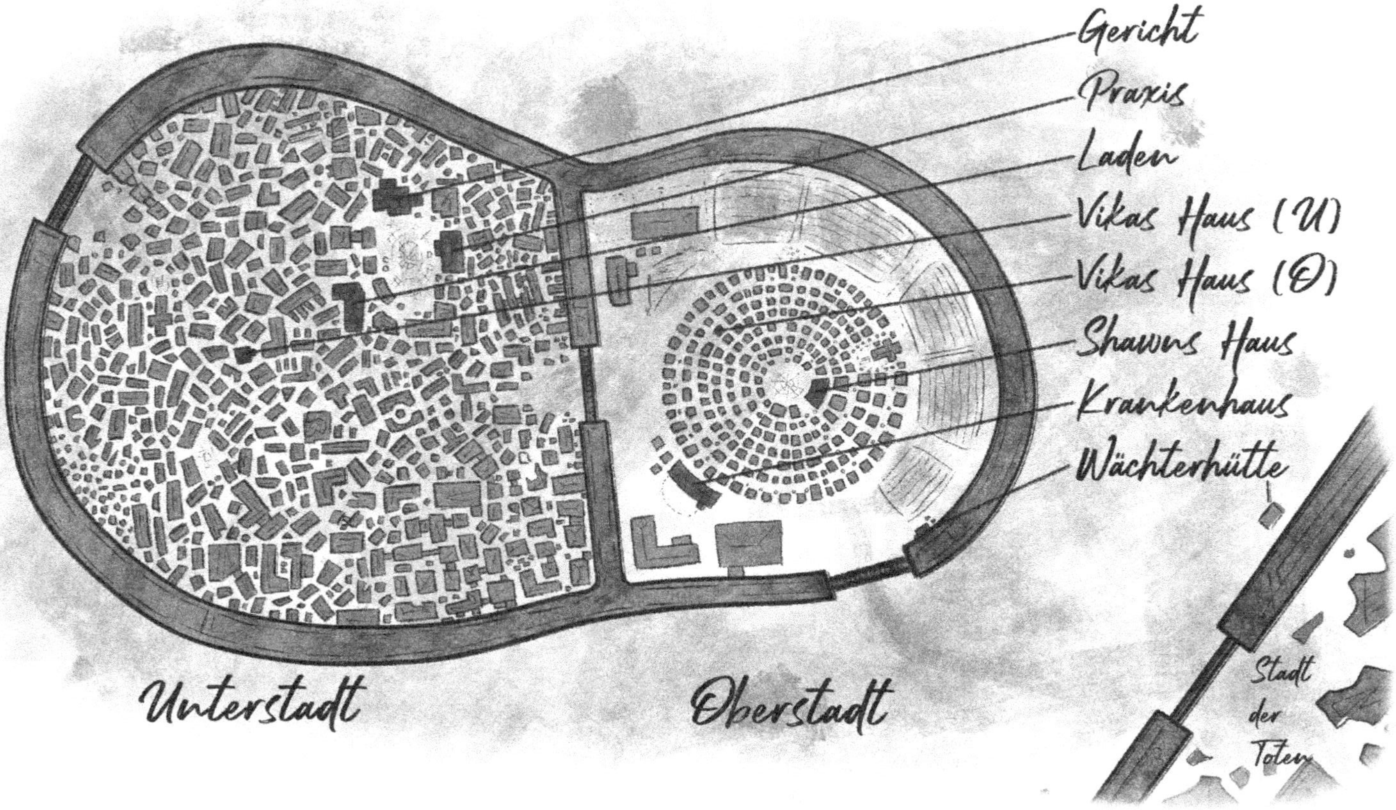
Gericht
Praxis
Laden
Vikas Haus (U)
Vikas Haus (O)
Shawns Haus
Krankenhaus
Wächterhütte
Unterstadt
Oberstadt
Stadt der Toten

WREADERS

Prolog

Der Mond schien hell und grausam auf ihn nieder. Als würde er ihn verhöhnen. Ein kaltes Licht wollte ihm weismachen, wer er war. Was er war.

Der leichte Wind spielte mit seinem Haar, doch selbst die feinen Spitzen, die ihn kitzelten, störten ihn nicht.

Ein tiefer Seufzer drang aus seinem Inneren hervor, rumorte in seiner Brust, donnerte und entkam seinen Lippen als heiseres Knurren.

Er wandte seinen eisigen Blick von seinem stillen Beobachter ab.

Vor ihm lag sie.

Die graue und einsame Stadt. Die Ruine.

Langsam ging er voran, doch seine Schritte erzeugten kein Geräusch, zu dicht war der unnatürliche Teppich unter seinen Füßen. Um ihn herum ragten die zertrümmerten Steine der Gräber empor. Die meisten waren überwuchert von kranken Pflanzen. Sterbend und wunderschön klammerten sie sich an die kalten Steine.

Er musterte die zerklüfteten Brocken oder die verschlungenen Kurven der Einkerbungen. Was es zu bedeuten hatte, war ihm entfallen, doch diese wurden nicht von der Zeit begraben. Aber was wusste ein Ding wie er schon?

Er konnte kaum den Blick abwenden, doch als ihn sein animalischer Instinkt dazu trieb, auf die Jagd zu gehen, konnte er sich losreißen.

Er schlich durch die Stadt. Den Friedhof. Es war dasselbe.

Weit in der Ferne war das Tor zu sehen. Das große, eiserne Tor, das sich nie öffnete. Es würde ihn nie frei lassen. Freiheit. Er wusste nicht, was das bedeutete.

Doch vielleicht würde er diesmal …

Langsam wankte er darauf zu. Er hatte es nicht eilig.

Sein Ziel erreichte er schnell genug. Wenn er den Kopf in den Nacken legte, konnte er die geschwungene Spitze mit der geteilten Blüte sehen. Dort würde sich das Tor spalten. Die Pfeiler, die das Gitter bildeten, waren verstärkt von Ranken. Dornen und kleine Blüten zierten sie. In der Mitte küssten sich zwei Schwäne. Ihre Flügel waren aufgeregt entfaltet, als würden sie sich am liebsten um den Hals fallen wollen. Auf ihren Köpfen schwangen sich Federn wie Kronen entlang, ihre Körper waren mit zierlichen metallenen Federn geschmückt.

Die Schönheit der Handwerkskunst konnte sein leeres Herz nicht berühren. Wieso musste ein Tor schön aussehen, wenn es den Tod bewachte?

Vorsichtig, so glaubte er zumindest, streckte er eine Hand nach dem Hals des rechten Schwanes aus. Er wollte über den Bogen streichen, die Klinke erfassen und das Tor aufstoßen.

Ungebremst rammte sich seine Hand gegen das Tor, etwas knackte, aber er spürte keinen Schmerz. In wenigen Sekunden würde er wieder jeden Finger bewegen können. Rote Spuren zeichneten den Schwanenhals.

Wieder knurrte er, sein Bauch vibrierte, Hunger und Hass stiegen in ihm empor und krümmten seinen geschundenen Körper. Er wollte vergessen, wollte sich vergessen, er wollte sein Gefängnis sprengen, diejenigen zur Rechenschaft ziehen, die ihn einsperrten.

Aber er wusste nicht mehr, wer das war. Er würde sie alle umbringen.

Hinter dem Tor regte sich etwas.

Sofort waren seine Sinne geschärft. Er witterte. Eine Gestalt stand dort, komplett in Schwarz gehüllt. Eine spiegelnde Maske - war es wirklich eine Maske? - verdeckte sein Gesicht. Ein Monster. Nein, er selbst war das Monster.

Der Wächter erzitterte, seine kleine Gestalt würde zerbrechen, wenn seine Kleidung ihn nicht zusammenhalten würde. Ein Wimmern drang an sein Gehör.

Er erkannte den Wächter, obwohl er nie sein Gesicht gesehen hatte. Es gab noch welche. Dieser Kleine wurde meist von einem roten Teufel begleitet, einem Mann, dessen Kopf brannte, was er nur mit seinem Helm löschen konnte.

Oft stand das Monster dort und spürte den Wunsch in sich brennen, diese Stadt, diesen Friedhof zu verlassen. Doch er wusste, er konnte nicht. Er hörte nur zu, wie die Wächter sprachen.

Meist redeten sie über ihn. Und über die anderen. Schaurige Geschichten, bei denen manche Wächter daran zweifelten, ob sie nicht lieber in den Tod gegangen wären, als vor der Stadt der Toten zu dienen. Viele von ihnen kamen wirklich nie wieder.

Doch der Teufel kam schon lange, weilte eine Zeit und verschwand erneut, nur um immer wiederzukehren. Der eine, der genauso herzlos war wie er selbst.

Der kleine Mann stapfte ein wenig auf der Stelle, trotz seiner dicken Kleidung schien er zu frieren. Zumindest erschauderte er. Kein Wunder. Der Tod beobachtete ihn.

Und er wollte raus.

Das Mahlen von Zähnen, das Schleifen von Körpern, das rasselnde Atmen längst verstorbener Lungen erfüllte langsam die Nacht. Eine weitere, grausame Nacht.

Die Gestalt auf der anderen Seite des Tores drehte sich vorsichtig um. Ein Schrei zerriss die Nacht.

Dann stürzte sich der Tod mit seinen unendlichen Körpern gegen das eiserne Tor.

Kapitel 1.

Das kreischende Schrillen meines Weckers zerriss die Leere meines Zimmers, doch blieb sein Zweck unerfüllt. Ich saß bereits wach im Bett, hatte die Beine angezogen und die Arme darum geschlungen. Mein Blick war auf die Tür geheftet, die mein spärliches Zimmer verschloss. Ich konnte nicht fort sehen, als würde sie dann, wenn sie nicht mehr in meinem Blickfeld war, mein Vater öffnen. Und ich würde in seine weißen Augen starren.

Mein Atem entwich stoßweise meinem Mund, mir rann der Schweiß über die Stirn und mein Haaransatz klebte. Ich fuhr mir mit der Hand durch die dunklen Strähnen und versuchte meinen Herzschlag zu beruhigen. Ich musste mich erden, mir bewusst werden, dass es nur noch Erinnerungen waren.

Ich hatte wieder von Dad geträumt.

Wieder und immer wieder. Es war jede Nacht dasselbe. Wenn die Dunkelheit herein brach, umfing mich nicht wohlige Müdigkeit. Es waren Erinnerungen.

Ich wusste es noch genau, dieses Ereignis war in meinem Gedächtnis verankert, als hätte es mir jemand mit einem Brandeisen direkt in mein Gehirn gedrückt. Nie wieder würde ich vergessen können.

Ich war wieder acht Jahre alt, meine vierköpfige Familie war so durchschnittlich, wie man nur sein konnte. Meine Mutter war am Abend früh von ihrer Arbeit heimgekommen und bereitete bereits das Essen zu, als ich Schulschluss hatte. Ich konnte das frische Gemüse riechen, welches sie klein geschnitten hatte und hörte das Wasser auf dem Herd köcheln. Der Duft begrüßte mich, fragte mich nach meinem Schultag und wollte wissen, ob ich hungrig war, noch bevor meine Mutter bemerkt hatte, dass ich das Haus betrat.

Ich hatte beschlossen, dass meine Hausaufgaben bis nach dem Essen warten könnten und meine Tasche hastig im Flur abgestellt. Dann war ich zu meiner Mutter in die Küche gerannt, hatte mir eine Umarmung von ihr stibitzt und ihr dabei geholfen, den Esstisch zu decken. Sie summte immer, während sie kochte, ihr Haar, das meinem so ähnlich war, hatte sie hochgebunden getragen, damit ihr die witzigen Locken nicht die Sicht aus ihren sanftmütigen, klugen Augen versperrten.

Mein Bruder war spät nach Hause gekommen. Er war sechs Jahre älter als ich und fest davon überzeugt, mit seinen vierzehn Jahren schon so gut wie erwachsen zu sein. Obwohl meine Eltern es ihm wiederholt verboten hatten, schlich er sich ab und zu raus, um mit seinen Freunden auf einem nahe gelegenen Spielplatz Mutproben auszutragen.

An diesem Abend schimpfte unsere Mutter erneut mit ihm, allerdings konnte sie ihrem Sohn nie lange böse sein. Sowohl mein Bruder Will als auch ich hatten den großen Hundeblick unseres Vaters geerbt. Er hatte immer im Spaß gesagt, dass es uns ohne diesen Blick niemals gegeben hätte.

Will hatte ein Veilchen geschlagen bekommen und obwohl er felsenfest darauf bestand, dass er einem schwächeren Jungen hatte helfen wollen, war unsere Mutter verstimmt und die Stimmung am Esstisch gedrückt. Mein Vater aß an diesem Abend nicht mit uns. Er war Polizeiinspektor und für eine Nachtschicht eingesetzt.

Will liebte es in der Schule damit angeben zu können, dass unser Vater eine Waffe besaß und Räuber und Mörder jagte. Jedoch fühlte ich mich jedes Mal beklommen, wenn meine Mutter besorgt den leeren Sitzplatz meines Dads betrachtete.

Nachdem wir gegessen hatten, sollte mein Bruder meiner Mutter in der Küche helfen und ich durfte mich meinen Hausaufgaben widmen.

Ich wusste immer noch die Seitenzahlen in meinem Lehrbuch. Ich hatte endlich Multiplizieren und Dividieren gelernt. Damals hatte ich es nochmal *nehmen* und *Teilen* genannt. Wenn mein Vater mir bei meinen Aufgaben geholfen hatte, hatte er immer geschmunzelt. Als wäre er stolz darauf, wie klug ich doch wurde und gleichzeitig traurig, dass ich irgendwann selbstständig werden würde. Er wusste ja nicht, dass er sich irrte.

Ich hatte meine Mutter meine Aufgaben kontrollieren lassen müssen und lag nur wenig später wach im Bett. Ich vermisste meinen Vater. So war es immer.

Ich lag wach und meine kindliche Fantasie erbaute Bilder vor meinem inneren Auge. Dort musste sich mein Vater Männern mit Kapuzenumhängen stellen, die monströse Waffen trugen und damit den kompletten Asphalt sprengen konnten. Manchmal kämpfte er sogar gegen Drachen. Dann winselte ich so leise, dass es niemand hören konnte und musste mein Nachtlicht anstellen, bis er nach Hause kam und mich beschützend in seine Arme zog.

Dass er eigentlich schon längst hätte daheim sein sollen, war mir in diesem Moment nicht klar.

Auch in dieser Nacht lag ich lange wach und musterte mein graues Kinderzimmer. Wenn die Jalousien offen waren und die Sonne hindurch schien, konnte man meine himmelblauen Wände und die weißen Möbel erkennen. An meinem Fußende hatte eine Kiste gestanden, in denen ich Puppen und Kuscheltiere aufbewahrt hatte. Meine Liebsten saßen oben drauf, nur mein blauer Stoffhund mit den Knopfaugen, den meine Mutter während der Schwangerschaft selbst genäht hatte, durfte bei mir im Bett schlafen.

Auf meinem Boden hatte ich ein Chaos hinterlassen, das ich in den nächsten Tagen hätte aufräumen müssen. In der Dunkelheit wirkten die Spielfiguren wie kleine Steinsäulen, die stumm darauf warteten, dass ich ihnen wieder Leben einhauchte.

Irgendwann musste ich über meine Grübeleien hinweg eingeschlafen sein, denn ich wusste nur noch, dass ich wegen eines Geräuschs im Flur aufschreckte. Der Schlaf entließ mich nur langsam aus seinen Fängen, meine Ohren fühlten sich immer noch so an, als seien sie mit Watte verstopft. Die ganze Welt war dumpf und verschwommen.

Meine Zimmertür hatte einen Spalt breit offen gestanden, um meinen Vater willkommen zu heißen, sobald er heimkam, und in dem Lichtkegel, der meine kleinen Statuen beleuchtete, tauchte eine Gestalt auf. Sie stöhnte, als hätte sie starke Schmerzen, ein Knurren war zu hören, schmatzende Geräusche, als wüsste die Person nicht, welche Laute sie ausstoßen musste, um mit mir zu kommunizieren.

Mir wurde schlagartig eiskalt.

»Daddy?« hatte ich verängstigt geflüstert. Den blonden Haarschopf hatte ich sofort im Licht erkannt.

Er röchelte zur Antwort als hätte sich ein Loch in seiner Kehle aufgetan. Er versuchte sich gerade hinzustellen, hielt sich im Türrahmen fest und wankte voran. Er fegte ein paar Fotos von meiner Kommode und das Foto meines ersten Familienurlaubes zerbarst in einem Meer aus Scherben. Sobald mein Vater nur noch wenige Schritte von mir entfernt stand, stieg mir ein fürchterlicher Gestank in die Nase. Ein Geruch, der von da an allgegenwärtig werden sollte. Es stank nach Verwesung und Tod, doch damals rief er nur das Bild unseres Bioabfalleimers hervor, in dem eine besonders große Menge Fleisch vor sich hin schimmelte.

Meine Augen fingen an zu tränen und der Geruch stach mir in der Nase. Aber ich war mir nicht mehr sicher, ob die Tränen nicht auch vor Angst kullerten.

Meinen Vater hatte man früher immer als autoritär oder respektvoll beschrieben. Ich konnte die Wörter weder verstehen, noch aussprechen, aber ich hatte immer die Ehrfurcht gespürt, die andere ihm entgegenbrachten. Als Polizist war er sportlich, obendrein war er überaus groß, besaß breite Schultern und einen stählernen Blick. Auch wenn wir dieselben Augen besaßen, wusste ich genau, dass meine niemals so unerbittlich und kalt wirken konnten wie seine.

Doch diese bedrohliche Haltung hatte ich noch nie bei ihm gesehen. Natürlich hatte er stets versucht seine kleine Prinzessin zu schützen. Wenn er verwundet worden war, achtete er stets penibel darauf, dass ich niemals seine Verletzungen sah und wenn doch, spielte er sie herunter, als hätte er sich lediglich an dem Papier seiner Unterlagen geschnitten. Vor mir hatte er sich niemals aufgebaut wie ein wütender Bär, selbst wenn er mit mir schimpfen wollte. Doch genau diese Haltung hatte er in der Nacht angenommen.

Mit pfeifenden Geräuschen kam er noch näher, seine Schultern bebten, sein Kopf schlenkerte leicht von einer Seite zur anderen. Seine Schritte waren schwer und er stolperte über die Kante meines Teppichs.

Ein metallischer Geruch paarte sich mit dem Abfallgeruch und im Lichtschein glänzte mein Boden bräunlich. Das Blut hatte seine Uniform verklebt, an seinem Hals pulsierte es in der großen Wunde. Als ich ihn von der Seite sah, wurde das große Loch beschienen, die Strahlen bildeten an den Hautfetzen einen hellen Kranz, als würden sie mich verhöhnen, als würden sie mir zurufen, dass mein unbesiegbarer Vater seinen Meister gefunden hatte.

Er hatte langsam seine rissigen Finger nach mir ausgestreckt. Ihm hatte sein Schuh gefehlt, ein merkwürdiges Detail, das ich dennoch nicht vergessen konnte. Das Holster an seinem Gürtel war ebenfalls leer.

Langsam hatte er seinen Kopf gehoben und mich angesehen, mit großen, weißen Augen. Er hatte gesabbert und die kleinen Rinnsale, die aus seinem Mund flossen, hatten ein wenig des getrockneten Blutes weggewischt.

Noch nie hatte mein Herz so kräftig geschlagen, wie ein gepeinigter Vogel, der seinem Käfig entkommen wollte.

Er hatte mich noch nicht ganz erreicht, da fing ich schon an zu schreien. Ich weinte, rief um Hilfe und flehte meinen Vater an mir nicht länger Angst einzujagen.

Unbeirrt war er weiter auf mich zu gekrochen, hatte die kleinen Figuren auf meinem Teppich umgeschubst. Auf eine kleine Katze aus festem Gummi war er getreten, aber er lief einfach weiter und das Brechen der kleinen Katzengelenke jagte mir kalte Schauer den Rücken hinab.

Plötzlich sprang er nach vorne, seine blinden Augen waren weit aufgerissen, stierten mich an, fixierten mich. Er hatte seine Hände zu Klauen verformt, damit auf mich eingeschlagen und versucht mich aus meiner dicken Decke zu zerren. Diese hatte ich laut heulend über mich gezogen, gnädigerweise vernebelten meine Tränen meine Sicht so stark, dass ich nicht länger den animalischen Ausdruck in seinem Gesicht sehen konnte.

Seine Schreie klingelten mir immer noch in den Ohren, wütend und bellend, als würde ich gegen einen Wolf ankämpfen.

Ein stechender Schmerz hatte mich durchzuckt, mein Körper war heiß und klebrig geworden. Mein Herz hatte so schnell geschlagen, dass mir das Blut in den Ohren gerauscht hatte und ich bewegungsunfähig unter der Bestie lag, die ich doch eigentlich hätte kennen müssen.

Er hatte mich tief in die Matratze gedrückt und versucht mit seinen scharfen Zähnen an meine Kehle zu kommen.

Plötzlich ein Knall, ein markerschütterndes Jaulen und er sank auf mir nieder.

Ein letzter Hauch seines fauligen Atems stach mir entgegen, dann rührte er sich nicht mehr. Nie wieder.

»Vika!« hörte ich die Schreie meiner Mutter, die mich unter meinem Vater hervor zog. Ich wollte ihn nicht ansehen, war dankbar dafür, dass meine Mutter ihn gleichzeitig zudeckte, als sie mich aus meinen Kissen zog. Mein Gesicht war klebrig vom dunklen Blut, am Geruch wussten wir beide, dass es nicht Meines war.

Mum hatte die Waffe, die sie in der Hand gehalten hatte, fallen gelassen, ihre Mündung hatte noch geraucht. Es musste die Dienstwaffe ihres Mannes gewesen sein, die er im Flur verloren hatte.

Noch während sie mich in ihre Arme gezogen und mein blutiges Gesicht in ihr pastellgelbes Nachtkleid gedrückt hatte, fiel mein Blick auf die Kopfseite meines Bettes. Blut war an den Wänden hinauf gespritzt, fast hatte ich mir einbilden können, dass ein Künstler in mein Zimmer eingebrochen war und einen Farbtopf mit Purpurrot gegen meine Wand gespritzt hatte. Doch kleine Klumpen hatten sich darin verfangen, weiße Stücke, die wie gebrochene Knochen aussahen, Glibber, über den ich nicht näher hatte nachdenken wollen.

Heiße Tränen wuschen meine Wangen rein, doch gleichzeitig brannten sie den Anblick für immer in mein Gedächtnis. Ich würde es niemals loswerden.

Man könnte fast meinen, ich hätte mich daran gewöhnt, jede Nacht denselben Traum zu durchleben. Dennoch lag ich in der Nacht wach und lauschte den Schritten auf dem Flur. Spürte wie mir das Herz im Halse schlug, sollten sie näher an mein Zimmer kommen.

Es klopfte an meiner Tür und ohne eine Antwort abzuwarten, kam meine Mutter herein.

Sie sah so alt aus.

Vor besagter Nacht war sie eine schöne und lebensfrohe Frau gewesen. Impulsiv, immer am Lachen und mit Grübchen tief wie Schluchten vom Lächeln. Die Liebe zu meinem Vater hatte sie strahlen lassen, ließ sie alterslos wirken, als wären sie beide Unsterbliche, die durch die Zeit wandelten, einzig am Leben, weil sie einander hatten.

Sie war damals groß gewesen, schlank und jede Kurve saß an der richtigen Stelle. Ihr blondes Haar hatte sie in einem frechen, gelockten Bob getragen, der ihr Gesicht umspielte. Mit ihren großen, grünen Augen, die spitz zur Nase zuliefen, hatte sie wie eine Katze gewirkt. Stets blitzte das Leben in ihnen auf und selbst wenn sie nicht mit ihren vollen Lippen gelächelt hatte, waren die kleinen Kuhlen ihrer Grübchen zu erkennen gewesen.

Heute war sie ein Schatten ihrer selbst. Das Lachen war aus ihrem Leben gewichen, die Grübchen, die so charmant gewirkt hatten, waren eingefallenen Wangen gewichen. Ihre Augen waren farblos geworden. Heute wirkten sie eher wie ein fahles Grau. Ihre Haltung war bucklig, als hätte jemand jede Luft aus ihr entweichen lassen.

Ihre Haare hatte sie seit Jahren nicht mehr geschnitten, wie ein Umhang lagen sie matt und ohne jegliche Sprungkraft um ihre dürre Gestalt.

Trotzdem konnte man unter ihrer kläglichen Fassade immer noch die Frau erahnen, die sie einst gewesen war.

Mit schweren Schritten wankte sie zu mir und setzte sich auf die Bettkante.

»Mein Schatz, du hast geweint. Hast du schlecht geträumt?« flüsterte sie mit schwacher Stimme.

Ich nickte und sah hinunter auf meine Hände, die den Saum meiner Decke kneteten.

»Ich habe von Dad geträumt. Als er –«

Ich musste nicht weitersprechen, sie wusste, was mich jede Nacht schreien ließ. Auch sie hatte seit Jahren keine ruhige Nacht mehr gehabt.

Aufmunternde Worte fand sie keine für mich, denn die gab es nicht. Stattdessen nahm sie mich in ihre dürren Arme und streichelte über meinen zerwühlten Haarschopf.

Aus meiner Trance langsam erwachend, hob auch ich die Arme und legte sie um die schmächtige, traurige Frau. Ich wünschte mir so sehr, ihr helfen zu können, wirklich helfen zu können, aber wie sollte man jemanden aufmuntern, der die Liebe seines Lebens erschossen hatte?

Es war wohl natürlich, dass mich Schuldgefühle und Selbstzweifel plagten. Denn hätte mein Dad mich nicht angegriffen, hätte meine Mutter niemals seine Waffe auf ihn richten müssen. Sie hatte binnen weniger Sekunden entscheiden müssen, welches Leben rettenswert war.

Natürlich wussten wir beide, dass sie die richtige Entscheidung getroffen hatte. Die leere Hülle, die einst mein Vater gewesen war und eine Bestie in sich aufgenommen hatte, hatte in dem sauberen Schuss seine Erlösung finden können. Mein Vater war stets ein stolzer Mann gewesen. Hätte seine Seele gewusst, was aus ihm werden würde, hätte ihn diese Erkenntnis gefoltert. Aber seine Seele steckte damals bereits nicht mehr in ihm.

Nie hätte mein Vater zurückkehren können, das wussten wir.

So viele hatten uns in dieser Nacht verlassen.

»Na komm«, holte Mum mich erneut aus meinen düsteren Gedanken. »Du musst dich fertig machen, sonst kommst du noch zu spät.«

Sie stand wieder auf, strich mir noch einmal durch das Haar und verließ wieder mein kleines, dunkles Zimmer.

Natürlich hatten wir umziehen müssen, nachdem Dad tot war und die Stadt gebrannt hatte, hatte sich alles, was mir lieb und vertraut gewesen war, in eine kalte, leblose Welt verwandelt. Wir waren fortgezogen. Zumindest hatten wir es Umzug genannt. Jeder wusste, dass es eine Flucht war.

So vieles hatte sich in dieser Nacht verändert.

Ich schritt zu meinem Kleiderstapel, den ich auf einem Stuhl gelagert hatte. Die hinteren Beine des Stuhls drohten bereits einzubrechen, weshalb er an der Wand lehnen musste. Ich suchte mir eine alte Jeans heraus, die ich mir mit Mum teilen musste, eine blaue Bluse und Unterwäsche. Ich ging in das kleine Bad mit der halb ausgehängten Tür und versuchte dabei nicht auf die Diele zu treten, die so angsteinflößend knarrte, dass ich jedes Mal befürchtete, durch den Boden zu brechen.

Die Dusche war eiskalt. Aber wir hatten nicht genügend Geld, um die Heizkosten zu bezahlen. Die Notfallgeneratoren, die uns versorgten, liefen auf Hochtouren und Strom war kostbar. Mum sagte immer, wir könnten von Glück reden, dass wir überhaupt etwas hatten.

Wie tausende kleine Nadelspitzen prasselte das Wasser auf meine Schultern hinab. Ich reckte dem Strahl mein Gesicht entgegen. Hoffte, dass er meine düsteren Gedanken in winzige kleine Schneeflocken verwandeln würde, die durch meinen Kopf wirbeln und mich dann verlassen würden. So war es immer.

Schnell wusch ich mich und stieg wieder aus der Dusche. Ich wickelte mich in ein altes, klammes Handtuch und begann dann meine langen, honigfarbenen Haare zu trocknen.

Hastig zog ich meine Klamotten an und massierte mir die Haare trocken. Ich föhnte sie nie, einerseits war der Strom zu wertvoll, andererseits hatte ich nicht den Luxus, mir einen Fön kaufen zu können. Stattdessen flocht ich mir die honigblonden Wellen zu einem Zopf zusammen und eilte in unsere kleine Küche.

Mum war mittlerweile wieder im Bett, sie brauchte viel Ruhe. Es erleichterte mich, nicht in ihre gebrochenen Augen sehen zu müssen. Sie waren wie Portale in die Vergangenheit, zu dem Moment, der uns beide für immer gefangen hielt, sobald wir einschliefen. Ich musste erwachen. Für uns. Ich hoffte, sie würde heute gut schlafen können.

Mein Bruder war schon lange aufgestanden. Vielleicht war er diese Nacht auch einfach nicht nach Hause gekommen, denn sonst legte er mir immer einen Zettel auf den Tisch, wünschte mir Glück oder entschuldigte sich für sein langes Fortbleiben. Es half nicht gegen meine Sorgen. Die Angst um meinen Bruder saß wie ein Klumpen in meiner Kehle. Wieso hatte er keine Nachricht hinterlassen?

Ich stellte nur einen einzelnen Teller auf den kleinen Holztisch. Das Porzellan war angesprungen und in der Farbe von Wüstensand. Ich säbelte mir eine Scheibe von dem harten Laib von Vorgestern ab. Ich aß sie ohne Belag, gestern hatte ich keine Zeit mehr gehabt, um noch etwas auf dem Markt einzukaufen. Dafür war das überschüssige Geld sofort in meine Notreserve gewandert.

Als ich mein trockenes Mahl hinunter gewürgt hatte, stellte ich meinen Teller in die Spüle und verstaute das Brot wieder. Hoffentlich hielt es noch bis morgen.

Ich schlich an dem Zimmer meiner Mutter vorbei, ihr leises Schnarchen verriet mir, dass sie bereits wieder eingeschlafen war. Ein Glück.

An der Wohnungstür zog ich meine wasserfesten Stiefel an. Sie waren ursprünglich mal olivgrün gewesen, aber nun hatten sie ein dunkles Braun angenommen.

Dann verließ ich die Wohnung.

Das Treppenhaus war erfüllt vom beißenden Gestank nach Urin und nassem Tier.

Instinktiv hielt ich mir die Nase zu und ging die fünf Stockwerke hinab, durch das Treppenhaus, in dem nur in jedem zweiten Stockwerk eine nackte Birne Licht spendete.

Als ich an der Wohnung von Mike Chester vorbeikam, der sich mit dem Handel von Nutztieren über Wasser hielt, drang das Geschrei eines Schweines zu mir herüber.

Es schmerzte meinen ganzen Körper, an die kleinen Räume zu denken, in denen bis zu zehn Tiere gesperrt sein konnten, dürr und verklebt mit ihrem eigenen Kot. Aber für Weiden und Ställe gab es in diesem Teil der Stadt keinen Platz.

Oft hatte ich mir vorgestellt, wie sie zu früheren Zeiten gelebt hätten. Auf frischen Weiden, oder noch besser: frei. Doch dann erinnerte ich mich daran, dass es keine Wildnis mehr gab, nur den Tod.

Draußen war der Gestank nicht besser und ich drängte mich durch die engen, vermüllten Gassen. Von einer Straße konnte man schon lange nicht mehr sprechen, diejenigen, die kein Haus bekommen hatten, lebten unter Decken und Zelten auf dem ehemaligen Bürgersteig.

Schon bei meinem ersten Schritt schmatzten meine Stiefel und blieben in dem Schlamm stecken. Einst waren die Straßen asphaltiert gewesen, doch seitdem niemand mehr die Stadt sauber hielt, hatte sich eine Schmutzschicht über allem gebildet, der gerade Boden war aufgeplatzt.

Der gestrige Regen hatte auch nicht viel geholfen. Vielmehr hatte er einen sauren Geruch in der Luft hinterlassen, der meine Augen zum Brennen brachte.

Der Regen hatte Monate nach dieser verheißungsvollen Nacht angefangen. Man hatte uns bei der Ankunft in der Unterstadt mitgeteilt, dass es an den Chemikalien lag, die man gesprengt hatte, um uns zu schützen. Wir hatten unsere Atmosphäre zerstört und mussten die Konsequenzen tragen, nur die Gebäude boten uns Sicherheit, oder dicke Jacken, die sich nur wenige leisten konnten.

Von der Nacht wusste ich nicht mehr viel. Nur noch, dass alles gebrannt hatte. Flammen hatten jedes Gebäude erfasst, Menschen schrien, wer nicht dem Feuer zum Opfer fiel, wurde ermordet, ausgeweidet und gefressen. Die Luft war erfüllt gewesen von Angst und Schmerzensschreien, dem Dröhnen gewaltiger Maschinen, die Bomben auf die Bevölkerung warfen. Lieber hätten sie uns alle tot gesehen.

Meine Mutter hatte mir danach erklärt, dass die hohe Verschmutzung dieser Nacht das sogenannte Ozonloch weiter aufgerissen hätte. Dadurch kam der Klimawandel, der uns tagtäglich das Leben zerrüttete.

Doch die eigentliche Gefahr hatte sich dennoch ausgebreitet wie ein Parasit.

Irgendwann, dachte ich, *werde ich uns Schutzmasken kaufen können.* Es müsste ja keines der neuen Modelle sein, wie sie die Reichen laut einem Gerücht in ihrem Teil der Stadt trugen. Eine alte Maske würde es auch tun. Nur gut genug, um mir die Gesundheit meiner Lungen zu erhalten. Viele vermuteten, dass wir früh sterben würden, selbst wenn die Mauern hielten, aufgrund unserer Lebensqualität. Und die guten Schutzmaßnamen waren nicht für die Unterstadt bereit gestellt worden. Warum hatte man uns so verlassen?

Ich verwarf diesen Gedanken und machte mich auf den Weg.

Die Straße war überfüllt von schlafenden Körpern und man konnte den Staub des Regens noch in der Luft sehen. Zwischen den ältesten Gebäuden waren auf die Schnelle kleine Holzhütten aufgebaut worden, doch der stetige Regen und der niemals versiegende, feuchte Schlamm hatten das Holz aufgeweicht und morsch werden lassen.

Die Leute, die dort wohnten, hatten es weitaus schlechter als wir und ich fühlte mich automatisch undankbar. Immerhin hatten wir eine kleine Wohnung, in die wir vor dem Regen flüchten konnten, jeder besaß ein eigenes Zimmer und obwohl die Wände von Schimmel befallen waren und im Bad das Fenster fehlte, hatten wir immerhin fließendes Wasser und genügend Strom für den kleinen, hüfthohen Kühlschrank. Damals, als wir die Stadt bevölkert hatten, hatten wir die Wohnung auch nur bekommen, weil Will und ich noch Kinder gewesen waren. Die Zukunft der Menschheit.

Die kahle Sam, eine Frau, die neben unserem Haus in ihrem Deckenlager hauste, hatte hingegen seit zehn Jahren kein klares Wasser mehr gesehen.

Zehn Jahre ...

Ich versuchte nicht darüber nachzudenken. Doch das war schwer.

Zwei Straßen weit musste ich mich durchkämpfen, dann war ich endlich angekommen.

Der Marktplatz war schon lange nicht mehr als solcher zu erkennen. Vierzehn Häuser kesselten ihn ein und bildeten somit den wichtigsten Bereich. Dort gab es Läden für Kleidung, den Gerichtshof, ein Gebäude, in dem ein älteres Ehepaar gemeinsam Gemüse anbaute, das krumm und klein war und schmeckte wie feuchtes Mehl. Auch die Praxis von Doktor Philis stand dort, er behandelte die Blasen, die man sich durch den sauren Regen zuziehen konnte, mehrere hygienebedingte Krankheiten, Brüche und sogar seelischen Schmerz. Aber nur wenn man das Geld hatte. Deswegen gähnte hinter dem Schaufenster mit dem aufgedruckten Heilerkreuz eine dunkle Leere.

Ich selbst arbeitete in einem kleinen Laden, der für Essensrationen und Lebensmittel zuständig war. Da das Haus auf einem kleinen Podest an dem Hang stand, konnte der Schlamm darunter hindurch fließen. Dünne, immer knarrende Dielenbretter führten als Treppe zu der schmalen Veranda und dann durch eine schiefe Tür in den Laden.

Die Glasscheiben der Fenster waren fleckig und mehr schwarz als durchsichtig, dennoch wusste ich genau, wie es innen auszusehen hatte. Regale säumten jeden freien Platz an der Wand, nur die Eingangstür und die zum Hinterzimmer waren frei. Dort stand das Kühlfach, aus dem wir die verderblichen Lebensmittel holten, sobald ein Kunde sie orderte.

Ich wappnete mich für einen weiteren langen Arbeitstag und ging durch die knarrende Tür.

Meine Chefin war ein Hüne. Schon bevor die Epidemie ausbrach, war sie eine farben- und lebensfrohe Gestalt gewesen, und auch jetzt sparte sie regelmäßig ein wenig ihres Geldes, um sich etwas Färbemittel in einem Frisörsalon der Reichen zu bestellen. Momentan trug sie ihre Haare in blauen Dreadlocks. Wenn ich sie darauf ansprach, sagte sie stets, dass sie sich trotz allem wenig Luxus gönnen durfte. Abgesehen davon war Eitelkeit kein Wort, das auf Margo zutraf. Sie überragte meine Gestalt um mindestens drei Köpfe. Als ich sie mal fragte, wie groß sie sei sagte sie nur »über zwei Meter« und ich glaubte es ihr nur zu gern. Die blauen Haare trug sie meist zusammengebunden unter einem korallenfarbigen Kopftuch. Ihre Kurven gingen unter den Muskeln teils verloren. Obwohl sie um die vierzig Jahre alt war, konnte sie sich zwei Getreidesäcke gleichzeitig über die Schulter werfen, während mir schon bei einem die Luft wegblieb. Neben ihr fühlte ich mich noch kleiner und magerer, als ich wohl war. Ich wusste, dass ich für unsere Verhältnisse gut in Form war, vielleicht war ich sogar hübsch. Aber für meine Arbeit war es einerlei.

Doch obwohl Margo mit ihren dunklen Augen und den breiten Schultern angsteinflößend wirken konnte, war sie die mütterlichste Person, die ich seit langem getroffen hatte. Schon ab meinem ersten Tag hatte sie mir eingebläut, sie stets mit ihrem Vornamen anzusprechen, und als hätte sie ein eingebautes Radar, konnte sie Kummer auf hundert Meter Entfernung spüren.

Sie stand bereits an dem hölzernen Tresen, den wir aus ein paar Brettern und zwei leeren Fässern zusammengebastelt hatten. Früher hatte Margo Spielsachen verkauft. Wenn wir gemeinsam Pause machten, erzählte sie mir oft davon. Ihre Augen begannen dann zu funkeln und starrten in die Zeit zurück. Zu dem Zeitpunkt, als sie ausschließlich für ihren Adoptivsohn gelebt hatte. Aber auch sie hatte in dieser Nacht alles verloren.

»Ach Vika. Endlich bist du da. Geh Thomas helfen, er hat sich gestern Abend die Schulter ausgekugelt und kann die Pakete nicht alleine tragen. Und dann trägst du eine Lieferung an die Oberstadt aus«, schnatterte sie los, sobald sie meinen Haarschopf im Türeingang bemerkte. Ich nickte nur und eilte sofort los.

Ich wollte Thomas nicht lange warten lassen, ich wusste aus eigener Erfahrung, wie schmerzhaft eine ausgekugelte Schulter war. Und wie lange man sich damit herumquälen konnte, bis man das nötige Kleingeld besaß, um sie behandeln zu lassen. Es fühlte sich an, als wäre der ganze Körper zerrissen.

Und dennoch musste Thomas zur Arbeit erscheinen. Er lebte alleine und wenn er kein Geld verdiente, dann verhungerte er.

Ich fand ihn hinten im Lagerraum, in dem er mit seinem freien Arm Pakete auf einen kleinen Karren lud, um diesen vor in den Laden zu ziehen. Eigentlich war Thomas ein großer, trainierter Mann mit kurzen leicht ergrauenden Haaren, einem feinen Gesicht und einem komplett tätowierten Arm. Er hatte mal in der Armee gedient, ich glaubte sogar, dass er einen recht hohen Rang erhalten hatte. Nur leider bedeutete das Nichts mehr.

»Komm, ich helfe dir«, murmelte ich und nahm ihm eines der Päckchen ab.

Verwundert sah er zu mir auf. Er war so auf seine Arbeit und seine Schmerzen fixiert gewesen, dass er mich gar nicht gehört hatte.

»Danke«, seufzte er und bewegte seinen gesunden Arm, der bestimmt vor Überlastung total verspannt war.

»Es wäre besser, wenn du früher gehst und noch mal Doktor Philis besuchst«, riet ich ihm. Er schnaubte nur.

»Das wird mir nichts bringen. Der wird mir keine Schmerzmittel verabreichen können, geschweige denn meine Schulter wieder einrenken, dazu bin ich zu pleite und der Geizhals zu gierig. Ich muss den Schmerz einfach aussitzen.«

»Aber das tust du nicht. Du hebst immer noch schwere Ladungen. Am Ende verletzt du dich nur noch mehr.«

Er schmunzelte.

»Ach Vika, guck mich nicht so an mit deinen großen Rehaugen. Es ist lieb, wie du dich um mich kümmern willst, Kleines. Aber ich habe keinen Bruder, der mitverdient.«

Beinahe sagte ich, dass ich den auch nicht hatte, schluckte es aber schnell hinunter. Ich liebte meinen Bruder über alles, aber er hatte sich so sehr verändert. Und mittlerweile spürte ich manchmal die Wut auf ihn hoch kochen. Er ließ mich – seine kleine Schwester, seinen Schützling – viel zu oft alleine. Aber auch auf mich hatte er diese Wirkung, gegen die niemand ankämpfen konnte. So hatte er sich schon aus einigen misslichen Lagen ziehen können, sowohl als Kind als auch gegen Händler. Wenn er mir sein liebevolles Lächeln schenkte, schmolz mein Zorn dahin. Genauso wie ich ihn hasste, war er auch mein Fels, mein Schutz, mein Ein und Alles. Was hatte ich noch außer ihn und Mum?

Trotz meiner Gedanken schwieg ich und versuchte mich in der Arbeit zu verlieren.

Es war bereits dunkel, als ich den Laden verließ.

Mein Zopf hatte sich mittlerweile gelöst und meine Haare waren unordentlich und dreckig. Ich würde heute Nacht wieder viel Pflege in sie investieren müssen. Und in meine Hände. Von den vielen zusätzlichen Kisten, die ich hatte heben müssen, waren sie aufgerissen und kleine Blutstropfen markierten die Stellen, aus denen ich mir Splitter hatte ziehen müssen. Noch dazu konnte ich mir genau vorstellen, wie rot mein Kopf war, das Blut ließ meine Stirn immer noch pochen.

Ich hatte nur noch ein Paket auszuliefern, und zwar in die Oberstadt.

Natürlich würde ich den Sektor der Reichen und Glücklicheren nicht betreten, niemand von uns Unterstädtlern durfte dort hin. Aber ich konnte die Lieferung bei dem Pförtner abgeben, sodass sie morgen mit der Post ausgeliefert wurde. Was Margo an die Oberstadt schickte, wusste ich nicht. Obwohl ich nie hinter das Tor gesehen hatte, stellte ich mir goldene Wege, strahlenden Sonnenschein und pfaubunte Menschen vor. Was sollten diese übernatürlichen Wesen von einer armen und vom Leben gezeichneten Frau wollen? Aber dies war eines der Geheimnisse, die ich Margo lassen wollte.

Erneut kämpfte ich mich durch die engen Gassen zur Mitte unserer Stadt und erreichte das große, eiserne Tor. Es war schief, schlecht verarbeitet und entsprang direkt einem Steampunktraum. Als hätte jemand auf die Schnelle versucht eine Grenze hochzuziehen.

Daneben war in die Steinwand ein kleiner Raum eingelassen mit einer kleinen Holztür. Hinter dem angelaufenen Glas konnte ich gerade noch so das Gesicht des Pförtners ausmachen. Er war alt und glatzköpfig, mit einer krummen Nase, aus der lange Nasenhaare wucherten. Ich verzog unwillkürlich das Gesicht. Vielleicht würde das nächste Mal ja der hübsche Mann da sein. Als der Glatzkopf auch mich entdeckte, schob er die Sichtscheibe beiseite und blaffte mich an.

»Was ist?«

»Eine Lieferung von Margo«, stammelte ich leise und hielt ihm das Paket hin.

Er entriss es mir, ohne ein weiteres Wort zu sagen und schob das Fenster wieder zu. Verdattert blieb ich stehen, sein Kollege richtete meist noch ein liebes Wort an mich, doch er rief mir nur mit gedämpfter Stimme zu: »Verzieh dich, Mädel, du hast hier nichts mehr verloren. Das Paket wird schon ankommen.«

Seufzend wandte ich mich ab und lief wieder zurück.

Liebend gern hätte ich einen Blick hinter das Tor geworfen. Ich kannte nur Geschichten. Manche waren genauso unrealistisch wie meine Vorstellung von vergoldeten Straßen, aber andere behaupteten, dort gäbe es frisches Gras und die Menschen könnten Einkaufen gehen, ohne auf den Preis achten zu müssen.

Aber ich würde niemals dorthin kommen, um mir selbst ein Bild zu machen.

Als ich endlich zu Hause angekommen war, trat ich meine dreckigen, alten Stiefel von mir und wollte mich am liebsten sofort aus meinen Klamotten schälen. Stattdessen beherrschte ich mich und holte die Lebensmittel aus meinen Jeanstaschen, die ich bei Margo gekauft hatte. Leider war meine Beute spärlich, lediglich ein Stück Käse und Butter. Ich hatte zwar genügend verdient, um mehr zu kaufen, aber ich hatte mir geschworen immer die Hälfte meines Gehaltes zu sparen. Für Notfälle.

Die wenigen Münzen steckten in meiner anderen Hosentasche.

Ich trottete in die Küche und stellte drei Teller bereit. Auf jeden legte ich eine Scheibe Brot und ein Stück des Käses. Die Brotscheiben beschmierte ich mit Butter, dann stelle ich einen der Teller in den Kühlschrank. Mein Bruder würde heute wahrscheinlich nicht pünktlich nach Hause kommen.

Die anderen beiden Teller trug ich in das Zimmer meiner Mutter. Sie lag zusammengesunken in ihrem Bett und schlief immer noch. Ich wollte sie nicht wecken, aber mittlerweile war ihr Zustand so schlecht, dass man sie zum Essen zwingen musste. Ich stellte die Teller ab und rüttelte sie vorsichtig wach.

»Mum? Ich habe dir was zu essen gemacht«, murmelte ich besänftigend.

Sie hob den Kopf aus dem Kissen und sah müde zu mir auf.

»Ich habe keinen Hunger. Iss du lieber, du brauchst es.«

»Ach sag doch so etwas nicht. Ich habe ja auch was und Margo hat mich heute einen Apfel essen lassen. Einen ganzen Apfel«, prahlte ich.

Üblicherweise erheiterte sie das und auch jetzt lächelte sie mich müde an.

»Na komm. Hier.«

Ich reichte ihr den Teller. Langsam fing sie an zu essen und auch ich wandte mich meinem Mahl zu. Gierig schlang ich mein Brot hinunter und es kostete mich viel Überwindung, nicht sofort in die Küche zu laufen und auch den Anteil meines Bruders zu essen. Auf Mums Teller sammelten sich hingegen Reste. Ich wusste, dass sie noch nicht satt sein konnte, aber sie war felsenfest davon überzeugt. Liebevoll strich ich ihr über die Haare.

»Schlaf wieder, Mum. Ich muss duschen, ich rieche wie eine Tiertoilette«, witzelte ich und stand auf.

Die kalte Dusche tat mir gut, vor allem auf meinen schmerzenden Muskeln. Trotzdem durfte ich nicht länger unter dem Strahl stehen als wirklich notwendig.

Das Wasser tat gut auf meinem unversehrten Körper. Immerhin mied ich den sauren Regen so gut ich konnte und meine Haut blieb, abgesehen von den Schwielen an meinen Händen, weich und zart. Ich bekam nur selten die Sonne zu sehen, manchmal brach sie durch die dichte Wolkendecke.

Nur vier Narben zierten mich. Lange Striemen, die sich über mein Dekolleté zogen, lang und schmal, eine letzte Erinnerung.

Sie stammten von meinem Vater, als er sich vor zehn Jahren auf mich gestürzt und versucht hatte mich umzubringen. Hätte ich danach nicht sofort die Decke über mich gezogen, hätte er seine Zähne in mein Gesicht geschlagen und nicht in den weichen Stoff. Dann hätte es mich nicht mehr gegeben. Zumindest nicht so.

Ich hatte Glück gehabt. Kaum jemand überlebte einen Angriff, ein Biss hätte mich für immer verändert. Aber mein Blut war noch rein.

Plötzlich klopfte jemand an die Tür. Erschrocken fuhr ich zusammen und wirbelte herum, meine Hände suchten automatisch nach meinen Klamotten.

»Mum?« fragte ich.

»Nein, Rapunzel, ich bin's«, ertönte eine fröhliche, samtige Männerstimme.

Erleichtert atmete ich auf. Der Schreck war sofort vergessen und Verärgerung trat an seine Stelle.

»Na warte«, drohte ich verspielt durch die geschlossene Tür, »gleich komme ich raus und dann habe ich ein Hühnchen mit dir zu rupfen.«

Schnell schlüpfte ich in meinen dünnen Schlafanzug und kam aus dem Bad raus.

Mein Bruder lehnte lässig an der Wand mir gegenüber und grinste mich breit an.

Er sah furchtbar aus.

Um jedes seiner schwarzen Augen herum hatte er blaue Flecken, seine Lippe war aufgeplatzt und ich war mir sicher, dass es ihm weh tat, damit zu grinsen, er es aber nicht zeigen wollte. Auch hielt er einen seiner Arme mit der anderen Hand fest. Sein braunes, fast schwarzes Haar, ein Erbstück unseres Großvaters, trug er lang genug, sodass ihm die Ponyfransen stets in den Augen hingen. In seinem Nacken hatte er die etwas längeren Haare zu einem kleinen Zopf zusammengebunden und ich meinte zu erkennen, dass eine rote, nun getrocknete Flüssigkeit, die widerspenstigen Strähnen an seiner Schläfe festgeklebt hatte.

»Was hast du wieder angestellt? Mit wem hast du dich geprügelt?« Wie eine strafende Mutter verschränkte ich die Arme vor der Brust und tippte mit dem Fuß mehrmals auf. Es sähe bestimmt eindrucksvoller aus, wenn er nicht gut zwei Meter groß wäre und damit dreißig Zentimeter größer als ich. So musste ich den Kopf unangenehm in den Nacken legen.

Trotzdem duckte er sich ein wenig zusammen und sein schelmischer Gesichtsausdruck verschwand. Betroffen drückte er sich von der Wand ab und ließ die Arme baumeln.

»Es musste sein, Zwerg. Wir brauchen ein wenig Extrageld.«

»Wir würden etwas mehr Geld haben, wenn du dir einen normalen Job suchen würdest. Du bist groß und stark, du könntest mit Leichtigkeit einen finden. Und hör auf mich Zwerg, Rapunzel, oder Dornröschen zu nennen, wenn ich böse auf dich bin«, fauchte ich.

»Ach komm schon, Vika, soll ich mich jeden Tag zu Tode schuften für ein Stück Brot? Ich kann jetzt wirklich was erreichen.«

Es war einfach unglaublich. Frustriert rang ich die Hände.

»Will, du kannst nicht jeden Tag dein Leben riskieren, indem du mit deinen Freunden in die Oberstadt einbrichst, um dort die Reichen auszurauben. Du bist nicht Robin Hood.«

Das zauberte ihm wieder ein Lächeln ins Gesicht. Ich war schon immer ein riesiger Fan von Märchen und alten Geschichten gewesen. Meine Bücher, die ich noch aus den Zeiten bevor der großen Wandlung hatte, besaß ich immer noch. Sie waren mein einziger Besitz. Sonst musste ich mehrmals im Monat Wertsachen verkaufen, die wir angehäuft hatten.

Als wir hatten flüchten müssen, hatten wir nicht genügend Zeit gehabt, um in Ruhe zu packen. Aber meine Mutter hatte mir erlaubt, einen kostbaren Schatz mitzunehmen und es waren meine Bücher geworden. Ich würde sie niemals verkaufen. Sie besaßen auch keinen materiellen Wert mehr.

Meine Mutter hatte auch etwas, von dem sie sich niemals trennen wollte. Die Eheringe meiner Eltern hingen an einer dünnen Kette um ihren Hals. Will hatte eine alte Gürtelschnalle von Dad behalten, die aussah wie ein Sheriffstern. Er trug sie jeden Tag.

Aber meine Bücher waren der Grund, warum Will mich stets nach Märchenfiguren benannte. Das erheiterte ihn. Es zauberte etwas Magisches in das düstere Grau unseres Lebens.

»Ich bin zwar nicht Robin Hood«, setzte er an, »aber trotzdem habe ich das hier. Danken kannst du mir später«, witzelte er und reichte mir ein paar Münzen.

»Was hast du diesmal gemacht?«, fragte ich und beobachtete argwöhnisch die Münzen, als könnten sie sich jeden Moment in goldene Spinnen verwandeln und mir über die Hand krabbeln.

»Berufsgeheimnis. Na los. Tu es in dein Versteck. Haben wir noch was zu essen da? Ich verhungere gleich.«

Ohne auf meine Antwort zu warten, schlenderte er in die Küche und stöberte durch den Kühlschrank. Dabei musste er sich auf den Boden knien. Er schnappte sich sein Brot und den Käse, den Mum wohl wieder verstaut hatte, und schlang beides in drei Bissen hinunter. Danach zog er den Laib erneut aus seiner Dose, um sich ein weiteres Brot zu belegen. Ich verdrehte die Augen. Seine kindliche Gier war manchmal wirklich niedlich. Ich verstaute schnell das Geld, zumindest die Hälfte. Den Rest würde ich morgen mitnehmen, damit ich hoffentlich genügend zusammen hatte, um vielleicht eine Brühe kochen zu können. Das würde Mum guttun. Dann setzte ich mich zu Will.

»Mum geht es schlechter«, flüsterte ich bedrückt.

Will hielt mitten im Kauen inne und sah zu mir auf.

»Fie meinst fu fas?«, brachte er zwischen dem Brot und Käse hervor.

»Naja, sie wird immer schwächer. Vielleicht sollten wir sie doch zu Doktor Philis bringen.«

»Dafür haben wir nicht genügend Geld, Rapunzel. Ich weiß, dass du dein Gehalt sparst, aber solange sie keine epileptischen Anfälle bekommt, lange bewusstlos ist oder aus allen Löchern blutet, sollten wir das Geld nicht übereilt ausgeben. Sie ist depressiv. Und das kann ihr niemand verdenken.«

Jetzt wirkte er endlich wie der junge Mann, der er wirklich war. Der Will, den nur ich kannte. Seine Augen hatten den Schalk verloren, er wirkte ernst und erwachsen. Ich wüsste wirklich nicht, was ich seinem Argument entgegenbringen könnte. Er hatte ja Recht, aber trotzdem machte ich mir Sorgen um Mum und wollte nichts unversucht lassen, um ihr zu helfen.

»Weißt du was?«, unterbrach er meine trüben Gedanken. »Du gehst schon mal ins Bett und ich dusche mich schnell. Und dann kuschle ich mich zu dir und lese dir was vor. Wie früher. Was sagst du dazu?«

»Will, wir haben im Moment Wichtigeres zu besprechen. Mum geht es schlecht und ich habe nicht mehr genügend Geld, um die Wasser- und Stromrechnung zu bezahlen. Und die Miete!«

»Und trotzdem können wir heute Abend nichts mehr daran ändern, also sollten wir nicht länger darüber nachdenken. Du kannst dich dazwischen entscheiden, ob du jetzt griesgrämig in deinem Bett liegen willst oder ob du glücklich und zufrieden bei einer schönen Geschichte einschlafen willst. Deine Entscheidung.«

Ich verdrehte die Augen.

»Also?«

»Dann geh jetzt duschen. Ich suche die Geschichte aus«, seufzte ich geschlagen von seinen Argumenten und huschte in mein Zimmer.

Ich war bestimmt schon eingeschlafen, aber der Duft der billigen Seife, der Will begleitete, weckte mich auf. Gerade trocknete er sich mit dem zerschlissenen Handtuch die Haare ab und warf es über die Lehne meines Bettes. In wenigen Schritten war er bei meinem kleinen Regal, auf dem meine Bücher standen. Es waren drei Sammelbände. Das Cover und der Buchrücken waren in gediegenen Farben gehalten und hatten goldene Verzierungen, in denen Märchenfiguren versteckt waren.

Er nahm eines heraus und las auf dem Einband nach, welche Geschichten darin standen. Nicht, weil wir uns über den Inhalt versichern mussten, eher um unsere Motivation anzuregen. Wir kannten beide alle drei Bücher auswendig.

Jetzt bereute ich es, dass ich den ganzen Tag lang so einen Groll gehabt hatte. Er war trotzdem immer noch mein Bruder und in dieser Welt war es nun mal schwer, sich um seine Familie zu kümmern, man musste merkwürdige und verbotene Wege gehen. Und Will tat das alles nur für uns. Für Mum und mich.

Endlich entscheid er sich für den dritten Band und setzte sich zu mir. Er legte einen Arm um mich, damit ich mich an seine Brust kuscheln konnte und bettete das Buch auf seinen Schoß. Mit der freien Hand schlug er es auf.

Offensichtlich hatte er sich für die kleine Meerjungfrau entschieden, ich erkannte es daran, dass auf der linken Seite eine Abbildung von einem Mädchen war, das in einem weißen Nachtkleid an einer Klippe saß und weinte. Unter ihr schäumte das Meer und die Kronen wirkten an einigen Stellen wie tanzende junge Frauen. Das waren ihre Schwestern, die sie dazu aufforderten, ihren geliebten Prinzen umzubringen, damit sie selbst nicht sterben musste.

Mit leiser Stimme fing Will an zu lesen. Ich seufzte glücklich, seine samtweiche, tiefe Stimme vibrierte unter meinem Ohr in seiner Brust und er machte sich sogar einen Spaß daraus, die Stimmen zu verstellen, wenn eine Frau sprach.

Als er endete, schloss er vorsichtig das Buch und sah zu mir herunter.

»Soll ich bei dir bleiben?«, fragte er leise.

Ich schaffte es nur zu nicken, ich war mittlerweile so müde, dass ich nicht mehr sprechen konnte.

»Okay«, murmelte er leise.

Ganz sanft zog er seinen Arm unter meinem Kopf hervor und bettete diesen auf dem durchgelegenen Kissen. Dann stand er auf und schlich über den knarrenden Holzboden zurück zum Regal und stellte das Buch zurück.

Noch einmal kroch die Kälte über meine Wirbelsäule, als er die Decke zurückschlug und sich zu mir legte. Automatisch wurde es warm, als ich seine Brust an meinem Rücken spürte. Dann deckte er uns beide zu und gab mir einen Kuss auf den Haarschopf.

»Schlaf gut, kleine Meerjungfrau.«

Ich nickte nur, aber hätte ich gewusst, was geschehen würde, hätte ich ihm noch einmal gesagt, dass ich ihn liebte.

Kapitel 2.

Als ich am nächsten Morgen aufwachte, war Will bereits verschwunden. Ich seufzte. Das war mir nichts Neues, obwohl ich mir ab und zu wünschte, er würde mehr Zeit bei uns verbringen. In Sicherheit.

Aber ich konnte es ihm nicht ausreden, deswegen stand ich auf und wandte mich meiner morgendlichen Routine zu: Haare pflegen und zusammenbinden, eine schnelle Wäsche und mich darüber freuen, dass mein Brot immer noch gut war. Ich aß ein wenig und sah noch nach Mum. Sie schlief, wie immer, und ich wollte sie nicht wecken.

Leise machte ich mich fertig und trat meinen beschwerlichen Weg zur Arbeit an.

Margo war nicht aufzufinden. Ich musste den Laden selbst aufschließen. Thomas und ich besaßen beide unsere eigenen Schlüssel. Falls jemand ausfiel, konnte man nicht einfach so den Betrieb einstellen, die Menschen wollten versorgt werden und wir mussten Geld verdienen. Ich war unendlich dankbar dafür, so eine vorausschauende Chefin und Freundin zu haben.

Ich war mir sicher, dass Margo gerade selbst eine Lieferung austrug, vielleicht an eine arme Mutter mit fünf kleinen, hungrigen Mäulern. Kinder hatten schon immer ihr Herz erweichen können. Thomas und ich machten uns dennoch oft Sorgen, wenn sie alleine durch die Stadt wanderte. Margo war zwar ein Berg von einem Menschen, mehr Mann als sonst irgendwer, aber auch ihre Kraft würde sich irgendwann dem Ende zuneigen, wenn sie weiter an andere und nie an sich selbst dachte. Gern legten wir eine Überstunde ein, um sie auf ihrem Weg zu begleiten. Dann tatschelte sie uns stets die Schultern, stieß ihr lautes, tiefes Lachen aus und spottete auf ihre unverwechselbare, mütterliche Weise darüber, wie unhöflich und respektlos wir doch seien, sie für so alt und gebrechlich zu halten.

Aber mir blieb keine Zeit zum Grübeln. Egal ob Margo allein oder in Thomas Begleitung unterwegs war, ich musste die Kasse überprüfen, Ware aus dem Lager holen und die Bestellungen sichten.

Gerade als ich die letzten Vorräte in den Verkaufsraum trug, stolperten schon die ersten Kunden in den Laden. Sie verteilten den Schlamm auf den rissigen Dielen und schauten sich unsicher um, als wüssten sie, dass sie sich kaum etwas leisten konnten.

Es war mir schon immer schwer gefallen zu bedienen. Ich sortierte lieber die Waren oder trug schwere Lasten. Ich wollte nicht die Verzweiflung in den Blicken derer erhaschen, die ohne kostbare Nahrung heimkehren mussten. Oft hatte ich Angst, selbst in Tränen auszubrechen. Und stets wünschte ich mir ihnen einfach eine Ration schenken zu können.

An meinem ersten Tag im Laden hatte ich einen kleinen, abgemagerten Jungen getroffen. Er kauerte hinter dem Tresen und beäugte misstrauisch die kleinen Fächer. Hunger und Gier hatten seine Pupillen geweitet und irgendwann hatte ich ihn nicht länger ignorieren können. Ohne über die Konsequenzen nachzudenken, hatte ich mir einen Ring Wurst geschnappt und ein daumendickes Stück abgeschnitten. Noch nie hatte ich solch leuchtende Kinderaugen gesehen, als er mir mit seinen großen Schneidezähnen zugelächelte und selig gegessen hatte.

Margo hatte mich dabei beobachtet und nach meiner Schicht hatte sie mich an meinem Zopf gepackt und zurückgezogen. Erschrocken hatte ich vor ihr gestanden, mein Herz im Hals schlagen gespürt und damit gerechnet, dass sie mich schlug, mich beschuldigte, oder mich vor Gericht führte. Damals hatte ich Margo noch nicht gekannt. Doch sie bestätigte meine Befürchtungen nicht. Lange hatte sie auf mich hinab gestarrt, ihre hellblauen Augen mit den dicken, von Wirbeln durchzogenen Augenbrauen waren unergründlich gewesen. Dann hatte sie geseufzt und gesagt: »Ich weiß, wie du dich fühlst. Auch mir bricht es das Herz. Aber wenn ich keinen Profit mache, bekomme ich keine Lieferungen mehr aus der Oberstadt und dann kann ich zumachen. So ist niemandem geholfen. Du wirst die Ware nicht mehr verschenken, Kleine.«

Danach hatte sie mich in den Arm genommen. Margo hatte von Anfang an ein Gespür dafür gehabt, wenn mir die Tränen kamen. Dankbar hatte ich sie umarmt und über das Leid des kleinen Jungen geweint. Tage später hatte ich gesehen, wie man seinen leblosen Leib aus der Stadt brachte.

Wie jedes Mal, wenn ich die Kundschaft bedienen musste, versuchte ich mein Mitgefühl auszuschalten. Meine Augen mussten blind und tot sein. Mein Verstand, der so gerne abschweifte, durfte nicht überlegen, was die Menschen zu Hause erwartete. Ob sie überhaupt ein Zuhause hatten.

Nach einigen Stunden waren weder Margo noch Thomas aufgetaucht und ich fing an mir Sorgen zu machen.

Gerade bediente ich einen runzligen, alten Mann, den ich schon oft mit Margo hatte sprechen sehen, und ich wagte mich ein Herz zu fassen.

»Sir, wissen Sie etwas von Margo?«

Verwundert blinzelte er zu mir auf.

»Du weißt nicht, wo deine Chefin ist? Sie ist bei Gericht.«

»Gericht? Wieso?« Langsam wurde mir kalt.

Margo könnte doch niemals ein Verbrechen begehen.

»Einer ihrer Angestellten, ich schätze mal der große mit dem bunten Arm, da du hier bist«, er warf mir einen strafenden Blick zu, als wäre ich schuld an dem, was folgen würde, »er hat Doktor Philis bestohlen. Margo ist gerade da, um ihn rauszuhauen.«

Erschrocken zog ich die Luft ein.

Thomas.

Gestern noch hatte ich ihm geraten zum Arzt zu gehen. Er hatte Schmerzmittel gebraucht und eine Behandlung. Bestimmt hatte diese Schlange ihm ohne eine hohe Entlohnung nicht helfen wollen und in seiner Verzweiflung hatte der sanftmütige Thomas etwas mitgehen lassen.

Ich hatte ihn dazu gedrängt.

Ich musste dort hin.

Hastig wechselte ich dem Mann sein Geld, wartete, bis er gegangen war und warf die Münzen unsortiert in den kleinen Kasten, der uns als Kasse diente und versteckte ihn unter der losen Diele, seinem Versteck für die Nacht. Ich verschloss den Laden und rannte, so schnell mich meine Beine durch den tiefen Morast trugen, zu unserem Gerichtshof.

Das Gebäude vor mir war ein kleines, zweistöckiges Haus, das leicht nach rechts geneigt war. Dafür war es eines der wenigen Häuser, in denen niemand lebte und das nur für gesellschaftliche Zwecke genutzt wurde. Selbst Margo und Philis lebten in den engen Wohnungen über ihren Läden, wie jeder andere Verkäufer auch.

Die Tür stand halb offen, die Scharniere waren rostig und quietschten, aber es hätte sowieso niemand die Tür geschlossen; der verbogene Rahmen verhinderte es. Doch niemand wollte sich mit solchen Lappalien aufhalten, niemand würde aus dem Gericht klauen.

Vor der dunklen Tür stand ein Wächter. Das passierte nur, wenn eine Verhandlung im Gang war, ansonsten war jedem der Eintritt gestattet, um sein Anliegen vorzubringen. Als ob das etwas nützen würde.

Mit gespielt sichereren Schritten ging ich auf die Wache zu.

»Ich bin wegen Thomas hier. Er hat gestern –«

»Ich weiß, was er getan hat«, brummte mich der Wächter an und blitzte böse aus seinen blauen Augen auf mich hinab. Er trug eine alte, fleckige Rüstung, die eigentlich nur aus Lederstücken bestand und ihm kaum Schutz bot. Sie diente eher als Uniform. Und bezweckte genau die Wirkung, die sie haben sollte.

Eingeschüchtert trat ich einen Schritt zurück. Der Mann war mir unheimlich und ich durfte ihn nicht verärgern, sonst würde er mich niemals durchlassen.

»Ich muss in seine Anhörung. Ich kann etwas zu seinem Fall sagen. Es könnte ihn entlasten. Bitte, wenn ich sein Leben retten kann, bin ich gewillt es zu versuchen.«

Er lachte.

»Mädchen, bist du heute das erste Mal draußen?«

Angesichts dieser Beleidigung rümpfte ich die Nase. Aber er musste nicht erklären, was er damit meinte. Ein hungriges Maul weniger war jedem recht.

Wut brodelte in meinem Magen und ich hatte das Gefühl, als müsse ich jeden Moment kochende Galle spucken.

»Lass mich einfach durch«, blaffte ich ungehalten und schubste ihn.

»Hey!«, schrie der Wachmann und packte mich am Handgelenk. Ich quietschte, auf einmal nicht mehr so mutig, und versuchte mich zu befreien. Ich wand meine Arme, bis mir die Haut brannte und schaffte es, mich loszureißen und an ihm vorbei in das Gebäude zu entkommen.

Ich hatte keine Zeit, mich umzusehen. Gerne hätte ich gewusst, wie dieses sonderbare Gebäude von innen aussah, wie das Recht unserer Welt gekleidet war, aber mehr als die Erinnerung an bedrückende Enge und den Gestank abgestandener Luft blieb mir nicht.

Vom Ende des engen Ganges her ertönten laute Stimmen und sofort war alles für mich ausgeblendet.

Dort musste ich hin.

Ich stolperte los, ein Poltern hinter mir verriet mir, dass die Wache mich verfolgte. Ich warf mich gegen die Tür. Scheppernd schlug sie auf, haltlos wie eine Flutwelle fiel ich in den Saal.

Es war eigentlich nur ein kleiner Raum. Ich wusste noch von den Geschichten meines Vaters, dass die Räume meist groß gehalten waren, damit genügend Zuschauer, Anwälte, Richter und Geschworene Platz hatten. Nicht jeder der Begriffe sagte mir etwas.

Hier aber saßen nur Margo, die Hände ineinander verkrampft, und Thomas, den Kopf demütig auf die Brust gesenkt, auf einer Bank. Ihnen gegenüber war ein kleines Podest aufgebaut und drei Männer in staubigen Roben thronten über ihnen.

Ich erkannte sofort, dass Thomas verloren war. Weder Margo noch ich konnten ihn retten.

»Was hat das zu bedeuten?«, schnarrte einer der mir unbekannten Männer. Er war groß und dürr, gebeugt wie ein Fischerhaken. Langsam erhob er sich, als könne er so einen besseren Blick auf die Situation erhaschen. Seine weiten Ärmel blähten sich fledermausartig hinter ihm, als er auf mich zukam und seine spinnengleichen Finger nach mir ausstreckte und anklagend auf meine Brust deutete.

»Sie haben hier nichts verloren.«

»I-ich arbeite für Margo und ... Ich wollte nach ihr und Thomas sehen«, stammelte ich und spürte, wie meine Augen zu brennen begannen.

Nein. Ich durfte jetzt nicht weinen.

»Vika, geh wieder raus«, murmelte Thomas leise. Er schenkte mir ein trauriges Lächeln. So tapfer.

»Das haben Sie nicht zu entscheiden«, mischte sich der zweite der drei Richter ein. Es war ein junger Mann, der vielleicht gut ausgesehen hätte mit seinen schwarzen Haaren und großen, grünen Augen. Aber sein verbissener Gesichtsausdruck ließ ihn kalt und raubtierhaft wirken. Die Tatsache, dass er Thomas verurteilen würde – und es fiel nicht zu seinen Gunsten aus, das konnte ich dem hungrigen Blick des Mannes entnehmen – erweckte in mir den Wunsch, ihm vor die Schuhe zu spucken.

Der Jüngere kam nun ebenfalls auf mich zu und streckte einen Arm einladend zur Bank aus.

»Setzen Sie sich doch dazu. Wir sind ohnehin gleich fertig, aber wenn Sie möchten, geben wir ihnen die Illusion, Ihre Worte könnten etwas ändern.« Seine Zähne blitzten auf, als er lächelte.

Zu gerne hätte ich ihn meine Wut spüren lassen, aber ich setzte mich brav neben meinen Kollegen und nahm seine gesunde Hand in meine. Er zuckte nur kurz, drückte sie dann aber.

Ich konnte die Dankbarkeit in ihm spüren. Auch wenn er ein erwachsener Mann und ich ein junges Mädchen war, suchte er Halt bei mir. Ich wusste von seiner Vergangenheit, seiner Zeit, als er in seinem Heimatland der Army gedient hatte. Und wie es ihn verändert hatte. Er war froh, jetzt uns bei sich zu haben. Und ich wollte ihm nur zu gerne beistehen. Bis zum Ende.

»Dann können wir ja fortfahren«, schnaubte der erste Mann. »Mister Hajiivanov, wir haben nun alle Anklagepunkte verlesen und Ihre Verteidigung angehört. Wir werden uns kurz besprechen und dann das Urteil verkünden. Gedulden Sie sich bitte so lange.«

Margo schnaubte hörbar. Ein Glück hatten die drei bereits ihre Köpfe zusammengesteckt und bemerkten nicht ihre wütend funkelnden Augen.

»Verteidigung, dass ich nicht lache«, murrte sie. »Er hat nicht mehr sagen dürfen als ›Bitte, ich brauchte die Schmerzmittel‹ und da haben sie ihn schon unterbrochen. Früher hätte er einen Anwalt bekommen.«

»Früher«, murmelte Thomas leise. Er rang um Fassung. Seine freie Hand knetete den Stoff seiner Hose. Ich konnte die Sehnen unter seiner Haut spielen sehen wie kleine Verräter. Wäre seinem Arm nichts passiert, würde er nicht sterben müssen.

»Ich danke euch für alles, was ihr für mich getan habt«, murmelte er leise. Sein silbernes Haar streichelte sachte seine Stirn. Der traurige Unterton in seiner Stimme brach mir schier das Herz.

»Sag das jetzt noch nicht, Junge. Die können mir nicht meinen stärksten Mitarbeiter wegnehmen«, knurrte Margo.

Thomas lächelte, aber seine Augen waren ganz wässrig.

»Es tut mir leid, dass ich dich zu Doktor Philis geschickt habe«, schniefte ich. Mittlerweile hatten sich die Tränen ihren Weg gebahnt.

»Ach Vika, sei doch nicht albern. Irgendwann hätte ich das auch so gemacht und ich will nicht, dass du dir solche Vorwürfe machst. Es ist einfach ungerecht, hier zu leben. Wenn wir uns gegenseitig helfen würden, dann könnten wir überleben. Aber so? Ich will hier gar nicht länger bleiben.«

Mein Herz setzte einen Schlag aus. Meinte er das ernst?

»Du willst lieber da raus?«

»Da draußen sterbe ich wenigstens als ein freier Mann und nicht wie eine Made im Dreck.« Entschlossenheit zeichnete sein Gesicht.

Ich senkte den Blick. Ich wollte ihn nicht bei seinem Selbstbetrug beobachten.

Natürlich hatte ich noch nie hinter die Mauer gesehen. Der Tag, an dem wir die Unterstadt bevölkert hatten, war das letzte Mal, dass ich den Horizont gesehen hatte. Aber wenn man den Grenzern, die oben auf der Mauer patrouillierten, Glauben schenken konnte, so war das Land immer noch unbewohnbar.

Will sagte zwar, sie würden lügen, immerhin waren es Männer und Frauen aus der Oberstadt, aber was für einen Grund hätten sie? Wir wussten alle, was dort draußen lauerte, egal ob die Felder grün oder verdorrt waren.

So einen Tod wünschte man sich nicht.

Die Männer beendeten ihr Gespräch und wandten sich wieder uns zu. Der dritte Mann erhob schließlich das Wort, er war ebenfalls alt, aber weniger gebrechlich. Dafür war er genauso lang wie seine Kollegen. Er begann mit einer hohen Stimme das Urteil zu verkünden: »Wir befinden Sie, Thomas Radko Hajiivanov, für schuldig angesichts der Vorwürfe von wiederholtem Diebstahl und verurteilen Sie hiermit die Stadt zu verlassen. Bei Abenddämmerung werden Sie ausgewiesen. Die Verhandlung ist hiermit geschlossen.«

Und mit diesen Worten entließen sie uns.

Als wir zu dritt wieder auf die Straße traten, warf mir der Wachmann einen verhassten Blick zu, aber ich konzentrierte mich nicht weiter drauf.

Thomas wirkte gefasst, seine Schritte waren kräftig und holten weit aus, den Kopf hielt er erhoben.

»Jetzt guckt nicht so. Es wird mir gut gehen. Ich habe doch niemanden hier, um den ich mich kümmern muss und ich könnte mich ja vielleicht dort draußen durchschlagen.«

»Die meisten werden noch vor den Toren geschnappt«, murmelte ich leise. Ich wollte nicht, dass er mich hörte. Einerseits hatte niemand von uns die Illusion, dass er lange überleben würde. Andererseits sagte man einem sterbenden Mann nicht, was mit ihm passierte. Er wusste es bereits, wieso noch den Finger in die Wunde legen?

Es dämmerte bereits draußen, aber mit einem Himmel, der mehr grau als blau war, konnte es niemals richtig hell werden. Als hätte der Himmel selbst ein Trauergewand übergelegt.

Langsam, als würden wir bereits einen Sarg auf unseren Schultern tragen, gingen wir zu Thomas' Wohnung. Genau genommen konnte man nicht von einer Wohnung sprechen. Sie wirkte wie eine Jugendherberge - als ich klein war, hatten wir mit meiner Schulklasse eine besucht und erinnerte mich noch, wie sie aussahen. Es gab viele Schlafzimmer und ein Gemeinschaftsbad sowie eine Küche für alle. Thomas teilte sich die Wohnung mit einem Paar in seinem Alter und einer etwas jüngeren Frau. Einmal hatte er von ihnen gesprochen, aber als er mir sagte, seine Zimmernachbarin sei nicht ganz zurechnungsfähig, hatte ich die Beklommenheit in seinem Blick gesehen. Ich hatte ihn später nie wieder danach gefragt.

Wir betraten sein Zimmer, ein spärlicher Raum mit einer fleckigen Matratze und einem Stapel Wäsche. Neben seinem Kopfende stand ein dreibeiniger Nachttisch, das vierte Bein wurde durch eine Verpackung gestützt. Darauf stand ein einzelnes Foto. Thomas war darauf zu sehen. Er hielt eine Gitarre in der Hand und trug dieselbe Jacke, in der ich ihn immer wieder im Laden sah. Auf seiner Brust prangte die kleine rot-weiß-blaue Fahne. Vor ihm leckten Flammen empor, als würde er an einem Lagerfeuer sitzen und an ihm lehnte eine junge, blonde Frau. Ihr gerader Pony fiel ihr vor die Augen, ihre apricotfarben geschminkten Lippen waren zu einem entspannten Lächeln gekräuselt. Thomas, der andere, der jüngere und glücklichere Foto-Thomas, beobachtete sie, während Mond und Feuer kleine Muster auf ihre Haut zeichneten.

Ich schluckte. Mein Hals fühlte sich sonderbar eng an.

Der Bewohner des kleinen Zimmers fing an, seine Kleidung in eine Tasche zu stopfen, die er aus einer Kiste gezogen hatte. Sie war von seinem Bett verdeckt worden, weswegen sie mir nicht sofort aufgefallen war. Hastig schloss Thomas die Tasche und hielt sie Margo entgegen.

»Verkauft das und behaltet das Geld.«

»Was?«, fragte Margo ungläubig.

»Das wirst du draußen brauchen«, führte ich ihren Gedanken fort.

»Ach Quatsch.« Ein gequältes Lächeln zeichnete seine Züge. »Alles, was ich brauchen werde, habe ich am Körper«, sagte er und nahm den kleinen Rahmen von seinem Nachttisch. Er steckte ihn vorsichtig in die Innentasche seiner zerrissenen Armeejacke.

Erneut wollte ich schlucken, aber ich konnte es nicht. Ich bekam keine Luft mehr. Langsam schritt ich auf ihn zu und umarmte seinen Bauch. Höher kam ich nicht.

Er drückte mich ebenfalls, erst zögerlich, ein wenig verlegen, doch dann klopfte er auf meinen Rücken.

»Ich werde dich vermissen«, murmelte er und ich spürte, wie er ein wenig zitterte. Das Bild bohrte sich in meine Wange.

Schließlich ließ er mich los und wandte sich an Margo. Auch sie nahm er in den Arm und murmelte ihr leise etwas zu. Margo tätschelte seine Wange als sie sich losließen, vielleicht etwas zu grob, die Haut wurde roter als auf seiner anderen Gesichtshälfte.

Danach verließen wir Thomas' Wohnung. Sein Haus. Sein Leben.

Wir machten uns auf den schweren Weg zum Rande der Mauer.

Niemand schenkte uns Aufmerksamkeit. Es war aber nicht so, dass die anderen nichts von der Anhörung mitbekommen hatten - immerhin war Margos Laden immer noch geschlossen, so etwas fiel auf - aber niemand wollte der armen, verurteilten Seele in die Augen blicken. Es würde uns auch niemand folgen. Niemand wollte sehen, was draußen hinter der Mauer auf ihn lauerte. Der schaulustige Pöbel war ein makabres Märchen der Vergangenheit.

Doch Margo und ich hatten stumm darüber entschieden, dass wir unseren Freund begleiten würden.

Endlich waren wir an dem großen Tor angekommen. Oben auf der Spitze der fast dreiundvierzig Meter hohen Mauer standen die Grenzer und schauten auf uns herab. Sie warteten auf das Kommando der Richter, um den schmalen Spalt zu öffnen, damit der Verurteilte hinaus gehen konnte. Ich kannte mich mit den Aufgaben eines Grenzers nicht sonderlich gut aus, aber mir wurde gesagt, dass sie ursprünglich dazu gedacht waren, uns zu bewachen. Aber wie sie so hoch oben über uns thronten und lediglich die Tore öffneten und schlossen, erschienen sie mir eher wie Todesengel, die das Tor zur Hölle bewachten.

Die Richter standen bereits am Platz davor und warteten auf uns. Thomas wankte vor sie und verschränkte seine Hände hinter dem gestrafften Rücken, ganz wie ein Soldat.

»Ich bin bereit«, sagte er und bemühte sich um eine kräftige Stimme. Es gelang ihm nicht.

Margo zog mich vorsichtig an ihre Seite und ich ließ es zu. Es spendete ihr Trost. Aber in mir keimte das Gefühl von Beklemmung auf. Ich wollte nicht eingesperrt sein. Aber wie Thomas, wollte auch ich leben.

»Nicht ganz«, höhnte der jüngste Richter und kam langsam auf ihn zu. »Legen Sie ihre Jacke und die Schuhe ab. Die bleiben hier.«

»Was?«, schrien wir empört auf.

Sie konnten ihm doch nicht seinen persönlichen Besitz wegnehmen. Das war Thomas' Arbeitskleidung gewesen, bevor er in die einzige Stadt gezogen war. Sie gehörte ihm.

»Das sind Konsumgüter, die wir gut gebrauchen können. So etwas wirft man keiner Leiche hinterher.«

»Ich bin keine Leiche«, knurrte Thomas und streckte den Rücken durch. Kurz war ich dankbar seinen Blick nicht sehen zu können. Den Mann aber beeindruckte es nicht.

»Noch nicht«, erwiderte er nur kalt.

Dann hob er eine Hand. Das Signal. Die Grenzer ergriffen auf beiden Seiten des eisernen Tors die Hebel und legten sie unter großer Anstrengung um. Die Torflügel fuhren knarrend auseinander, versanken im Hohlraum der weißen Mauer. Jeder in der Stadt konnte es hören, das wusste ich.

Manchmal wachte ich selbst mitten in der Nacht auf, weil jemand rausgeschickt wurde. In diesen Momenten erstarb jedes andere Geräusch. Es war, als würde eine Schweigeminute eingelegt werden.

Und diesmal war sie für Thomas.

Er stand immer noch reglos da und betrachtete die Spitze der Mauer. Offensichtlich traute er sich noch nicht, auf die Landschaft dahinter zu achten. Sein Grab. Egal, was wir gesagt hatten, jeder von uns wusste, dass er dort draußen den Tod finden würde. Auf die eine oder andere Weise.

Noch bevor wir aufsahen, zog Thomas seine Stiefel und seine Jacke aus, nahm andächtig den Fotorahmen heraus und schmiss den Richtern die Kleidung vor die Füße.

Vor uns lag Ödland. Ich kann mich noch an grüne Wiesen erinnern und an Felder. An Bäume, die im Wind rauschten und ihre Blätter tanzen ließen und an den Geruch von frischer Luft. Ich war oft mit meiner Familie im Wald unterwegs gewesen oder wir hatten gepicknickt. Es war wie ein Vakuum gewesen, in dem man dem Treiben und den Lichtern der Großstadt entkommen konnte.

Und hier lag diese Welt nun vor uns. Am Horizont konnte man zertrümmerte Hochhäuser erkennen, die mal eine Skyline gebildet haben mussten. Verkohlte Wälder glaubte ich weit in der Ferne auszumachen. Hier und da ragten Bruchstücke empor, sogar bei uns in der Nähe. Die Zeugen, dass ich keiner Fata Morgana erlag. Die Luft roch nach Verwesung und Schwefel, Asche hatte sich auf die Welt gelegt, wie fein gestreuselter Puderzucker auf einen Kuchen. So viel war niedergebrannt worden in dieser verhängnisvollen Nacht. Und niemand hatte aufgeräumt. Manchmal hörten wir noch die Kämpfe, sahen den Rauch. Die Grenzer schützten uns, doch dafür konnte die Welt nicht heilen. So wurde es uns gesagt.

Mein Herz sank weiter. Nun fühlte ich mich weniger ausgetrocknet, eher als müsse ich gewaltigen Wasserfällen freien Lauf lassen. Nun war auch die letzte Hoffnung zerstört, dass Thomas sich durchschlagen könnte.

»Na los, beeil dich«, quiekte der dritte Richter und deutete nach draußen.

Thomas senkte den Blick und setzte einen wackligen Schritt vor den anderen. Es kam mir vor wie eine Ewigkeit, bis er endlich auf der anderen Seite der Mauer war. Ich zitterte genauso heftig wie er.

Nun presste auch ich mich gegen Margo und sah zu, wie eine der vertrautesten Personen meines Lebens für immer verschwinden würde.

Plötzlich ertönte ein lautes Knallen.

Ich zuckte zusammen, kurz blitzte das Bild meines Vaters in mir auf, als er getroffen auf mir niedersank. Erschrocken versuchte ich zu erkennen, auf wen geschossen wurde, aber niemand sackte zusammen.

Noch ein Schuss.

Ich blickte hoch.

Einer der Grenzer hatte ein Gewehr in den Himmel gehoben und schoss in die Luft. Ich konnte mich nicht daran erinnern, dass man den Ausgestoßenen salutierte.

Aber es war kein Salutschuss.

Ein Grollen und Fauchen erklang, dann ein schleifendes Geräusch. Es stellten sich mir alle Haare zu Berge und ein kalter Schauer lief über meinen Rücken. Ich bildete mir sogar ein, Schmerzen an meinem Hals zu spüren, genau da, wo ich die langen Narben hatte, als würde sich meine Haut erinnern.

Dann kamen sie.

Das erste Mal seit fast fünf Jahren sah ich sie wieder.

Sie ähnelten Menschen, ließen zu, dass wir vermuteten, wer sie früher mal waren. Mehr Ähnlichkeit besaßen wir nicht. Sie waren verwest, hatten fehlende Gliedmaßen. Manche hatten blutverkrustete Lumpen am Leib, andere waren der Schultern beraubt, die ein Oberteil hätten tragen können. Ihre Haut, zumindest an den Stellen, die noch von Haut überzogen waren, war schlammig, rissig und zog die Fliegen an. Ihre blinden Augen stierten gierig auf ihr Opfer, ihre Kiefer klapperten. Einem der Angreifer fehlte er Unterkiefer und als er ein heiseres Keuchen ausstoßen wollte spritzte dunkles, zähflüssiges Blut auf die gräuliche Erde.

Sie bewegten sich langsam auf Thomas zu, eine animalische Vorfreude ließ sie erregt ihre Klauen öffnen und schließen. Sie gluckten mit ihren verrotteten Kehlen, als könnten sie es kaum erwarten, ihre Fänge in das frische Fleisch zu schlagen.

Thomas wandte kurz den Kopf, als wolle er uns um Hilfe bitten, sein Gesicht so bleich, als habe ihn das Leben bereits verlassen. Er stolperte zurück, hastete auf uns zu und flehte, bat um Gnade.

Gerade als die Untoten ihn packten und ihre scharfen, unnatürlichen Zähne in seine Brust schlugen, schloss sich das Tor.

Kapitel 3.

Er war tot.

Thomas war tot.

Es fühlte sich so unwirklich an.

Aber hier stand ich vor dem Tor, hinter dem ich ganz leise seine Todesschreie hören konnte, bis sie endgültig verstummten.

Die Grenzer erhoben wieder ihre Waffen, als würden sie den Infizierten ein Zeichen geben. Was nun geschah, sahen wir nicht mehr.

Die Regierung hatte also doch nicht gelogen. Sie waren immer noch da. Man konnte nicht außerhalb dieser Mauer überleben. Die Schüsse der Grenzer hatten sie angelockt, um die Hinrichtung zu beschleunigen. Aber ich glaubte nicht daran, dass es ein Akt der Gnade war. Eher wollten die Richter davon überzeugt sein, dass Thomas wirklich und für immer tot war.

Wut kochte in mir hoch und ich starrte die drei Männer an. Ich wollte auf sie zugehen, sie anschreien, sie schlagen, ihnen das antun, was sie Thomas angetan hatten. Ich wollte die Mauer spinnengleich hochklettern, sie öffnen und die drei hinrichten lassen.

Stattdessen beugte ich mich nach vorne über und erbrach das wenige Essen, das noch in mir war.

»Alles ist gut. Lass es raus«, hörte ich Margos beruhigende Stimme. Sie hatte den Arm um mich gelegt und hielt mir die gelösten Strähnen aus dem Gesicht. Allmählich mischten sich auch Tränen zu meinem Erbrochenen und ich sank zitternd in den Schlamm.

Margo folgte mir, hielt mich noch eine Weile, bis sie mich seufzend hochzog.

»Na komm, Kleine. Ich bringe dich heim.«

Sie musste mich den ganzen Weg lang stützen.

Ich war froh über ihre Hilfe, wenn sie nicht gewesen wäre, wäre ich bestimmt gestürzt, so sehr zitterte ich. Ich war dumpf, kein Gefühl regte sich in mir. Ich wusste, dass meine Kehle brennen musste, dass sich meine Zunge belegt anfühlen musste. Aber ich war gefangen in meinem Kopf. Alles kreiste nur um den einen Gedanken.

Thomas war tot. Thomas war gestorben, weil er leben wollte.

Unwillkürlich musste ich an meinen Bruder denken. Auch er wollte leben und er bestahl bestimmt nicht nur einen Arzt.

Was würde nur passieren, wenn man meinen Bruder erwischte?

Ich schämte mich dafür, dass ich gerade jetzt an Will dachte. Eben war ein Freund von mir gestorben. Er war zerfetzt und gefressen worden. Aber ich konnte nichts dafür, die Sorge um meinen Bruder war allgegenwärtig.

Vor der Tür meines Hauses hielten wir an und Margo schob mich gerade so weit von sich weg, dass sie mir ins Gesicht sehen konnte.

»Schaffst du es alleine nach oben? Vergiss es besser ganz schnell, Kind, sonst macht es dich noch krank.«

Ein Wimmern kam aus meiner Kehle, mehr konnte ich nicht antworten.

Manchmal hasste ich mich dafür, dass ich so schwach war.

Margo lächelte mich aufmunternd an, auch ihr war eine grelle Strähne aus dem Zopf gefallen. Sie tätschelte mir die Wange und schenkte mir ihr mütterlichstes Lächeln.

»Bis morgen, Vika«, verabschiedete sie sich und machte sich auf den Heimweg.

Wie in Trance erklomm ich die Stufen und schloss die Wohnungstür auf. Ich trat die Stiefel von mir und fiel, ohne den verkrusteten Schlamm von meinen Knien zu waschen, ins Bett.

Am nächsten Morgen machte ich mich hungrig auf zur Arbeit. Gestern hatte ich keine Zeit gehabt, Margo Bescheid zu sagen, dass ich gearbeitet hatte und Lohn hätte bekommen sollen. Aber ich hätte eh nichts kaufen können. Das Brot war inzwischen leer. Hoffentlich hatte auch mein Bruder davon gegessen.

Dafür würde ich heute einen kleinen Zuschlag bekommen und würde etwas Leckeres davon kaufen.

Dieser Gedanke hatte mich so sehr aufgemuntert, dass ich es wirklich aus dem Bett geschafft hatte.

Margo stand wie üblich hinter der Kasse, aber ihr sonst so sicheres Auftreten war in sich zusammengefallen. Bestimmt hatte die Arme die ganze Nacht lang um Thomas getrauert. Ich würde mein mickriges Erspartes darauf verwetten, dass sie sich an ihren Sohn erinnert fühlte. Genau wie in dem Moment, als sie mich eingestellt hatte. Niemand hätte einem zwölfjährigen Mädchen einen Job gegeben. Aber als Margo die Geschichte meiner kranken Mutter gehört hatte, musste ich ihr Herz zum Schmelzen gebracht haben.

»Morgen«, grüßte ich sie leise.

Sie hob den Kopf.

»Vika. Da bist du ja, Liebes. Ich habe etwas für dich«, sagte sie mit gebrochener Stimme und winkte mich mit ihren großen Händen zu sich. Sie öffnete unsere Kasse, die wieder an ihrem angestammten Platz auf dem Tresen lag und holte ein paar Münzen hervor.

»Hier ist dein Lohn von gestern. Herr Sadrow hat mir gesagt, dass du gestern alleine gearbeitet hast.«

»Danke«, stammelte ich verwundert und auch ein wenig erleichtert, sie nicht selbst darauf ansprechen zu müssen.

Aber etwas stimmte nicht.

»Margo, das ist viel zu viel. Sogar doppelt so viel und ich habe nicht mal den ganzen Tag lang gearbeitet.«

»Das ist Thomas' Lohn.«

»Aber –«

»Er braucht ihn nicht mehr. Aber du brauchst Geld. Kauf dir etwas Schönes davon, du hast es verdient.«

Wieder schossen mir Tränen in die Augen und ich lehnte mich über die Theke, um sie zu umarmen.

»Danke«, brachte ich mühselig hervor, weil mir die Tränen wieder die Stimme unterdrückten.

Sie legte auch ihre starken Arme um mich und seufzte schwer in mein Ohr. Nach ein paar Sekunden ließ sie mich los und wir machten uns an die Arbeit.

Es war viel schwerer heute. Nicht nur, dass Thomas' Tod noch über uns schwebte, auch fehlte ein Paar kräftiger Arme. Ich brauchte fast zwei Stunden länger für die übliche Arbeit.

Am Abend drückte mir Margo ein zweites Mal Geld in die Hand, meinen

Lohn für diesen Tag. Ich nahm direkt ein frisches Brot mit und etwas Käse sowie Wurst, dann ging ich, angespornt durch das klimpernde Geld in meiner Tasche und den Duft, der aus meinen Armen zu mir wehte, zum Markt. Ich hielt bei einem kleinen Stand an, der nur aus ein paar Holzkisten bestand, die durch eine von Latten gestützte Decke abgeschirmt wurden. Dort erwarb ich ein wenig Seife für Körper und Geschirr und frisches Fleisch. Das würde ich zusammen mit den Kräutern von Margo aufkochen und eine leckere Brühe kochen. Ich selbst aß kein Fleisch, aber meiner Mutter würde eine Brühe guttun.

Den Weg nach Hause brachte ich zügig hinter mich. Ich fiel nicht auf, wenn ich durch die Straßen hastete, jeder wollte fort, wich Augenkontakt aus und hielt seine Habe eng an der Brust. Wer konnte ahnen, dass ich heute viel Geld dabei hatte?

Zu Hause angekommen, stellte ich mich sofort vor den Herd. Nachdem ich die Suppe in eine tiefe Schüssel gefüllt hatte, schlich ich leise zu dem Zimmer meiner Mutter.

Sie war wach.

Reglos saß sie auf ihrem Bett und starrte aus dem Fenster. Es zeigte direkt zum Tor. Erschrocken fuhr sie zusammen, als sie mich bemerkte, und sah mit ihren kranken grünen Augen zu mir auf.

»Ich habe Brühe für dich«, sagte ich zur Entschuldigung und hielt ihr die Schüssel unter die Nase. Sie schnupperte ein wenig, dann ergriff sie den Löffel und aß.

Zufrieden beobachtete ich sie und hielt weiterhin die Schüssel. Ihre Hände zitterten seit einiger Zeit zu stark, als dass sie selbst schwere Dinge halten konnte. Vorsichtig führte sie immer wieder den Löffel zum Mund und kaute langsam.

Als sie die Hälfte gegessen hatte, legte sie den Löffel zurück und schaute mich an. Ich stellte die Schüssel auf das Fensterbrett und legte meine Hand sanft auf ihre.

»Gestern haben sie wieder jemanden rausgeschickt«, flüsterte sie. Ich nickte, spürte, wie mir eine Träne die Wange hinunter lief. Natürlich entdeckte sie es. Auch wenn sie die meiste Zeit des Tages abwesend war oder schlief, so war sie keine schlechte oder unaufmerksame Mutter. Sie liebte Will und mich über alles.

Immerhin hatte sie für mich den Mann getötet, der ihre ganze Welt dargestellt hatte. Und so etwas überwindet man nicht so leicht.

Anfangs war ich noch wütend auf sie gewesen, wenn sie wieder einen Job schmiss und abends, ohne etwas zu essen heimkam. Dass wir ihretwegen fast alles verloren hatten. Aber als ich älter wurde, verstand ich. Sie hatte schon alles verloren.

Ich war zwar nie verliebt gewesen – immerhin hatte der Virus meine Zeit als Teenager vollkommen absorbiert – aber nun, da der Verlust gegenwärtig war, wollte ich mich auch nicht verlieben.

Und jedes Mal, wenn Mum wieder schreiend und weinend im Bett lag und sich herum warf, wollte ich ihr zurufen, dass Dad unwiderruflich infiziert worden war.

Es half nie.

Aber was anderes fiel mir nicht ein.

»Du kanntest die Person«, holte sie mich aus meinen Gedanken zurück. Ich nickte und wischte mir überrascht die Tränen weg. Ich hatte nicht bemerkt, dass mir weitere über die Wangen gerollt waren.

»Wer war es?«

»Mein Kollege von der Arbeit. Er wurde bei einem Diebstahl erwischt. Sie haben«, ich schluckte, »sie haben ihm alles abgenommen und ihn dann rausgeschickt.«

»Ach, Schatz.« Sie nahm mich sachte in ihre Arme. Jetzt ließ ich die Tränen frei laufen und drückte mich erleichtert an sie. Sie roch nach Geborgenheit, obwohl ihre Haare strähnig waren.

»Hast du etwa zugesehen?«

Ich drückte mich noch fester an ihre Schulter.

»Das sollst du doch nicht.«

»Ich konnte nicht anders«, krächzte ich, als ich endlich wieder meine Stimme fand. »Ich wollte ihn begleiten. Ich wollte nach draußen sehen und wissen, wie es dort aussieht. Woher hätte ich wissen sollen, dass sie die Infizierten mit Schüssen anlocken?«

Abwesend streichelte sie mein Haar.

»Haben sie ihn erwischt?«

»Das haben sie.«

»Hoffentlich bekommst du nicht wieder Albträume.«

»Mum. Unser Leben ist ein Albtraum. Ich muss dazu nicht schlafen«, witzelte ich, aber keinem von uns zu war zum Lachen zumute.

Ich saß noch lange bei meiner Mutter, wir schwiegen und spendeten uns Trost durch unsere Nähe. Als sie wieder eingeschlafen war, ging ich zurück in die Küche und schüttete den Rest der Suppe zurück in den Topf.

Vielleicht kam Will ja heute noch nach Hause. Dann würde er sich darüber freuen können.

Mir selbst schmierte ich ein Butterbrot und streute ein paar Kräuter darüber, dann konnte ich endlich duschen und mir den Schmutz der Straße vom Körper waschen.

Als ich im Bett lag, erschwerte die Müdigkeit meine Beine. Alles an mir war schwer, als würde ich mich wie glühendes Metall durch die Matratze fressen. Aber ich konnte trotzdem nicht einschlafen.

Meine Gedanken kreisten immer noch um Thomas, die Infizierten, Will und meinen Vater. Irgendwann schlief ich dann doch ein. In meinem Traum wurde ich verfolgt.

Ich rannte über die verbrannten Felder. Staub und Asche wirbelte hinter mir auf und verliehen mir das Gefühl, unglaublich schnell zu sein. Aber es reichte nicht. Die Klauen von Verwesenden schossen aus der brüchigen Erde hervor und packten meine Knöchel. Ich schrie, doch kein Laut drang über meine Lippen.

Plötzlich packte mich jemand und riss mich zu Boden. Ich fiel hart und landete mit dem Gesicht im Dreck. Als ich mich auf den Rücken drehte, erkannte ich meinen Vater, der sich an meinem Bein aus dem Boden zog und hoch zu meinem Kopf robbte. Seine braunen Augen, die den Meinen so ähnlich waren, waren nun blind und quollen hervor. Eines verlor den Halt und fiel aus seiner Augenhöhle, hing nur noch an einem Sehnerv fest. Seine Lippen waren abgefallen und nur seine scharfen, unmenschlichen Zähne blitzten auf.

Ich ertrug es nicht, ihn zu sehen.

Einst hatte er noch viel gelacht, mich jedes Mal zur Begrüßung hochgehoben und mein Gesicht dreimal geküsst. Einst hatte er meinem Bruder seine Uniform angelegt und voller Stolz auf seinen Sohn hinab geblickt.

Ebendiese Uniform hing lose an seinen Rippen, das Blau war bereits ein schlammiges Braun.

Wie angewurzelt lag ich da und konnte mich nicht rühren, als das Wesen an mir hoch kroch und mir den Hals aufbeißen wollte.

Ich wandte mich ab. Unter mir erzitterte der Boden und die Erde wurde aufgewühlt, als ob ein Maulwurf seinen Kopf aus dem Boden recken wollte.

Nur war es kein Maulwurf.

Es war Thomas, der sich langsam zu mir vorwühlte. Auch seine Augen waren blind, doch ansonsten sah er sich selbst noch ähnlich. Sein Atem stank und aus seiner Kehle drang ein widerliches Kreischen. Dann erfassten mich beide und stießen ihre Zähne in meine zarte Haut.

Schreiend wachte ich auf.

Ich war wieder in Schweiß gebadet, aber es war noch viel zu früh, um aufzustehen. Mir war kalt und ich zitterte am ganzen Leib. Langsam sank ich zurück in mein Kissen und starrte an die Decke. Ich hatte die Hoffnung längst aufgegeben, diese Träume irgendwann loszuwerden. Doch jetzt kam auch noch Thomas in ihnen vor.

Würde es jemals aufhören?

Der nächste Tag verlief wie immer, als wäre nichts geschehen.

Aufstehen, fertig machen, arbeiten, Lohn erhalten, Lebensmittel kaufen, heimgehen, Essen zubereiten, Mum füttern, essen, duschen und an den Sorgen um meinen Bruder beinahe umkommen.

Es dauerte drei weitere Tage, bis er endlich wieder nach Hause kam.

Als er in die Wohnung stolperte, war es bereits abends und ich war damit beschäftigt, das Essen wegzuräumen. Das Geräusch erschreckte mich und ich hastete in den kleinen Flur.

Er hinkte schrecklich und durch einen Riss in seiner Hose konnte ich sehen, dass er blutete. Noch dazu hielt er seinen Arm in einem merkwürdigen Winkel, als wäre er gebrochen. Seine blauen Augen wirkten mittlerweile schwarz. Will war in die Knie gegangen, hob den Kopf und starrte mich hilflos aus großen Augen an.

Diesmal wollte er nicht seinen Schmerz vor mir verheimlichen. Tränen schossen mir in die Augen und ich eilte zu ihm.

»Will, was hast du nur angestellt?«

Doch meine Schimpftirade musste warten.

Ich stützte ihn, bis wir sein Zimmer erreicht hatten und legte ihn im Bett ab.

Er stöhnte bei jeder Bewegung und seine Lippen hatten alle Farbe verloren.

Wie hatte er es all die Stufen hinauf geschafft?

Sobald er richtig lag, zog ich ihm die Hose aus. Ich musste seine Wunde sehen. Doch sobald das kaputte Gewebe frei vor mir lag, musste ich mir eingestehen, dass ich hoffnungslos überfordert war.

Es wirkte wie ein tiefer Schnitt die Wade entlang, genau konnte ich es nicht erkennen, das Blut sickerte immer noch aus der Wunde hervor und bildete Rinnsale, die hinab auf das Laken flossen.

»Die Kugel«, ächzte Will und krallte seine dreck- und blutverschmierten Finger in seinen Schenkel.

»Jemand hat auf dich geschossen? Haben sie dich erkannt?«

Er keuchte nur und biss die Zähne zusammen. Ich merkte, dass es nicht der richtige Zeitpunkt war, um Fragen zu stellen. Ich musste Doktor Philis holen.

Ich stolperte in mein Zimmer, plünderte mein Erspartes und rannte los.

Eigentlich hätte ich für den Weg zur Praxis fast eine halbe Stunde gebraucht, aber die Angst beflügelte mich, ich flog beinahe über den Matsch hinweg. Völlig verdreckt und außer Atem platzte ich in den Empfangsraum.

»Doktor Philis, mein Bruder ist schwer verletzt, Sie müssen sofort mitkommen!«

Philis saß an seinem kleinen Tisch, auf dem viele Papiere, hauptsächlich umgedreht, ausgebreitet waren. Verwirrt sah er hoch, mein dreckverschmiertes Auftreten schien ihn wohl vergessen zu lassen, was ich gesagt hatte.

»Bitte«, flehte ich. Wir hatten keine Zeit mehr.

Er sortierte sich schnell, nickte und erhob sich von seinem Platz. Er war eigentlich kein sehr alter Mann, manchmal rannte er noch zu seinen Patienten. Darum ärgerte ich mich umso mehr, als er so gemächlich wie möglich durch seine kleine Praxis tapste und seine Utensilien zusammen suchte. Nervös trat ich auf der Stelle, gab meinen Beinen eine Beschäftigung, damit sie mir nicht den Dienst versagten. Ich spielte zwischenzeitlich sogar mit dem Gedanken, dieser Eule die Tasche zu entreißen, schnell selbst alles reinzuwerfen, was nützlich aussah, und ohne ihn loszurennen, aber ich beherrschte mich.

»Dein Bruder sagst du, ja? Will?«

»Genau.« Ich fragte nicht weiter nach, woher er das wusste. »Er verliert viel Blut. Bitte, beeilen Sie sich.«

»Beruhige dich, ich muss nur noch frische Verbände holen. Kannst du für mich diesen Desinfektionsalkohol tragen? Er ist mir zu schwer.«

Ohne auf meine Antwort zu warten, drückte er mir eine bauchige, tiefgrüne Flasche in die Hand und wuselte weiter. Am liebsten hätte ich sie ihm gegen den Kopf geworfen. Wie konnte jemand, der so fett und faul war, nur Arzt werden?

In solchen Zeiten?

Er war wie ein Hohn für all diejenigen, die dort draußen verhungerten.

Endlich hatte er die Verbände aus einer Schublade gefischt und verstaute sie in einem der Seitenfächer seiner schwarzen Ledertasche. Von uns konnte sich keiner eine so teure Tasche leisten.

Dann wandte er sich um und stellte sich zu mir. Als hätte ich es ihm angeboten, legte er eine Hand auf meinen Rücken und geleitete mich hinaus.

Es dauerte eine halbe Ewigkeit, bis Philis endlich unsere Wohnung erreichte. Den ganzen Weg lang hatte ich Angst gehabt, dass Will bereits verblutet war und hatte gegen die Tränen ankämpfen müssen. Doch wenn ich angefangen hätte, wäre ich zusammengebrochen.

Schlammbeschmiert und völlig außer Atem eilten wir in Wills Zimmer. Und da lag er. Er hatte die Augen geschlossen und hielt immer noch sein Bein. Er war kreidebleich, aber seine Brust hob und senkte sich noch ganz schwach.

Wenigstens lebte er noch.

Erleichtert setzte ich mich an das Fußende seines Bettes und wartete. In aller Seelenruhe stellte Philis seine Tasche ab und öffnete sie. Heraus holte er ein paar Handschuhe, stülpte sie sich nervtötend langsam über und begann dann Wills Wunde vorsichtig zu betasten. Mein Bruder stöhnte auf bei der Berührung und biss die Zähne zusammen.

»Hm«, brummte Philis und kramte erneut in seiner Tasche.

»Können Sie ihn retten?«, wimmerte ich.

»Es sieht schlimmer aus, als es ist. Er wurde angeschossen und die Patronen stecken noch in ihm. Aber soweit ich es eben fühlen konnte, ist der Knochen nicht getroffen worden. Ich werde die Kugeln entfernen«, antwortete der Arzt.

Ich seufzte erleichtert und barg das Gesicht kurz in den Händen. Dann stand ich auf, um mich direkt neben meinen Bruder zu setzen. Ich streckte vorsichtig meine zitternden Finger nach seiner Wange aus und strich ihm eine verklebte Haarsträhne hinter das Ohr, die ihm in die feuchte Stirn gefallen war. Seine Lippen bebten und er hatte sie immer noch fest zusammengekniffen. Aber man konnte ihm ansehen, dass er die Neuigkeiten gehört hatte. Er wirkte ein wenig entspannter, jetzt, da er wusste, dass er nicht sterben würde.

Doch er wusste auch, dass ich ihm nicht verzeihen würde.

Gemächlich, wie sonst auch, holte der Doktor eine Pinzette aus seiner Tasche, dazu ein paar Wattebällchen und Verbände. Mit ruhiger Hand entfernte er die Kugeln, dann tupfte er die Wunde ab. Die blutverschmierten Bällchen ließ er unachtsam auf den Boden fallen. Er desinfizierte die Wunde, nicht ohne dass Will zwischen zusammengepressten Zähnen zischte, und legte einen Verband an.

Nachdem Will versorgt war - sein Arm wurde noch geschient und ich gab ihm eine selbst gemachte Kompresse - stand Philis auf und streckte erwartungsvoll seine Hand aus.

Ich schluckte.

Natürlich wollte er nun sein Geld.

Hastig griff ich in meine Tasche und zog das ganze Geld heraus.

»Wie viel bekommen Sie?«, flüsterte ich.

Hoffentlich erhöhte er den Preis nicht, nur weil ich ihn verärgert hatte. Gierig starrte Philis mit seinen kleinen Schweinchenaugen auf das Geld in meiner Hand.

»Gib mir vierzehn Silbermünzen.«

»Was? So viel?«

»Ich habe deinen Bruder gerettet. Ist er dir wirklich nicht mehr wert?«

Ich schnaubte verachtend und zählte das Geld ab. Nun blieben mir nur noch drei. Zusammen mit denen, die mir beim hastigen Ausschütteln meiner Spardose auf den Boden gefallen waren.

Aber Philis hatte Recht. Das Leben meines Bruders war mir alles Geld der Welt wert.

Schweigend und mit gesenktem Kopf geleitete ich Doktor Philis zur Tür.

Kapitel 4.

»Wie geht es dir?«

Ich hatte die ganz Nacht lang kein Auge zugemacht. Stattdessen hatte ich Essen zubereitet, mich ein wenig zu Mum gesetzt und jede halbe Stunde nachgesehen, ob Will, der nach der Behandlung sofort weggedämmert war, aufgewacht war. Kurz vor vier Uhr wachte er tatsächlich auf.

Müde hob er den Kopf, verzog aber sofort schmerzverzerrt den Mund, bis er mich im Türrahmen erkannte. Sofort versuchte er den Schmerz zu überspielen und lächelte mich matt an.

»Wunderbar. Nein, wirklich, guck nicht so. In ein paar Tagen bin ich wieder topfit.«

Nun war ich diejenige, die ihr Gesicht verzog. Ich biss mir auf die Unterlippe, um einen schneidenden Kommentar zu unterdrücken. Ich konnte die Scham in seinen dunklen Augen sehen. Das sollte ihm vorerst Strafe genug sein.

»Willst du etwas essen? Ich bringe dir was.«

Ich ging ohne eine Antwort in die Küche. Ich musste meine Mimik unter Kontrolle bringen, gegen die Tränen ankämpfen. Ich holte das Essen und zählte langsam bis zehn, ehe ich wieder in das Zimmer meines Bruders trat. Er hatte sich mittlerweile aufgesetzt. Sein Gesicht war kreideweiß und sein Oberteil von neuem Schweiß durchtränkt.

»Du hättest warten sollen. Ich hätte dir geholfen.«

»Du hast genug geholfen, Vika. Das habe ich nicht verdient.«

Ich seufzte und verdrehte die Augen. Hoffentlich erkannte er so nicht in meinem Blick, dass ich genau dasselbe dachte. Aber Will wollte nun mal auf seine eigene, riskante Weise helfen.

Ich setzte mich zu ihm und reichte ihm den Teller.

»Iss lieber was.«

Nur zögerlich nahm er es an. Er konnte mir nicht mehr in die Augen sehen und an seiner verschlossenen Körperhaltung und seinen gekrümmten Schultern erkannte ich, dass er lieber nicht von mir umsorgt werden wollte. Geduldig beobachtete ich ihn dabei, wie er dennoch kaute und streichelte langsam über seinen Arm.

»Wie ist das passiert?«

Er schluckte erneut und beschäftigte sich ausgiebig damit, seine Zahnzwischenräume zu reinigen. Er wollte wie üblich vom Thema ablenken. Aber diesmal würde ich nicht nachgeben. Solange er in einem Stück nach Hause kam, wollte ich mich nicht in seine Arbeit reinhängen, aber das, was er getan hatte, ging zu weit.

»Will.« Ich achtete darauf, dass mein Unterton drohend genug war. Überrascht wandte er mir den Kopf zu und seine müden, dunklen Augen wurden wachsamer.

»Ich war in der Oberstadt. James hatte gehört, dass so ein reicher Wichtigtuer seit Tagen nicht mehr daheim war und das war ideal, um dort einzusteigen. Allerdings hatte er sich geirrt. Der Rotschopf war daheim und er war geladen.« Er machte eine kurze Pause, um zu überlegen, ob der Witz angebracht war, dann sagte er: »Und seine Waffe auch.«

Fassungslos starrte ich ihn an.

»Du hast«, ich musste mich sehr konzentrieren, damit meine Stimme nicht bebte, »dich auf ein paar dämliche Informationen verlassen und bist eingebrochen?«

»Die waren nicht dämlich! James irrt sich nie!«

»Na, der Mann war doch da!«

»Ja, aber auch nur, weil James etwas verwechselt hatte! Es war der Sohn, der seit Tagen nicht daheim war, der Alte kam spät in der Nacht zurück.«

Genervt fasste ich mir an die Nasenwurzel und massierte sie. Wie konnte man nur so unverantwortlich sein?

»Vika, jetzt reg dich doch nicht auf. Ich habe ein wenig Geld mitgehen lassen und bin noch am Leben.«

»Noch am Leben? Wie kannst du das so leichtfertig sagen? Ich schufte mich jeden Tag halb tot, während du den Helden spielst und fast dabei stirbst! Ich kann nachts nicht schlafen, weil ich mir immer Sorgen um dich und Mum mache und weil ich ständig an Dad denken muss. Und dann stirbt auch noch ein Freund wegen Diebstahl und du warst nicht hier.«

Das Letzte hätte ich ihm nicht vorhalten dürfen, aber trotzdem empfand ich so. Und es brachte mich zum Weinen. Wütend schniefte ich und hickste. Zu gerne hätte ich Will geboxt, aber ich hielt mich zurück. Er war zu ramponiert dafür.

Traurig musterte er mich, streckte vorsichtig seinen gesunden Arm nach mir aus und zog mich an seine Brust. Er gab mir sanft einen Kuss auf die Stirn und verzog nur leicht die Lippen, als ich gegen seine Schulter kam.

»Das tut mir leid, kleiner Zwerg. Das wusste ich nicht. Und ich verspreche dir, dass ich mir anständige Arbeit suchen werde.«

Ich lachte auf.

»Arbeit? Du wirst jetzt tagelang im Bett liegen. Hoffentlich verdiene ich gut genug, damit ich dir viel zu Essen kaufen kann, damit du wieder zu Kräften kommst.«

»Ach Vika, ich bin kein kleines Kind. Ich bin stark, ich erhole mich schon.«

»Hör auf immer den Helden spielen zu wollen. Du bleibst brav im Bett. Und erst wenn du richtig gesund bist, darfst du dich umsehen.«

Er seufzte, während ich aufstand, um den Teller wegzubringen.

»Ja, Mutter.«

Ein Glück hatte ich Margo.

Als ich am nächsten Tag im Laden auftauchte, bemerkte sie sofort, dass mich etwas beschäftigte und sie ließ nicht locker, bis ich es ihr verriet. Ich dachte gar nicht darüber nach, ob sie Will verraten würde. Das würde sie nie.

Als ich endete, stand Mitleid in ihren Augen und sie tätschelte mir die Wange. Mein Gesicht verschwand fast vollständig in ihrer Pranke.

»Mach dir nicht zu viele Sorgen. Wenn du willst, darfst du heute früher gehen und bekommst trotzdem den ganzen Tag bezahlt. Auch du musst dich ausruhen, mit den Augenringen machst du sogar einem Waschbären Konkurrenz.«

Ich lächelte dankbar und drückte kurz ihre Hand auf meiner Wange. Dann machte ich mich wieder an die Arbeit.

Am Nachmittag entließ mich Margo wirklich früher und ich kaufte noch schnell ein. Danach eilte ich sofort nach Hause, um mich um meine beiden Pflegefälle zu kümmern.

Mum war unverändert. Aber ich blieb nicht lange bei ihr, nachdem ich ihr etwas zu Essen gebracht hatte, sondern kümmerte mich sofort um meinen Bruder. Er lächelte zögerlich und nahm seinen Teller entgegen.

»Danke«, murmelte er und begann zu essen. Ich setzte mich zu ihm und sah zu, wollte sogar eine Unterhaltung anfangen, doch dann klopfte es. Verwundert stand ich auf und entschuldigte mich. Bevor ich das Zimmer verließ, erhaschte ich noch kurz den Anflug von Angst auf Wills Zügen.

Eigentlich bekamen wir nie Besuch. Will ließ seine Freunde nicht zu uns kommen, um Mum und mich zu schützen, und ich hatte keine. Mum war seit Jahren nicht mehr aus dem Haus gegangen und selbst ihre damaligen Kollegen erinnerten sich wohl nicht mehr an sie. Falls sie noch lebten.

Ein merkwürdiges Gefühl beschlich mich. Ich hatte den Drang, zurück zu meinem Bruder zu laufen und mich an seiner Seite zu verstecken wie ein kleines Küken. Nach zwei wackligen Schritten hatte ich die Tür erreicht. Meine schwitzige Hand schwebte über dem Riegel. Doch dann warf ich ihn zurück und öffnete die Tür.

Vor mir stand der jüngste der drei Richter, die Thomas verurteilt hatten. Meine ganz eigene Personifikation von Verdorbenheit. Sofort wollte ich die Tür wieder zuschlagen, doch er stellte einen Fuß in den Spalt.

»Möchtest du das wirklich tun? *Wirklich*?«

»Was wollen Sie hier?«, krächzte ich.

»Ich möchte zu Willbour Bain. Ich weiß, dass er hier lebt.«

Tränen schossen mir in die Augen und ich verfluchte mich dafür. Ich musste sie bekämpfen, ein starker Gefühlsausbruch würde uns nur verraten.

»Was möchten Sie von ihm?«, brachte ich mühsam hervor.

»Wir haben schwere Vergehen gezählt. Er wird eine Anhörung haben.«

»Was? Wann?«

Er sah mich böse an.

»Wieso wollen Sie das wissen? Um auch da reinzuplatzen? Sie scheinen ja viel Zeit mit Kriminellen zu verbringen.«

Ich schluckte und wich einen Schritt von der Tür weg. Er hatte Recht. Was, wenn sie mir das vorhalten wollten? Dann wären nicht nur Will und ich, sondern auch Mum in Gefahr. Aber ich konnte es nicht zulassen, dass sie nun auch Will fortjagen würden. Er würde sterben, mit seinem Bein könnte er sich nicht wehren. Nicht einmal Thomas hatte es geschafft und er war bei der Army gewesen!

Mir wurde schwindelig und ich musste mich an der Wand abstützen, damit ich nicht umkippte.

Sofort nutzte der Mann mein Zögern aus, rammte die Tür mit der Schulter auf und drängte sich in die Wohnung.

Mit gerümpfter Nase sah er sich um, offensichtlich konnte er sich Schöneres leisten und empfand es als Zumutung, hierher zu kommen. Ich senkte beschämt den Blick, ärgerte mich aber sofort über mich selbst.

»Ist er hier?«, fragte der Richter und betrat, ohne auf meine Antwort zu warten Wills Zimmer. Er lag immer noch im Bett und sah mit großen Augen auf. Will war die Decke hinab gerutscht, als hätte er versucht sich zu erheben. Als er die Robe, die nun zwar voller Matsch, aber immer noch unverwechselbar war, erkannte, zog er vorsichtig die Decke über sein Bein.

»Sie brauchen sich nicht zu verstecken, wir wissen Bescheid. Präsident Harrison meldete gestern den Einbruch und Diebstahl und identifizierte bereits James Howard. Ihr Freund verriet uns, um seine eigene Strafe zu schmälern, dass auch Sie an diesem Vorfall beteiligt waren.«

»I-ich war nicht dabei. Ich habe mich bei der Arbeit schwer verletzt, ich schwöre es. Bitte …« bettelte Will und die Verzweiflung in seinen Augen schnürte mir die Kehle zu. So hatte ich ihn noch nie gesehen. Es war fast schon schlimmer als an dem Tag, an dem er wegen des Unfalls im Sterben gelegen hatte. Und ich musste nur unwesentlich besser aussehen. Dass er den Präsidenten überfallen hatte, hatte er mir verschwiegen. Wie konnte er nur? Er war tatsächlich noch leichtsinniger, als ich dachte.

»Wir haben Beweise und die Aussage von Herrn Harrison. Sie werden in drei Tagen zu der Anhörung kommen.« Dann stoppte er kurz und warf mir einen gehässigen Blick zu. »Sie dürfen Zuschauer mitbringen. Zur Unterstützung. Die können Sie sicherlich gebrauchen.«

Und mit diesen Worten verließ er unsere Wohnung.

Es war, als würden wir uns auf Wolken bewegen.

Dumpf und taub für meine Umgebung wankte ich auf Will zu, setzte mich an seine Bettkante, suchte nach Halt. Er ergriff zögerlich meine Hand und so saßen wir schweigend da und verarbeiteten, was wir erfahren hatten.

Will würde sterben.

Wenn sie Thomas schon töteten, weil er einen Arzt bestahl, was würden sie mit einem Mann machen, der wiederholt die verbotene Oberstadt betrat und den Präsidenten ausraubte?

Ob Wills Freunde ihm helfen könnten, war fragwürdig, nachdem James ihn verraten hatte. Würde er überhaupt überleben? Es meldete sich niemand, obwohl sie davon wissen mussten. Will sprach nicht darüber. Hatte er sich damit abgefunden?

Mein Magen drehte sich bei dem Gedanken. Selbst wenn er es schaffen könnte, sich zu verstecken, so groß war die Unterstadt nicht. Irgendwann würden sie ihn finden, oder? Konnte er für immer fliehen?

Nicht mit seinen Verletzungen …, flüsterte die zweifelnde Stimme in meinem Hinterkopf.

Ich hatte nie davon gehört, dass es jemandem gelang. Ich war mir aber auch sicher, dass wir es nie hätten erfahren können. Niemand sprach auf der Straße, Gerüchte gab es nicht. Die meisten lebten nicht einmal mehr, klammerten sich nur an ihren Atem, um nicht eine weitere Gefahr zu sein.

»Es tut mir leid«, flüsterte Will leise. Ich schüttelte nur den Kopf. Eine Entschuldigung würde sein Leben auch nicht retten.

»Ich will nicht, dass du stirbst«, wimmerte ich und presste mich an seine Seite. Er stöhnte schmerzerfüllt auf, zog mich aber trotzdem näher zu sich. Lange verharrten wir so, bis der Stoff seines Hemdes vollgesogen und ich vollkommen leer war.

Wir beschlossen, Mum nichts davon zu erzählen. Wenn sie erführe, was ihrem Sohn in nur wenigen Tagen bevorstand, würde sie ihm vor Kummer vorauseilen. Ich bläute meinem Bruder lediglich ein, sie am letzten Tag gebührend zu verabschieden.

Es war unglaublich schwer die nächsten zwei Tage. Ich schaffte es nicht mehr, mich bei der Arbeit zu konzentrieren und irgendwann war auch Margos Gutmütigkeit erschöpft. Sie hatte mit mir geschimpft, zwar auf ihre mütterliche Weise, aber ich fühlte mich nur noch elender sie auch noch zu enttäuschen. Als ich sie aber fragte, ob ich für die Anhörung am kommenden Tage frei bekommen würde, hatte sie mich sofort in ihre Arme gezogen und mich gefragt, ob ich das wirklich erneut ertragen könnte. Meine Antwort war

Nein gewesen. Aber ich hatte keine Wahl.

An diesem Abend sparte ich an Nichts. Ich gab mein ganzes Gehalt aus, um Will ein anständiges Essen zu machen. Erst später fiel mir auf, dass ich ihm sein Henkersmahl zubereitete. Er übersah den Fauxpas und freute sich umso mehr über die frische Kartoffel und das Stück Fleisch. Während er aß, schwiegen wir, doch sobald ich den Teller auf dem Boden abstellte und zu ihm aufsah, nahm er meine Hand und blickte mich ernst an. Er wollte gerade zum Sprechen ansetzen, aber ich unterbrach ihn mit einem Schwenker meiner Hand. »Sag jetzt nichts. Wenn wir darüber reden, dann werden wir nur noch deprimierter. Und dann muss ich anfangen zu weinen und du weißt nicht, wie du mich trösten kannst.«

»Eigentlich wollte ich fragen, ob du eines deiner Bücher holen kannst, um mir vorzulesen. Darüber würde ich mich sehr freuen.« Ich lächelte schwach. Noch nie hatte ich ihm vorgelesen, es war immer andersherum gewesen.

Ich stand auf und eilte in mein Zimmer. Eine Weile überlegte ich, welches Märchen ich ihm vorlesen könnte und entschied mich schlussendlich für die Geschichte von Brüderchen und Schwesterchen im ersten Band. Es fühlte sich irgendwie angebracht an, denn genauso wie die Figuren in der Geschichte liebten auch wir uns über alles. Und genauso wie das Brüderchen würde auch er mich verlassen, weil er unbedacht gehandelt hatte. Zwar würde er sich schlimmstenfalls in einen Untoten verwandeln und nicht in einen Hirsch – was meiner Meinung nach aber das schlimmere Los war – und ich würde alleine unsere Mutter versorgen und nicht am Ende meinen Märchenprinzen finden. Aber das Glücksgefühl, dass uns bei den Worten »und sie lebten glücklich bis an ihr Lebensende« durchfuhr, tröstete uns.

Ich wollte mir diesen Trost behalten, wenn ich schlafen ging. Er blieb nicht.

Am Tag der Anhörung regnete es. Unten auf den Straßen suchten die meisten Schutz und verbargen sich unter ihren zerschlissenen Tüchern oder drängten sich dicht an die Hausmauern. Ich saß an Wills Fenster und starrte hinaus in diese trübe Welt, aus der mein Leben bestand. Zählte die Sekunden, bis wir uns zum Gerichtshof durchkämpfen mussten.

Um uns zu schützen, drängten wir uns eng aneinander und ich hob Wills Jacke über unsere Köpfe. So würden wir uns vor dem Regen retten können. Meine Haare hatte ich zusammengeflochten und in den Rückenausschnitt meines T-Shirts gestopft. Wills gesunder Arm lag schwer auf mir, ich musste ihn immer noch stützen.

Am Hof angekommen schüttelte ich die Jacke aus und ein paar Tropfen trafen die kleine Zimmerpflanze neben der Tür. Ab Morgen würden sich dort braune Stellen bilden. Pflanzen vertrugen den sauren Regen fast noch schlechter als wir. Ich kannte mich weder in Medizin noch in Ökologie aus, aber die verbrannten Gesichter und der unfruchtbare Boden sprachen Bände. Dennoch wollte ich nicht daran glauben, dass wir nichts dagegen tun konnten. Momentan halfen wir uns aber so aus, dass unsere Farmer in ihren Wohnungen Gewächshäuser bauten.

Am Ende des Flures warteten die drei Richter darauf, mir meinen Bruder wegzunehmen. Dieser drückte aufmunternd meine Hand und gab leise summende Geräusche von sich. Mein Zittern ließ nach. Dankbar lächelte ich zu ihm auf.

Die Richter führten uns in den kleinen, schrecklich kargen Raum und nahmen Platz. Erneut thronten sie auf ihrem kleinen Podest, doch diesmal hatten sie zwei Begleiter. Einer der Männer war Doktor Philis, er hatte den Blick auf den Boden gerichtet und die dicken Arme um seinen Bauch gelegt. Er drehte Däumchen.

Den anderen kannte ich nicht, aber da Will den Mann, den er bestohlen hatte, als einen Rotschopf bezeichnet hatte, und dieser Mann braunes, fast rotes Haar hatte, konnte das nur Präsident Harrison sein. Ich schluckte kräftig. Man sah ihm an, dass er nicht aus der Unterstadt war. Seine Kleidung wirkte, als wäre sie mit einem Film überzogen. Das war eine besondere Art von Stoff, der bei der Verarbeitung so behandelt wurde, dass er wasserabweisend war. Jeder in der Oberstadt trug so etwas. Der Mann war groß und stattlich gebaut, wirkte gar nicht wie ein Politiker, eher wie ein Arbeiter. Er trug einen fein gearbeiteten weißen Anzug, so strahlend hell, dass er wie ein Geist erschien. Harrisons Augen waren grau und klein. Kalt und wütend starrte er uns an. Es wirkte fast wie eine Herausforderung und ich spürte, wie in mir der Drang emporstieg, zu protestieren, ihn anzuschreien, warum er meinen Bruder wegen ein paar lächerlicher Münzen hinrichten lassen wollte. Er hatte mehr Reichtum am Leibe als die komplette Stadt, welche langsam im Dreck starb. Verblüfft kämpfte ich gegen die aufkeimende Wut an. Seit wann hatte ich eine genauso rebellische Ader wie mein Bruder?

Der hagere, große Richter erhob sich und hinderte mich daran, etwas Dummes zu tun.

»Heute behandeln wir den Fall von Willbour Bain. Ihnen wird vorgeworfen, sich unerlaubt Zutritt in die Oberstadt verschafft zu haben, um dort Raubzüge auszuführen. Präsident Harrison, erkennen Sie den Angeklagten?«

Fast hätte ich bei diesen überflüssigen Formalitäten aufgelacht. »Ja. Ich habe auf ihn geschossen, als er gerade meinen Tresor aufbrechen wollte.« Er schenkte uns einen verkniffenen, distanzierten Blick.

»Und Sie, Doktor Philis, haben uns erzählt, dass Sie ihn versorgt haben, nachdem er angeschossen wurde. Sie haben Patronen gefunden, die zu Präsident Harrisons Waffe passen?« Philis nickte nur. Elender Verräter.

»Somit wäre das geklärt.«

»Was?«, rief Will aus. »Darf ich mich nicht verteidigen?«

»Die Beweise sind eindeutig, wir müssen keine Verteidigung hören.«

»So geht das aber nicht!« Auch in mir hatte die Wut erneut begonnen zu kochen. Zwar wusste ich nicht, wie früher ein Gericht geführt worden war, aber wie konnte es schon fair sein, wenn die Obrigkeit einfach entscheiden durfte?

Entschlossen drehte ich mich zu Will, aber was ich sah, entsetzte mich. Er hatte die Kiefer verkrampft zusammengebissen, aber den Blick auf den Boden gesenkt. Er würde nicht kämpfen. Ich fragte mich, ob jeder Verurteilte so schnell aufgab.

Als wir das Gebäude verließen, hatte es bereits aufgehört zu regnen. Dafür war es windig und ich schlang instinktiv die Arme um mich. Will stand reglos neben mir und sah den Weg entlang. Den Weg zu seinem Tod.

Ich schluckte, wollte seine Hand nehmen, traute mich aber nicht. Ich wollte stark sein, für ihn. Schweigend wanderten wir in unserer kleinen Gruppe zu der Mauer. Da Will ein Schwerverbrecher war, hatte man es ihm nicht gestattet zurück zu unserer Wohnung zu gehen.

Philis und Harrison waren bereits wieder fort, doch die Richter würden uns überwachen müssen.

Wir kamen an den großen Toren an. Der jüngste Richter gab das Signal und wie beim letzten Mal öffneten die Grenzer langsam die Tore. Doch diesmal blieben die Schüsse aus.

Aber wieso?

Dann traf es mich wie ein Schlag. Die Untoten anzulocken war ein Geschenk. Schnell zu sterben und dann nie mehr etwas zu fühlen. Aber Will, den armen, verletzten Will, wollten sie hinaus schicken, damit er sich verstecken musste. Damit er fliehen musste. Damit er mit seinen Gedanken allein war. Er sollte Angst haben und in der Ungewissheit über seinen Tod langsam verhungern.

Diese Grausamkeit entlockte mir am Ende tatsächlich die Tränen, die ich zurückhalten wollte. Will hörte mein Schluchzen und zog mich unbeholfen an sich. Er gab mir einen Kuss auf den Haarschopf und murmelte leise zu mir: »Gib die Hoffnung nicht auf. Ich bin zäh. Ich habe mich so oft unbemerkt in die Oberstadt geschlichen, da werde ich doch vor ein paar hirnlosen Infizierten fliehen können.«

Als er sich von mir löste, zwinkerte er. Der alte Will war noch da. Kurz erlaubte ich der Hoffnung sich in mir aufzublähen wie ein Ballon. Was wenn Will wirklich überleben würde? Aber ich würde ihn trotzdem nie wieder sehen, so oder so. »Kümmere dich um Mum«, murmelte er.

Als er mich losließ, straffte er die Schultern, schenkte mir eines seiner bestechendsten Lächeln – das Letzte – und verschwand aus meinem Leben.

Kapitel 5.

Ich wusste nicht, wie ich es nach Hause geschafft hatte. Doch das Nächste, woran ich mich erinnerte, war, dass ich in meinem Bett lag und jämmerlich heulte. Ich weinte die ganze Nacht lang und als ich am nächsten Morgen meinen Wecker hörte, hatte ich immer noch keinen Schlaf gefunden. Ich überlegte daheim zu bleiben. Ich wollte rüber in Wills Zimmer gehen, mich in seinem herrlich nach ihm duftenden Bett verkriechen, aber ich konnte es nicht.

Ich musste mich immer noch um Mum kümmern. Also raffte ich mich auf. Ich vollzog meine tägliche Routine und stand pünktlich vor dem Laden. Margo musste nicht fragen, wie es gestern ausgegangen war. Sie konnte es meinen geschwollenen Augen ansehen. Ich hatte mich selbst vorher im Badezimmerspiegel gesehen, als ich kurz aus dem unendlichen Nichts meiner Gedanken aufgetaucht war. Ich sah furchtbar aus. Meine Augen waren rot, meine Nase verstopft und ich pfiff, wenn ich atmete. Meine Haare wirkten stumpf, als hätten sie sich ein mattes Trauerkleid übergeworfen.

Schweigend ließ mich meine Chefin arbeiten und sprach mich nur an, wenn sie eine neue Aufgabe für mich hatte.

Mir war das ganz recht. Auch dass sie mich nicht zu sich rief, als sich jemand um die freie Stelle bewarb. Ich würde diese Person schon früh genug kennenlernen.

Im gleichen Trott verliefen auch die nächsten Tage. Ich brachte meine Pflichten hinter mich und erlaubte mir erst abends, wenn ich Mum das Essen gebracht hatte, leise in meinem Bett zu weinen und an Will zu denken.

Manchmal stieg in mir eine kindische Hoffnung auf, er habe es vielleicht doch geschafft und wenn ich einen Fluchtweg finden würde, könnte ich wieder mit ihm vereint sein. Aber ich könnte Mum nicht mitnehmen.

Außerdem hatte ich selbst gesehen, dass es hinter dieser Mauer nichts gab. Also verwarf ich den Gedanken möglichst schnell.

Eines Abends, ich hatte gerade das Essen zubereitet, schleppte ich mich müde in Mums Zimmer. Sie lag noch im Bett und schlief, die Mundwinkel traurig nach unten gezogen und die Haare wirr über das Kopfkissen verteilt. Ihre dunklen Augenringe waren größer geworden.

»Mum?«

Nervös trat ich an sie heran und stellte den Teller auf den Boden. Ich kniete mich zu ihr und stupste sachte ihre Schulter an. »Mum, alles okay bei dir?«

Keine Reaktion. Langsam kroch Panik in mir hoch. Mein ganzer Körper wurde kalt, meine Finger zitterten und wurden feucht.

Nein, das durfte nicht sein. Es war schon so viel passiert, Mum durfte nicht krank werden. Ich hatte nicht genügend Geld für Doktor Philis.

»Mum!«, schrie ich verzweifelt.

Sie stöhnte. Ein Glück. Erleichtert keuchte ich auf und wischte mir eine Träne aus dem Augenwinkel.

»Mum, was hast du? Tut dir etwas weh?« Ich zögerte kurz, dann fügte ich hinzu: »Soll ich einen Arzt holen?«

Schwach schüttelte sie den Kopf. Langsam öffneten sich ihre trüben Augen und sie sah mich direkt an. Ich erkannte sofort, dass sie mir nicht antworten konnte. Also musste es ernst sein. Erneut kämpfte ich gegen den Kloß an.

»Bleib liegen, Mum. Ich hole Philis und er kümmert sich um dich. Bitte, gib nicht auf.« Und wieder sprang ich auf, plünderte das letzte bisschen Geld, das ich noch finden konnte, und rannte los.

Nach Wills letztem Essen tat es weh, nun alles fortzugeben. Vor allem an diesen Mann.

Ein beklemmendes Dejà-vu-Gefühl überkam mich. Ich stürzte, rappelte mich auf und stolperte erneut völlig verdreckt in die Praxis. Philis stand diesmal an einem Schrank, wühlte in seinen Ampullen und Fläschchen herum und sah überrascht auf, als ich reinplatzte.

»Sie schon wieder«, grüßte er mich.

»Doktor, meine Mutter ist schwer krank. Sie ist schon seit langem bettlägerig und eben konnte sie nicht sprechen und sich auch nicht rühren. Bitte, Sie müssen etwas unternehmen, ich gebe Ihnen auch alles Geld, was ich habe. Bitte, ich flehe Sie an.«

Philis wandte sich verblüfft zu mir. Dann entspannten sich seine Gesichtszüge.

»Beruhigen Sie sich. Ich habe auch Ihren Bruder gerettet, da wird das ein Leichtes sein.«

Aber Sie haben ihn auch verraten …

Ich nickte nur stumm und er begann leise murmelnd seinen Koffer erneut mit Ausrüstung zu füllen. Und wieder eilten wir den Weg zu meiner Wohnung zurück, quälten uns die Treppen hinauf. Ich führte ihn in das Zimmer meiner Mutter und er trat sofort an ihr Bett und kniete sich nieder. Ich blieb im Türrahmen stehen und betrachtete sie unruhig.

Philis brauchte sehr lange, um sie zu untersuchen. Er überprüfte ihren Rachen, testete Reflexe, maß Temperatur und horchte ihr Herz ab. Nach einiger Zeit, die sich zäh wie die Ewigkeit angefühlt hatte, stand er auf und drehte sich zu mir um. Er nahm seine Brille ab und putzte sie auffällig langsam an seinem Kittel ab. Er suchte offensichtlich nach den richtigen Worten und Zeit, um sie zu formulieren.

»Ihre Mutter scheint in der Tat schwer krank zu sein. Allerdings bin ich nur ein Arzt der Unterstadt, ich habe nicht die nötigen Mittel, um sie wirklich untersuchen zu können. Ich kann nur Medikamente für Husten, Schnupfen und Grippe ausgeben, Fleischwunden behandeln oder bei Geburten helfen. Aber ihre Mutter scheint nichts dergleichen zu haben, es muss etwas Organisches sein. Dazu müssten wir einen Bluttest machen.«

Es dauerte ein wenig, bis ich diese Information verarbeitet hatte.

»Sie können nichts machen?«

»Leider nein. Ich habe nur ein gutes Schmerzmittel für einen sanften …«

»Wehe Sie sagen es!«, schrie ich ihn an.

Ich wusste nicht, woher ich den Mut nahm ihn anzuschreien. Normalerweise war ich viel zu schüchtern und darauf bedacht, nicht aufzufallen. Niemand durfte auffallen, das war unser Gesetz. Und was für ein Gesetz es war! Das Blut hatte meine Fingerspitzen verlassen, ballte sich in meinem Herzen und setzte es in Flammen.

Ich straffte meine Schultern und ballte meine Hände zu Fäusten. Brodelnd vor Wut stampfte ich auf ihn zu und baute mich vor ihm auf.

»Sie haben meinen Bruder ermordet! Und nun wollen Sie noch meine Mutter gehen lassen? Nur weil wir in der Unterstadt leben? Das ist nicht gerecht, wir sind mehr wert! Meine Familie hat genauso ein Anrecht darauf zu leben, wie jeder der Oberstadt!«

Ich merkte, dass ich Eindruck auf ihn machte, er zuckte kaum merklich zusammen und seine sonst so verkniffenen Augen schienen sich geweitet zu haben. Sein rotes Gesicht war blasser geworden und kleine Schweißperlen hatten sich auf seiner Stirn gebildet.

»Sie werden unternehmen, was Sie können, damit meine Mutter wieder gesund wird, oder ich werde dafür sorgen …«

Ja, was? Nun fiel mir nichts mehr ein. Wie konnte man einem Mann drohen, der mehr Einfluss und Wichtigkeit besaß als man selbst? Und ich? Ich konnte immer noch meine Mutter verlieren.

Zu meinem Glück musste ich die Drohung nicht beenden, Philis drückte sich augenblicklich an mir vorbei, brabbelte etwas und floh aus der Wohnung.

Auf einmal schwand alle Kraft aus mir. Ich klappte neben dem Bett meiner Mutter zusammen und vergrub das Gesicht an ihrem Arm. Ich weinte, tränkte ihren Ärmel mit meinen Tränen, bis sich der Stoff dunkel färbte. Mum regte sich wieder und hob traurig den Kopf, bis sie mich fixieren konnte. Ich bemerkte sofort ihre glasigen Augen.

»Vika«, flüsterte sie. Fast hätte ich es überhört.

»Bitte lass mich nicht allein, Mummy«, wimmerte ich. So hatte ich sie nicht mehr genannt, seit Dad tot war.

»Vika, du bist so ein tapferes Mädchen.« Ihre Stimme brach und sie keuchte ein paar raue Huster hinaus. Das passierte ab und zu, aber erst jetzt klingelten bei mir die Alarmglocken. »Du wirst es schaffen, ich weiß es.«

»Was denn schaffen, Mummy? Zu überleben? Nur, weil ich wusste, dass ich noch jemanden habe, der mich braucht. Wenn du weg bist, dann …«

»Du wirst nicht aufgeben«, sagte sie mit ungewöhnlich fester Stimme, als habe sie noch ein letztes Mal all ihre Kräfte gebündelt.

Erschrocken hörte ich auf zu weinen, die letzten Tränen trockneten kühl auf meinen Wangen. So entschlossen hatte sie schon seit Jahren nicht mehr geklungen. Ihr war es ernst.

»Mum, ich werde einen Weg finden, dich zu retten.«

Die nächsten zwei Tage blieb ich daheim. Nur kurz berichtete ich Margo, dass meine Mutter im Sterben lag. Sie hatte mich augenblicklich an ihre stramme

Brust gedrückt und nach vielen Beileidsbekundungen eine Tasche voll Verpflegung gepackt. Und da ich kaum noch die Kraft hatte, meinen Stolz zu erhalten, nahm ich sie an.

Danach wich ich nicht mehr von Mums Seite. Ich wusch sie vorsichtig, wenn sie nass vom Schweiß war und kühlte ihre fiebrige Stirn. Manchmal schüttelte sie sich und gurgelte, als würde sie von innen ertrinken. Das war die Zeit, wenn die Angst mich packte und nicht mehr aus ihren Klauen entließ. Dann glaubte ich sie würde nun sterben. Weinen tat ich nicht. Ich hatte es mir verboten.

Am dritten Morgen wachte ich mit einem steifen Hals auf. Ich hatte an Mums Bettkante gelegen und meinen Kopf auf ihre Hand gebettet. Stöhnend massierte ich mir den Nacken und sah zu ihr auf. Sie lag stumm und reglos im Bett, ganz blass. Nur das leichte Heben und Senken ihrer dürren Brust verriet mir, dass sie schlief.

Ich wollte mich gerade aufrichten und etwas zum Essen holen, als es an der Tür klopfte. Erschrocken zuckte ich zusammen. Bei uns klopfte niemand. Und als es doch geschehen war, wurde Will abgeführt. Kurz fragte ich mich, ob ich nun an der Reihe war. Immerhin hatte ich Philis' Leben bedroht.

Mit wackligen Schritten verließ ich das Zimmer meiner Mutter und ging langsam zur Wohnungstür. Ich öffnete sie vorsichtig, nur einen Spalt breit, aber der runde Bauch des Doktors fiel mir sofort auf. Als ich hinauf sah, rückte er gerade seine Brille zurecht und wippte nervös auf den Fersen auf und ab, sodass sein Vorbau wie die Wellen des Ozeans schaukelten.

»Guten Tag.« Er versuchte geschäftlich zu klingen. »Miss Bain, ich habe einen Arzt aus der Oberstadt kontakt–«

»Wirklich?«, unterbrach ich ihn. Ich wollte ihm fast nicht glauben, konnte es nicht. Meine Drohungen sollten so viel Eindruck hinterlassen haben, dass er mir half?

»Er macht Ihnen ein Angebot. Sie und Ihre Mutter dürfen in die Oberstadt ziehen. Dort wird sie medizinisch versorgt. Es gäbe nur eine Bedingung.« Den Rest hörte ich nicht mehr, seine Stimme war zu einem pochenden Geräusch im Hintergrund geworden. Immer noch wirbelten die Worte in meinem Kopf umher und verhinderten, dass ich sie greifen konnte. Wir würden in die Oberstadt ziehen. Und Mum würde leben. Endlich ließ ich ein paar Tränen zu, aber zum ersten Mal seit zehn Jahren waren es Tränen der

Freude.

»Sie wirken abwesend. Haben Sie mir richtig zugehört?«

Verwundert sah ich auf und spürte, wie ich leicht rot wurde.

»Nein, tut mir leid«, gestand ich.

Er versuchte ein Lächeln, aber da ich ihm bei unserer letzten Begegnung die Zähne gezeigt hatte, schaffte er es offensichtlich nicht, es ernst zu meinen.

»Der Arzt, mit dem ich mich in Verbindung gesetzt habe, verlangt, dass sie dafür einen Job in der Oberstadt annehmen. Es ist keine leichte Aufgabe.«

»Und welche?«

»Das wird er Ihnen selbst sagen, wenn Sie morgen in die Oberstadt gehen.«

Es war als wäre mein Kopf mit Helium gefüllt. Ich fühlte mich leicht und schwebte förmlich durch die Wohnung. Philis hatte mir versprochen, solange auf meine Mutter aufzupassen. Danach bläute er mir auch noch ein, dass ich morgen früh, noch bevor die Sonne aufging und sich die ersten Menschen regten, bei dem Pförtner stehen sollte. Dort würde jemand auf mich warten, um mich in die Oberstadt zu bringen. Danach hatte er sich empfohlen und war verschwunden.

Sobald ich wieder zu mir kam, stürzte ich neben meiner Mutter auf den Boden und erzählte ihr mit erstickter Stimme die Neuigkeiten. Sie lächelte schwach und streichelte meine Hand.

»Das ist wunderbar, Liebes. Dieses Leben hast du dir wirklich verdient. Und dann kann Will auch endlich zur Ruhe kommen.«

Ich schluckte. Will hatte ich seit Tagen nicht mehr erwähnt. Fast war ich davor, es ihr zu sagen, aber ich konnte es nicht über mich bringen. Benommen nickte ich, aber das Glücksgefühl in meinem Bauch war abgeflaut. Schnell versuchte ich das Thema zu wechseln.

»Morgen passt Doktor Philis auf dich auf, damit ich seine Kontaktperson treffen kann. Er wird uns bestimmt eine wunderbare Wohnung suchen und ich muss anscheinend auch nichts zahlen, oder zumindest nicht so viel, genaueres erfahre ich morgen«, fing ich an uns beiden Mut zuzusprechen. Natürlich würde es nicht so einfach sein, ich hatte eine Aufgabe zu erledigen und laut Philis würde es eine schwere werden.

Ich wusste, dass ich sie nicht ablehnen würde. Mein Erfolg würde Mums Leben bestimmen, da war ich mir sicher.

Ich schlief diese Nacht nicht, zu groß war die Aufregung. Ständig fragte ich mich, wie die Oberstadt aussah, ob sie ähnlich wie die früheren Großstädte war, mit weiten Straßen, leuchtenden Reklamen, bunten Menschen und vielleicht Straßenmusikanten an jeder Ecke. Den Gedanken verwarf ich. Ich konnte mir kaum vorstellen, dass sie mehr Strom besaßen als wir. Die einzige Person aus der Oberstadt, die ich jemals gesehen hatte, war Präsident Harrison gewesen. Und ihn konnte ich kaum mit dem farbenfrohen Treiben des Hollywood Boulevards in Verbindung bringen, den ich aus dem Fernsehen von früher kannte. Er war weiß und kalt gewesen.

Wieder wurde mir flau im Magen. Wenn ich in der Oberstadt wohnen würde, würde ich ihn wiedersehen müssen.

Plötzlich schrillte mein Wecker, ich zuckte zusammen und deaktivierte ihn. Langsam wurde mir klar, dass ich die ganze Nacht fantasiert und keine einzige Sekunde erholsamen Schlaf gefunden hatte. Dafür würde ich aber in wenigen Stunden Gewissheit haben.

Trotz des Schlafmangels war ich hellwach und sprang aus dem Bett. Ich klaubte meine besten Klamotten zusammen. Leider besaß ich nur Hosen. Röcke oder Kleider waren umständlich für die Arbeit. Genauso hätte ich niemals für eine schöne Bluse gespart, der Regen und der Matsch hätten mir nicht lange etwas davon gelassen. Ein einfaches schwarzes T-Shirt würde reichen müssen, wenigstens war der Saum nicht eingerissen. Wenn Mum wieder gesund war, würde ich uns beiden schöne Kleider kaufen. Oberstadt-Kleider.

Dieser Gedanke beflügelte mich noch mehr und ich tanzte fast, als ich im Bad verschwand. Ich duschte mich schleunig und schenkte meinem Spiegelbild nur einen kurzen Blick. Meine Wangen glühten vor Aufregung. Ich zog mich an und nahm mir ein kleines Stück von Margos Käse mit, dann verließ ich die Wohnung.

Draußen war noch niemand wach, selbst die Tiere aus einer der unteren Wohnungen schliefen. Diejenigen, die keine Wohnungen hatten, waren in dicke Decken verpackt und hatten sich unter ihre Unterstände verkrochen. Nur die kahle Sam sah kurz auf, als ich an ihrem Lager vorbei schlich, befand mich aber als unwichtig und legte den Kopf zurück auf ihre überkreuzten Arme.

Ich watete bis zu dem riesigen Tor, das ich schon so oft besucht, aber nie passiert hatte. Das Pförtnerhäuschen war noch nicht besetzt, um diese Uhrzeit wurden keine Pakete zugestellt.

Aber eine einsame Gestalt wartete direkt vor der kleinen, schäbigen Tür.

Es war eine Frau mit langen schwarzen Haaren. Sie hingen ihr tief über die Augen, sodass man diese nur erahnen konnte. Unter ihrem Pony lugten eine spitze Nase und ein verkniffener Mund hervor. Sie trug einen großen, weiten Mantel, so weiß, dass er fast in den Augen stach und dazu hohe Stiefel, die zu ihrem Glück sogar den Matsch abperlen ließen. Obwohl die Person klein war, strahlten ihre gerade Haltung und ihr erhobener Kopf Überlegenheit aus, als sei ich diejenige, die kaum eins sechzig groß war.

Jetzt wurde mir doch mulmig zumute.

»Miss Bain?«, erhob sie ihre eiserne Stimme.

Sie erinnerte mich an einen Raubvogel, der sich jeden Moment auf das arme Kaninchen stürzte, um es zu packen und zu verschleppen. Und das Kaninchen war ich.

»Ja?«, fiepte ich.

Sie reichte mir die Hand. Zögerlich nahm ich sie und keuchte auf, als sie mir mit ihrem kräftigen Händedruck fast die Finger brach.

»Mein Name ist Alessia Stark. Doktor Philis hat Sie – soweit ich weiß – darüber informiert, dass ich Sie in der Oberstadt herumführen werde?«

Obwohl sie es wie eine Frage betonte, klang es nicht so. Ich nickte hastig und entlockte ihr damit ein leises Schnalzen mit der Zunge.

»Dann folgen Sie mir bitte«, sprach sie und führte mich durch das Pförtnerhaus. Ich sah nicht zurück.

Kapitel 6.

Schon als mich das Licht blendete, wusste ich, dass ich das, was vor mir lag, mit nichts vergleichen konnte. Zuerst glaubte ich, hier auf der anderen Seite - die nur von zwei Meter robusten Stein getrennt wurde - würde die Sonne strahlen und der Himmel wolkenlos über uns liegen. Aber ich hatte mich geirrt.

Eine gewaltige Fläche lag vor mir. Seit fünf Jahren hatte ich die Mauer nicht mehr von außen gesehen und vergessen, wie groß die Stadt wirklich war. Die Unterstadt erinnerte mich eher an ein Dorf, enge Straßen, graue Wohnklötze, funktional und arm. Aber die Oberstadt erschien mir so groß wie zwei Städte. Um das andere Ende sehen zu können, musste ich angestrengt die Augen zusammenkneifen. Die Mauer zog sich wie ein dünnes Band um die Stadt. Wobei ich nicht wusste, ob man das Bild vor mir Stadt nennen konnte.

Ein Traum, das musste es sein, denn es konnte nicht der Realität entsprechen.

Grünbewachsene Hügel, umzäunte Koppeln, schimmerndes, im Wind wiegendes Gras. Es war die Intensität dieser Farbe, die mich geblendet hatte. Am liebsten wäre ich losgestürzt, über die Wiesen gepeitscht und hätte mich im satten Grün fallen gelassen, die Halme gespürt, wie sie meine Wangen kitzelten.

In der Mitte der Stadt standen die Wohnhäuser, zumindest glaubte ich es. Es waren gigantische, weiße Villen. Säulen trugen die geometrischen Dächer, manche waren Rundbauten, als würden sie ein Amphitheater in sich bergen, andere drei oder vier Stockwerke hoch mit einem kleinen Grundriss, andere lang mit breit zulaufenden Enden und hohen Fenstern. Obwohl jedes Gebäude unterschiedlich war, hatte man sie symmetrisch aufgebaut. Sie bildeten mehrere Kreise, als wären sie die Hohlräume und die Straßen die

Fäden eines Spinnennetzes. Ehrfurcht ergriff mich. War dies das Paradies der Götter? Die reich verzierten Säulen, die eindrucksvolle, majestätische Imposanz gaben mir das Gefühl, nicht vor einen Präsidenten treten zu müssen, sondern vor einen Göttervater.

»Was haben Sie mit den Feldern gemacht?«, fragte ich, um mich zuerst dem zu stellen, was mir ungefährlich erschien.

Miss Stark straffte stolz die Schultern.

»Wir haben ein Serum entwickeln können, das wir den Pflanzen beigaben. Sie sind robuster geworden, größer und intensiver. Das geben sie an ihre Nachkömmlinge ab. Aber unser Labor arbeitet immer weiter.« Sie nickte zu einem der Gebäude hin, die nicht direkt in den Kreis integriert waren. Davon konnte ich drei sehen, aber ich war mir sicher, auf der anderen Seite der Stadt lagen weitere.

Verblüfft und auch empört keuchte ich auf.

»Sie haben essbare Gewächse und wir müssen mit Dreck von der Straße in unseren Wohnungen anpflanzen?«

»Nicht jeder kann dieses Privileg haben. Sonst wäre es keines«, sagte sie emotionslos. »Dort kommt unsere Kutsche.«

Ich wollte noch etwas erwidern, aber der Anblick des Gefährts verschlug mir erneut die Sprache. Eine weiße Kutsche mit goldenen Ornamenten kam direkt vor uns zum Stillstand. Stattliche Schimmel warfen ihre großen Köpfe in die Luft, lockerten die Zügel in den Händen des Kutschers. Die Speichen der Räder waren mit goldenen Lilien geschmückt, die als Fixierungsschraube dienten, die kleinen Fenster waren mit cremefarbenen Vorhängen umrahmt. Auch der Kutscher trug Weiß, sein Blick war stur geradeaus gerichtet, sein Rücken gerade, sein Gesicht eine Maske.

Eine kleine Treppe klappte sich auf und half der zierlichen Alessia nach oben ins Innere der Kutsche. Zögerlich folgte ich ihr. Nicht nur die Vorhänge, auch die Polster waren cremefarben, fast wie die köstliche Bourbonvanillesoße, die ich als Kind gerne gegessen hatte. Als hätte der Schneider nur einen kleinen Hauch auf die Sitze geatmet und so ihre Färbung verändert. Als ich mich setzte, entwich mir ein erstauntes »Oh«. Sie waren unglaublich weich, so weich, dass ich mich am liebsten ausgestreckt und geschlafen hätte. Beleuchtet wurde der Raum von vier vergoldeten Öllampen, deren Halterung wie Drachenklauen wirkten, die andächtig das Glas festhielten.

Als die Kutsche anfuhr, stand Alessia kurz auf, um ihren Mantel auszuziehen und neben sich auf den Sitz zu legen. Penibel strich sie ihn glatt, obwohl er keinen einzigen Tropfen Schlamm aufgenommen hatte.

»Schau dich nur um. Festige deinen ersten Eindruck, er wird wesentlich für deine Entscheidung sein«, riet sie mir und ich riss meinen Blick von ihr los.

Wir passierten gerade einen kleinen Weiher. Ich hatte ihn zuvor nicht bemerkt, zu abgelenkt war ich von den Villen gewesen. Aber nun erkannte ich, dass er nicht das einzige Gewässer war. Bestimmt dienten die Seen dem Fischfang. Ob sie auch das Wasser behandelt hatten? Oder die Erde? Was war mit dem Grundwasser? Fragen über Fragen und ich befürchtete, dass ich die Antworten nicht verstehen würde.

Mein Blick schweifte weiter und ich konzentrierte mich auf die Stadt, die uns langsam entgegenkam. Jetzt erst merkte ich, dass die Villen keinesfalls nur aus weißem Marmor bestanden. Auch sie waren mit ähnlich floralen Motiven dekoriert und vergoldet. Die Wege waren aus hellem Stein. Aber ich weigerte mich zu glauben, dass es ebenfalls Marmor sei. Empörung stieg in mir hoch, aber sie verrauchte, als ich die Bürger sah. Keiner von ihnen trug eine Farbe. Ich erkannte Anzüge, lange Kleider, Baumwollhosen, schlichte T-Shirts. Alles war stechend weiß. Ich blinzelte kurz, um das Brennen in meinen Augen zu lindern. Die einzigen Farbakzente waren die Köpfe der Menschen. Schillernd bunte Frisuren, aquamarine, apfelgrüne und strahlend gelbe Strähnen waren zu sonderbaren Frisuren aufgetürmt, nach hinten gegelt, gedreht, gesteckt, mit Hüten oder Blüten – natürlich weiß – kombiniert, nur ab und zu erhaschte ich eine natürliche Haarfarbe. Kurz musste ich an Margo denken und ein Schmunzeln zog sich über meine Lippen. Automobile fuhren nicht über die Straßen. Dafür gewährten wir kurz darauf einer zweiten, identischen Kutsche Vorfahrt.

Endlich hielt unser Gefährt mit einem kleinen Ruck an. Die Pferde schnaubten, wenn ich die Augen schloss, spürte ich ihren warmen Atem.

»Ich kann mir vorstellen, wie überwältigend die Oberstadt auf dich wirken muss«, holte Miss Stark mich in die Realität zurück.

»Alles ist so sauber. Als würde der saure Regen hier niemals fallen. Als wäre ich durch ein Portal in eine meiner Märchenwelten geschlüpft.« Ich wurde rot und senkte verlegen den Blick.

»Bei uns werden ja auch die Straßen gesäubert und jeder bemüht sich darum, die Zivilisation zu erhalten. Wir wollen uns unsere Reinheit wahren.« Ich versuchte die Schärfe in ihrer Stimme zu überhören.

»Tragen deshalb alle Weiß?«

»Das Optische trägt viel zum menschlichen Befinden bei. Farben regulieren unsere Emotionen. Deswegen tragen wir sie nur zu besonderen Anlässen. Schwarz ist so gut wie verboten, wir trauern nicht, wir leben. Nur unsere Minister und der Präsident tragen Schwarz, unsere Grenzer dunkles Rot, aber sie sind die einzigen, die sich der Vergangenheit stellen müssen.«

Also hatte Präsident Harrison mit seinem weißen Anzug nur Überlegenheit demonstrieren wollen. Hass bäumte sich in mir auf, wie ein ungestümes Pferd, aber ich zügelte ihn. Für meine Mutter.

»Kommen Sie«, riss mich die bestimmte Stimme der Schwarzhaarigen erneut aus meinen Gedanken, »und beeilen Sie sich. Wir werden Sie neu einkleiden.«

Ohne nachzufragen, folgte ich ihr und eilte über die weißen Steine zu einer der Villen, vor der wir gehalten hatten. Sie war eine derer, deren kleines Vordach durch vier Säulen getragen wurde, die mehrere Geschosse umfassten. Miss Stark öffnete die Tür und mit einem flüchtigen Gedanken an meine schlammigen Schuhe trat ich ein.

Auf die Helligkeit trat ein behagliches Dämmerlicht auf. Direkt vor mir wand sich eine leicht geschwungene Treppe mit breiten Stufen aus dunklem Holz hinauf. Sie waren mit einem weinroten Teppich ausgelegt, der bis zur Tür reichte und unter mir den Schlick aus meinen Sohlen saugte. Vergabelungen des Teppichs führten zu einem offenen Raum zu meiner rechten und einem kleinen Gang zur Linken, der sich in einer Küche verlor. Kerzenleuchter waren in gleichmäßigen Abständen an den Wänden angebracht und in den elektronischen Kerzen flackerte ein schummriges Licht. Das Haus wirkte klassisch und altmodisch, als hätte ich das Herrenhaus einer reichen Grafenfamilie betreten. Zu gerne hätte ich gewusst, wie man diesen Stil nannte.

Alessia Stark schmunzelte amüsiert, meine Verblüffung hatte sie keineswegs enttäuscht. Sie ging langsam wie eine Katze um mich herum und blieb vor mir stehen.

»So etwas haben Sie bestimmt seit Jahren nicht mehr gesehen. Oder noch nie«, feixte sie.

»Wie kann das sein?«, stammelte ich. »Wie kann das Leben hier perfekt sein und dort drüben nur ein Warten auf den Tod?«

»Überlegen Sie: Wenn jeder der faulen, jammernden Dreckkriecher bei uns leben wollen würde, würde die Oberstadt nicht mehr so schön sein, wie sie nun ist. Und wenn Sie zusagen, dann werden Sie dazugehören. Zu dieser Schönheit.«

Ich schluckte. Mein Stolz schrie mir entgegen, wie ungerecht und überheblich Alessia war. Sie hatte nicht gehungert, sie hatte verdrängt, wie präsent der Tod in unserer Zeit war. Wahrscheinlich lag sie jeden Abend mit einem Glas Wein auf ihrem luxuriösen Bett, umringt von drei Zofen in mittelalterlicher Tracht, die ihr für einen Hungerlohn die Füße massierten. Woher nahm sie sich das Recht, so zu reden?

Aber mein Verstand arbeitete gegen mein Herz. *Es ist für Mum*, flüsterte er mir zu. *Du musst dich anpassen, wenn sie leben soll. Sei nicht wie Will. Sein Herz war am rechten Platz, aber zu welchem Preis?*

Am liebsten hätte ich laut angefangen zu weinen. Ich wollte zurück in die Unterstadt laufen, mich auf den Marktplatz stellen und laut meine Wut hinaus brüllen, wollte meinen Mitmenschen erzählen, in welch Reichtum die Oberstadt schwelgte. Hier war Platz. Jeder hätte in Ruhe leben können, hätte arbeiten können. Wir wären alle satt und glücklich geworden.

Aber ich würde nicht mehr nach Hause kommen. Wenn ich den Job annahm, würden sie mir sofort bei meinem Umzug helfen. Vielleicht wussten sie, wie es um mein Herz bestellt war und würden mich hier behalten, während Beauftragte meine Mutter und unsere Habseligkeiten hierher brachten. Es sah ihnen zumindest ähnlich. Doch wenn ich wollte, würde ich einen Weg finden, dieser Ungerechtigkeit ein Ende zu bereiten.

»Folgen Sie mir bitte«, sprach Alessia, die meinen inneren Konflikt zu ignorieren versuchte. »Ich zeige Ihnen das Haus. Dann waschen Sie sich und ziehen sich um. Ich zeige Ihnen die Stadt und das Krankenhaus, in dem Ihre Mutter leben wird. Zuletzt gehen wir noch die Formalien durch.« Ihr Mund kräuselte sich zu einem gemeinen Lächeln. Sie erinnerte mich an die Richter, die meinen Bruder und Thomas zum Tode verurteilt hatten.

Als wir die Gänge entlang liefen und uns umschauten, verlor sich die Wirkung auf mich nicht. Alles wirkte unbezahlbar teuer, die Möbel waren aus festem, polierten Holz. Schnitzereien zierten die Oberflächen. Bei manchen fragte ich mich, ob sie aus der alten Zeit gerettet worden waren, andere wirkten sonderbar neu. Irgendwo in der Stadt musste eine Baumschule existieren, die mir nicht aufgefallen war.

Im Untergeschoss gab es neben dem Aufenthaltsraum, der großen Vorhalle, der Küche und einem Bad auch noch eine Bibliothek, die wir zu meinem großen Bedauern nicht lange betrachteten. Bücher. So viele Bücher, erhalten und erwartungsvoll, dass jemand sie aufschlug. Es grenzte an ein Wunder, dass sie noch existierten.

Im oberen Stockwerk lag der private Bereich. Zwei Schlafzimmer, ein kleines Gästezimmer mit jeweils einem Bad.

Nachdem mir meine Begleitung alles gezeigt hatte, blieb sie oben auf dem Flur vor dem Größeren der Schlafzimmer stehen.

»Das hier wird Ihr Zimmer sein, wenn Sie hier einziehen. Dort finden Sie Kleidung zum Wechseln. Ich warte solange unten.« Sie versuchte ein Lächeln, doch auf mich wirkte es starr. Fast wie bei einer Puppe. Sie verschwand wieder und zögerlich trat ich in das Schlafzimmer ein.

Wie in jedem Zimmer befand sich auch hier Farbe. Offensichtlich durfte man sich in seinen privaten Räumen ganz seiner Trauer und Furcht hingeben. Das Bett vor mir hatte einen großen, grau-braunen Bettkasten, das Laken und die Bettwäsche waren fliederfarben. Die Wand mir gegenüber bestand aus riesigen Panoramafenstern, die mit dunklen, malvenfarbenen Vorhängen verdeckt werden konnten. Dahinter erstreckte sich ein kleiner metallener Zaun, der das Grundstück zur Straße hin abgrenzte. Vorne am Haupteingang hatte meine neue Villa kleine Rasenflächen neben der breiten Treppe, das wusste ich noch von dem Moment, als wir das Grundstück betreten hatten. Zu meiner Rechten befand sich ein Schrank, so groß, wie unser komplettes Bad in der kleinen Wohnung war. Auf meiner anderen Seite war eine Frisiertoilette mit einem wunderschönen, von blass gefärbten Rosen umrahmten Spiegel. Das Zimmer wirkte freundlich und einladend.

Ich wollte nicht darüber nachdenken, wie verräterisch es von mir war, mich über mein zukünftiges Heim zu freuen. Es ging schließlich um meine Mutter. Für den Augenblick genoss ich den Luxus und holte mir ein langes, weißes Kleid aus dem Schrank, ein schlichtes Modell mit langen Ärmeln und einem U-Bootausschnitt. Auch jedes andere Kleidungsstück im Schrank und auch die in der dünnen Kommode, die ich nun hinter ihm entdeckte, waren weiß.

Ich hatte noch nie so viele saubere und schöne Kleider gesehen. Ich sammelte mir alles zusammen, was ich brauchte, und verschwand durch die verbliebene Tür.

Einen kleinen Aufschrei konnte ich nicht unterdrücken. Das Bad war gigantisch, vielleicht sogar größer als das Schlafzimmer. Vor mir war ein Becken in den Boden gelassen, quadratisch und so groß wie ein Doppelbett. An einer spiegelnden Platte in der Decke waren Düsen montiert und ein Bedienungsfeld befand sich neben der kleinen Treppe neben den Sitzflächen. Ich drückte auf ein Symbol und augenblicklich schoss dampfendes Wasser von der Decke und füllte nach und nach den Pool vor mir. Nachdem ich meine Kleider ausgezogen hatte, ließ ich mich in das warme Wasser sinken. Meine Haut prickelte, so angenehm war es. Ich konnte mich nicht erinnern, wann ich das letzte Mal gebadet hatte. Ein wenig trieb ich in dem Becken umher, dann bediente ich wieder die Tafel, wollte alles ausprobieren. Zuerst aktivierte ich eine Whirlpool-Funktion, danach kam eine weiße Substanz aus kleinen Düsen am Beckenrand. Das Wasser schäumte und roch herrlich nach frischen Aprikosen.

Hier könnte ich ewig bleiben.

Nach meinem langen Bad betrachtete ich mich wieder im Spiegel. Es war schwer, das nicht zu tun, fast jede freie Fläche bestand aus Spiegelwänden. Meine braunen Augen funkelten, meine Lippen fühlten sich verkrampft an, als seien sie es nicht mehr gewohnt zu lächeln. Ich wirkte zufrieden und sauber. Schnell fand ich heraus, dass sich die Spiegel aufklappen ließen. Hinter den meisten befanden sich Regale, in denen Handtücher und Kosmetik verstaut war, aber in einen konnte ich hinein gehen und wenn ich einen kleinen Knopf betätigte, wurde mir warme Luft entgegen geblasen, die mich und meine Haare langsam trockneten.

Als ich fertig war, zog ich mich an. Ich fühlte sofort, wie kostbar die Stoffe waren, sie fühlten sich kühl an und sie kitzelten die Haare an meinen Armen, als sie über meine Haut flossen.

Für einen kurzen Moment glaubte ich zu träumen. Nicht einmal in meinem früheren Leben hatte ich solch einen Luxus genossen. Ich wusste noch aus Reportagen, dass Prominente und Politiker sehr wohl die modernste Technik besaßen, aber ich hätte niemals damit gerechnet, dass sie das Unglück überlebt hatten. Es war ungerecht. Eine Badewanne würde niemals ein Menschenleben aufwiegen können.

Schweren Herzens versuchte ich mich von meinen Gedanken zu befreien und ging zurück zu Miss Stark. Sie stand in der Bibliothek, die wir uns nicht lange genug ansehen konnten und fuhr mit ihren langen Nägeln vorsichtig die Bücherrücken entlang. Ich las die Titel, aber weder *Krieg und Frieden* noch *Das Bildnis des Dorian Grey* sagten mir etwas. Vielleicht sollte ich das ändern.

Alessia bemerkte mich und drehte sich mit wehenden Haaren zu mir um.

»Und? Haben Sie ihr Bad genossen?«

»Ja, sehr.« Ich nickte beschämt, aber sie lächelte. Fast schon wohlwollend. Sie wusste, wie sehr ein gutes Bad die Lebensgeister weckte. *Daheim wusste es niemand mehr,* dachte ich verbittert.

»Wenn Sie hier einziehen, haben Sie das jeden Tag. Nun gut, gehen wir los. Ich zeige Ihnen das Krankenhaus.«

So schnell sie ihre kurzen Beine trugen, stolzierte sie los und winkte mich zu sich. Ich folgte ihr brav. Wir gingen zu Fuß, nun fiel ich nicht mehr auf und ich hatte genügend Zeit, die Menschen zu beobachten. Auf mich wirkten sie wie aus einer anderen Welt, als wäre ich auf einen anderen Planeten gereist und nicht nur auf die andere Seite der Mauer.

Das Krankenhaus war am Stadtrand - eines der wenigen Gebäude, die funktional wirkten und im Bauhausstil ansiedelten – offenbar gehörten die inneren Kreise den Wohnhäusern. Stark zeigte mir lediglich die Eingangshalle und nannte mir den Flur, in dem meine Mutter stationär behandelt werden würde. Aber etwas nagte immer noch an mir.

»Warum ermöglichen Sie mir das? Warum ich? In der Unterstadt sterben täglich Menschen an Krankheiten und Hunger.«

Alessia schwieg, sie zog die Unterlippe in ihren Mund und nagte ein wenig daran. Dann schnalzte sie wieder mit ihrer Zunge.

»Ich bin nicht diejenige, die Sie darüber informiert. Aber keine Angst, lange müssen Sie nicht mehr schwimmen. Ich bringe Sie zum Präsidenten, er wird Ihnen Ihren Vertrag vorlegen und alles Weitere mit ihnen besprechen.«

Mein Herz setzte einen Schlag lang aus. Der Präsident. Wills Mörder.

KAPITEL 7.

Ein Dienstmädchen öffnete uns die Tür. Wir standen vor der Größten und Breitesten der Villen, fast im Zentrum der Stadt. Sie bildete gemeinsam mit sechs anderen Häusern den innersten Kreis um eine große Halle, die ich nicht näher vorgestellt bekommen hatte. Doch selbst wenn ich nicht gewusst hätte, wer hinter dem Prunk aus weißem Marmor lauerte, vor dem ich stand, hätte ich es gewusst. Auf den Seitenflügeln lagen kleine Kuppeln, während das Zentrum des Gebäudes ein spitz zulaufendes Dach besaß, das die Kuppeln sogar noch überragte. Nie hätte ich dort einen anderen Mann als unseren Präsidenten erwartet. Und ich würde ihm erneut gegenübertreten.

Das Dienstmädchen führte uns durch dunkle, kalte Flure. Die hohen Fenster waren von schweren Vorhängen bedeckt, nur die Glaskuppeln und wenige Lampen spendeten Licht. Wir wandten uns in den rechten Flügel und das junge Mädchen faltete fromm seine weiß behandschuhten Finger ineinander.

»Präsident Harrison wartet bereits auf Sie«, murmelte sie.

Alessia nickte mir zu und öffnete für mich die Tür. Ich hatte keine Chance mich vorzubereiten. Nur einen Atemzug tat ich, bevor ich das Zimmer betrat.

Hier waren die Vorhänge einen Spalt breit geöffnet. Fast schon fühlte ich mich willkommener, aber dann bemerkte ich den kühlen Blick, der auf mir ruhte.

Präsident Harrison saß an einem breiten Eichentisch. Er glänzte im Schein einer Lampe mit verdunkeltem Schirm. Die komplette Schreibtischoberfläche war mit Papieren bedeckt. Harrison musterte mich, ehe er die Hände voneinander löste, hinter denen er seinen Mund verborgen hatte, und auf einen schlichten, dunklen Holzstuhl mit dünnem Polster vor mir wies.

»Nehmen Sie Platz«, sagte er knapp.

Ich schritt über den smaragdgrünen Teppich, der jeden Laut aus meinen Füßen saugte und setzte mich langsam. Kurz bewunderte ich die Sammlung alt wirkender Bücher, die jeden freien Fleck an den Wänden einnahmen, ehe ich wieder zu meinem Kontrahenten blickte.

Harrison hatte gewartet, bis ich ihm wieder meine volle Aufmerksamkeit schenkte. Ob er meine schweifenden Gedanken missbilligte, oder mein Staunen genoss, wusste ich nicht.

»Sie sind hier, damit wir Ihre Aufgabe und Ihren Vertrag durchgehen. Ihnen sollte bewusst sein, dass wir gewisse Regeln aufgesetzt haben. Im Austausch dafür helfen wir Ihrer Mutter.« Ich schwieg und er wertete es als Zustimmung. »Ich werde es Ihnen einfach machen: Egal wie Sie sich entscheiden, die Unterstadt werden Sie nicht mehr betreten.«

Darauf hätte ich eigentlich vorbereitet sein müssen. Dennoch traf es mich wie ein Schlag. Ich saß in der Falle.

»Egal wie …«, setzte ich an, doch er unterbrach mich.

»Sollten Sie den Job ablehnen, werden wir uns etwas anderes für Sie ausdenken. Wir können nicht riskieren, dass sie durch die Unterstadt toben und jedem vorschwärmen, wir würden in Saus und Braus leben. Es kursieren bereits genügend Unruhen.« Ich biss die Zähne zusammen. Aber so war es doch! Wieso sollte ich nicht versuchen für Chancengleichheit zu sorgen?

»Mir ist bewusst, dass es Ihnen so vorkommen mag. Aber – bitte verzeihen Sie mir – vieles übertrifft wohl Ihren Horizont. Es ist weitaus mehr als Reichtum und bevor Sie sich mir widersetzen wollen: Denken Sie an ihre Mutter.«

Erpressung! Hitze stieg mir in den Kopf, am liebsten wäre ich aufgesprungen und hätte ihm seine Dokumente um die Ohren geworfen. Es war ihm nicht einmal peinlich, den größeren Teil seines Volkes zu knechten. Gerade als mein Po nicht mehr die Sitzfläche berührte und mein ferngesteuerter Körper sich zum Angriff spannte, nahm ich eine Bewegung hinter mir wahr. Mein Kopf fuhr herum, verblüfft plumpste ich zurück.

Hinter der Tür stand ein weiterer Mann. Er hatte sich in eine Nische zwischen einem der Regale und dem Türradius gestellt. Sein Gesicht wurde beschattet, aber auf seinem Kopf leuchtete es rostrot. Er war groß, das konnte ich sehen, eine gut gebaute Silhouette. Seine weiße Kleidung wirkte im

Schatten grau.

»Miss Bain.« Sofort fuhr mein Kopf herum. Harrison musste weitergesprochen haben. Widerwillig konzentrierte ich mich wieder auf den gierigen Jäger vor mir.

»Ihre Aufgabe«, versuchte er mich an das Gesprochene zu erinnern. »Sie werden die Stadt verlassen. Alle zwei Wochen werden Sie hinaus fahren und die Infizierten im Schach halten.«

Ich spürte mein Herz. Wild wie die Flügel eines Spatzen flatterte es in meiner Brust. Ich sollte raus? Wollte er mich umbringen? So musste es sein. Bestimmt hatte Philis nun auch mich angeschwärzt und wollte mich genauso loswerden wie meinen Bruder, nachdem ich sein Leben bedroht hatte. Ich wusste, was draußen auf mich wartete, ich würde wie Thomas zerfleischt werden, ehe sich die Tore hinter mir schlossen, oder alleine durch die Aschewüste streifen, verhungern, oder freiwillig zur Meute gehen, um mein erbärmliches Leben zu beenden.

Harrison schmunzelte. Es war nicht angenehm.

»Nun gucken Sie mich nicht so an. Sie werden eine Wächterin sein. So nennen wir diejenigen, die uns beschützen.«

»Sie machen mich und andere zu Kanonenfutter.«

»Nein, Miss Bain.« Er lehnte sich zurück. Vielleicht wollte er entspannt wirken, aber sein straffer Rücken erinnerte mich an eine Raubkatze. »Meine Regierung hat entschieden, es sei das Beste, unsere Bürger nicht länger mit dem Leben außerhalb der Mauer zu behelligen. Sie leben in Frieden. Aber mutige Männer und Frauen haben in den letzten Jahren die Stadt verlassen und für uns gekämpft. Infizierte zu töten ist schwer, sie sterben nur durch einen Schuss in den Kopf. Viele haben ihr Leben gelassen, vielleicht erinnern Sie sich noch an das Leben vor unserer Mauer.« Er betonte es so, als müsse ich dankbar dafür sein, dass ich im Dreck aufgewachsen war. »Also haben wir sie gelockt. Einige der alten Stadtmauern waren noch teilweise intakt. Wir haben sie wieder aufgebaut, eine lange und tödliche Aufgabe. Sobald der Wall stand, haben wir die Monster hinein gelockt.«

»Wollen Sie etwa damit sagen, sie hatten jeden Infizierten eingesperrt?«

Er grinste. Ich ließ mich gegen die Lehne fallen und strich mir die wirren Haare aus dem Gesicht.

»Aber wieso haben wir die Stadt nicht verlassen? Wenn dort draußen keine

Gefahr mehr herrscht?«

»Denken Sie das wirklich? Wir können nicht versichern, dass es keine freien Infizierten mehr gibt. In unserer Nähe zumindest nicht mehr, aber die Welt ist groß. Obendrein ist das alte Stadttor bei weitem nicht so stabil, wie das Unsere. Wenn es bricht, könnten wir in großer Gefahr schweben. Nein, Miss Bain. Die Stadt ist alles, was wir brauchen. Alles, was wir haben.«

Erneut wollte ich zu einer Erwiderung einsetzen, aber es ergab irgendwie Sinn. Grübelnd zog ich mich in mich zurück. Etwas an der Geschichte gefiel mir immer noch nicht. Als es mir einfiel traf es mich wie ein Schlag.

»Vor wenigen Tagen wurde ein Freund von mir zum Tode verurteilt. Als er die Stadt verließ, wurde er von Infizierten überfallen.« Argwöhnisch verengte ich die Augen. Als Harrison lächelte, stockte mir der Atem.

»Da haben Sie Recht, Miss Bain. Wir sind eine kleine Stadt. Strom, Wasser und Lebensmittel sind knapp. Wir dürfen uns keinen Aufstand leisten.«

Erneut hatte ich das Gefühl, als habe mir jemand mit voller Wucht ins Gesicht geschlagen.

»Sie setzen Infizierte frei, um Angst in den Überlebenden zu schüren. Damit sie ruhig bleiben. Und Sie ermöglichen mir diese Chance, damit ich ruhig bleibe.«

Er nickte langsam. Kein Hauch von Scham lag auf seinen Zügen.

»Es geht um das Wohl der Mehrheit, Miss Bain. Sie sind noch jung, ihr idealistisches Denken verschleiert Ihnen den Blick auf die Realität. Und bitte versuchen Sie sich nicht länger den Kopf darüber zu zerbrechen. Alles, was Sie zu tun haben werden, ist das Tor zu bewachen. Sollte jemand sterben, wird er zu Ihnen und Ihren Kollegen gebracht und Sie müssen die Leiche über die Mauer werfen.«

»Damit sie sich dort verwandeln kann?«

Wir wussten mittlerweile, dass jeder von uns das Virus in sich trug. Ob es durch Luft oder Wasser übertragen wurde, war nicht klar, aber noch bevor wir die Stadt bezogen hatten, wussten wir, dass es nur zwei Tage dauerte, bis sich ein Verstorbener verwandelte. Warum enthaupteten sie die Toten nicht einfach? Brauchten wir noch mehr Monster?

»Wenn Sie hinter der Mauer ist, ist sie nicht länger unser Problem.«

Sie meinen wohl eher, dann ist sie Ihre Waffe, dachte ich grimmig.

»Miss Bain, ich brauche noch heute eine Antwort. Wenn Sie die Aufgabe annehmen, wird Ihr Partner Sie einweisen.« Er nickte zu dem Mann in der Ecke hin. Ich hatte ihn fast schon vergessen. Gerade als ich mich wieder zu ihm umdrehen und ihn mustern wollte, zog Jack Harrison schwungvoll ein Blatt aus seinem Stapel und legte es vor mich hin. Daneben schob er eine Schatulle, in dem ein glänzender, silberner Füller lag. Ich schluckte, mittlerweile war meine Kehle staubtrocken.

Es war ein Vertrag. Ich überflog ihn. Obwohl mir übel wurde, wenn ich an Präsident Harrisons Machtspiel dachte, konnte ich den Gedanken an meine Mutter nicht vergessen. Ich würde meine Seele, meine Unschuld und mein Gewissen verkaufen. Aber wenn ich an ihre gequälten Züge dachte, wusste ich, dass sie es mir wert war.

Im Vertrag waren die soeben genannten Aufgaben noch einmal aufgelistet. Ich würde alle zwei Wochen mit meinem Partner zur sogenannten Stadt der Toten fahren. Bei dem Namen wollte ich am liebsten ein sarkastisches Schnauben ausstoßen. Dort sollten wir abwechselnd Wache stehen und »Ladungen« in Empfang nehmen oder austragen. Sollte es zu einem Ausbruch kommen, wäre es meine Pflicht, den Flüchtenden zu fangen. Würde ich versagen oder desertieren, war mir der Rückweg zur Stadt für immer verwehrt. Zuletzt wurde ich darüber informiert, dass ich niemals mit jemandem über meine Arbeit sprechen dürfe. Das war interessant. Harrison hatte erwähnt, dass nur seine Regierung und wahrscheinlich auch die Grenzer Bescheid wussten, dass die Infizierten eingesperrt waren. Ein weiterer Punkt, der Harrisons Macht sichern sollte.

Als ich den Betrag meines Gehaltes sah, verschlug es mir den Atem. Bestimmt war das Geld nur dazu gedacht, die Arztrechnungen zu bezahlen. Aber das störte mich nicht.

Zuletzt war ein kleiner Zusatz eingefügt. Er war persönlich auf mich zugeschnitten.

Bei Unterschreibung des vorliegenden Dokumentes erklären Sie sich dazu bereit, die Unterstadt nicht mehr aufzusuchen. Ihre Angehörigen werden unverzüglich in die Oberstadt gebracht und als Teil der Gemeinschaft der Oberstadt akzeptiert, sowie wie ein vollwertiger Bürger behandelt. Bei Todesfall ihrer Angehörigen werden Sie nicht vom Dienst freigesprochen. Die Behandlung wird Ihnen nicht in Zahlung gestellt, vorausgesetzt Sie halten die o.g. Bedingungen ein.

Fassungslos starrte ich auf die Seite vor mir. Immer noch nagten Gewissensbisse an mir, Fragen schwirrten durch meinen Kopf. Ich fühlte mich beobachtet und eingesperrt. Trotzdem ergriff ich mit zittrigen Fingern den Füller und setzte geschwungene Buchstaben auf die vorgegebene Zeile, die meine Zukunft besiegelten.

Kapitel 8.

Präsident Harrison hatte mich mit wenigen Worten entlassen, sobald ich ihm den Vertrag zurück gereicht hatte. Als ich aufgestanden war und mich umgedreht hatte, war der Fremde bereits verschwunden. Der Präsident informierte mich schnell, dass ich ihn morgen kennenlernen würde.

Alessia Stark wartete auf mich, als ich das Büro verließ, und geleitete mich zurück zum Krankenhaus. Als ich verwundert nachfragte, antwortete sie nur: »Ihre Mutter wird in wenigen Stunden operiert. Sie werden Sie nicht sehen dürfen, aber ich stelle Ihnen ihren Arzt vor. Er wird Sie nach der OP über den Zustand Ihrer Mutter informieren und nach Hause schicken.«

Nachdem Alessia mich in ein Wartezimmer gesetzt hatte, nickte sie mir zu und verschwand ohne weitere Worte des Abschieds. Und dann wartete ich. Das Krankenhaus war genauso weiß und steril, wie die gesamte Stadt auf mich wirkte. Ich wusste aber noch von früher, dass es der Hygiene zu schulden war. Der Geruch von Reinigungsmitteln und Medikamenten stach in meiner Nase, dennoch konnte ich dies genug ausblenden, um in einen ruhelosen, unbequemen Schlaf zu versinken. Ich wachte erst auf, als sich ein Schatten über mich legte.

Erschrocken zuckte ich zusammen und stand hastig auf. Vor mir stand ein großer, hagerer Mann. Er hatte tiefe Augenringe, trotzdem war sein Blick klar und messerscharf. Um seinen Hals hing eine Brille mit stark vergrößernden Gläsern. Er trug einen weißen Kittel und eine weiße Haube auf dem Kopf. Die nackte Deckenbeleuchtung tauchte uns in ein kaltes Licht. Er reichte mir eine große, von feinen Narben übersäte Hand.

»Guten Abend, Miss Bain. Ich bin Doktor Lewis, der Chefarzt. Ich habe die OP Ihrer Mutter geleitet und wollte Sie informieren, dass sie es gut überstanden hat. Allerdings darf sie nicht besucht werden, wir haben sie in einen sterilen Raum gebracht und sie wird überwacht. Machen Sie sich keine Sorgen.« Er schenkte mir ein grübchenreiches Lächeln und seine weißen Zähne blitzten. Augenblicklich mochte ich ihn. Im Gegensatz zu Doktor Philis wirkte er kompetent und gebildet auf mich, er war freundlich und charismatisch. Kurz fragte ich mich, ob mich sein Lächeln genauso um den Finger hätte wickeln können, wenn er schlechte Neuigkeiten für mich gehabt hätte.

»Wann darf ich sie sehen?«

»Ich befürchte für eine längere Zeit nicht. Wir wollen sicher gehen. Dennoch sind Sie stets willkommen nachzufragen.« Ein Piepen ertönte und er zog einen kleinen Kasten aus seiner Tasche. Er klappte eine Plastikhülle hoch und las kurz, was auf dem Bildschirm stand. »Verzeihen Sie, aber ich werde zum nächsten Patienten gerufen. Ich wünsche Ihnen einen guten Heimweg.« Er nickte mir höflich zu. Kurz sah ich die Müdigkeit in ihm, aber er schien selbst seine Augen perfekt kontrollieren zu können. Hastig entfernte er sich und setzte sich im Gehen wieder seine Brille auf. Dann war er um die nächste Ecke verschwunden.

Enttäuscht, aber auch erleichtert ließ ich mich zurück auf meinen Platz sinken. Dass meine Mutter die Operation überstanden hatte, war mehr als ich mir noch vor wenigen Tagen hatte erhoffen können. Trotzdem zerriss es mich vor Sehnsucht nach ihren schmächtigen Armen.

Ich raffte mich auf und trat den Heimweg an. Die Straßen waren mittlerweile so gut wie ausgestorben, die wenigen verbliebenen Bürger hasteten ihres Weges, bevor die Lampen in den Laternen alle gelöscht wurden. Ich jedoch hatte vergessen, wie meine Villa aussah. Meine Villa. Bei dem Gedanken schüttelte ich langsam den Kopf.

Plötzlich rempelte mich jemand an. Ich stolperte zurück, konnte mich nicht mehr halten, doch dann schlang sich ein kräftiger Arm um meine Taille. Ich wurde hoch gezogen und blickte direkt in das Gesicht von Jack Harrison. Mein Herz sackte mir in die Hose.

»Tut mir leid, das war meine Schuld. Hast du dir etwas getan?« fragte er mich. Verwundert runzelte ich die Stirn. Seine Stimme klang weich und freundlich. Ich musste die Augen zusammenkneifen, um im schummrigen Licht etwas erkennen zu können und versuchte ihn genauer zu mustern. Erst als eine einsame Kutsche an uns vorbei fuhr und die Lampe, die dem Kutscher bei der Sicht half, das Gesicht von Jack erhellte, wurde mir klar, dass es nicht er war. Dieser Mann sah jünger aus. Er hatte braunes Haar, das ihm unordentlich in die Stirn fiel. Seine grünen Augen wirkten sanft und keineswegs kalt. Eher besänftigend, wie der stete Lauf eines Flusses. Als ich kurz durchatmete, um mich zu beruhigen, glaubte ich Salz zu riechen. Es ging von ihm aus. Der surreale Gedanke an das Meer stahl sich in meinen Kopf.

»Geht es dir gut?«, fragte er noch einmal nach. Verwundert blinzelte ich.

»Ja, alles in Ordnung.«

Ein schiefes Grinsen breitete sich über seinem Gesicht aus. Er ließ mich vorsichtig los, sobald er sich versichert hatte, dass ich einen festen Stand fand und trat einen respektvollen Schritt von mir zurück.

Obwohl wir wieder in der Dunkelheit standen, wenige Meter von der nächsten Straßenlaterne entfernt, fragte ich mich mittlerweile, wie ich ihn mit Jack Harrison verwechseln konnte.

»Eigentlich sollte ich mich dir erst morgen offiziell vorstellen. Aber wenn es der Zufall so will.« Er stoppte kurz. »Mein Name ist Shawn. Ich werde dein Partner sein.«

Ein verblüfftes »Oh« entwich mir. Mein Partner. Er war also der Mann gewesen, der hinter mir im Raum gestanden hatte.

»Warum bist du vorhin einfach gegangen?«, stellte ich die erste Frage, die mir in den Sinn kam. Dabei gab es so viel Bessere.

»Ich wollte noch etwas trinken gehen. Außerdem hattest du schon genügend zu verdauen. Mein Vater kann ziemlich einschüchternd sein.«

»Nicht zu vergessen erpresserisch«, murrte ich.

Erneut schmunzelte er, ein aufrichtiges, aber auch verlegenes Lächeln, als wäre es ihm nicht wohl dabei, mit mir zu sprechen. Augenblicklich blockierte sich etwas in mir. Ich musste vorsichtig sein. Er war der Sohn des Präsidenten.

»Du magst mich nicht«, stellte ich vorsichtig fest. Gleichzeitig verfluchte ich mich für meine Direktheit. Hatte ich mir nicht soeben etwas geschworen?

»Nein, das stimmt nicht. Ich bin es nur nicht gewohnt, mit jemandem wie dir zu sprechen. Hier sind nur Menschen aus der Oberstadt und …«

»Und du glaubst bestimmt, ich wäre aus irgendeiner Höhle gekrochen und du kannst mit mir nichts anfangen? Dass ich weniger wert bin?«, versuchte ich es.

»Ich glaube, dass du mehr wert bist, als jeder von uns. Dein Leben war hart und trotzdem hast du dich bis oben durchgekämpft. Bestimmt wirken ich und mein Leben lächerlich auf dich, aber das ist okay, für mich ist es auch so.« Damit nahm er mir vollkommen den Wind aus den Segeln. Ich gab meine verschlossene Haltung auf und ließ meine Arme kraftlos neben mir baumeln. Shawns Blick zuckte kurz zu ihnen, ihm entging keine meiner Bewegungen. Er straffte sich leicht.

»Morgen hole ich dich ab. Wir müssen dich vorbereiten, wobei ich glaube, dass du weniger Training brauchst als ein Oberstädter. Du kommst bestimmt mit wenig Nahrung aus. Draußen ist der Boden verbrannt und die Luft ist beißend.«

»Klingt für mich wie mein Vorgarten«, witzelte ich. Er grinste und nickte leicht.

»Wie gesagt, du wirst Essen rationieren müssen, ungefilterte Luft atmen, einen kleinen Lebensraum und lange Arbeitsstunden haben. Du musst mit Waffen umgehen und Stresssituationen standhalten können. Erinnerst du dich an die Infizierten?« Ein Film lief vor meinem inneren Auge ab, mein Vater, wie er sich auf mich stürzte, alle Menschlichkeit war aus ihm gewichen, Thomas, vergraben unter Bestien. Ich nickte lediglich, ein Kloß schnürte mir die Kehle zu.

»Gut, dann hole ich dich wie gesagt morgen ab und wir ...«

»Machst du das gerne?« Verwundert sah er auf. »Ich meine, macht es dir nichts aus, dass du Untote bewachst, Leichen transportierst und Menschen hinrichtest?« Zum Ende des Satzes hin wurde meine Stimme dünn und brach. So grausam konnte doch kein Mensch sein. Er schien ernsthaft über meine Frage nachzudenken. Einerseits beruhigte es mich, er schien mich also ernst zu nehmen und mir meinen Fehltritt zu verzeihen. Andererseits sollte er nicht nachdenken.

»Nein, es gefällt mir nicht«, sagte er schließlich langsam, »aber ich bin gerne draußen und wenn das die Konsequenz ist, dann nehme ich sie auf mich.«

Das war nicht alles. Dieser Gedanke schoss mir sofort in den Kopf. Ich fragte mich, was einem jungen Mann passiert sein musste, dass er die Einöde draußen der Oberstadt vorzog.

Shawn Harrison war ein sonderbarer Mann. Als er sich von mir verabschiedete und davon schlenderte, drehte er sich unter der nächsten Straßenlaterne noch einmal um und winkte mir. Bestimmt war er höchstens zwei Jahre älter als ich, aber im Schatten wirkte er alt.

Am nächsten Morgen stand ich pünktlich vor der Haustür meiner Villa. Die Nacht in meinem neuen, einsamen Haus hatte ich mit gemischten Gefühlen überstanden. Aber ich hätte lügen müssen, wenn ich gesagt hätte, dass ich lange nicht mehr so gut geschlafen hatte. Shawn wartete bereits lässig gegen eine meiner Säulen gelehnt auf mich.

»Ich wollte heute mit dir die Oberstadt erkunden«, begann er und klang fast so geschäftsmäßig wie sein Vater. »Ich bin mir sicher, die Felder würden dich beeindrucken und …« Er stockte, als glaubte er in ein Fettnäpfchen getreten zu sein und errötete leicht. Dabei hatte er recht.

»Nun … sollen wir los?«, fragend sah er mich an und ich nickte stumm.

Wir gingen zu Fuß, bestimmt hätte der Sohn des Präsidenten eine Kutsche rufen können, aber er wollte mich sicherlich die Stadt weiter bewundern lassen. Aus der Kutsche hatte ich bereits einen guten Ausblick auf die ausläufigen Häuser und Gärten gehabt, doch unter ihnen zu stehen fühlte sich nicht so an, als würde ich einen alten Film sehen können.

Shawn sah sich ebenfalls um, als würde er versuchen seinen Alltag mit meinen Augen zu betrachten. Nicht einmal in meiner Kindheit hatte ich solch eine Stadt gesehen.

»Wie sieht es außerhalb aus?«, fragte ich urplötzlich. Ich war selbst erstaunt über meine Kühnheit, etwas an ihm ließ mich unvorsichtig werden.

Shawn schmunzelte, als sei ich ein naives Kind, das er möglichst sanft abwiegeln musste.

»Das wirst du noch früh genug sehen und dann wünschst du dir, du hättest dich mehr auf deine jetzige Umgebung konzentriert. Die Stadt der Toten ist nichts für schwache Gemüter.«

Ja, hier erscheint es mir einfach zu vergessen, was um uns herum geschieht.

Ich folgte ihm, aber obwohl er es mir anders riet, übermannte mich meine Vorstellungskraft. Ich stellte es mir wie ein Vakuum vor, in dem die Zeit seit zehn Jahren still stand. Flammen, Explosionen, Schreie. Blut. Schüsse von denen, die Opfer ihrer eigenen Angst wurden. Mich fröstelte es.

Damals hatte die Welt ihre Menschlichkeit verloren. Ich konnte mich noch erinnern, wie wir durch die Straßen flüchteten, der Teer schmolz unter unseren Füßen. Wenn jemand stürzte, wurde sein Körper sofort von Schüssen durchsiebt. Egal, ob er gestolpert war oder gebissen wurde. Schwarze Körper hatten sich über den Himmel geschoben, Lärm, überall Lärm. Erst Tage später hatte das Chaos nachgelassen und kleine Gruppen hatten sich zusammengeschlossen. Und dann eröffnete sich uns das eigentliche Grauen. Damals hatten meine Mum, mein Bruder und ich Unterschlupf bei einer Familie auf dem Land gefunden. Wir hatten noch ein Auto besessen, es war zu diesem Zeitpunkt wertvoll gewesen. Eines der Kinder unserer Gastgeber war schon seit Langem krank und andere Asylanten drohten damit, es den Infizierten zum Fraß vorzuwerfen. Es war eine Last. Seine Mutter hatte eine waghalsige Expedition in die Stadt geleitet, um Verpflegung und Wasser zu besorgen, sogar Medikamente hatte sie noch finden können. Aber das Kind war verstorben. Und als Bestie wiederauferstanden. Die Lebensmittel und Medikamente wurden nach einigen Wochen ebenfalls knapp. Bis wir erfahren hatten, dass es eine Stadt mit weißen Mauern im Norden gab, hatte jeder schon mit seinem Leben abgeschlossen. Zuerst hatte es sich wie ein Gerücht angehört, dass jemand streute, um Hoffnung zu schüren, jede große bewohnte Stadt war zerstört worden. Doch diese war unbeschadet. Warum hatte ich nie erfahren.

Meine Mutter war sofort aufgebrochen und ich wusste noch, wie ich glaubte die Pforte zum Himmel zu sehen, als der helle Stein am Horizont aufleuchtete. Ein Streifen Licht in einer Welt aus Grau. Danach war Vieles verschwommen, aber mein Verstand wusste, dass wir in Ober- und Unterstadt aufgeteilt wurden. Die Grenzmauer zwischen beiden Teilen wurde über die Jahre verbessert, die Privilegierten sortierten uns in unsere Wohnungen ein, stellten uns Pflanzen und Tiere zur Verfügung.

Gerade hatte ich wieder Mut gefasst, um Shawn über die ersten Jahre in der Oberstadt auszufragen, als sein Ausdruck mir die Worte in der Kehle stecken bleiben ließ. Er hatte die Lippen zu einem schmalen Streifen gepresst. Er wirkte verbittert. Ich runzelte die Stirn, aber bevor ich eine Frage fassen konnte, waren seine Züge wieder normal.

»Gefällt es dir?«, fragte er mich.

Ich blinzelte verblüfft. Ich war so gefangen in meinen Erinnerungen gewesen, dass ich nicht bemerkt hatte, wie sich der Marmor zu meinen

Füßen in einen schlichten Kiesweg verwandelt hatte. Links und rechts von uns wogten die schillernden Gräser im Wind und sangen leise ein Lied. Am liebsten hätte ich mich fallen gelassen. Shawn breitete leicht seine Arme aus und atmete demonstrativ tief durch.

»Wenn ich hier stehe, fühlt es sich fast so an, als wäre ich in einer anderen Zeit.«

Ich lockerte mich und nahm ebenfalls einen kraftvollen Atemzug. Er hatte recht. Es roch frisch. Es erinnerte mich an den Wald, in dem ich früher wandern war.

»Wo hattest du vorher gelebt?«

»Auf dem Land. Mein Vater war Landwirt. Ich weiß, davon ist nicht viel übriggeblieben. Aber wir alle haben uns verändert.«

Es überraschte mich in der Tat. Kurz versuchte ich mir Präsident Harrison in einer Latzhose vorzustellen, lässig gegen einen Traktor gelehnt und umringt von Nutztieren, aber es gelang mir nicht. Trotzdem klang es logisch. Im Gegensatz zu einem früheren Präsidenten wusste er, wie man anbaute, wie man autark lebte. So jemandem wäre ich auch gefolgt, er konnte denjenigen, deren Ausbildungen hinfällig geworden waren, viel beibringen. Aber wie hatte er es geschafft, mit wenigen anderen diese Stadt aufzubauen? Mein achtjähriges Selbst hatte sich weder für Geschichte noch für Geographie oder Architektur interessiert. Aber ich war mir sicher, nie von einer weißen Stadt gehört zu haben, oder dass man sie innerhalb von zehn Jahren aufbauen konnte. Zum ersten Mal seit Jahren fragte ich mich, was das für ein Ort war, an dem ich lebte.

»Hat dein Vater mitgeholfen die Stadt zu bauen?«, fragte ich deswegen. Shawn schüttelte den Kopf.

»Nein, ich glaube sie war einfach da. Ich war zehn, als die Epidemie ausbrach und erinnere mich nicht gut. Ich möchte es auch nicht, um ehrlich zu sein. Aber mein Vater gehörte zu der Gruppe, die sie entdeckte.«

Ich wollte noch weiter fragen, aber er unterbrach mich, sichtlich unwohl bei dem Thema.

»Na komm, wir legen uns dort hinten auf die Hügel und unterhalten uns über etwas Angenehmes. Immerhin werden wir den Rest unseres Lebens miteinander verbringen müssen.« Er zwinkerte und lief los. Schmunzelnd folgte ich ihm, aber schon nach hundert Metern ging mein Atem schwerer.

Ich war seit Jahren nicht mehr gerannt. Trotzdem schaffte ich es, mit Shawn Schritt zu halten. Obwohl er sportlich aussah, war er nicht besonders schnell, dafür ausdauernd. Kurz vor dem Ziel bündelte ich meine letzten Kräfte und legte einen kleinen Sprint ein. Ich beugte mich auf der Hügelspitze vorne über und atmete zufrieden tief durch. Shawn hinter mir lachte.

»Du bist schnell, aber wenn man bedenkt, dass ich fast rückwärts gehe, ist das nicht so beeindruckend.«

»Ich habe dich trotzdem geschlagen«, erwiderte ich und gähnte kurz zum Luftausgleich. Er grinste und setzte sich direkt auf die dunkle Erde. Zuerst musterte ich ihn noch, ehe ich mich langsam sinken ließ. Das Erste, was ich spürte, waren die feinen Halme, die meine Handflächen kitzelten. Am liebsten hätte ich aufgejauchzt. Gras. Es fühlte sich herrlich an. Ich ließ mich fallen und drehte mein Gesicht in die Erde, tief sog ich den Duft ein, ließ meine Erinnerungen erwachen.

Als ich mich wieder auf den Rücken rollte und zu Shawn aufsah, war ich diejenige, die rot anlief. Er betrachtete mich überrascht und beugte sich langsam über mich. Mit sanften Fingerspitzen strich er mir die Erde von den Wangen.

»Ich hätte nicht damit gerechnet, dass du so reagierst. Dort drüben muss es furchtbar sein, du hast sogar Tränen in den Augen.« Schnell wischte ich sie mir weg. Es war mir unangenehm, so von ihm gemustert zu werden. Gern wäre ich alleine gewesen.

Shawn legte sich langsam neben mich und starrte zum Himmel empor. Meine Gemütsschwankungen brachten ihn nicht aus der Ruhe. Fast war ich dankbar.

»Erzähl mir von Früher. Wie hast du gelebt?«, bat er.

»Bitte nicht. Ich möchte nicht an die anderen denken.«

»Wieso?«

»Ich schäme mich dafür. Für den Reichtum. Das gute Leben. Dass ich mich habe kaufen lassen.« Ich stoppte mich. Ich hatte schon zu viel gesagt, dabei wollte ich doch vorsichtig sein. Gern hätte ich meine Worte zurückgenommen.

»Ich weiß, was du meinst. So geht es mir auch«, gestand er. Verwundert drehte ich mich zu ihm, aber auch er wollte nicht weitersprechen.

Schweigend lagen wir nebeneinander und sahen hinauf in den grauen

Himmel. Ich fühlte eine sonderbare Verbundenheit zu Shawn, zu seinen Worten. Er schien wie ich zu fühlen und es beruhigte mich. Nicht jeder in der Oberstadt musste schlecht sein. Aber ich hatte schon früh gelehrt bekommen, nicht jedem zu vertrauen. Shawn jedoch war anders. Seine offenen Augen wollten nichts vor mir verbergen. Ich spürte, hoffte, dass er mein Freund werden konnte. Er war mein Partner, unsere Leben waren verwoben.

Mein Vater hatte mir einst gesagt, dass ich nur zwei Sorten Mensch zu fürchten hatte. Diejenigen, die alles verlieren konnten und diejenigen, die nichts zu verlieren hatten.

Und Shawn war beides.

Kapitel 9.

Wir blieben auf unserem Hügel, bis es dunkel wurde. Wir hatten nicht mehr gesprochen, aber keiner von uns schien es bereut zu haben. Es war schön gewesen. So ruhig und entspannt hatte ich mich seit langem nicht mehr gefühlt. Die perfekte Ruhe vor dem Sturm.

Shawn begleitete mich nach Hause. Gern hätte ich bei meiner Mutter vorbeigesehen, aber ich wusste, dass ich vor einer verschlossenen Tür gestanden hätte. Noch würden sie meine Mutter unter Beobachtung behalten, sollte etwas nach der Operation missglücken. Mir wurde kalt bei dem Gedanken.

»Morgen liegen wir nicht nur auf der faulen Haut, nur damit du es weißt. Heute haben wir uns erst mal beschnuppert, aber morgen werden wir zum Rand der Mauer gehen, dann erfährst du mehr. Sei also ausgeschlafen«, verabschiedete er sich von mir und hob im Gehen noch einmal die Hand. In dieser Nacht hatte ich keine Probleme einzuschlafen. Ich hatte schon befürchtet mich fremd und beobachtet zu fühlen, meine Sorgen hatten mich seit Wochen schlecht schlafen gelassen. Aber meine weiche Bettwäsche entführte mich augenblicklich ins Traumland, sobald meine Wange das Kissen berührte.

Am nächsten Morgen ließ ich erneut das Frühstück ausfallen. Mir war gar nicht bewusst gewesen, dass ich seit zwei Tagen nichts gegessen hatte, aber die Aufregung verbot es mir.

Shawn wartete erneut vor meiner Tür und schlenderte bereits los, noch bevor ich die Tür geschlossen hatte. Ich erspähte nur noch seinen Rücken, konnte sein Lächeln aber förmlich spüren. Wir durchquerten die komplette Stadt, diesmal in die entgegengesetzte Richtung. Hinter uns lagen die Felder, zu meiner Rechten das Tor zu meiner Vergangenheit. Vor mir das zu meiner Zukunft.

Es fühlte sich an, als seien wir Stunden unterwegs, bis wir direkt am Fuße der Mauer standen. Ein schreckliches Déjà-vu ergriff mich, als ich die Grenzer auf der Spitze entlang schreiten sah. Ich wandte mich ab. Auch Shawn hatte den Blick nach oben gewandt. Immer mehr schien ich seinen Kommentar, dass er nicht gerne hier lebte, nachvollziehen zu können.

»Was machen wir hier?«, durchschnitt ich irgendwann die Stille. Shawn drehte den Kopf zu mir, seine Mundwinkel zuckten. Ein Lächeln wurde es nicht.

»Ich zeige dir unsere Ausrüstung. Na, komm.« Er schritt die Mauer entlang, drehte sich aber noch einmal um, als er merkte, dass ich nicht hinterher kam. Meine Beine zitterten. Jetzt, da wir mit den Übungen begannen, fühlte es sich viel wirklicher an. In wenigen Tagen würde ich die Infizierten wiedersehen.

Eine Hand griff plötzlich nach der Meinen und erschrocken zog ich sie weg. Shawn betrachtete mich mit seinen großen Augen, Schreck und etwas, was mich an Verletzung erinnerte, schimmerte in ihnen. Die grünen Teiche – das Meer - färbten sich dunkler.

»Komm«, wiederholte er leise und diesmal folgte ich ihm. Wir gingen die Mauer entlang auf ein kleines Gebäude zu. Es war das erste, das ungepflegt wirkte und so vollkommen fehl am Platz. Ich wusste, wie es sich fühlte. Aber wenn niemand von den Aufgaben der Wächter wissen durfte, durfte bestimmt niemand den Garten pflegen. Das Häuschen war schmucklos und fest mit der Wand verwachsen, nur hundert Meter von dem Tor entfernt. Sein schiefes Dach war uns entgegen geneigt.

Shawn sprang fast die Stufen empor und zückte einen kleinen Messingschlüssel. Als er die Tür geöffnet hatte, stieß er sie auf und verbeugte sich galant.

»Ladys First«, witzelte er und machte mir Platz. Ich lächelte und trat ein. Augenblicklich gefroren mir die Glieder. Das Häuschen bestand nur aus einem Raum. Seine dunklen Holzwände waren durchlöchert von Halterungen, in denen Schlagstöcke, Gewehre, Pistolen, Stäbe mit dicken Drahtschlaufen und Kanister hingen. Zu meiner linken stapelten sich schlichte Holzkisten, die oberste war offen und ich konnte Äpfel, einen Laib Brot und in Papier eingepackte Lebensmittel sehen. Rechts hinten an der Wand stand ein Apparat mit mehreren Schläuchen, dessen Deckel aufgeklappt war. Ich wollte nicht wissen, wozu er gedacht war. Als ich einen Schritt hinein setzte – gottseidank gaben meine Beine nicht nach – erkannte ich hinter der Tür weitere Kisten mit Munition, Signalraketen, Ketten und ein Regal mit mehreren Fächern, in denen Kleidung ordentlich zusammengelegt war. In der Mitte des Raumes standen ein porös wirkender Tisch und zwei alte Stühle. Ich ließ mich auf einen sinken.

Shawn ging geschäftig zu dem Regal und leerte ein Fach komplett. Er breitete alles vor mir auf dem Tisch aus.

»Das hier sind unsere Arbeitsklamotten.« Er hob einen schwarzen Anzug in die Höhe. Er erinnerte mich an einen Taucheranzug, wirkte elastisch, aber gleichzeitig undurchdringlich. Das Material kannte ich nicht, aber es musste dick sein, die Nähte bildeten große Wülste.

»Was eine Schutzweste ist, muss ich dir hoffentlich nicht erklären. Dazu gehört dieser Gurt, er ist aus festem Leder und gehört um deinen Hals. Die Stiefel halten alles ab und haben Spikes. Ich überlasse es deiner Fantasie, den Grund dafür zu suchen. Dann haben wir noch die hier.« Er reihte vor mir verschiedene Schienen auf, für Knie, Ellenbogen, Schultern und einen großen, schlanken Panzer für den Oberkörper. »Danach kommen eigentlich nur noch die Handschuhe dran und der hier.« Er warf mir einen Helm zu. Zuerst erinnerte er mich an einen Motorradhelm und als ich ihn langsam drehte, merkte ich, dass ich gar nicht so falsch lag. Genau wie der Rest der Ausrüstung war er tiefschwarz, durchsetzt mit Grau. Perfekt um sich der Dunkelheit anzupassen. »Das Fach oben in der Mitte ist für dich, die Ausrüstung sollte dir noch passen.«

Ich schluckte, zu überwältigt von den Informationen. Es reizte mich nicht wirklich zu wissen, wem die Sachen vorher gehört hatten.

Shawn unterwies mich lange. Er erklärte mir die Betäubungswaffen, die wir benutzten, um die Infizierten für Hinrichtungen aus der Stadt zu holen. Beinahe hätte ich mich bei seinen Worten übergeben. Auch Leuchtraketen hatten wir zu verwenden, wobei Rot für einen Ausbruch stand, Blau dafür, dass Infizierte frei gelassen wurden, um den Verurteilten zu töten und Grün dafür, dass sie wieder eingefangen waren. Der Apparat in der Ecke war ein Simulator, mit dem die Oberstädter trainierten, gegen die schlechten Luftbedingungen anzukommen, aber ich probierte es nicht aus. Ich hatte mein Leben lang in keinem Haus mit Luftfilter gelebt. Dafür übte ich das richtige Anlegen des Halsgurtes und den Umgang mit Schlagstock und der Haltestange. Der Draht am Ende war mit Nadeln versehen, die ebenfalls das Betäubungsgift injizieren konnten.

Shawn erwies sich als geduldiger Lehrer, wobei er eher mich auf die Palme trieb. Ständig wirbelte er eine Leuchtpistole in seinen Fingern herum und streifte den Abzug haarscharf mit seinen Fingern. Er schien es zu genießen, mich aufzuregen.

»Wenn wir unseren Dienst antreten, wird es noch dunkel sein. Wir haben ein paar Geländewagen, die perfekt für uns umfunktioniert wurden, beladen sie und fahren los. Normalerweise beginnen wir die erste Wache gemeinsam, danach darf einer von uns zu einer kleinen Hütte in der Nähe der Mauer und hat Pause, bis er den anderen ablöst. Das wechselt im Sechs-Stunden-Takt, das wirst du durchhalten müssen. Autofahren kann ich dir unterwegs beibringen, die Dinger fahren mit Automatik und viel zum Rammen ist nicht da, du wirst das schnell draufhaben«, endete er seine Unterweisung.

Kurz zuckten seine Lippen, als wollte er noch etwas hinzufügen und seine grünen Augen funkelten auf, aber das war schnell wieder verschwunden. Ich selbst hatte das Verlangen, ihm gut zuzusprechen. Ihm zu erzählen, wie erleichtert ich darüber war, dass wenigstens er freundlich und gewissenhaft erschien. Vielleicht wollte ich diese Worte aber nur selbst hören. Ich schwieg.

Den nächsten Tag verbrachten wir mit Schießübungen. Shawn holte mich erneut ab, lehnte an seiner Lieblingssäule, aber diesmal lag etwas Merkwürdiges in seinem Blick. Er musterte mich intensiv und kurz hatte ich Angst, sein Vater habe ihm erzählt, wer ich war. Die Schwester eines Diebes. Aber gleichzeitig wirkte es, als versuche er durch meine Schale hindurchzusehen. Gegen meinen Willen errötete ich unter seinem forschen Blick.

»Hey«, grüßte ich ihn und riss ihn gottseidank aus seiner Trance. Sofort war der grüblerische Ausdruck verschwunden und sein schiefes Lächeln war zurückgekehrt. Er nickte mir freundlich zu und stieß sich von der Säule in seinem Rücken ab.

»Na los, wir haben noch viel vor.«

Ich folgte ihm die Straßen entlang. Wir hatten keine Eile, der Schießstand hatte noch nicht auf. Unser entspanntes Schweigen gefiel mir, es ließ mich meine argwöhnischen Gedanken vergessen und die Landschaft genießen. Dabei störte mich Shawns Anwesenheit nicht im Geringsten. Es war, als habe er eine beruhigende Wirkung auf mich.

Wir erreichten eines der äußeren Gebäude, diejenigen, die nicht zum Kreis gehörten. Es war ein langes, schlichtes Haus und erinnerte mich eher an ein Bahnhofshäuschen, nur schien es verkleidet zu sein.

»Wieso steht diese Halle frei zugänglich? Üben hier noch andere, außer den Wächtern und den Grenzern? Bei all eurem Reichtum sollte die Kriminalitätsrate doch bei null liegen, auf wen wollt ihr denn schießen?« Zuerst wirkte Shawn schockiert. Die offensichtliche Frage, ob in der Unterstadt auf Diebe geschossen wurde, stand ihm ins Gesicht geschrieben. Ich hielt seinem Blick stand. Immerhin war es sein eigener Vater gewesen, der meinen Bruder angeschossen hatte. Ich machte Shawn nicht für die Taten seines Vaters verantwortlich, so verblendet war ich nicht, aber seine Unwissenheit ärgerte mich.

»Es hat auch mit Präsentation zu tun«, begann er. »Wenn die Bürger sehen, dass unsere Grenzer trainieren, fühlen sie sich sicher. Obendrein darf jeder hier eine Waffe besitzen. Vor der Epidemie war es bei uns nicht üblich, aber falls die Mauer jemals einstürzen sollte, sind wir gewappnet. Oder gegen …« Er stockte und sah mich ertappt an. Seine geweiteten Pupillen zuckten panisch hin und her, ehe er sich wieder fasste.

»Gegen?«, hakte ich nach. Er wand sich sichtlich. Nervös wuschelte er sich durch sein dichtes, herrlich rotes Haar. Mir wurde warm im Bauch und ich musste wegsehen, um meinen Kopf wieder klar zu bekommen. Seine Worte sickerten nur langsam zu mir durch, dafür prickelten sie meine Wirbelsäule hinab, wie kalter Atem.

»Nicht alle in der Oberstadt sind mit der Ungleichheit einverstanden.« Er sprach langsam, als würde er seine Worte mit Bedacht wählen, als würde er versuchen mir etwas Wichtiges nicht zu verraten. Etwas Gefährliches. »Aber du solltest dich da raushalten.«

Weil für dich zu viel auf dem Spiel steht, sagten seine Augen. *Du bist noch keine von uns. Und deine Mutter auch nicht.*

Schwungvoll öffnete er die Tür. In der Halle stank es nach Metall. Noch war es ruhig, aber dank der Grenzer und der Nacht, in der mein Vater gestorben war, wusste ich, wie laut ein Schuss sein konnte. Mir war immer noch mulmig zumute bei dem Gedanken, gleich selbst eine Waffe in der Hand zu halten. Würde ich es schaffen, den Inbegriff von Zerstörung und Wut in den Händen zu halten? Das Bild meines blinden Vaters, seine speichelverhangenen, blutigen Zähne zuckten vor meinem inneren Auge auf. War nicht er Wut und Zerstörung?

Shawn ging zu einem älteren Mann, dessen Bart genauso weiß war, wie sein Hemd. Erst als er seinen Kopf drehte, wurde mir überhaupt bewusst, dass er ihm bis zu seinem Bauchnabel reichte. Die beiden redeten, bis der Ältere im Hinterzimmer verschwand und mit zwei Pistolen zurückkehrte. In der Zeit hatte ich es immer noch nicht geschafft, mich aus dem Eingang zu bewegen. Shawn nahm sie lässig entgegen und kam zu mir zurück.

»Wir haben Stand Eins. Nimm dir Kopfhörer und eine Schutzbrille, die wirst du brauchen. Dann zeige ich dir, wie du lädst, entsicherst und zielst.« Er führte mich zu einem kleinen Fenster mit schmalem Tisch davor, über den eine Eins gesprüht war. Die Brillen setzten wir sofort auf, aber während Shawn mich noch unterwies, ließen wir die Kopfhörer um unsere Hälse baumeln. Mit geschickten Fingern zog er das Magazin raus und erklärte mir grob den Aufbau. Danach zeigte er mir den perfekten Stand, streckte seine Arme durch und schoss.

Ich schrie auf, sah meinen Vater stürzen, das Loch in seinem Schädel. Blut, überall Blut. Das Rufen meiner Mutter hallte in meinen Ohren. Ich presste mir die Hände auf meine Schläfen.

»Vika?«

Warme Hände legten sich auf meine Schultern und drückten sie. Eine löste sich von mir und strich mir eine entflohene Träne von der Wange. Betäubt ließ ich es geschehen.

»Vika, ist alles okay? Was hast du?«

Ich brachte kein Wort über die Lippen. Langsam blinzelte ich die Tränen aus meiner Sicht und wandte mich zu der menschlich geformten Zielscheibe. Ein Loch prangte mitten in ihrer Stirn.

»Geht es wieder?« Shawn kam zu mir und setzte sich neben mich auf den Kiesboden vor der Schießhalle. Er reichte mir eine Flasche Wasser und mit zitternden Händen nahm ich sie entgegen. »Du hast mir einen Riesenschreck eingejagt. Wieso hast du mir nicht gesagt, dass du Angst vor Waffen hast?«

»Bis eben wusste ich selbst nicht, wie ich reagieren würde«, murmelte ich beschämt und trank vorsichtig. Kühl rann mir die Flüssigkeit die Kehle hinab und beruhigte mich.

»Ich hoffe du wirst das in den Griff kriegen. Ohne Waffen könnten wir sterben.«

»Ich weiß«, zischte ich frustriert. Shawns Augen weiteten sich, aber er wies mich nicht zurecht. Verlegen rutschte er neben mir hin und her, sodass der geschliffene Kies knirschte. Manchmal berührten sich unsere Schultern und ich wagte zu glauben, dass er es mit Absicht tat. Ich zog mich nicht zurück.

»Erzählst du mir davon?«, fragte er versöhnlich.

»Wovon?«

»Warum du Angst vor Waffen hast.« Kurz schwieg ich. Die Frage kam mir unbedeutend vor. In einer Welt voller Gewalt sollte sich jeder fürchten. Aber vielleicht betrachtete er sie auch als Schutz. Ein flaues Gefühl erblühte in meinem Magen. Insgeheim freute es mich, dass er so viel Verständnis für mich hatte.

»Mein Vater war Polizist«, begann ich. »An dem Tag, an dem die Epidemie ausbrach, hielt er Wache. Ich weiß aber nicht mehr wo, ich war erst acht. Aber da er sich so schnell verwandelte, glaube ich, er war einer der Ersten, die infiziert wurden. Als er nach Hause kam war er nicht mehr er selbst. Er griff mich an und meiner Mutter blieb nichts anderes übrig, als ihn mit seiner eigenen Waffe zu erschießen. Ich erinnere mich noch immer an seine kalten Augen, als er sich über mich beugte.«

Shawn nickte langsam und musterte mich. Trauer lag in seinem Blick und Verständnis. Ich zog leicht den Ausschnitt meines Kleides hinab, um ihm meine Narben zu zeigen. »Von seinen Nägeln. Ich habe immer noch Albträume davon. Von seinen Schreien. Von dem Schuss.« Shawn blickte langsam zu Boden. Er hatte die Knie angezogen und beobachtete einen Punkt zwischen ihnen.

Fast glaubte ich, mich entziehen zu müssen, wollte mich schon erheben, doch da legte er seinen Arm um mich und zog mich an seine Seite. Ich war so verwundert, dass ich es geschehen ließ. Als der erste Schrecken verflogen war, wollte ich Abstand gewinnen, ich war es nicht gewohnt, von Fremden angefasst zu werden und wollte es auch nicht. Aber wieder fühlte ich dieses Unbehagen und langsam realisierte ich, dass es Entspannung war. Ich fühlte mich entspannt, wenn ich bei Shawn war.

Mein Körper lehnte sich von allein gegen ihn, seine Wange lehnte sich an meinen Haarschopf. Wir beobachteten das weiße Treiben der Stadt, Menschen, die ihre Einkäufe erledigten, Freunde trafen oder sich einfach nur die Beine vertraten.

»Wen hast du verloren?«, hörte ich mich fragen. Überrascht setzte Shawn sich auf und löste sich von mir.

»Wie kommst du darauf, dass ich jemanden verloren habe?«

»Man kann es dir ansehen. Du wirktest, als würdest du das Gefühl kennen. Und ich glaube, dein Vater auch.«

Trauer quoll in seinen Augen über und ich wusste, dass ich ins Schwarze getroffen hatte. Nun würde ich warten, ob er meinen Vertrauensvorsprung aufholen würde.

»Meinen Bruder«, sagte er nach einer langen Weile. Ich stockte. Auch Shawn hatte einen Bruder gehabt. Fast bereute ich es, mich ihm verbunden zu fühlen. Es war traurig, über den Verlust eines Bruders eine Gemeinsamkeit zu finden. »Er war älter als ich, sechs Jahre, um genau zu sein, und mit sechzehn erlaubte unser Vater ihm bereits mit seinen Freunden in die Stadt zu gehen. An jenem Abend zogen seine Freunde wieder um die Häuser und eigentlich wollte er nicht mitkommen, aber er ließ sich überreden. Dabei täuschte ihn sein Gefühl nie. Bald darauf hörten wir die Flieger, rochen das Feuer. Meine Mutter war schon längst tot, also musste mein Vater nur mich schnappen und wir brachen sofort auf, um meinen Bruder zu suchen. Der Rauch vernebelte alles, aber ich sah die Stürzenden, die Sterbenden und die Infizierten. Irgendwann bemerkte ich ihn, er hatte sich noch nicht verwandelt, aber an seinen zerrissenen Klamotten und dem Blut erkannte ich, was ihm zugestoßen war. Trotzdem sprang ich aus dem Wagen und eilte zu ihm. Er erbrach mir Blut vor die Füße und packte mich, seine Augen waren schon fast weiß. ‚Hau ab, solange du noch kannst', brüllte er mich an und stieß mich von sich. Danach ging alles rasend schnell an mir vorbei, aber ich weiß, dass mein Vater mich packte und nach Hause brachte. Dort verschanzten wir uns und warteten, bis die Bomber fort waren. Sobald wir uns hinaus trauten, bewaffneten wir uns mit Vaters Kettensäge, einer Shotgun und einer Machete und zogen in die Stadt. Dort lebte nichts mehr, zumindest nicht wie wir. Die meisten Infizierten waren noch zu … ungelenk in ihrer Verwandlung. Als sei das Menschsein aus ihnen gewichen. Ich glaube, das Adrenalin hat mich in dem Moment viel vergessen lassen. Ich wollte nur meinen Bruder finden und ich schaffte es. Er lag in einer Seitengasse, überall um ihn herum lagen halbverbrannte Blätter, die aus dem Copyshop gesprengt wurden. Sein Kopf war blutverschmiert, ihm fehlte die Schädeldecke, in seiner Hand hatte er eine Pistole, wahrscheinlich aus dem Waffenladen gegenüber des Copyshops. Ich habe ihn nur an seiner Kette erkannt.«

Er stockte. Als ich seine Hand nahm und sie drückte, schien er genügend Mut gefasst zu haben, um weiter sprechen zu können. »In dem Moment war ich stolz auf ihn. Stolz, dass er sich selbst erlöst hatte. Er war unglaublich klug, mein Vater sagte oft es sei eine Verschwendung, dass er auf dem Land bleiben wollte. Mein Vater hatte selbst damals an größeren Projekten mitgewirkt, er hatte sogar erwähnt mit uns fortziehen zu wollen. Aber mein Bruder hatte geschafft, was ihm am wichtigsten war: Er wollte immer anderen helfen. Ich glaube, er wäre Anwalt geworden, wenn er die Gelegenheit gehabt hätte.«

Nun dämmerte es mir. Shawn erkannte in Waffen einen Ausweg. Eine Erlösung.

»Danke«, murmelte er leise. Ich sah auf.

»Wofür?«

»Darüber konnte ich vorher nie reden. Niemand redet über die Untoten. Weder Grenzer noch Wächter dürfen über ihre Arbeit reden. Und untereinander suchen wir nach Ablenkung. Dennoch ... für uns Wächter sind sie immer noch allgegenwärtig.«

Erneut nahm er mich in den Arm. Ich merkte aber, dass er diesmal sich selbst trösten wollte. Ich ließ es zu.

Kapitel 10.

Shawn beschloss, dass wir für heute genug hatten. Ich war froh darum, doch gleichzeitig nagte auch die Angst an mir. Wenn ich mich nicht selbst verteidigen konnte, würde ich umkommen. Wir waren auf uns allein gestellt, das merkte ich daran, wie Shawn mein Training behandelte. Ich für meinen Teil war entbehrlich. Vielleicht kümmerte es niemanden, dass ich nicht mit einer Waffe umgehen konnte. Noch eine Weile saßen wir vor der Halle und redeten leise, diesmal über unverfänglichere Themen. Ich merkte, dass Shawn Fragen auf der Zunge brannten. Ich sah in seinen nervösen Fingern, dass er nicht nur herumsitzen wollte. Ich war nun seine Bürde. Scham kroch meinen Nacken hinauf und setzte sich in meiner Kehle fest. Irgendwann fragte er mich nach meinem liebsten Film und ich lachte leise auf.

»Ich habe seit zehn Jahren keinen Film mehr gesehen«, erklärte ich und er wurde rot.

»Wieder ein Fettnäpfchen. Aber das können wir ändern. Wir haben ein Kino hier mit geretteten Filmen, jeder kann dort hin, wann immer er möchte. Na, komm.« Er sprang auf und zog mich mit sich. Ich hatte keine Zeit, mich zu wehren und ließ mich einfach treiben. Tief in meinem Verstand flüsterte mir eine Stimme zu, nicht noch einmal meine Deckung fallen zu lassen, aber wenn ich ehrlich zu mir war, musste ich mir eingestehen, dass ich nie eine für Shawn gehabt hatte. Er war anders. Keine Person, an der man vorbeileben konnte.

Wir hielten vor einem weiteren Gebäude am Rande der Stadt. Hier ähnelten die Häuser weniger den großen Wohnvillen, sie besaßen glatte Fassaden, in die große Fenster eingelassen waren. Außer in diese. Shawn zog die Flügeltüren auf, ohne dass uns jemand von den Passanten aufhielt und schob mich sofort in den gedimmten Raum.

»Wie passend, niemand ist hier, wir dürfen uns also selbst einen Film aussuchen«, rief er mit kindlicher Freude in der Stimme. Bei diesem Klang erwärmte sich mir das Herz. Er erinnerte mich an Will. Ohne mich zu fragen, drückte Shawn mich auf einen der bequemen Sessel, die vor einem großen Tuch aufgestellt waren und blieb neben mir stehen. Die komplette Wand hinter ihm war voller Regale, überfüllt mit DVD-Hüllen und Kassetten.

»Ich schätze mal, du würdest keinen Horrorfilm gucken wollen?«

»Den werde ich doch in ein paar Tagen haben.« Er schmunzelte leicht und auch meine Lippen verzogen sich unwillkürlich. Verdammt.

»Ich dachte immer, Mädchen stehen auf Liebesfilme, oder?«

»Reduzierst du mich gerade auf mein Geschlecht?« Ich grinste ihn neckend an, um ihm zu zeigen, wie wenig mir das ausmachte. O Gott. Flirtete ich etwa? So etwas hatte ich noch nie getan. In der Unterstadt hatte mein Leben nur aus Arbeit und Albträumen bestanden, nie hätte ich darüber nachgedacht, mich mit einem Jungen zu verabreden. Mit wem auch? In der Unterstadt war niemand gewesen, der freundlich war. In unserem Gebäude hatte noch eine Familie mit einem Sohn gewohnt. Er hatte mir bereits früh prophezeit, dass wir unsere Rasse retten sollten. Es schüttelte mich jedes Mal, an ihn zu denken.

Aber vielleicht war aus unserem Training mittlerweile ein Date geworden. Verlegen rutschte ich tiefer in meinen Sitz. Das gefiel mir nicht. Wir kannten uns nicht einmal.

Während ich in meinen Gedanken schwelgte, hatte ich gar nicht mitbekommen, wie Shawn einen Film ausgesucht und in das Abspielgerät gelegt hatte. Er ließ sich neben mich fallen und legte seinen Arm auf meine Lehne.

»Das ist ein Klassiker, du wirst ihn bestimmt lieben. Jeder mag *Titanic*. Zumindest läuft er meistens, wenn Pärchen hier sind und knutschen wollen.« Er lachte tief.

Sein Arm in meinem Nacken wurde unerträglich warm. Sollte ich es lieben oder fürchten, dass er es als Date betrachten könnte? Und langsam kroch mir der Gedanke in den Kopf, dass er selbst mit einem anderen Mädchen diesen Film gesehen haben könnte. Vielleicht bildete ich mir auch nur etwas zwischen uns ein und dies war seine Art, mich kennenzulernen. Als Kollegin.

Ein Glück unterbrachen die ersten Klänge meine verworrenen Vorstellungen und ich konzentrierte mich auf die Handlung. Eine Liebesgeschichte, die mich zutiefst berührte und andererseits verärgerte. Selbst auf einem Schiff bestimmte die Klassengesellschaft das Überleben. Als der Film fertig war, war ich zur Seite gesunken, ein bisschen näher zu Shawn hin. Um uns hatten sich tatsächlich weitere Paare eingefunden, sie saßen aneinander gekuschelt da, sprachen leise oder küssten sich.

»Du hättest mich vor dem Ende warnen müssen«, murmelte ich, um die Stimmung aufzulockern. Aber das gelang mir selbst auf dem Rückweg nicht. Shawn und ich gingen langsam nebeneinander her, ein kühler Wind färbte unsere Wangen rot und kühlte unsere Nasen. Viel zu schnell und doch unerträglich langsam erreichten wir meinen Vorgarten und blieben am Zaun stehen. Shawn wippte auf seinen Sohlen hin und her. Eigentlich hatte ich damit gerechnet, dass er mir von weiteren Filmen erzählen würde.

»Vielen Dank, dass du mich rumgeführt hast«, versuchte ich die Stimmung aufzulockern.

»Keine Ursache. Wenn dir das Tempo nicht gefällt, sagst du es mir. Ich werde dich nicht hängen lassen, wir sind jetzt Partner.«

»Du solltest nicht zu viel für mich tun. Ich kann es dir nicht zurückzahlen.«

Er schmunzelte leise bei meinen Worten.

»Vielleicht nicht jetzt. Aber wenn unser Leben davon abhängt. Wir müssen einander vertrauen. Und ich weiß, dass du deine Stärken finden wirst.«

»Das tue ich.«

Und ich tat es wirklich. Shawn setzte wieder sein schiefes Lächeln auf. Langsam kam er einen Schritt auf mich zu. Mein Atem stockte, als der seine warm über meine Wangen blies. Der Geruch von Salz drang in meine Nase. Ich musste unweigerlich ans Meer denken.

Vorsichtig, als wäre ich aus Glas, legten sich seine Lippen auf meine. Ich seufzte auf, war wie erstarrt. Ich wusste nicht, was ich tun sollte. Mein Herz flatterte. Ich erwiderte den Druck, vollkommen meinen Gefühlen und dem Jungen vor mir ausgeliefert.

Genauso zögerlich wie er sich mir genähert hatte, entfernte er sich wieder. Seine Augen funkelten mir schelmisch zu.

»Bis Morgen«, murmelte er und eilte ein wenig zu schnell weg.

Der nächste Tag verlief ernüchternd. Ich hatte die ganze Nacht wach gelegen, das große Doppelbett voller Bücher, die mich auf andere Gedanken hatten bringen sollen, aber alles in meinem Kopf kreiste um diesen Kuss. Meinen ersten Kuss, um genau zu sein, und ich wusste nicht, was er bedeutete.

Als wir uns endlich wieder trafen, wirkte er genauso verlegen auf mich, wie bei unserem ersten Zusammenstoß. Niemand von uns erwähnte den Kuss, bis wir wieder in der Schießhalle waren. Shawn reichte mir die Waffe. Sie war bleischwer, ich wusste nicht, wie ich sie heben sollte, wie ich zielen sollte. Meine Sicht verschwamm.

»Warte«, wisperte Shawn und stellte sich hinter mich. Er hielt meinen Arm, hob ihn langsam an, als mir die Kraft fehlte. Meine Beine zitterten, ich wollte dieses Ding nicht halten. Sein Atem strich über meine Haut, als er seine Wange an meine legte. Seine Finger schoben sich zu meinen an den Abzug, seine harte Brust schmiegte sich an meinen Rücken. Ich trat einen Schritt vor.

»Was hast du?« Verwundert blickte er mich an.

»Wie kannst du so tun, als sei nichts gewesen? Ich zerbreche mir die ganze Nacht lang den Kopf, wie ich auf dich reagieren soll und du ...« Ich rang frustriert die Hände. Shawns Blick wanderte zu Boden, ehe er ihn schwerfällig wieder hob.

»Ich weiß ... Es tut mir leid. Das gestern war ... unangebracht. Wir sind Kollegen und das weiß ich auch ...« Er machte ein kurze Pause als wollte er ein *aber* dranhängen. Doch dann schüttelte er den Kopf und sagte: «Ich hab's versaut.« Tief atmete er durch. Als er mich musterte erkannte ich die Ehrlichkeit in seinen meergrünen Augen. Meine Wangen glühten. Ich starrte ihn noch ein paar Sekunden lang sprachlos an, ehe ich mich zu einem Lächeln durchringen konnte.

»Küsse sollten wir vorerst streichen. Immerhin werden wir in wenigen Tagen die Stadt verlassen, mein Herz explodiert jetzt schon fast vor Angst, wenn ich nur daran denke.«

Shawn blickte mich betroffen an.

»Ich werde versuchen dir nie wieder zu nahe zu treten. Du warst nur so hübsch und du bist nett, anders als die meisten hier, die nur an sich denken und das –«

Ich erhob eine Hand und er stoppte. Das sanfte Lächeln, das ich aufsetzen wollte, misslang mir.

»Keine Komplimente. Bitte, wir sollten uns nicht ablenken.« Aber sobald ich es gesagt hatte, kam ich mir wie eine Heuchlerin vor. Ich hätte lügen müssen, wenn ich gesagt hätte, mein Herz sei nicht gesprungen. Shawn fuhr sich durch die Haare.

»Tut mir leid. Ich benehme mich wie ein Idiot. Wollen wir weiter üben?«

Diesmal gelang mir mein Lächeln. Und er erwiderte es. Wesentlich beschwingter und fast wie alte Kameraden wandten wir uns wieder dem Training zu.

Wir brauchten auch die übrigen Tage. Shawn informierte mich, dass manche der Grenzer unseren Wagen und unsere Vorräte vorbereiten würden. Unsere Aufgabe war es nur noch, aus mir eine angemessene Schützin zu machen, aber das war leichter gesagt als getan. Zu oft schloss ich meine Augen, verzog den Lauf oder vergaß meine Arme durchzudrücken. Es fühlte sich schon wie ein Erfolg an sie nicht fallen zu lassen, aber das reichte nicht. Einmal wäre mir die Pistole fast in mein Gesicht geschlagen, wenn ich abgedrückt hätte. Aber Shawn packte rechtzeitig meine Arme, bevor ich den Mut fassen konnte, endlich den Abzug zu drücken. Er hielt meine Unterarme, um sie stramm zu halten. Der Kuss war kein Thema mehr. Irgendwann würde ich ihn wieder darauf ansprechen.

Am letzten Tag überredete ich ihn dazu, früher aufzuhören. Ich hatte die ganze Woche lang keine Zeit gehabt, nach meiner Mutter zu sehen. Mein Gewissen nagte bereits an mir und als Shawn es bemerkte, begleitete er mich. Gemeinsam machten wir uns auf den Weg zum Krankenhaus, den schrecklichen weißen Räumen, der Leere, die meine neue Heimat ausfüllte.

Wir schafften es nicht mal mehr aus der Empfangshalle, da die Sprechstundenhilfe uns sofort abwimmelte, als ich den Namen meiner Mutter erwähnte.

Meine Mutter sei noch nicht aufgewacht und ihr Zustand zu kritisch, als dass ich ihr Zimmer betreten dürfe. Sie liege nun in einem Quarantänebereich. Shawn spürte sofort, wie verloren ich mich fühlte. Als er mich nach Hause begleitete brach er mit unseren Regeln und legte einen Arm um meine Schultern. Ich ließ es zu.

Meine letzten Gedanken waren bei meinem Bruder, dem Letzten, der mich so im Arm gehalten hatte. Und während ich daran dachte, wie das Licht sternenbleich in seinem dunklen Blick funkeln konnte, packte mich der Schlaf und riss mich in sein Reich.

Kapitel 11.

Obwohl ich müde und hungrig hätte sein müssen, lag ich mit leerem Magen und weit aufgerissenen Augen in meinen weichen Decken. Shawn hatte mir weder Zeit gelassen, mein neues Heim zu erkunden, noch die Küche einzuweihen, aber ich wusste, wenn ich etwas essen würde, würde ich es sofort erbrechen. Ich stellte mir vor, meine Decke wäre eine Leinwand, auf der ich meine Erinnerungen wie die Filme im Kino abspielen konnte. Mein Vater, wie er uns ein Zelt aufbaute. Mein Bruder, dem gleichzeitig alle Schneidezähne ausgefallen waren, sodass er zum Pudding-Essen nicht einmal den Mund öffnen musste. Meine summende Mutter.

Und plötzlich klingelte mein Wecker. Frustriert raffte ich mich auf und machte mich fertig. Shawn wartete diesmal nicht auf mich, aber er hatte mich informiert, direkt zur Mauer zu kommen. Ich sah ihn schon von Weitem und rannte fast die letzten Schritte, mein Herz hämmerte im Takt meiner Füße. Shawns Haare wirkten wie ein bunter Klecks auf einer weißen Leinwand vor der hohen Mauer. Ich wollte ihn erreichen und gleichzeitig so weit weg wie möglich von ihm. Als er mich hörte, drehte er sich zu mir um und schenkte mir ein angespanntes Lächeln. Ich versuchte, dem nicht allzu viel beizumessen.

»Wir müssen uns umziehen, ich hoffe du bist bereit.«

Ein vorsichtiges Lächeln. Dann schlenderte er voraus zu dem kleinen Haus, ohne auf meine Antwort zu warten. Er ging schnurstracks zu seinem Regal und holte Kleidung raus. Als er sein strahlendes Hemd aufknöpfte, stockte mir der Atem. Ich starrte ihn an, seine breite Brust, seinen nackten Bauch mit der feinen Haarlinie, die in seinem Hosenbund verschwand. Er sah auf und als er meinen Blick entdeckte, errötete er.

»Oh Mist, ich hab's ganz vergessen.«

Nervös wandte er sich um. »Ich gehe lieber in eine andere Ecke, ja? Mein früherer Partner und ich zogen uns einfach so um«, erklärte er verlegen und wandte sich von mir ab. Mir blieb nichts anderes übrig. Mit schwitzigen Fingern begann auch ich mich umzuziehen. Obwohl ich mit Shawn das Anlegen unserer Ausrüstung geübt hatte, war ich erneut verblüfft über den kühlen, fischhautartigen Stoff und die schweren Schuhe. Hoffentlich würde ich schnell mit ihnen rennen können. Gerade als Shawn seine Stadtkleidung weglegte, drehte ich mich um. Er sah zu mir auf und musterte mich. Zu lange. Zuerst glaubte ich, er würde den Sitz meiner Kleidung bewerten, aber als er an meinem Gesicht hängen blieb, war ich mir nicht mehr sicher.

»Was ist? Ich habe alles richtig angezogen.«

»In Weiß gefällst du mir einfach besser«, murmelte er leise, dann wandte er sich mit roten Ohren ab. »Komm jetzt.« Er eilte an den leeren Waffenhaltern entlang und verließ die Hütte. Ich folgte ihm, meinen Helm unter den Arm geklemmt. Vor dem Tor stand ein Wagen, aber er erinnerte längst nicht mehr an die Autos, die ich von früher kannte. Er war niedrig und lang, hatte eine Art Panzer als Ummantelung und die hinteren Scheiben waren verdunkelt. Der Kofferraum stand noch offen und ich konnte Waffen und Holzkisten in seinem Inneren erkennen. Neben dem Wagen stand ein Grenzer. Ich hatte noch nie einen von nahem gesehen. Ich erkannte, dass er goldene Schnallen an seiner Rüstung trug und Stiefel mit hohem Schaft, ähnlich wie unsere. Auch er hatte einen Helm unter seinen Arm geklemmt, mit grünlichem Visier und einem hohen Scheitel. Shawn hatte mir erklärt, dass die grünen Scheiben ein integriertes Nachtsichtgerät hatten, aus alter Zeit.

Der Grenzer warf seinen Kopf hoch wie ein stolzes Pferd, seine blonden Haare wippten. Er trug sie vorne lang in die Stirn fallend und im Nacken rasiert. Als wir vor ihm standen, erkannte ich zwischen den Strähnen einige Piercings in seiner Augenbraue. Shawn grüßte ihn mit einem kameradschaftlichen Handschlag. Der Grenzer erwiderte ihn, bevor er mich mit seinen strengen, kalten Augen fixierte. Sie waren genauso schwarz wie Wills Augen, aber ähnelten ihnen in keinster Weise.

»Und das ist deine neue Partnerin, ja? Hoffentlich hält sie länger durch als Miller.« Shawn verzog die Lippen, als müsse er sich einen Kommentar verkneifen. Unwillkürlich drang in mir der Wunsch empor, zu wissen, wer Miller war. Shawns alter Partner, so viel war klar. Aber wieso war er nicht mehr im Dienst?

»Sie heißt Vika Bain. Sei nett zu ihr, Samuel.« Nun funkelten Shawns Augen kurz auf. Samuel hingegen wirkte immer noch forschend. Er schritt um mich herum und griff in meine Haare. Ein Schauer jagte mir über den Rücken. Wie ein verängstigtes Reh den Wolf anstarrte, sah ich zu ihm auf.

»Binde dir die Haare zusammen.« Kurz zog er daran, dann entließ er mich. Shawn trat mit gestrafften Schultern auf uns zu. Die Luft wirkte dick.

»Das schafft sie schon alleine. Hör auf ihr Angst zu machen.«

»Ich will sie nur etwas einstimmen.« Samuel warf mir einen langen Blick zu, ehe er sich umwandte und mit selbstsicheren Schritten zur Mauer ging.

»Geht es dir gut?«, fragte Shawn mich. Ich nickte nur und seufzte. Nachdem ich meine Haare zusammengebunden hatte, legte Shawn mir eine Hand auf meinen Rücken. Sie war warm. Er wirkte nervös.

»Gleich öffnet sich das Tor. Wir sollten schon einmal zum Wagen gehen.«

Als ob der Grenzer oben auf der Mauer ihn gehört hätte, öffnete sich langsam das Tor. Shawn atmete hörbar durch, straffte sich und winkte mich mit sich. Mein Blick war gefesselt von der Welt, die sich vor mir aufbot. Ich wankte die wenigen Schritte aus der Stadt hinaus. Die Grenze, die ich überschritt, hatte sich in tiefen Furchen in den Boden gegraben. Unter meinen Füßen zerfiel das trockene Gras zu Staub. Draußen war es so leise, dass ich mir einbildete, die Wolken, die ich aufwirbelte, umherschwirren zu hören. Es gab keine Tiere, keine Menschen. Kein Wind, der durch das Laub pfiff. Mir fehlte es, in den Wald zu gehen und die Vögel singen zu hören. Shawn gab mir einen Moment, damit ich alles in mir aufnehmen konnte, dann zog er mich zurück. Er schob mich zu unserem Auto, unserem Schutz vor den kommenden Witterungen. Galant hielt er mir die Beifahrertür auf und ich sank in den Sitz. Ich war vollkommen ferngesteuert. Das Innere stank nach Leder und morschem Holz. Ich drehte mich um. Hinter mir waren die Rückbänke rausgenommen und ein Gitter eingelassen. Dadurch konnte ich unsere Vorräte und Waffen erkennen.

Shawn schwang sich nach einigen Minuten neben mich. Ich hatte durch einen Außenspiegel beobachten können, wie er mit Samuel gesprochen hatte. Dann kletterte er zu mir auf den Fahrersitz und startete den Motor. Er war unglaublich leise. Das machte mir Angst.

Langsam lenkte er den Wagen über die Furchen im Boden. Sobald wir die Schleuse passiert hatten, wurde die Mauer hinter uns mit einem lauten Rumms geschlossen. Es hatte etwas Endgültiges.

Shawn schwieg die komplette Fahrt lang. Ich hatte eigentlich damit gerechnet, dass er mir weitere Tipps geben würde. Oder damit, dass ich Fragen stellen würde, doch ich war überwältigt, die Furcht ließ mich auf meinem Sitz erstarren. Darunter waren solche irrwitzigen wie, wann und wo er Auto fahren gelernt hatte. Oder ob er es mir beibringen könnte. Obwohl das Auto zweifelsohne ein Geländewagen war, schaukelte es wie auf einem Schiff mit Wellengang. Manchmal glaubte ich, eine Straße unter der Asche erspähen zu können, vor allem, wenn ich aus dem großen Spiegel hinter uns sah.

Irgendwann veränderte sich etwas. Am rußschwarzen Horizont - die Sonne würde erst noch über ihn hinaus klettern – erschienen die Spitzen von Hochhäusern. Schiefe Gebilde, aus denen große Teile hinaus gesprengt worden waren. Langsam kletterten sie hinauf, bis vor ihnen eine Mauer emporragte. Sie kam mir vertraut vor. Im Vergleich zu der unserer jetzigen Heimat war sie niedrig, höchstens vier Meter hoch. In meiner Fantasie hatte ich mir Stacheldraht auf der Kuppe vorgestellt und Leichenteile, die darum gewickelt waren, während Blut stetig die Mauer hinab floss. Sie war zwar weder aus Marmor noch sauber, aber die braunen Spuren verrieten mir, dass es kein frisches Blut war. Zu meiner Rechten erkannte ich mehrere frisch verschlossene Lücken im Stein. Das waren die Bauarbeiten, von denen Shawn gesprochen hatte. Die Mauer stammte noch aus der alten Zeit und wurde gesprengt, als die Seuche ausbrach, wurde aber wieder aufgebaut, bevor und während die Untoten gefangen wurden.

Endlich lag sie in all ihrer zweifelhaften Pracht vor uns. Ein schmiedeeisernes Tor war die einzige Barriere zwischen den Infizierten und dem Tod. Beide Flügel waren mit gewaltigen Schwänen geschmückt, ihre Schwingen waren grazil ausgebreitet und nahmen die komplette obere Hälfte ein. Ihre anmutigen Hälse waren zu einem Herzen geformt. Obwohl ich noch im Wagen saß und es nicht sehen konnte, wusste ich, dass beide auf ihrem Flügelgelenk ein Wappen trugen. Und direkt hinter ihnen lagen grelle Augen, die sich tief in mein Antlitz bohrten. Sie schienen mich zu beobachten, wie ein Raubtier seine Beute studierte. Das Augenpaar gehörte einem Infizierten mit rabenschwarzem Haar, das ihm lang über den Rücken fiel. Vielleicht hatte er mal einen ordentlichen Pferdeschwanz getragen, aber nun saß er locker und die gelösten Strähnen umrahmten sein schmales Gesicht. Sein Mantel war genauso dunkel wie alles an ihm. Nur seine Haut wirkte genauso wertvoll, wie die Mauern meines neuen Hauses. Kurz zuckten seine Lippen und entblößten sein scharfes Gebiss mit den unnatürlichen Zähnen, die jeder Infizierte nach dem Tode entwickelte. Er war groß, vielleicht sogar über zwei Meter hoch und von schlanker Gestalt. Eine unheilvolle Anmut haftete an ihm.

Langsam beugte ich mich vor, um ihn genauer zu beobachten. Ich müsste Angst haben, das wusste ich. Bestimmt ließ mich der Schutz des Wagens mutig werden, aber ich wollte ihn genauer betrachten. Als ob er sehen würde, was ich vorhatte, stieß er ein heiseres Fauchen aus und wirbelte herum. Sein Körper war nicht verwest, ihm fehlten keine Gliedmaßen, das ermöglichte ihm einen beinahe menschlichen Gang.

Mit einem mulmigen Gefühl im Magen ließ ich mich zurück in meinen Sitz sinken. Ich versuchte Vergleiche zu dem Monster herzustellen, das aus meinem Vater geworden war. Außer ihm hatte ich keinen Infizierten jemals so intensiv betrachten können. Und obwohl dieser Fremde definitiv infiziert war, glich er meinem Vater in keinster Weise.

Plötzlich berührte mich etwas an der Hand und ich zuckte zusammen. Shawn schreckte ebenfalls zurück und sah mich besorgt an.

»Es tut mir leid. Ich hatte nur gefragt, ob es dir gut geht und du warst wie erstarrt. Du hättest nicht so lange hinein sehen sollen. Das ist eine wichtige Regel, sieh sie dir nicht zu lange an. Es wird dich sonst verstören.«

»Ein sonderbarer Untoter stand am Tor«, murmelte ich leise. Ich hörte mich lächerlich an. Shawn nickte.

»Das passiert öfters. Sie wittern uns. Sie sind zu dumm, um uns zu erreichen, aber manchmal drängen sie sich alle so dicht an das Tor, dass ich die Angeln quietschen hören kann.«

Shawn lenkte den Wagen an der Mauer entlang, ehe er einige hundert Meter entfernt anhielt. Eine Hütte stand vor uns, ganz ähnlich wie jene, in der wir uns umgezogen hatten. Ein weiteres Auto parkte davor und zwei Frauen – ich vermutete, dass es Frauen waren, aber ihre Helme verbargen es - luden gerade Kisten in den Kofferraum. Shawn atmete kurz durch, dann öffnete er schwungvoll die Tür und schlüpfte aus dem Wagen.

»Kann ich euch behilflich sein?«, fragte er freundlich und ging auf die

Größere der beiden zu. Sie zog ihren Helm ab und blies sich eine rostfarbene Locke aus den Augen. Ihr Kopf sah aus wie ein Knäul aus Kupferdrähten.

»Hältst du uns für schwach, Harrison?«, fragte sie herausfordernd. Ein kleines Lächeln stahl sich auf ihre geschwungenen Lippen. Ihr Gesicht war markant geformt, sprach von Erfahrung und Disziplin, genau wie ihr Körper. Hätte sie nicht diese wahnsinnig langen Wimpern gehabt, die in den ersten Sonnenstrahlen lange Schatten auf ihre Wangen warfen, hätte sie genauso stark und stolz gewirkt wie ein römischer Krieger.

»Ich wollte nur höflich sein, Claire, kein Grund wieder kratzbürstig zu werden.« Auch Shawn grinste. Offenbar neckten sich die beiden gerne. Claire blickte ihn noch kurz an, ehe sie sich langsam mir zuwandte. Ihre braunen Augen leuchteten dank der goldenen Sprenkel.

»Und das ist deine Partnerin?«

Sie reichte mir eine behandschuhte Hand. »Ich bin Claire, freut mich dich kennen zu lernen. Das dort hinten ist meine Partnerin. Wir sind zusammen mit euch die aktiven Wächter und wechseln mit euch die Wache ab.«

»Vika«, stellte ich mich knapp vor und biss mir augenblicklich auf die Zunge. Fast hätte ich gefragt, was sie mit aktiven Wächtern meinte, aber ich konnte es mir zusammenreimen. Es gab noch mehr arme Seelen, die ihr Leben auf Zeit verpfändet hatten. Claire schenkte mir ein mütterliches Lächeln und tätschelte mir die Schulter. Sie erinnerte mich an Margo, ein warmes Gefühl, das sich wie Familie anfühlte, überspülte mich.

»Ich heiße übrigens Alice«, die zweite Frau war zu uns getreten. Auch sie hatte mittlerweile den Helm abgenommen und fuhr sich erleichtert durch die langen, straßenköterbraunen Haare. Zwischen ihren Fingern hing ein Haarband. Sie war ein hübsches Mädchen, ungefähr in meinem Alter, mit engelsgleichen Zügen, vollen Lippen, leicht gerötete Wangen und einem gutherzigen Ausdruck. Nur eine Sache beunruhigte mich. Die rechte, leere Augenhöhle.

Sie bemerkte anscheinend meine Blicke. Ihr verbliebenes graues Auge blinzelte und sie zog hastig ein Stück Stoff aus ihrer Anzugstasche. Sie wickelte es sich geübt um den Kopf und versteckte so das dunkle Loch. Beschämt sah ich weg.

Währenddessen hatten sich Shawn und Claire weiter unterhalten. Ich schnappte Gesprächsfetzen auf, Worte wie »Keinerlei Probleme« und »eine ruhige Nacht« fielen. Dennoch polterte mein Herz in meiner Brust. Shawn gab mir zu verstehen, dass wir unseren Proviant ausladen sollten. Gemeinsam trugen wir ihn in die kleine Hütte, die spärlich eingerichtet war. Ein Holzbett, eine eiserne Wanne mit Löwenfüßen, ein Wasserboiler, ein Gasherd. In einer Ecke konnte man einen Tisch aus der Wand klappen. Shawn und ich stapelten die Kisten und gingen wieder hinaus zu unseren Kolleginnen. Beide umarmten Shawn nacheinander und als Alice ihre Wange gegen seine presste und ihm leise ins Ohr murmelte, spürte ich einen kleinen Stich in meiner Brust. Hastig redete ich mir ein, dass es daran lag, dass ich genauso vertraut mit ihm sein wollte. Und das wollte ich wirklich.

Nachdem die beiden Shawn verabschiedet hatten, gingen sie auch zu mir. Befremdlich legten sie nacheinander die Arme um mich und flüsterten mir zu: »Auf dass du wohlbehalten zurück kommst.«

Es waren die letzten Worte, die wir wechselten. Und in mir keimte der Gedanke auf, dass es schöne letzte Worte waren. Dennoch war ich zu überrumpelt, um zu antworten. Immer noch schweigend beobachtete ich, wie sie in ihren Wagen stiegen und davon fuhren. Ich sah zu Shawn. Sein Blick war auf den Wagen gerichtet, der langsam am Horizont verschwamm.

»Haben sie dir auch gesagt, du sollst wohlbehalten zurückkommen?«

Er nickte. »Das machen wir so, quasi als Ritual. Stell dir vor, die Mauer wird eingerissen, was würdest du als Letztes hören wollen?«

»Worte der Hoffnung«, murmelte ich. Er nickte.

»Aber bis jetzt haben sich die Wünsche immer bewahrheitet. Na, komm.«

Nervös schaute ich ihm hinterher. Panik stieg beißend wie Galle in mir empor, aber ich schluckte sie hinunter.

Ich musste durchhalten. Für Mum.

Kapitel 12.

Shawn entschied kurzerhand, dass der übliche Wachablauf mich überfordern würde. Deswegen schlug er mir vor einen Schlafsack mitzunehmen, den Proviant wieder einzuladen und gemeinsam Wache zu halten. Immer abwechselnd konnten wir am Tor schlafen. Nur zu gern willigte ich ein und fuhr mit ihm zurück. Zu meiner ersten Wache. Zum Rest meines Lebens.

Da wir beide noch nicht gefrühstückt hatten, schmierten wir uns noch im Wagen Brote. Shawn reichte mir automatisch nur vegetarischen Belag. Es brachte mein Herz zum Hüpfen. Schon in der Stadt waren wir immer gemeinsam essen gewesen. Er hatte sich gemerkt, dass ich kein Fleisch aß.

Und dann war es so weit. Jeder von uns schulterte sein Gewehr und wir stellten uns zu beiden Seiten neben das Tor. Wir hatten genügend Abstand, sodass niemand uns erreichen konnte, dennoch stellte ich mir vor, wie eine verwesende Hand langsam seine halb abgefallenen Finger nach mir ausstreckte, dreckverkrustete Fingernägel versuchten meinen Rücken zu streifen, aber sie waren nur einen Hauch zu kurz. Gänsehaut schüttelte mich.

Shawn stand schweigend und starr auf seinem Posten. Sein Blick war immer geradeaus gerichtet und auch wenn das markerschütternde Kreischen eines Untoten ertönte, ließ er sich nicht aus der Ruhe bringen. Irgendwann sah er auf die Uhr an seinem Handgelenk hinab. Er trug sie über seinem Anzug.

»In etwa einer Stunde kannst du dich hinlegen und schlafen. Danach werde ich dich wecken und du musst alleine aufpassen.« Ich nickte ihm zu, zu viel Angst hatte ich davor, etwas zu sagen. Untote reagierten auf Geräusche und ich wollte keinen anlocken. Weder eine Leiche, die Dank fehlender Beine über den Boden kriechen musste und allenfalls in meinen Absatz beißen könnte, noch den sonderbaren Infizierten, der mich so eingehend gemustert hatte.

Irgendwann kniete sich Shawn zu seinen Sachen und warf mir einen Schlafsack zu. Ich fing ihn unbeholfen auf, ließ meine Waffe dabei los. Mir rutschte das Herz in die Hose, aber das Gewehr baumelte nur traurig an meiner Schulter zurück. Ich legte es sofort ab, genauso wie meinen Gürtel mit der Pistole, dem Messer und der Leuchtpistole.

Ich bereitete mein Lager neben dem Tor vor und kroch in den wohlig warmen Schlafsack, aber meine Benommenheit hielt nicht lange an. Der Gestank von Verwesung und verrottenden Zähnen war unerträglich, erst als ich mir die Decke bis zur Nase hochzog, konnte ich ihn einigermaßen aussperren. Ich wagte es nicht, meine Augen zu öffnen, wollte mir einbilden, an einem schönen Ort zu sein. Auf dem Hügel, die lockere Erde unter meinem Rücken und Shawns warmer Körper neben mir. Oder in meinem luxuriösen Badezimmer. Die Bibliothek, die nach Papier und Wissen roch. Ich wollte nicht am Rande dieses Massengrabes liegen, ich wollte auch nicht die zerstörte Welt sehen, wo irgendwo mein Bruder seine letzten Atemzüge getan haben musste.

Konzentrier dich, Vika, daran wolltest du doch nicht denken.

Meine Augen öffneten sich gegen meinen Willen, zu groß war die Angst, unwissentlich angegriffen zu werden, obwohl Infizierte nicht in der Lage waren zu klettern. Es war unmöglich. Außerdem war Shawn ja da. Shawn …

Ich sah zu ihm auf. Ihn zu mustern beruhigte mich. Ich fixierte mich auf seine kantigen Wangen, die spitze Nase. Wenn er schluckte, hüpfte sein Adamsapfel und ich bildete mir ein, keinen Schimmel zu riechen, sondern das Salz aus seinen Haaren. Seinen braunen, unbändigen Haaren. Ich stellte mir vor, wie wir vor der Schießhalle saßen, auf dem herrlich grünen Gras. Er erzählte mir wieder von seinem Bruder und ich von meinem. Ich würde ihm gestehen, dass ich Märchen mochte und als Kind immer Tierärztin werden wollte. Er würde amüsiert lachen und mir von seinem Kindheitswunsch erzählen. Feuerwehrmann vielleicht, das würde zu ihm passen. Oder davon, wie er mit seiner Familie auf der Farm lebte. Und vielleicht würden wir uns aneinander schmiegen, während die Sonne unsere Scheitel in Flammen setzte und Küsse austauschen.

Irgendwann legte sich eine Hand auf meine Schulter und ich fuhr erschrocken hoch. Über mir stand Shawn, dunkle Augenringe ließen ihn alt wirken. Obwohl ich kaum geschlafen haben musste, war ich sofort wach und sprang auf. Dankbar kuschelte sich Shawn in die vorgewärmte Decke, behielt seine Pistole locker in der Hand und schlief ein. Ich nahm seinen Platz an der Mauer ein. Immer wieder schoss mein Blick zu ihm, es beruhigte mich, das stetige Heben und Senken seines Brustkorbes zu beobachten. Ich hatte mich an die Mauer gedrängt, das Gitter direkt neben mir. Hier würde mich kein Infizierter berühren können und ich konnte auch nicht hinein sehen. Nur noch sechseinhalb weitere Tage, versuchte ich mich zu motivieren, aber es gelang mir nicht. Würde es mir jemals gelingen?

Plötzlich zerriss ein Rattern die Stille, Shawn murrte im Schlaf, erhob sich aber nicht. Ich war erstarrt. Einer der Infizierten musste gegen das Tor gestolpert sein. Oder er versuchte es aufzubrechen. Mein Herz schlug mir bis in die Kehle. Ich hoffte, er würde verschwinden, ich wollte nicht gezwungen sein nachzusehen, aber den Gefallen tat er mir nicht.

Irgendwann rang meine Neugier meine Angst nieder und ich wandte mich langsam um. Am Gatter stand er. Der Untote, der mich gemustert hatte. Er drückte sein Gesicht an das Gitter und starrte mir direkt in die Augen. Seine Wange war zerknautscht und ab und zu drückte er den Kopf fester gegen die Stangen, als hoffte er, er würde irgendwann hindurchbrechen können. Seine eisig blauen Augen sahen niemals von mir weg, er studierte mich. Mir wurde kalt, als hätte mich jemand in einen kalten See getaucht. Obwohl ich wusste, dass es niemals so sein konnte, glaubte ich Neugier in ihm zu sehen. Als wolle er mich nicht einfach nur fressen, weil es seine Natur war, sondern als wolle er mich fressen, weil es ihm ein spezielles Vergnügen bereiten würde. Und gleichzeitig wirkte er kindlich und unschuldig, fremd in seinem Körper, als müsse er noch hinein wachsen.

Mein Magen krampfte sich zusammen. Was hatte das zu bedeuten? Ich würde es nicht herausfinden wollen. Nur ein Biss genügte und ich würde mich verwandeln.

Langsam verwandelte sich mein Atem in kleine Kondenswolken, die Nacht tauchte uns in Dunkelheit, aber ich glaubte seine blauen Augen leuchten zu sehen wie die einer Katze. Keiner von uns bewegte sich, meine ganze Wache über standen wir da und musterten uns, das Andere, das Fremde. Das Wesen, das wir uns nicht erklären konnten.

Shawn regte sich in seinem Schlafsack. Das brach unseren Blickkontakt. Er stand auf und zog sich wieder an, erst dann sah er auf. Als er uns erkannte wurde er merklich blass.

»Vika, geh ganz vorsichtig weg da. Wenn er durch die Gitterstäbe nach dir greift, werde ich dich in die Stadt werfen oder erschießen müssen.« Erst jetzt bemerkte ich, wie nahe ich dem Untoten war. Shawn schlich zu mir und zog mich weg, als ich mich immer noch nicht rühren konnte. Er fasste mich an den Schultern und drückte sie. »Mach das nie wieder, verstanden? Wir passen nur auf, dass keiner rauskommt, und ansonsten beachten wir sie nicht.«

Ich nickte. Mir hatte sich wieder ein gewaltiger Kloß im Hals gebildet. Ich mochte es nicht, dass er so streng zu mir war. Aber das kümmerte ihn nicht. Er murrte leise, während er den Schlafsack zusammenrollte und ich konnte meinen Namen verstehen. Bestimmt regte er sich über meine Dummheit auf.

Mein Blick wanderte noch einmal zu dem Gitter. Der Untote war verschwunden.

Die nächsten Tage folgte ich jeder Anweisung, die Shawn mir gab. Tagsüber brachte er mir in der Nähe des Gitters bei, wie ich das Auto fahren konnte. Damit würde ich in den kommenden Wochen alleine zur Hütte fahren können, wenn ich Pause hatte. Schon am dritten Tag versuchten wir es. Ich hatte die erste Wache, diejenige, die am Tage stattfand. Das Gefühl, das in meiner Brust lag, als er von mir fort fuhr, konnte ich nicht beschreiben. Ich fühlte mich verlassen, gehetzt und ausgeliefert.

Es fühlte sich an wie eine Ewigkeit, bis der schwarze Wagen vor mir hielt. Shawn wirkte ausgeruht und erfrischt, seine Augenringe waren blasser geworden. Und stolz auf mich, weil ich meine Aufgabe bestanden hatte. Er stellte neben mir seine Waffe ab und strich sich das noch feuchte Haar aus dem Gesicht. Danach streckte er die Hand nach mir aus. Sanft strich er mir über den Arm.

»Wie geht es dir? Hast du es gut überstanden? Jetzt halten wir gemeinsam Wache, dann fährst du heute Abend zur Hütte. Dort kannst du in Ruhe Essen und Schlafen und dich frisch machen, das wirst du sicher brauchen. Weißt du noch den Weg?«

»Immer geradeaus«, murmelte ich monoton. Er nickte zustimmend und stellte sich auf die andere Seite.

Als die Dämmerung hereinbrach packte ich meine Sachen und stieg in den Wagen. Mein Kopf war diffus, ich hatte vergessen, welches Pedal Bremse und welches Gas war. Mit zitternden Händen startete ich den Motor und holpernd tuckerte ich über die zerklüfteten Wege, die letzten Überreste einer vergangenen Zivilisation. Meiner Zivilisation.

Ich brauchte länger als erwartet und kletterte erleichtert aus dem Wagen. In der Hütte warf ich alles von mir, bis ich nur noch in Unterwäsche bekleidet in der Mitte des kleinen Raumes stand. Er war ungefähr genauso groß wie die Wohnung, die ich fünf Jahre lang mein Zuhause genannt hatte. In einer fremd gewordenen Welt.

Nun erschien sie mir nicht mehr winzig.

Ich wusch mich, bis ich meine Anspannung von mir gespült hatte, bürstete meine Haare und aß von unseren Vorräten. Das Bett roch noch nach Shawn. Nach Salz und Meer. Er hatte es nicht gemacht, die sechs Stunden waren zu kostbar und ich konnte mich in die kleine Kuhle legen, die er vorher mit seinem Körper geformt hatte. Es war tröstlich zu spüren, dass hier jemand gelegen hatte, den ich kannte.

Die restlichen Tage verlief es ähnlich. Obwohl ich bei Margo Kisten hatte schleppen müssen, hatte mich die schlechte Luft und der wenige Schlaf nicht ermüdet. Immerhin war ich das gewöhnt. Was mich nun am Tor auslaugte, war das Nichtstun. Das lange Stehen war weitaus anstrengender als gedacht und ich konnte kaum den Montagmorgen erwarten.

Als Alice und Claire bei uns hielten, beobachtete ich eine ähnliche Prozedur wie beim letzten Mal. Nur umgekehrt. Beide waren angespannt, aber höflich, boten uns ihre Hilfe an. Shawn wies sie müde ab. Ich fragte mich, warum erneut sie eingesetzt wurden, aber auch ich würde jede zweite Woche zur Mauer fahren müssen. Was war mit den übrigen Wächtern? Gab es noch weitere?

Claire schmunzelte, als er ihr den Rücken zuwandte, um erneut ins Haus zu gehen. Ihre gute Laune ließ mich den Mut fassen, sie anzusprechen. Ich kam zu ihr und sobald sie mein Zögern bemerkte, lächelte sie mich noch offener an.

»Was gibt es?«, fragte sie.

»Nichts. Ich wollte nur wissen, ob es dir beim ersten Mal auch so erging.«

»Ob ich verängstigt war? Natürlich, ich bin es immer noch, ich wäre dumm, es nicht zu sein. Aber du gewöhnst dich daran, keine Sorge. Du scheinst dich gut geschlagen zu haben, aber das habe ich auch von dir erwartet. Jeder, der Wächter wird, muss zäh sein. Du kommst aus der Unterstadt, habe ich gehört, du hast mehr erlebt als wir, vielleicht auch mehr gesehen.«

Ich errötete leicht. Dieses Kompliment stimmte mich stolz und traurig zur selben Zeit. Dennoch wollte sich eine Frage in mir bilden. Woher wusste sie das?

Ich erblickte Alice, die sich gerade mit vollgepackten Armen an Shawn vorbei ins Haus schlängelte. Für meinen nächsten Satz hätte ich mir gerne auf die Zunge gebissen.

»Hat sie das Auge während der Wache verloren?«

»O Gott, nein.« Claire lächelte erneut. Diesmal wirkte es aber fast schon herablassend. Als würde sie an etwas denken müssen, das ich nicht verstand. »Alice war leider zur falschen Zeit am falschen Ort. Sie geriet damals in –«

»Claire!«, rief Shawn. Erschrocken zuckte ich zusammen. Claire hingegen setzte eine säuerliche Miene auf, eine, die keine Zurechtweisungen duldete. Auch Shawn wirkte verändert. Die strenge Kälte seines Vaters lag in ihm.

»Das ist Alices Sache«, fügte er leiser hinzu. Er verlud die letzte Kiste und schloss energisch den Kofferraum.

Als ich neben Shawn im Auto Platz genommen hatte und zurück zu den beiden Frauen sah, bedauerte ich es, sie zurückzulassen. Ich kannte sie nicht, aber etwas sagte mir, dass sie aus ähnlichen Gründen wie ich hier waren. Bestimmt waren sie keine Bürger der Unterstadt gewesen, aber etwas musste den beiden widerfahren sein, sodass sie zu diesem Job gezwungen worden waren. Niemand hätte sich freiwillig gemeldet.

Jemand hatte sie vor die Wahl gestellt, in der Aschewüste zu sterben oder Wache an der Stadt der Toten zu stehen. Und ich verwettete jede einzelne Strähne meines Haares, dass Alice ihr Auge verlor, als sie gegen ein Gesetz verstieß. Doch etwas ging in dieser Rechnung nicht auf. Wenn meine Vermutung stimmte und man ein Vergehen begangen haben musste, um Wächter zu werden, was hatten sie dann angestellt? Verzweiflung war ein mächtiger Antrieb, das hatte Will bewiesen. Doch was musste man in der Oberstadt tun, um verurteilt zu werden? Shawns Vater war die leitende Macht, neben seinen anderen Aufgaben oblag es ihm, Wächter zu ernennen. Doch wieso schickte er seinen eigenen Sohn hier heraus?

Ich betrachtete Shawns Profil, seinen verbissenen Kiefer und den starren Blick. Und mir wurde nach all der Zeit mit ihm bewusst, dass ich ihn eigentlich gar nicht kannte.

Kapitel 13.

Ich hatte damit gerechnet, dass meine Mutter langsam genesen war und nun heimgehen durfte, aber dem war nicht so. Und das Krankenhaus würde erst am nächsten Mittag Besucher empfangen. Enttäuscht und müde zog ich mich in mein Bad zurück, genoss meine luxuriöse Wanne mit den vielen Funktionen für Schaum-, Duft- und Aromabäder und ließ mich danach ins Bett fallen.

Am nächsten Morgen hatte ich das erste Mal die Gelegenheit, meine neue Küche einzuweihen. Zuerst schlenderte ich in meine Bibliothek und holte mir ein neues Buch, in dem ich während dem Essen lesen wollte. Die Küche war ein langgezogener Raum mit Chromanrichten und einem Doppelflügelkühlschrank. Ich staunte nicht schlecht, als ich das frische Gemüse vor mir sah, jemand musste mir in der vergangenen Woche alle Fächer aufgefüllt haben. Ich schnitt mir etwas Obst klein und mischte es unter ein Müsli. Zum Nachtisch gönnte ich mir einen Joghurt. Etwas so Cremiges hatte ich seit Jahren nicht mehr geschmeckt. Ich wusch mein Geschirr zunächst mit der Hand, bis ich einen meiner Schränke als Spülmaschine entlarvte. Noch immer völlig überwältigt verließ ich mein Haus und machte mich auf den Weg zum Krankenhaus. Es fühlte sich sonderbar an, wieder hier zu sein. Das weiße Kleid, das mir vergnügt um die Beine schwang, fühlte sich an wie eine Lüge, eine Verkleidung. Dennoch trug ich sie lieber als den Kampfanzug.

Im Krankenhaus war es, als sei keine Zeit vergangen. Noch bevor ich mich anmelden konnte, wimmelte mich die Empfangsdame ab. Sie hatte mich bereits an der Tür erkannt.

»Aber vielleicht hilft es ihr ja, wenn sie meine Stimme hört«, flehte ich, aber sie war unerbittlich. »Sie macht sich bestimmt Sorgen und wacht schneller auf, wenn sie weiß, dass es mir gut geht. Können Sie es ihr wenigstens sagen?«

Die Dame mit den hochgesteckten, roten Haaren nickte ergeben, aber ich war mir sicher, sie würde meiner Bitte nicht nachkommen.

»Ich werde sehen, was ich machen kann. Aber nun muss ich Sie entlassen, Sie machen unsere Patienten nervös.« Skeptisch sah ich mich in dem leeren Vorraum um, aber da hatte sie mich auch schon hinaus geschoben. Ich protestierte nicht mehr. Ich war keine Ärztin. Doktor Lewis würde schon wissen, was er tun musste, um Mum zu helfen, auch wenn es mir in der Seele weh tat, sie in dem Labyrinth aus Schläuchen und Monitoren zurückzulassen.

Die geschlossene Tür im Rücken stand ich oben auf dem Treppenabsatz und wusste nicht, was ich mit mir anstellen sollte. Ich hatte gehofft, meine übrigen sechs Tage mit meiner Mutter zu verbringen. Und auch wenn Shawn mir erklärt hatte, dass es hier viele Orte zum Zeitvertreib gab, wollte ich nicht dorthin. Ich wollte keine fremden Menschen treffen. Vor allem nicht diesen, der mit großen Schritten auf mich zu kam. Shawn sah vollkommen verändert aus. Der kindische Schalk glänzte wieder in seinen Augen und das schiefe Lächeln war zurückgekehrt. Wie eine Schlange, die ihre alte, raue Haut abgeworfen hatte.

»Ich wusste doch, dass ich dich hier finde. Wie geht es deiner Mum?«, fragte er fröhlich. Er erklomm die letzten Stufen und blieb wippend vor mir stehen. Ich schüttelte nur den Kopf. Ich hatte keine Lust, mich zu unterhalten. Vor allem nicht mit ihm.

Seit ich mir darüber im Klaren war, dass ein Wächter zu sein eine andere Art von Verurteilung war, sah ich ihn mit anderen Augen.

Er war wie eine Rose, die sich langsam öffnete. Vorher klebten alle Blätter aneinander und es schien so, dass dieser Kokon, den sie bildeten, auch schon alles war, was die Rose ausmachte. Doch jetzt entfaltete sich die Blüte namens Shawn.

Ich traf Shawn die ganze nächste Woche nicht mehr. Ebenso wenig erhielt ich Eintritt ins Krankenhaus. Ich versuchte mich aufzuraffen und zu trainieren. Die Zeit in der Schießbude war vergeudet, noch immer zuckte ich bei jedem Knall zusammen und traf kaum die Scheiben. Aber ich wollte nicht aufgeben, ich musste es schaffen. Obwohl ich Shawn nicht nachvollziehen konnte, musste er sich blind auf mich verlassen können.

Frustriert von meinem mangelhaften Training schlurfte ich mit hängendem

Kopf durch die Straßen. Über mir donnerte es und panisch sah ich zu, wie alle anderen Passanten Regenschirme aus ihren Taschen zogen. Ich hatte keinen bei mir. Ohne zu überlegen, stolperte ich in das nächstbeste öffentliche Gebäude. Ein Fitnesscenter.

Na, was für ein Zufall, dachte ich.

Dort verbrachte ich meine übrige freie Zeit, wenn ich mich nicht gerade in meine Lavendelbettwäsche kuschelte und an einem heißen Kräutertee nippend ein Buch nach dem anderen verschlang. Ich hatte mein Gehalt erhalten und investierte sofort etwas in eine Mitgliedskarte des Studios. Mein neues Training bestand von nun an aus zwanzig Minuten auf dem Laufband und Kickboxen, weil mir das für meine Arbeit am praktischsten erschien. Wie die meisten Besucher bekam ich einen Coach zur Verfügung gestellt, ein junges Mädchen namens Kaye. Sie war die Tochter des Besitzers, ein liebes, kleines Geschöpf, das seine braunen Haare so gefärbt hatte, dass sie langsam in Lila und dann in Blau übergingen. Genauso blau wie ihre großen Augen. Aber alles an ihr war eine Täuschung. Obwohl sie aussah wie eine Puppe, schlug sie zu wie ein Berserker, als sie mir ihre Routine mit einer Pratze zeigte und katapultierte mich innerhalb der ersten Minute auf die Matte. Als ich nach Luft ringend auf dem Boden lag, fragte die zynische Seite in mir, warum sie nicht Wächterin werden könnte. Kaye hingegen entschuldigte sich förmlich bei mir und schloss ihre Vorführung an einer Puppe ab.

Am Montagmorgen wirkte Shawn genauso beklommen, wie ich mich fühlte. Obwohl er mir bei unserem ersten Zusammentreffen gesagt hatte, er wäre lieber außerhalb der Mauer, merkte ich, wie sehr ihn die Anspannung bedrückte. Die Stadt der Toten war eine unheimliche Präsenz, selbst wenn sie in meinem Rücken lag, spürte ich sie wie den Atem eines ausgehungerten Tieres im Nacken.

Als ich zu Shawn aufsah, erkannte ich die tiefen Furchen auf seiner Stirn und ich war mir sicher, dass sie mit mir zu tun hatten. Er merkte, dass ich ihn mied, doch wusste nicht, wieso. Ich hoffte er würde davon ausgehen, es würde an der ersten Woche liegen, die ich hinter mich gebracht hatte. Dass ich im Schock war.

Es fiel mir leichter, obwohl ich niemals damit gerechnet hätte. Wenn ein Infizierter sich kreischend gegen das Gitter warf und stöhnende, grunzende, speichelfliegende Laute ausstieß, zuckte ich nicht mehr zusammen. Ich presste nur kurz entsetzt meine Lider aufeinander. Shawn versuchte mich nicht auf mein Verhalten anzusprechen, aber wenn ich zu ihm rüber sah, merkte ich, wie er angestrengt geradeaus blickte.

Erst am fünften Tag wurde unser Trott durchbrochen. Ich stand allein an der Mauer und versuchte gegen den Schlaf anzukämpfen, als ein Motor aufheulte. Hysterisches Gegacker erscholl als Antwort und ein blanker Handgelenkknochen wurde neben meinem Kopf durch die Stäbe gestreckt. Ohne Hand. Ein Wagen kroch auf mich zu und die schlurfenden Schritte verrieten mir, dass weitere Infizierte angelockt wurden.

Ich umklammerte verängstigt meine gezückte Pistole. Obwohl ich nicht schießen konnte, gab sie mir ein Gefühl von Sicherheit. Der Wagen hielt direkt vor mir, durch die verdunkelten Fenster konnte ich den Fahrer nicht richtig erkennen, aber er besaß zu breite Schultern, um Claire oder Alice zu sein. Langsam stieg der Unbekannte aus und kam mit energischen Schritten auf mich zu. Samuel zog seinen Helm ab.

»Wo ist Shawn? Wir brauchen Infizierte für die Hinrichtung heute Abend, gestern ist ein Mann auf dem Dorfplatz der Unterstadt durchgedreht und wollte Amok laufen.«

Erschrocken starrte ich ihn an. Sie würden jemanden hinrichten. Genau wie Thomas.

Samuel zog eine gepiercte Augenbraue hoch und wartete auf eine Reaktion von mir. Aber ich konnte mich nicht rühren. Ich wusste, was nun unsere Aufgabe war.

»Mädchen, hol Shawn und dann schwingt euch hoch und erledigt eure Aufgabe. Wir haben nicht ewig Zeit.«

Ich nickte beklommen, immer noch unfähig zu sprechen. Mit zittrigen Schritten ging ich zu Samuels Wagen und fuhr so schnell ich konnte zu der Hütte. Zu Shawn. Als ich aus Samuels Blickfeld war, erlaubte ich meinen Tränen zu fallen.

Ich bekam kaum Luft, die unterdrückten Schluchzer steckten mir quer im Hals. Nun würde ich eine Mörderin werden. Ich würde Infizierte auf eine arme Seele loslassen, die sich selbst nicht mehr zu helfen wusste. Panisch versuchte ich die Wochen zurückzuzählen. Hatte Shawn Thomas umgebracht? Meine Gedanken überschlugen sich wieder.

Mehr stolpernd als laufend brach ich an Shawns Bett zusammen und rüttelte ihn unsanft wach. Erschrocken fuhr er hoch und strich sich die unordentlichen Haare aus dem Gesicht.

»Vika? Was machst du hier? Gott, das kannst du doch nicht machen, ich dachte eben ein Untoter hätte mich …«

Er stockte. Er brauchte keine Antwort mehr. Gereizt schlug er die Decke beiseite, unter der er nur seine weißen Boxershorts trug. Er zog sich hastig an und gerade als er sich wieder auf das Bett setzte, um seine Schuhe zu schließen, legte ich eine Hand auf seine Schulter. Er sah zu meiner Hand, die klein und gebrechlich neben ihm wirkte.

»Shawn, müssen wir das wirklich tun?«, fragte ich verängstigt. Wütend biss ich mir auf die Zunge. Wie gerne hätte ich nicht wie ein verängstigte Kind geklungen. Ich wollte ihm meine Meinung sagen. Dass es falsch war und dass Raub und Mord keinen Sinn mehr ergaben, wenn jeder dieselben Voraussetzungen bekam. Anstelle zu antworten, zog er energisch den Reißverschluss hoch. Vielleicht hatte er es sich selbst mal gefragt. Ich hoffte es.

Während wir zurück fuhren, schwiegen wir. Ich beobachtete aus dem Augenwinkel, wie seine Augen hin und her zuckten, als würde er Szenarien in seinem Kopf durchgehen. Mehrmals wollte ich selbst den ersten Schritt wagen, ihm den Anstoß zu geben, mit mir zu sprechen, aber auch mich blockierte die Mauer, die ich zwischen uns aufgezogen hatte. Um mein Herz wand sie sich, als wäre es eine ganz eigene Stadt der Toten.

Samuel wartete immer noch am Tor als wir ankamen. Zwar hielt er Abstand, aber selbst mir, einer Fremden, fiel auf, wie konzentriert er sich von den Gittern abgewandt hatte. Er schien fast schon erleichtert, als er sich wieder gegen seinen Wagen lehnen durfte. Ich versuchte stark zu wirken, als ich zu den beiden trat.

»Wie viele brauchst du?«, fragte Shawn fachmännisch, schlug aber lässig in die ausgestreckte Hand ein.

»Vier, es ist nur eine kleine Hinrichtung«, er zwinkerte mir zu. Ob das seine Variante von schwarzem Humor war, wusste ich nicht. Der boshafte Schalk in seinen Augen ekelte mich an.

»Klein?«, entfuhr es mir. Samuel strich sich die blonden Strähnen aus den Augen und trat auf mich zu. Ich musste den Kopf in den Nacken legen, um zu ihm aufsehen zu können. Er roch nach Zigaretten.

»Ein Einzelner würde auffallen«, erklärte er mir knapp und beugte sich langsam zu mir hinab.

»Samuel, hör auf.« Ein Knurren drang aus Shawns Kehle und er schob seinen Freund energisch zurück. Mein Herz hüpfte vor Dankbarkeit. Gerne hätte ich Samuel selbst die Stirn geboten, doch mir kam kein Laut über die Lippen.

Samuel interessierte sich bereits nicht mehr für mich. Er hatte sich Shawn wieder zugewandt und redete mit ihm, während sie vorgingen. Leise, damit ich ihn nicht hören konnte. Beiläufig zupfte er seine ohnehin makellos sitzende Uniform zurecht. Ich versuchte ihrer Unterhaltung zu folgen.

«Angestellter eines Lebensmittelladens«, beantwortete Samuel gerade eine Frage, »aber was viel wichtiger ...« Er stoppte und sah zu mir. »Es ist unhöflich andere zu belauschen.«

Aber ich hörte ihn nicht mehr. Er sprach von Margos neuem Angestellten, da war ich mir sicher. Meinem und Thomas Ersatz. Ich hatte sie fast vergessen. Die arme Margo, die sich nun alleine ohne ihre kleine Familie durchschlagen musste. Und ich konnte ihr nicht einmal schreiben.

Ein Klatschen ließ mich erschrocken zusammenzucken. Shawns Lippen verzogen sich wieder zu seinem schiefen Grinsen. Samuel lachte, als er die Hände sinken ließ. Hatte er mich absichtlich erschrecken wollen? Ekel.

»Na los, ihr Täubchen. Ihr geht jetzt in die Stadt der Toten.«

Kapitel 14.

Mit zittrigen Fingern überprüfte ich abermals den Sitz meiner Kleidung. Er musste perfekt sein.

»Bist du so weit?«, drang Shawns Stimme durch den Nebel in meinem Gehirn zu mir durch. Auf meiner Wange kauend, sah ich zu ihm auf. Ich schmeckte etwas Metallisches. Ich folgte ihm bereits die Mauer entlang. Er versuchte geschäftig zu wirken, aber ich wusste, dass es auch ihm die Luft abschnitt, daran zu denken. Gleich würden wir den Monstern gegenüberstehen, die unser aller Leben kontrollierten.

Wir gingen nicht durch das Tor, Shawn hatte mir erklärt, dass es einst zugeschweist worden war. Von wem, wusste er nicht. Wenn wir es jedoch immer und immer wieder öffnen würden, könnten wir nicht dafür garantieren, dass uns nicht ein Infizierter entwischte. Dafür hatten sie andere Vorrichtungen angebracht, um in die Stadt zu kommen. Etwas weiter die Wand entlang befanden sich Einkerbungen. Sie wirkten fast wie Schienen, die senkrecht nach oben verliefen. Ich blickte auf den Boden und erst jetzt fiel mir die Platte auf, die dort zwischen toten Gräsern, Asche und Schutt ruhte. Geländer waren über ihr zusammengeklappt und Shawn beugte sich hinab, um sie aufzustellen. Am Äußeren war an der untersten Sprosse eine Schalttafel mit großen Knöpfen angebracht. Shawn zog mich zu sich, ich bildete mir ein, durch meinen Helm hindurch seinen Duft zu spüren und er betätigte die Hebebühne. Diesmal konnte ich ein Quieken nicht unterdrücken. Langsam löste sich das Gefährt von der Erde und trug uns nach oben. Ich wollte nach dem Geländer fassen und mich stützen. Fast wäre ich von der ungleichmäßigen Fahrt hinunter geschüttelt worden, aber Shawn schlang rechtzeitig seinen Arm um mich.

»Vorsicht«, murmelte er gedämpft an meinem Ohr. In mir flatterte der gefangene Vogel. Obwohl immer noch etwas zwischen uns schien, nicht alles ausgesprochen war, wir Fremde waren, klammerte ich mich an ihn und ließ mich halten.

Mit einem kräftigen Ruck stoppte unser Fahrstuhl an der Spitze der Mauer. Bevor ich mich bei Shawn bedanken oder meine Sorgen mit ihm teilen konnte, ließ er mich auch schon los und kletterte behände wie eine Katze auf die Spitze. Er reckte sich, um mehr sehen zu können. Fast stellte ich ihn mir wie ein witterndes Erdmännchen vor.

»Folge mir.«

Dann ließ er sich fallen. Ich keuchte auf, schlug mir die Hände vor den Mund, aber traf nur das harte Plastik meines Helmes, wollte nicht schreien. Auf der anderen Seite war kein Laut zu hören. Vorsichtig spähte ich über die Mauer.

Shawn saß in der Hocke am Boden und analysierte seine Umgebung. Die Waffe, die zuvor noch an seinem Gürtel hing, lag nun in seiner Hand. Er wirkte so fern, so weit, weit weg, unten am Boden. Meine Finger begannen zu schwitzen und obwohl ich Handschuhe trug, hatte ich Angst, den Halt zu verlieren. Ich rührte mich nicht, ließ mich von der Angst überwältigen. Dumpf pochte die Erinnerung an den Kletterpark in meinem Kopf, den ich als Kind weinend verlassen musste, nachdem mein Vater mich aus den Seilen gerettet hatte. Die Erinnerung an meine Furcht zu fallen und wie der Boden unendlich weit weg gewirkt hatte.

Vika, du schaffst das, sagte ich mir. *Shawn hat es auch geschafft und weit und breit ist kein Infizierter zu sehen, es ist eine weite, kahle Fläche, du musst nur springen.*

Mir wurde übel. Galle stieg in meinem Hals hinauf und ließ jeden Atemzug brennen.

»Vika?«, drang Shawns Stimme zischend zu mir hoch. »Was treibst du da oben? Komm runter, wir sollten nicht lange hier bleiben.«

»Ich kann nicht«, wimmerte ich.

»Warum nicht?«, er wurde immer leiser und sah sich schnell um.

»Nein, das ist es nicht.« Ich wollte mein Geständnis hinunter schlucken, aber ich hatte versprochen immer ehrlich zu ihm zu sein. »Ich habe Höhenangst.«

»Warum hast du das nicht gesagt, bevor wir hoch gefahren sind?«

»Da war ich zu abgelenkt von dem schwankenden Boden und deinen Armen.«

Er fluchte leise, gehetzt. Er war frustriert von seiner unfähigen Partnerin. Er hätte jemanden verdient, der nicht im Angesicht seines eigenen Schattens in die Knie ging.

»Soll ich etwa hochkommen und dich runter lassen? Wenn wir noch mehr Lärm machen, ist die Höhe bald unser kleinstes Problem.«

»Das weiß ich doch. Ich habe trotzdem Angst, das ist doch das Problem mit Phobien, sie sind nicht rational.« Diesmal blickte Shawn kurz zu mir auf, aber durch die getönte Scheibe konnte ich sein Gesicht nicht erkennen. Bestimmt verdrehte er die Augen. Wie demütigend.

»Wenn du springst, fange ich dich auf. Mehr kann ich dir nicht anbieten.« Das war mehr, als ich mir erhoffen konnte. Mit schweißnassen Händen hielt ich mich an der Mauer fest und zog mich hoch. Ich zitterte am ganzen Leib und schaffte es erst beim zweiten Versuch, mein Bein über die Kante zu schwingen.

Was, wenn Shawn mich nicht fangen konnte und ich uns beiden das Genick brach?

»Na komm, das schaffst du.« Er klang viel besänftigender. Ich sah nicht nach unten, sonst würde ich es nicht schaffen. Ich konnte das Schnalzen seines Holsters hören. Gerne hätte ich mich geohrfeigt. Shawn nahm so viel auf sich. Schlussendlich waren es Dankbarkeit und Schuld, die mich zum Sprung trieben. Erschrocken biss ich mir auf die Zunge, war zu entsetzt, um zu schreien. Ein eiserner Geschmack breitete sich in meinem Mund aus. Doch bevor ich mit meinem Leben abschließen konnte, landete ich in Shawns starken Armen. Er schnaufte kurz, hielt mich eine Sekunde, dann setzte er mich auf meine zittrigen Beine.

»Siehst du? Du hast es geschafft.« Mehr Lob gab es nicht. Er griff sofort nach seiner Waffe und sondierte die Umgebung. Erst jetzt wurde mir wirklich klar, wo wir waren. Die Gebäude am Stadtrand waren teils Einfamilienhäuser oder Reihenhäuser gewesen, kleine Ruinen, die kaum noch standen. Hier und da ragten Steine der Grundrisse empor, der Rest wurde vielleicht in die Mauer integriert, die nun in unserem Rücken stand. Ihre unregelmäßig gefärbten Steine hatten mir von Anfang an verraten, dass sie teilweise zerstört worden war.

Nur manche Gebäude besaßen noch Fenster, staubige, leere Augenhöhlen, die mich traurig anflehten. Auch hier lag Asche auf dem Boden, vielleicht noch etwas mehr als außerhalb der Stadt. An manchen Stellen war die spröde Erde verfärbt und klebrig. Erst nach einiger Zeit fiel mir auf, dass manche der Gesteinsbrocken symmetrisch angeordnet waren. Sie erinnerten mich an einen Friedhof.

Shawn gab mir ein Zeichen. Er deutete auf den Boden und tat so, als würde er etwas empor ziehen. Ich folgte seinem Finger und erkannte einen weiteren Aufzug, dessen Geländer hinab geklappt waren. Ich stellte sie auf. Danach löste ich das Kabel, was seine Fernbedienung an einen Generator anschloss, der es wohl mit Saft versorgte. So würden wir wieder hinaus finden.

»Komm«, murmelte Shawn, als ich fertig war, »und schau nicht auf den Boden.« Ein Fehler. Natürlich blickte ich hinab und erkannte mumifizierte und frische Leichenteile. Hände, qualvoll zu Klauen verformt, Unterkiefer, zu einem unendlichen Schrei geöffnet. Hier und da lagen Knochen. Ich konnte hören, wie sie knacken würden, sollte ich einen von ihnen unter meinen Sohlen zerbrechen. Ich würgte. Jeden Moment rechnete ich damit, ein Schlurfen zu hören oder weiße, in der Dunkelheit glühende Augen zu sehen, die mich beobachteten. Aber es war hell, die Sonne war zwischen den Wolken hervorgebrochen und verhöhnte mich. Um uns war es totenstill. Ich folgte Shawn, setzte meine viel kleineren Sohlen in seine Abdrücke und versuchte stets seinen toten Winkel im Auge zu behalten.

Endlich war ein Röcheln zu hören. Shawn erhob eine Hand direkt vor meinem Visier und ich stoppte. Er spähte zwischen die zerklüfteten Steine und als ich mich ein wenig nach vorne beugte, konnte ich über seine Schulter hinweg das heftige Heben und Senken eines kranken Körpers sehen. Es musste sein Rücken sein, Stoff hing ihm vom Körper wie abgefaulte Haut.

Plötzlich erhob Shawn eine zweite Waffe, mir war sie vorher nicht an ihm aufgefallen, ein kleines Ding mit einem breiten Rohr. Mein Partner drückte den Abzug und ein fröhlich-orangener Blitz schoss auf den kahlen Rücken zu. Der Infizierte keuchte heiser, drehte sich zu ihm um, sein Gesicht donnerte gegen den Felsen, hinter dem er vor uns verborgen war und er erschlaffte. Shawn sah zu mir auf, er war mir so nahe, dass ich sein Gesicht erkennen konnte. In ihm brodelte immer noch das Adrenalin.

»Das war der Erste.« Er atmete schwer. »Wir lassen ihn hier liegen, die Betäubung hält noch mehrere Stunden an. Dann fahren wir ihn mit den anderen zur Mauer.«

Die nächsten beiden Untoten fanden wir genauso schnell. Shawn holte immer wieder aus einem kleinen Beutel an seiner Seite die Betäubungspfeile und entfernte die Kappen, den Abfall ließ er unachtsam zu Boden fallen. Mich wollte er mit der Aufgabe nicht betrauen. Ich fühlte mich sicherer, wenn ich die Umgebung beobachtete.

Endlich hatten wir den letzten Infizierten erreicht. Witternd wie ein Tier hatte er sich zur Erde hinab geneigt und blähte seine gigantischen Nasenflügel. Seine einst langen Haare hingen ihm von der teilweise verfaulten Kopfhaut, weiße Knochen blitzten zwischen seinen Haaren auf. Seine Haut war rußgeschwärzt und ließ die Augen leuchten. Die Lippen fehlten. Shawn hob sein Betäubungsgewehr und zielte. Ein Schrei zerriss den Tag, weit hinten, kaum von den Skeletten der Hochhäuser zu unterscheiden, hatten sich zwei Infizierte ineinander verkeilt. Shawn verzog und die Spritze splitterte an einem Stein nur Zentimeter von ihrem Opfer gegen die Wand. Die bleichen Augen zuckten umher, suchten uns. Wolfsgleich, mit einer animalischen Anmut hob der Kahlköpfige sein Haupt gen Himmel und stieß den lautesten Schrei aus, den ich jemals gehört hatte. Laut fluchte Shawn auf, betäubte den Untoten mit der nächsten Nadel und warf ihn sich über die Schulter wie einen Sack Kartoffeln. Das Opfer hatte nicht einmal die Chance, seine Kiefer in ihn zu schlagen.

Und dann hörte ich sie. Trampelnd und stolpernd rannten sie auf uns zu, die Hände nach uns ausgestreckt in freudiger Erwartung. Sie wuselten flink wie Kaninchen und tödlich wie Bären zwischen den Mauerresten hindurch, ihre graue Haut hob sich kaum von ihrer Kulisse ab. Der erste bleckte erwartungsvoll die Zähne und Spuckefäden stoben aus seinem Rachen.

»Vika, lauf!«, drang Shawns Stimme zu mir durch. Er war mit seiner Last bereits losgelaufen. Mein Herz hingegen war gefangen in der Zeit, schlug einen Augenblick lang nicht mehr, nur um kurz darauf so viel Adrenalin durch meinen Körper zu pumpen. Ich setzte zu einem Sprint an, angetrieben von meiner Panik. Wir rannten auf die Mauer zu, keuchend und nach Luft japsend, die in unseren Helmen langsam dick wurde. Ich wollte bei Shawn bleiben, ihn nicht zurücklassen, niemals riskieren, irgendwann seine Augen weiß gefärbt erblicken zu müssen, aber er befahl mich weiter, während sein Balast ihn aufhielt.

»Lauf so schnell du kannst! Aktiviere den Fahrstuhl!«, schrie er mir nach. Nur kurz drehte ich mich um und sah, wie er den Untoten zu den anderen achtlos auf den Boden warf. Trotzdem war er langsamer als ich.

Ich sammelte all meine Kräfte. Meine Oberschenkel brannten, aber ich trieb mich weiter an, kollidierte fast mit dem Geländer und ließ mein Messer fallen. Ohne darauf zu achten, schlug ich auf den Knopf, der den Motor startete, und sprang auf.

Ich wirbelte herum. Shawn war zu weit weg. Hinter ihm wirbelte der Staub, hier und da erkannte ich flinke Leiber, die es kaum erwarten konnten, ihn zu greifen. Er würde es nicht schaffen. Ich würde ihn nie wieder umarmen können.

»Schalte ihn an!«, schrie Shawn und ruderte mit den Armen. »Mach schon!« Ich wollte nicht. Shawn war noch nicht bei mir, ich würde ihn dem Tod überlassen. Trotzdem schlug ich mit voller Kraft auf den Knopf und krallte mich sofort ans Geländer. Ich fuhr in die Höhe, entfernte mich vom Tod, entfernte mich von den Untoten. Von Shawn.

Er war noch zehn Meter von mir entfernt. Acht. Fünf. Mit einem Aufschrei, als würde er sich in die Schlacht stürzen, hob Shawn vom Boden ab und sprang auf mich zu. Er landete mit dem Oberkörper auf der Plattform, hob die Arme und hakte sie in das Geländer. Sofort sprang ich an seine Seite und wollte ihn hinein ziehen, aber er wurde ruckartig aus meinem Griff gerissen. Ein Untoter hatte seinen Stiefel gepackt und zog an ihm, aber Shawn strampelte so heftig, dass der Infizierte das Bein nicht mit den Zähnen zu fassen bekam. Katzenschreie und Sabber spien aus seinem Maul.

Erneut packte ich Shawn am Kragen und als er sich nicht mehr selbst halten musste, trat er dem Untoten so fest gegen den Kopf, dass dieser aufplatzte wie eine faule Tomate. Splitter, Blut und Gehirn ergossen sich über den Schuh, spritzten in alle Richtungen und färbten die Welt wie eine Leinwand.

Endlich konnte Shawn sich in Sicherheit heben. Schwer atmend blieb er sitzen und lehnte sich gegen das Geländer. Ich konnte seinen schweren Atem hören, sah vor meinem inneren Auge seine schockierte Maske.

»Danke«, keuchte er.

Unter uns schrien und kreischten die Untoten. Shawn hatte sich an die Mauer gelehnt und den Kopf zurückgelegt. Er atmete immer noch schwer, überwand seinen Schrecken aber allmählich.

»Und was machen wir jetzt?«, fragte ich kleinlaut. Ich schämte mich dafür, Shawn nicht schnell genug geholfen zu haben. Zwar hatte er mir versichert, ohne den gestarteten Fahrstuhl gestorben zu sein, aber mehr hatte ich nicht ausrichten können.

»Jetzt müssen wir uns um die da unten kümmern.«

»Und wie?«, fragte ich außer Atem von meinem rasenden Herzen.

»Du darfst jetzt nicht erschrecken«, mahnte er mich und zog seine Pistole. Er streckte die Arme durch, ohne sich zu erheben und schoss. Weit hinter der Meute schlug die Kugel in einen Stein ein. Die Reaktion kam unmittelbar. Die Infizierten jaulten auf und rannten zu ihrer vermeintlichen Beute. Ich wagte es nicht, erleichtert zu sein, beobachtete gebannt, wie sie den Stein mit ihren gebrochenen Fingernägeln bearbeiteten und ihre fauligen Zähne hinein stießen. Es dauerte Minuten, bis sie von ihm abließen und sich witternd umsahen. Und weitere, bis sie sich zerstoben und langsam zurück zu den Ruinen wankten.

Shawn betätigte den Aufzug und wir fuhren aus der sicheren Höhe hinab. Ich hätte nie geglaubt, dass sie mir lieber sei. Diesmal wollte ich mich als nützlich erweisen, aber es misslang mir. Während Shawn auf jede seiner breiten Schultern einen Leichnam hob, zog ich den dritten mit spitzen Fingern hinterher. Denjenigen, der keine Lippen mehr hatte, ließ ich zurück. Mein Instinkt drohte mich zu überwältigen, mehrmals wollte ich meine Last liegen lassen, alles in mir schrie, dass es falsch war. Unter meinen Fingern verschoben sich die losen Knochen und ich würgte, als der Arm sich langsam aus dem Schultergelenk löste. Ich spürte den Zerfall.

Shawn holte den Letzten und betätigte den Fahrstuhl. Ich wollte mich am Geländer festhalten und auch wenn ich diesmal mein Gleichgewicht behielt, legte Shawn trotzdem seinen Arm um meine Hüfte. Ich ließ ihn gewähren. Lehnte mich seiner Wärme sogar entgegen.

Gemeinsam verluden wir die Infizierten, doch als ich schon über die Mauer kletterte, hielt er inne.

»Was ist los?«

»Du wartest hier auf mich. Ich muss den Fahrstuhl unten fest machen.«

»Was, dann kommst du nicht mehr hoch«, protestierte ich fast zu laut.

»Psst«, zischte er mich an und ich senkte beschämt den Blick. »Ich mache das nicht zum ersten Mal, es ist ganz leicht. Warte hier.« Er fuhr wieder runter. Mit flinken Händen klappte er alles zusammen und band die zerschnittenen Enden des Seiles zusammen. Er fand sogar mein Messer und steckte es ein. Danach schob er mit dem Schuh wieder ein wenig Asche und Dreck zusammen.

»Pass gut auf«, sagte er, als er wieder zu mir aufsah. Er nahm Anlauf und sprang an der Wand hoch, seine Sohlen setzten so leichtfüßig auf, wie ich es kaum in der Waagerechten konnte, die Spikes verhakten sich im rauen Gestein und katapultierten ihn hinauf. Seine kräftigen Beine waren zwar langsam, aber sie trugen ihn hoch wie einen schillernden, fliegenden Fisch.

Wie in Zeitlupe streckte er die Hand aus und diesmal verstand ich sofort. Den Oberkörper über die Mauer gelehnt streckte ich beide Arme aus und packte ihn. Meine Schulter wurde durch den Ruck in die Länge gezogen, aber ich war stolz, als ich kein Geräusch von mir gab. Shawn schwang sich mit meiner Hilfe das letzte Stück empor und als die Mittagssonne sich langsam ihrem Schlaf zuwandte, leuchteten Shawns Haare im Schein wie Feuer.

»Gehen wir?«

Kapitel 15.

Samuel half uns die Untoten zu verladen und fuhr uns voraus, zurück zur letzten Stadt. Obwohl ich neben Shawn auf der Vorderbank saß, konnte der Kofferraum nicht weit genug weg sein. Ich beobachtete die Leichen durch die Gitterstäbe hindurch, unachtsam gestapelt, wie Abfall.

Irgendwann legte Shawn seine Hand auf meine und hielt meine nervös nestelnden Finger fest. Ich schenkte ihm ein dankbares Lächeln.

Unser kleiner Disput schien vergessen, wie sollte ich auch jemandem misstrauen, der mein Leben über sein eigenes gestellt hatte? Er hatte mich geschont, seine Zuneigung zu mir war ungestüm und trotz der Lügen, die um ihn spukten, ehrlich.

Shawn lenkte den Wagen um den Eingang zur Oberstadt herum. Ich fragte mich, ob jemals einer der Reichen auf diese diabolische Art hingerichtet wurde. Als wir hielten, mehrere Meter von dem Tor entfernt, durch das mein Bruder aus meinem Leben getreten war, stieg Shawn aus. Er bedeutete mir mit einem schnellen Nicken dort zu bleiben und machte sich gemeinsam mit Samuel am Kofferraum zu schaffen. Sie hoben die schweren Leiber heraus und legten sie aus, wie die Brotkrumen von Hänsel und Gretel. Nur würden die Körper der Infizierten nicht den sicheren Weg nach Hause markieren. Diesmal schwang sich Samuel zu uns in den Wagen und legte lässig seine Ellenbogen auf die Rückenlehnen. Wir beobachteten mit angehaltenem Atem, wie Leben in die Toten kam. Samuel tippte meine Schulter an und ich wandte mich zu ihm, fast schon dankbar nicht mehr zu den Infizierten sehen zu müssen.

»Hör zu, Prinzessin. Shawn schont dich, weil er ein kleiner, viel zu netter Idiot ist. Und ich habe dir eben geholfen, weil mich deine Rehaugen eingelullt haben, aber das nächste Mal solltest du darauf achten, deinen Job selbst zu erledigen.«

Ein Lachen schwang in seiner Stimme mit, aber freundlich war es nicht. Ich schluckte und spürte, wie ich rot wurde. Shawn hingegen rutschte verlegen tiefer in seinen Sitz. Aber Samuel hatte Recht. Sie waren viel zu nett zu mir, alle beide.

Erst das laute Geräusch des sich öffnenden Tores ließ mich zurücksehen. Das Geräusch lockte die Monster an, teils noch kriechend kamen sie in Bewegung und versuchten die Mauer zu erreichen. Verängstigt krallte ich mich in meinen Sitz. Einerseits wollte ich wissen, wer verurteilt wurde, andererseits konnte ich kaum den Drang bekämpfen, mich in Shawns Arme zu werfen und trösten zu lassen. Ich kannte den Mann nicht, der hinaus gestolpert kam. Er heulte und flehte um Gnade, das wusste ich, auch wenn die Worte durch das Auto gedämpft wurden. Er humpelte, wankte und brach im Schmutz zusammen. Sein Blick hob sich und obwohl wir zu weit entfernt waren, fühlte es sich an, als stünde ich ihm direkt gegenüber. Als würde ich auf ihn hinab blicken, seine Angst riechen können.

Und ich hielt den Tod nicht auf. Er packte die gekrümmte Gestalt, riss ihren Kopf nach hinten, grub seine Nägel in seine Augen, bis sie platzten. Der Mann schrie und wand sich, bis sich scharfe Zähne in seinen Hals bohrten und jeden Laut in Blut ertrinken ließen. Die Untoten fraßen, bis nichts mehr von ihm übrig war als gesplitterte Knochen und Stofffetzen, die nicht in der Gier der Meute hinunter geschluckt worden waren.

Das Tor schloss sich. Die Unterstädtler hatten eine Farce erlebt, die sie bis zur nächsten Verurteilung in ihrer Angst gefangen hielt.

»Bleib bitte sitzen«, sagte Shawn so sanft, als sei ich ein ängstliches Kitz. Er stieg aus und lud seine Betäubungspfeile nach. Kein Schuss verfehlte sein Ziel und sobald die Körper zusammengebrochen waren, winkte Shawn mich zu sich. Wir verluden die Infizierten und auch die Knochen sammelte Shawn auf. Während wir schweigend arbeiteten, ruckte sein Kopf immer mal wieder in meine Richtung, als wollte er etwas sagen. Erst als wir den Beutel zwischen die Leichen warfen, richtete er sich an mich.

»Sie fressen nicht immer so lange«, seine Stimme klang belegt. »Manchmal nehmen wir den Verurteilten mit. Oft habe ich schon darüber nachgedacht, ihm eine Kugel durch den Kopf zu jagen, oder sie alle zu erlösen, aber ...« Er brach ab und seufzte, die Last der ungesprochenen Worte wog schwer. Ich konnte mir vorstellen, was dieses aber war. Es hing mit einem Präsidenten und unzufriedenen, verzweifelten Bürgern zusammen. Shawn legte mir stattdessen eine Hand auf den Rücken und führte mich zu meiner Tür.

Die Untoten wieder innerhalb der Mauer zu bringen war zum Glück weniger aufwendig. Gemeinsam mit ihnen fuhren wir hinauf und warfen sie hinüber. Zuletzt leerte Shawn den Beutel über ihnen aus. Die Knochen fielen wie schwere Blütenblätter auf sie hinab. Thomas' Knochen lagen wahrscheinlich dort. Ich beobachtete sie noch eine Weile.

»Kanntest du ihn?«

Ich sah zu Shawn auf, schüttelte den Kopf. »In der Unterstadt kennt sich nicht jeder. Das ist besser so, siehst du jemanden zu lange an, riskierst du es, ausgeraubt zu werden.« Er nickte langsam, als würde er verstehen, aber das würde er nie. Shawn drückte den Knopf des Fahrstuhls und fuhr uns langsam hinunter. Ich konnte ihn neben mir darüber reden hören, dass ich nun eine Pause verdient hätte, dass es einfacher werden würde, aber ich hörte ihm nicht zu. Ich war gefangen in hellen Augen, die mir hinterher blickten.

Obwohl Shawn mich davor gewarnt hatte, mit dem Blut in Berührung zu kommen, konnte ich nicht anders, als meine Uniform zu waschen. Ich achtete darauf den Saum der Handschuhe immer über dem Wasserspiegel meines Bottichs zu halten, kniete draußen vor der Hütte und wusch und wusch, bis Schmutz und Schuld von mir gespült wurden. Mich selbst badete ich und erst als das warme Wasser meinen Körper ermüdete, kamen die Tränen. Ich schluchzte hemmungslos, wurde den Anblick des Sterbenden nicht los. Ich wollte das nicht. Ich wollte dieses Leben nicht. Lieber würde ich weiter durch den Dreck waten, niemals reich sein, nur Brotkrumen essen, als eine Mörderin, eine Henkerin zu sein. Aber ich musste. Denn wenn nicht wäre ich für immer alleine. Dann wäre meine gesamte Familie fort und jeder Tod wäre meine Schuld gewesen.

Es war eine warme Hand auf meiner Wange, die mich aus dem Traum zog. Ich blinzelte und sah hinauf in Shawns besorgte Augen. Er kniete vor dem Bett, mein Gesicht mit der Hand umfasst. So nah. Ich konnte seinen Schweiß riechen.

»Du bist nicht zurückgekommen. Ich habe noch drei Stunden gewartet, aber du kamst nicht, ich dachte es sei etwas passiert.« Seine Stimme klang belegt, seine Augen waren groß und dunkel umrandet. Das holte mich schlagartig zurück in die Realität.

»Ich habe keinen Wecker gestellt?«, wimmerte ich. Er schüttelte nur den Kopf.

»Du lagst so still da, ich glaubte schon, du seist tot.« Er lachte verlegen, um seine Anspannung zu lösen.

»Ich habe einen sehr ruhigen Schlaf.«

Diesmal lachte er richtig. Die Anspannung fiel von uns beiden ab, aber ich schämte mich dennoch. Es war gemein von mir zu verschlafen, Shawn leistete so viel mehr als ich.

»Tut mir leid. Ich stehe sofort auf und gehe wieder zur Mauer. Es tut mir wirklich, wirklich leid.« Er winkte ab, bevor ich mich in weiteren Entschuldigungen verlor.

»Ich war doch ausgeruht, bevor Samuel kam.« *Du hattest deine Pause abbrechen müssen,* dachte ich, aber ich traute mich nicht es zu sagen. »Ich habe mir nur Sorgen gemacht. Wenn du möchtest, kannst du gerne noch ein wenig schlafen.«

»Nein«, sagte ich entschieden und schlug die Decke weg. Als Shawn meine Unterwäsche bemerkte färbte sich seine Nase rot. »Du sollst mich nicht wie eine kleine Prinzessin behandeln. Ich komme aus der Unterstadt, verdammt nochmal, ich habe Kisten gestemmt, die so schwer wie eine Ziege waren und von morgens bis abends durchgearbeitet. Ich bin nicht aus Zucker und du darfst mir nicht alles durchgehen lassen. Du sagtest selbst, der Schlüssel für unsere Arbeit wäre Zuverlässigkeit und Vertrauen und nun liegt es an mir, das zu verdienen.«

Perplex blinzelte er mich an. Als er sich durch die Haare fuhr standen sie wild ab, er sah unschuldig und jung aus.

»Ich …«, begann er und druckste ein wenig herum. Ich unterbrach ihn mit einer wirschen Handbewegung.

»Das ist mein Ernst. Ich kann so lange wach bleiben, wie nötig, mir muss keiner die Last abnehmen, das sollte auch keiner. Ja, ich bin unerfahren, aber auch ich bin in dieser Welt groß geworden, ich –«

»Ich behandle dich gerne, wie eine Prinzessin.« Er hatte nur geflüstert, aber es nahm mir allen Wind aus den Segeln. Die Worte hallten in mir wider, ließen alles andere in mir verstummen. Ich sah ihn an, sah in die grünen

Augen und merkte wieder schmerzlich, wie ehrlich er doch war. Egal was er vor mir verheimlichte.

Noch eine Weile saßen wir uns schweigend gegenüber, dann lehnte er sich räuspernd zurück.

»Gut, das wäre geregelt, aber eine Sache geht mir immer noch nicht aus dem Kopf und ich frage dich schnell, bevor ich mich umentscheide.« Ich wollte ihm antworten, aber er ließ mir tatsächlich keine Zeit. »Warum bist du so zu mir? Zu Beginn warst du nett und freundlich, ein wenig schüchtern, aber du hast plötzlich dicht gemacht. War es wirklich nur der Kuss? Ich weiß, das war dumm und ich habe mich hinreißen lassen, aber ich werde den Gedanken nicht los, dass da noch mehr ist.«

Ich schwieg, dachte über seine Worte nach.

War da noch mehr? Shawn hatte Geheimnisse und ich vertraute ihm nicht. Er erinnerte mich an seinen Vater, aber wenn ich aufblickte, erkannte ich nicht unseren tyrannischen Präsidenten in ihm. Shawn war anders. Shawn war gut. Warum zweifelte ich an ihm?

»Es tut mir leid«, murmelte ich.

»Habe ich etwas falsch gemacht?«

»Nein, das hast du nicht. Du bist super, du bist nahezu perfekt, außer dass du stinkst wie ein nasser Hund.« Er schmunzelte, doch es lag Wehmut darin.

»Danke für die Blumen, aber darf ich dich erinnern, dass du auch nicht nach Rosenwasser geduftet hast?«

»So meinte ich das nicht. Hast du überhört, dass du ansonsten perfekt bist?«

Er lächelte.

»Nein. Nein, das habe ich nicht.«

»Es ist wirklich nichts. Ich bin verwirrt, mein Leben hat sich um 180 Grad gewendet und ich komme nicht hinterher. Und dann bist du auch noch so unerträglich nett und kümmerst dich um mich.« Er grinste schief. Und breit. Ich glaubte sogar zu sehen, wie seine Brust leicht anschwoll.

»Unerträglich nett.« Er lachte leise, nur für sich. Dann sah er zu mir auf und eine Idee flammte in seinem Blick auf. »Hey, wie wäre es, wenn ich dir nächste Woche eine gute Ablenkung zeige? Das könntest du gebrauchen. Wir könnten was trinken gehen.«

Auch wenn Alkohol mich nicht reizte, konnte ich zu Shawns großen Augen nicht *Nein* sagen. Es lag eine kindliche Hoffnung in ihnen, die ich nicht zerstören wollte.

»Also gut. Aber ich warne dich, ich habe bisher noch nie getrunken, nutz das also nicht aus!«

»Vika!«, rief er empört und mein Herz machte einen Sprung, als mein Name über seine Lippen kam. »Glaubst du wirklich, ich gehöre zu der Sorte Mann, die betrunkene Frauen ausnutzt?«

»Nein, natürlich nicht. Aber pass bitte auf mich auf, ja?«

Seine grünen Augen färbten sich mit warmen Farben, sein Blick liebkoste mich.

»Immer.«

Kapitel 16.

Ich schlief nicht sofort, als ich meine Villa betrat. Ich wusch mich und trat den Gang zum Krankenhaus an, aber schon als ich die verkniffenen Lippen der Empfangsdame sah, wusste ich, dass ich kein Glück hatte. Sie schickte mich mit gespielter Höflichkeit davon und bat mich, meiner Mutter Zeit zum Genesen zu geben. Ich war keine Ärztin, aber langsam fragte ich mich, wie lange es noch dauern konnte.

Daheim kam mir das Haus schrecklich leer vor. Teure Möbel säumten den Flur, es roch nach Reinigungsmitteln, als habe jemand erst vor wenigen Stunden den Boden behandelt. Ich schnappte mir ein neues Buch aus meiner Bibliothek und machte mich auf den Weg in die Küche. Ich erinnerte mich noch, dass meine Mutter eine leidenschaftliche Köchin war. Ob ich das von ihr geerbt hatte, wusste ich nicht. Mit den wenigen Zutaten, die ich mir hatte leisten können, war mein Essen stets dürftig und funktional gewesen. Aber heute stand mir der Sinn nach Experimenten.

Ich plünderte meinen frisch befüllten Kühlschrank, nur kurz beklommen von dem Gedanken, dass eine unsichtbare Seele durch meine Privatsphäre schlich und mich versorgte. Wie die Zofen einer verzogenen Prinzessin, fleißig und unauffällig.

Ich hatte einen Berg Gemüse vor mir aufgetürmt, vor allem der große Kürbis machte mich neugierig. Ich wollte mich an einer Suppe probieren. Langsam kochte ich das Gemüse auf und gab Brühe dazu. Da ich seit Jahren von wässrigen Suppen gelebt hatte, wollte ich sie cremig haben. Ich versuchte, sie zu pürieren, was wunderbar gelang, und um sie geschmackvoller zu machen, goss ich Sahne auf. Als ich probierte, hätte ich fast den Inhalt meines Mundes ausgespuckt vor Lachen. Es schmeckte so gut wie nach nichts. Ich hatte Gewürze vergessen und dabei hingen die Körbe an den Wänden voll davon. Ich experimentierte weiter und hatte am Ende eine wirklich leckere Suppe zubereitet. Aber hier wollte ich nicht stoppen, ich fühlte mich in meinem Element, kochte Reis und versuchte mich an einem scharfen Curry, wie mein Vater es früher zubereitet hatte. So scharf, dass einem die Nase lief.

Ich durchsuchte die komplette Küche und fand das feinste Geschirr, elfenbeinweiß mit einem feinen goldenen Rand. Ich deckte den Tisch, strich die Decke glatt, suchte champagnerfarbene Stoffservietten und dazu passende Ringe heraus und deckte mehrere Sorten Besteck, ohne zu wissen, welcher Löffel für was war. Ich mengte mir noch einen Salat und als ich auf mein Dreigänge-Menü hinab blickte merkte ich, wie einsam ich war. Ich vermisste meine Familie. Gern hätte ich stolz meinem Vater gezeigt, dass ich sein Curry gemacht hatte, stellte mir vor, wie mein Bruder wegen dem vegetarischen Essen meckerte.

Als hätte jemand mein stummes Flehen gehört, klopfte es an der Tür. Ich sprang auf, schlitterte den Flur entlang und riss die Tür auf, völlig taub für den Gedanken, warum so spät noch jemand zu Besuch kam. Shawn stand auf der Schwelle, sein rotes Haar wirkte fast braun in der Dunkelheit, nur fahles Laternenlicht erleuchtete ihn von hinten. Verlegen grinste er und diese Geste machte mir bewusst, dass er es war, auf den ich gewartet hatte. Mein Familienersatz.

»Shawn, wie schön, dass du da bist. Ich habe versucht zu kochen und es ist ein wenig eskaliert. Diese Küchen sind unglaublich. Komm.« Ohne darauf zu warten, ob er etwas sagen wollte, zog ich ihn hinter mir her und drückte ihn auf den einzigen gedeckten Platz. Er war zu perplex, um sich zu wehren und blickte auf den Teller hinab, den ich vor ihm hinstellte.

»Na los, probier schon«, drängte ich ungeduldig. Er hob zögerlich einen vollen Löffel Suppe an die Lippen und nippte gespielt vorsichtig an der Spitze. Sofort hoben sich anerkennend seine Augenbrauen.

»Das schmeckt wirklich gut. Eigentlich wollte ich dich fragen, ob wir gemeinsam Essen gehen, aber ich denke, ich bleibe hier.« Ich lachte und auch sein Mundwinkel hob sich nach oben. Schnell deckte ich einen zweiten Platz und nahm mir ebenfalls etwas. Der Salat ertrank leider fast in Essig und brachte mich zum Husten, aber Shawn sagte, er würde es mögen.

»Wenn du das nächste Mal einen Kochanfall hast, solltest du kleinere Mengen machen«, schnaufte Shawn, nachdem er den leeren Teller von sich schob. Er hatte mittlerweile zwei Teller Suppe und eine gigantische Menge Curry vertilgt.

»Ich weiß nicht, was los war«, gestand ich verlegen und schob eine Karottenscheibe über den Teller. »Ich habe mich einsam gefühlt und an meine Familie gedacht.«

»Das habe ich auch«, gestand er mit leiser Stimme. »Große Häuser können ein Fluch sein, wenn man sie mit niemandem teilt. Wir haben zwar viele Bedienstete, Butler, Hausfrauen und eine Köchin, die sich im Übrigen eine Scheibe von dir abschneiden kann«, er prostete mir mit seinem Glas zu und trank gierig, »aber wenn es dunkel wird, muss ich an meine Mutter denken. Und an meinen Bruder.«

Ich nickte wissend. Gern hätte ich weiter gefragt, aber ich wollte ihn nicht traurig sehen. Niemals. Stattdessen versuchte ich das Thema zu wechseln.

»Heißt das, du und dein Dad kochen nicht?« Er winkte ab.

»Der Herr Präsident doch nicht«, sagte er ironisch. »Und nachdem ich die Abzugshaube habe durchschmoren lassen, darf ich nicht mehr in die Küche. Selbst wenn ich mir ein Müsli hole, machen die anderen Witze darüber, dass es bestimmt Feuer fangen wird. Jane kocht für mich, oder Ekatharina, wenn Jane nicht da ist. Und sobald es fertig ist, verschwinden sie auch schon und widmen sich anderer Arbeit, dann esse ich alleine. Oft besuche ich auch Samuel, er ist eine Legende am Herd, aber seine unregelmäßigen Schichten kann ich mir nicht merken. Doch wenn du erlaubst, komme ich jetzt immer hierher und wir sind gemeinsam nicht mehr allein.« Er lächelte liebevoll und ich erwiderte es. Bestimmt gab ich einen komischen Anblick ab.

»Natürlich, ich brauche doch einen Vorkoster«, witzelte ich.

»Dafür werde ich mich liebend gern opfern.«

Shawn blieb über Nacht. Gemeinsam spülten wir das Geschirr und zogen uns mit Schokolade und Obst in das gemütliche Wohnzimmer zurück. Shawn zeigte mir, wie seine Köchin ein Wasserbad machte, um die Schokolade zu schmelzen und wir tunkten Erdbeeren und Trauben hinein. Köstlich. Dabei erzählten wir uns Geschichten aus unserer Kindheit.

Als ich beschrieb, wie ich Will einst eine Glatze geschnitten hatte als er schlief, legte Shawn den Kopf in den Nacken und lachte so laut, wie ich nie jemanden hatte lachen hören.

»Nein, wirklich, er sah aus wie ein kleiner Mönch. Meine Mutter war wahnsinnig sauer und sperrte alle Scheren weg, aber mein Vater musste immer lachen, wenn er die kahle Stelle sah.«

Auch ich kicherte, bis ich Seitenstechen hatte. Wills große, wässrige Augen blitzten vor mir auf, aber diesmal versetzten sie mich nicht in Trauer. Ich war nur glücklich, ihn in meinem Leben gehabt zu haben.

Shawn begann von seinem Bruder zu erzählen. Er hatte nie in die Gesellschaft gepasst, weswegen er stets versuchte sich vollkommen abzuheben. Schon früh begann er sein Talent auszunutzen, Mimik und Gestik seines Gegenübers perfekt studieren zu können und ging sogar so weit, Tricks auf der Straße vorzuführen. Sein Beliebtester war es, Leuten ein Buch in die Hand zu drücken und sie ein Substantiv aussuchen zu lassen. Danach sollten sie es sich detailliert vorstellen und er musste es in ihren Augen erraten. Er nannte sich damals 4, eine erneute Abgrenzung vom Rest der Welt. Sich selbst den Namen zu nehmen, nahm ihm auch die Persönlichkeit, machte ihn unantastbar und unleserlich.

»Er ging sogar so weit, dass wir ihn auch so nennen mussten. Am Anfang fand ich es befremdlich, aber wenn ich jetzt an ihn zurückdenke, verstehe ich ihn. Ich würde auch gerne in die Gesellschaft einblenden und gleichzeitig allein stehen. Für andere einstehen. Für unsere Leute, in der letzten Stadt.« Er seufzte. »An dem Abend war er mit Freunden unterwegs und wollte mit ihnen eine große Show planen. Ich glaube, die Seuche war das Erste, womit er nicht gerechnet hatte.« *Und das kostete ihn das Leben,* dachte ich, aber ich sprach es nicht aus. Wir wechselten das Thema und kamen schnell auf meine Einrichtung zu sprechen.

»Hast du dir eigentlich schon überlegt etwas umdekorieren zu wollen?«, fragte Shawn. Er hatte mich darum gebeten, ihm Milch aufzukochen und tunkte nun Schokolade hinein, um sie zu schmelzen. Danach leckte er sie ab.

»Nein, ich wusste nicht, dass es geht.«

»Natürlich, du darfst alles machen, hast du dir noch nicht die Läden angesehen? Oder etwas von zuhause mitgenommen?«

»Ich besitze sage und schreibe drei Dinge, die ich behalten durfte. Und das sind drei Bücher von Grimms Märchen.«

Er sah mich überrascht an, während die Schokolade weiter rann und auf sein Kinn tropfte. Er wischte sie weg, viel zu schnell. Ich konnte nicht fortsehen.

»Sonst hast du nichts? Was hast du die vorletzte Woche gemacht?«

»Nicht viel, nur gelesen.«

»Das ändern wir. Ich zeige dir das Kaufhaus. Vielleicht findest du Kleidung für dich oder dekorierst das Haus um. Oder du entdeckst ein neues Hobby. Vielleicht bist du eine geborene Künstlerin oder der neue Beethoven.« Verwirrt musterte ich ihn. Ich wollte nicht zugeben, noch nie ein Lied von Beethoven gehört zu haben. Ich war mir nicht einmal sicher, ob er wirklich Musiker war. Ich kam mir wie eine Wilde vor, die von Shawn in die Gesellschaft eingegliedert werden musste. So, wie es Jack Harrison vielleicht von mir wollte, aber ich verdrängte den Gedanken.

Als ich am nächsten Morgen aufwachte, war Shawn bereits aufgestanden. Mehr noch: er schmierte in der Küche Brote.

»Brote belegen darf ich noch«, begrüßte er mich. »Wenn ich dabei etwas anzünden könnte, müsste man wohl endgültig einen Exorzisten holen. Allerdings habe ich es schon geschafft, ein Messer zu zerbrechen, sodass die Spitze quer durchs Zimmer flog und fast Ekatharina - unsere Haushälterin - geblendet hätte. Weiß auch nicht, wie ich das geschafft habe.« Ich kicherte und nahm mir ein mit Frischkäse beschmiertes Brot.

»Wie kommt es eigentlich, dass du so talentiert bist, aber wenn es um Essen geht zum Terroristen wirst?« Er lachte und schüttelte den Kopf. »Auf jeden Fall weiß ich jetzt, dass ich lieber dort draußen verhungern würde, als dich kochen zu lassen.«

Shawn musste sich kurz darauf verabschieden, sein Vater hatte von ihm verlangt ihn zu einer Sitzung zu begleiten. Erst als es dämmerte, klopfte er erneut an meiner Haustür. Ich schlüpfte in reinweiße Stoffballerinas, schnappte mir eine kleine, kreisrunde Handtasche zum Umhängen und ging raus.

»Na? Aufgeregt?« Shawn versuchte sich an einem Lächeln, aber es wirkte zu nervös, um echt zu sein. Die kleinen Fältchen in seinen Augenwinkeln sprachen von Erschöpfung. Ich glaubte auch so auszusehen, müsste ich den Tag mit Shawns Vater verbringen.

»Natürlich«, erwiderte ich und warf kokett meine Haare über die Schulter. Ich versuchte mich an einer Diva-Imitation und es wirkte. Nun war es aufrichtig. »Ich langweile mich so alleine zu Hause, niemand kümmert sich um mich.«

»Das kann ich verstehen. Hätte ich nicht meine Gitarre, würde ich zu Hause umkommen.«

»Du machst Musik?«, fragte ich aufrichtig interessiert. Er errötete und verwuschelte sich verlegen die Haare.

»Nicht wirklich, ich kann zwar recht gut spielen, aber das war es auch schon, ich singe nicht, oder so.«

»Du musst es mir trotzdem irgendwann zeigen.«

»Lieber nicht«, lenkte er verlegen ab. Er merkte, dass ich widersprechen könnte und drehte mich schleunigst um die eigene Achse. Wir hatten mittlerweile die inneren Ringe der Oberstadt verlassen und standen nun – seine Hände auf meinen Schultern - vor einem der großen, äußeren Gebäude, mit einem breiten Vordach, unter dem Steinbänke standen. Die Fenster waren verdunkelt und über dem Eingang hing ein poliertes goldenes Schild mit einem breiten Drachen darauf. Unter ihm stand in dicken Lettern *Der weiße Drache.*

»Tadaah. Das ist unsere Bar«, rief Shawn und breitete die Arme weit aus. Ich kicherte. »Aber ich muss dich warnen, unser Barkeeper ist nicht grade die Freundlichkeit in Person, aber er hat einen guten Kern. Und obendrein einen guten Geschmack, na komm.«

Er zog mich hinter sich in die Bar. Da ich noch nie eine Kneipe oder ein Restaurant mit Bar betreten hatte, wusste ich nicht, was ich erwarten sollte. In alten Cartoons über den wilden Westen waren die Dielen alt und knarrten, die Männer verwickelten sich in Schlägereien, während ein vornehm gekleideter Mann an einem alten Piano spielte. Auf einer Tribüne tanzte eine Frau mit einem roten, schwingenden Rock und einer Feder auf dem Kopf. Der Raum war erfüllt von Zigarettengeruch und der Barkeeper schielte meistens oder entblößte sein vergoldetes Gebiss, ein bereits sauberes Glas wischend, über seine monströse Fliege hinweg.

Aber das erwartete mich hier nicht. Die wenigen Besucher saßen gesittet an ihren Plätzen und tranken schweigend. In einer Ecke stand eine Musikbox. Sie war mit bunten Neonröhren verziert und leuchteten unangenehm hell, aber einer älteren Dame schien sie zu gefallen. Sie stand die ganze Zeit über davor und bewunderte den Farbwechsel. Nichts in diesem Haus war aus sprödem Holz, der Boden erinnerte mich an meine eigene Villa, teuer und gewachst, ein helles Holz und weiße Steinwände. Die Sauberkeit stach fast schon in den Augen und neben den weißen Tischen und Stühlen dominierte ein gewaltiger weißer Tresen den Raum. Dahinter waren die Flaschen penibel in Regalen geordnet, die von unten beleuchtet waren, sodass selbst die Flaschen die Farben brachen.

Ich drehte leicht den Kopf und die Lichtsprenkel folgten mir. Erst dann bemerkte ich den Barkeeper. Seine Haare waren genauso schneeweiß wie seine Kleidung. Die Strähnen reichten ihm bis zu den Schultern, bis auf einen langen Zopf, den er auf Hüfthöhe zusammen gebunden hatte. Selbst seiner Haut war jedes Pigment entzogen, es war, als stünde mir ein gewaltiger Eisbär gegenüber. Oder der Namensgeber seiner Bar, mit dem massigen Körper und den rot leuchtenden Augen. Wäre ich er, hätte ich meine Bar vielleicht auch so getauft. Der Mann mit Albinismus musterte uns mit grimmigem Blick und als wir uns ihm gegenüber niederließen, lehnte er sich auf dem Tresen ab. Der Umfang seines Armes war bestimmt größer als der meines Kopfes. Unwohl rutschte ich auf meinem Platz umher, doch Shawn ließ sich nicht von dem stechenden Blick beirren und bestellte zwei Bier. Langsam ließen mich die roten Augen los und sahen zu ihm.

»Kommt sofort.« Seine Stimme war so tief und laut, dass sie in meinem Bauch vibrierte, als hätte der Drache seinen Kopf gestreckt und seine Dominanz in die Nacht gebrüllt. Noch erkannte ich nicht, warum Shawn die Bar mochte. Der Koloss holte frische Gläser aus dem leuchtenden Regal hinter sich, drückte die Kronkorken mit dem Daumen von den Flaschenhälsen und schenkte uns ein. Jeder andere hätte uns sicherlich einen Seitenblick zugeworfen und auf ein anerkennendes Gemurmel gehofft, aber diesem Mann schien es gleichgültig zu sein, was wir von ihm dachten. Ich beschloss, ihm eine Chance zu geben.

»Da«, brummte er und schob uns die vollen Gläser zu. »Geht auf's Haus. Kleines Geschenk für den Frischling.«

»Frischling?«, fragte ich verblüfft. » Ist es so offensichtlich?« Meine Kopfhaut kribbelte und ich spürte Schamesröte in meinen Wangen.

»Nicht wirklich, aber dein Liebster hat dich bestens beschrieben.«

»Charles!«

»Was denn, kann man doch sagen. Oder ist man heutzutage als Teenager immer noch peinlich berührt und redet nicht darüber? Das habe ich noch nie verstanden, warum sollte man jemanden aus der Ferne beobachten, wenn man ihn sich einfach packen und mitnehmen kann?«

»Wenn ich Shawn hochheben würde, kämen wir keine drei Meter weit.«

Die Mundwinkel des Mannes, Charles, zuckten leicht. Shawns Ohren liefen rot an und er versteckte sein Gesicht augenblicklich im Glas. Als er es abstellte, war es halbleer. Ich hob nun auch mein Glas und schnupperte daran. Es roch bitter, herb, erinnerte mich an Brot, brannte aber in der Nase.

»Kipp es nicht runter. Wenn du unerfahren bist, solltest du langsam trinken.«

Charles hatte sich halb von uns abgewandt und räumte die leeren Flaschen weg, aber der rote Farbton in seinem Augenwinkel verriet mir, dass er mich beobachtete. »Na komm«, fügte er hinzu, als er mein Zögern bemerkte. »Es schmeckt trotzdem. Und ich sehe gerne die Reaktion meiner Kunden.«

»Das klingt irgendwie sadistisch«, bemerkte ich kleinlaut. Seine Lippen kräuselten sich leicht. Es erinnerte mich an das Fletschen von Reißzähnen. »So bin ich. Aber nur bei Männern. Bei hübschen Mädchen bin ich immer nett. Zumindest nach meinen Maßstäben.« Ich kicherte. Auf einmal wirkten seine Augen viel menschlicher. Vorsichtig setzte ich das Glas an und nahm einen großen Schluck. Der Alkohol brannte in meiner Kehle, schmeckte völlig anders, als er roch, kitzelte mich und brachte mich zum Husten. Shawn grinste schief, aber Charles langte über die Theke und klopfte mir den Rücken, bis sich der Reiz gelegt hatte. Zur Vorsicht ließ er die Hand noch dort verweilen. So groß, dass sie meinen Nacken und mein Kreuz gleichzeitig berührte, war sie doch unglaublich sanft.

»Ich sagte doch, stürze es nicht hinunter. Manche lernen es wohl nicht anders.« Ich nickte und räusperte mich noch einmal, um das pelzige Gefühl aus meinem Hals zu bekommen. »Aber wenn du nun regelmäßig hierher kommst, bringe ich dir bei, unempfindlich zu werden. Dann könntest du den härtesten Kerl unter den Tisch trinken.« Seiner Miene war nicht zu entnehmen, ob er es ernst meinte. Er griff nach einem Tuch und begann die kleine Pfütze von verschüttetem Bier um mein Glas herum zu wischen.

»Und? Was gibt es Neues, Knirps?«

Shawn sah verblüfft auf. Charles antwortete, als habe er seine Frage gelesen. »Sal meint, ich bekomme mehr Kundschaft, wenn ich höflich bin.« Er schnaubte, schüttelte den Kopf. Seine Augen wirkten ungewöhnlich zärtlich. Shawn unterhielt sich mit ihm und ich wandte mich meinem Getränk zu. Auf einer Punkteskala hatte es nicht einmal die Hälfte erreichen können, trotzdem würde ich wiederkommen.

Am nächsten Abend besuchte ich die Bar alleine. Shawn musste seinem Vater helfen und ich hatte es daheim nicht mehr ausgehalten. Außer mir sollte an diesem Abend niemand an der Theke sitzen und so waren der stämmige Weißhaarige und ich unter uns. Eine Weile noch lieferten Charles und ich uns einen Blickkontest, bis er unser Schweigen brach und anfing mich über mein Leben auszuhorchen. Und ich vertraute ihm alles an. Von meiner Mutter erzählte ich ihm, davon, dass ich Margo vermisste und mich unsicher in meinem Umfeld fühlte. Die Infizierten sparte ich aus. Charles war ein geduldiger Zuhörer und wenn er nicht gerade Bestellungen vorbereitete, polierte er Gläser.

»Ein alter Barkeeper-Trick. Es macht die Besucher nervös, wenn man nichts mit seinen Händen anstellt«, erklärte er mir. Ich lachte nur und auch seine Augen funkelten kurz auf.

»Natürlich, die Hygiene ist dir sicherlich egal.«

»Wenn es dir darauf ankommt, kannst du das ja übernehmen«, brummte er und schob mir einen schon feuchten Lappen über den Tresen zu. Halbherzig begann ich zu wischen. Schweigend saßen wir uns gegenüber, verloren in unserer Arbeit und ich merkte, wie es mich wirklich entspannen ließ.

»Das ist ein genialer Trick. Du bist ein Fuchs, Charles.«

»Da habe ich anderes gehört.« Er schmunzelte leicht.

»Was kannst du mir denn noch beibringen?«, scherzte ich, spürte aber augenblicklich die Last, die sich auf meine Schultern legte. Auch mein Gegenüber sah es. Er legte nachdenklich den Kopf schief und analysierte mich.

»Was hast du?«

Unwohl fing ich schneller an zu wischen.

»Es ist dämlich.«

»Nichts, was dich in deinen Lebensqualitäten einschränkt, ist dämlich«, brummte er weise. Ich seufzte.

»Wenn ich dich und Shawn und alle anderen sehe, die strahlenden Erscheinungen der Oberstadt, komme ich mir nur noch dümmer und schäbiger vor, als ich ohnehin schon bin.«

»Das ist dämlich«, sagte er, ohne eine Miene zu verziehen. »Wie kannst du dumm sein, wenn du nicht mal die Schule beenden konntest? In dieser Welt ist ein geformter Charakter viel mehr wert.« Seine roten Augen fixierten mich, warteten, aber als ich nicht antwortete fügte er hinzu: »Aber wenn es dich so sehr stört, kann ich mit dir lernen. Kaufe dir Schulsachen und bringe sie hierher. Wenn ich Zeit finde, gebe ich dir Nachhilfe.« Das Strahlen auf meinem Gesicht konnte ich nicht verhindern. Er nickte wissend. »Trotzdem hättest du Shawn schon längst darum bitten können.« Er zog eine schlohweiße Augenbraue hoch. Ich wurde rot.

»Er hätte bestimmt weder die Zeit noch die Lust dazu gehabt.«

»O doch, die hätte er.«

Am nächsten Morgen stand Shawn wie gewohnt vor meiner Tür. Sein Versprechen, mir die Läden zu zeigen, hatte er aufschieben müssen, wollte es aber heute einlösen. Während ich noch in die kleinen Lackschuhe schlüpfte und Shawn auf mich hinab grinste, überlegte ich fieberhaft, wie ich den Kauf von Schulbüchern vor ihm verheimlichen konnte. Es war mir nicht direkt peinlich, aber ich glaubte ihn besser beeindrucken zu können, wenn aus dem hässlichen, dummen Entlein plötzlich ein schöner, kluger Schwan wurde und nicht allmählich.

Shawn brachte mich zu dem längsten Gebäude am Rande der Stadt, große korinthische Säulen stützten das vergoldete Schild, das uns den Ort als *Mall of Infinity* vorstellte. Ich runzelte verwirrt die Stirn, folgte ihm aber. Innen konnte ich den Namen besser nachvollziehen. Jedes Schaufenster war verglast, zwischen den einzelnen Räumen prangten Spiegel, sodass ich mir wie im Inneren eines Fabergé-Eies vorkam. Große Kronleuchter tauchten uns in ein sonniges Licht, auf dem Boden waren Mosaike von Sonnen eingelassen, deren Zacken wie eine Helixschraube in die Ferne griffen. Drei Stockwerke lagen vor mir, in den Oberen fehlten die Mittelstücke, sodass die Kronleuchter - groß wie Elefanten und behangen mit echtem Kristall - bis zu uns hinab reichten.

Auf den unteren Etagen wurden hauptsächlich Möbel angeboten, am oberen Absatz der Treppe vor mir standen festliche Gewänder vor den Ladentüren, bunt wie ein junger Regenbogen. Frisöre und Lebensmittelläden erkannte ich, eine Buchhandlung, Juweliere und Cafés.

»Komm, ich zeige dir alles.« Bevor ich mich wehren konnte, hatte Shawn bereits wieder meine Hand ergriffen und zog mich mit sich. Zuerst wollte er mir seinen liebsten Laden zeigen, schon von Weitem ertönten die sanften Klänge einer frisch gestimmten Harfe. Wir traten ein und ich musste kurz mit offenem Mund innehalten. Ich bewunderte die glänzenden Instrumente, die blank polierten Flügel, das gewaltige Schlagzeug und die Blasinstrumente, die so stark glänzten, dass sie blendeten. Shawn führte mich sofort zu einem kleinen Regal mit Notenbüchern und überredet mich dazu, Noten für meinen Flügel zu kaufen.

Danach überließ er mir die Führung und ich stoppte erst, als wir vor dem Laden mit den funkelnden Kleidern standen. Ich wusste nicht, ob ich zu der Sorte Mädchen gehörte, die sich für Mode interessierten, aber ich hatte schon immer gespürt, dass in mir eine Prinzessin schlummerte, die nie zum Vorschein hatte treten dürfen. Der unbändige Wunsch die feinen Stoffe zu berühren, stieg in mir empor und Shawn hielt mich nicht auf, als ich den Laden betrat. Ein kleines Glöckchen klingelte, als ich die Tür aufschob und eine Dame in einem bodenlangen weißen Kleid auf uns zukam. Ihr wohlgeformtes, gebräuntes Bein schob sie aus dem Schlitz an der Seite hinaus, als wolle sie uns beeindrucken. Oder einschüchtern. Sie war grellblau geschminkt und auch ihre taubenblauen Haare waren perfekt abgestimmt und türmten sich in aufwendigen Locken auf ihrem Kopf. Auf eine merkwürdige Weise war sie attraktiv.

»Willkommen. Wollen Sie sich nur umsehen oder suchen Sie etwas Bestimmtes?«, grüßte sie uns.

»Nur umsehen«, murmelte ich leise. Die Frau lächelte und entfernte sich wieder, ohne uns aus den Augen zu lassen. Ich ging vorsichtig durch die Reihen der bunten Kleider, die offensichtlich nach Länge und Schnitt sortiert waren, aber ich konnte das Muster der Anordnung nicht durchschauen. Shawn folgte mir, bei weitem nicht so beeindruckt von den mit Steinen und Pailletten bestickten Dekolletés.

»Wann tragt ihr die?«, fragte ich. Shawn lachte leise und lehnte sich zu mir vor, die tiefgrünen Steine reflektierten das Licht und ließen seine Augen funkeln.

»Ich persönlich nie. Strass ist nicht so meins, das saugt mir die Farbe aus dem Gesicht.« Er blinzelte kokett und brachte mich zum Kichern. »Aber wenn es einen besonderen Anlass gibt, tragen wir Farbe. Es gibt auch mehrmals im Jahr Bälle, die du einfach so besuchen kannst.«

»Ach ja? Gehst du oft tanzen?«

»Nein, nie. Ich kann nicht tanzen«, gestand er mir, aber das Zucken seiner Mundwinkel offenbarte, dass er in dem Punkt flexibel war.

»Irgendwann tanzen wir. Ich habe es auch nie gelernt, aber wir können bestimmt irgendwo Unterricht nehmen.«

»Ja, unglücklicherweise gibt es hier auch eine Tanzschule.« So unglücklich wirkte er aber nicht. Ich streifte weiter durch den Laden, setzte vorsichtig meine Schritte auf dem weichen, cremefarbenen Teppich und blieb abrupt stehen, als sich die Verkäuferin in meinen Weg schob.

»Sie dürfen auch gerne ein paar Modelle anprobieren«, informierte sie mich. Noch bevor ich ablehnen konnte, zog sie ein lila Satinkleid von einer Stange hervor. Sein Rock bestand aus mehreren Volants und fiel in einer Schleppe hinab, die hinten länger als vorne war. Ich würde es mir unmöglich leisten können. Und wenn doch, wozu? Wozu sollte man so ein herrliches Kleid tragen? Mir wurde keine Möglichkeit gegeben, danach zu fragen.

Shawn schubste mich voran und ich folgte der Dame in die Umkleidekabine. Es war sonderbar, mich vor ihr zu entkleiden, aber sie wirkte vollkommen professionell und half mir in den kühlen Stoff. Als ich die Kabine verließ, erblickte ich sofort mein Spiegelbild. Durch den Stoff schimmerten meine Haare in einem leicht braunem Ton, meine dunklen Augen wirkten sanfter. Ich fühlte mich anmutig und konnte nicht umhin zu bemerken, dass meine Beine länger wirkten. Ein Räuspern riss mich aus meiner Faszination und ich sah durch den Spiegel zu Shawn auf. Auch er betrachtete mich, musterte den herzförmigen Ausschnitt und meinen Po, der durch die Stofflagen vergrößert wirkte. Hitze kroch mir in die Brust und ich drehte mich zu ihm um, langsam. Als ich vor ihm stoppte lagen seine Augen auf meinem Gesicht.

»Wir probieren noch weitere an, man braucht immer einen Vergleich.«

Die Verkäuferin überhäufte mich mit Vorschlägen, ein Rotes folgte direkt, es war enganliegend. Ich konnte kaum die Knie auseinander bewegen und fiel in einen breiten Tüllrock hinab, über den ich beinahe stolperte. Meine Brüste waren durch einen fast durchsichtigen Stoff gepusht und nur ansatzweise durch Rosenstickereien bedeckt. Shawns roten Wangen konnte ich ansehen, dass es viel zu aufreizend war. Danach wurde ich in ein grünes, ebenso enganliegendes Kleid gestopft, diesmal mit Schleppe, die von meinem tiefen Rückenausschnitt hinabfloss. Ein orangenes, schlichtes, mit goldenem Gürtel. In pastellrosa Spitze und in ein Tüllkleid mit langer Schleppe, von dem ich mir, aufgrund der Champagnerfarbe, sicher war, dass es ein Brautkleid war. Ich traf eine Wahl und die Verkäuferin brachte mir das auserwählte Kleid. Der Stoff war leicht und fiel glänzend wie Seide hinab. Das Bustier war himmelblau und würde gerade nach unten fallen, hätte es nicht einen feinen Taillengürtel gehabt. Zum Boden hin entfärbte sich der Stoff langsam, bis er silberblau wirkte. Der Stoff war auf den Schultern gerafft und wurde durch simple silberne Broschen gehalten, eine Seite des Kleides war den kompletten Schenkel hinauf geschlitzt und hinter mir flatterten von den Broschen hinab Stoffbahnen wie ein Cape. Als ich mich im Spiegel sah, erkannte ich mich kaum wieder.

Shawn trat an mich ran und musterte mich, seine Augen ließen mich keine Sekunde los. Ich konnte Zuneigung und etwas wie Begehren in ihnen sehen, aber es war keineswegs animalisch oder primitiv. Eher als würde er einen kostbaren Schatz bewundern. Ich errötete. Mein Herz schlug höher.

»Du siehst aus wie eine griechische Göttin«, murmelte er. »Ich würde gerne mit dir tanzen, wenn du es trägst.« Und damit war meine Entscheidung gefallen. Ich kam wieder in meinen normalen Klamotten aus der Kabine, das Kleid trug ich andächtig auf dem Bügel. Als ich den Preis entdeckte, stockte mir der Atem. Ich verdiente mittlerweile gut, gewiss mehr, als irgendjemand in der Unterstadt, aber ich konnte meine Angewohnheit, nur das Nötigste zu kaufen, nicht bekämpfen. Wenn ich mir dieses Kleid kaufen würde, müsste ich auf meine Schulsachen verzichten. Und vor allem, wenn Mom aufwachen würde, würde sie Medikamente und Kleidung brauchen. Shawn legte fragend den Kopf schief, als er meinen bedrückten Gesichtsausdruck sah.

»Gefällt es dir doch nicht?«

»Nein, es ist wundervoll«, murmelte ich leise. Er verstand. Noch bevor ich reagieren konnte, entwand er mir das Kleid und legte es auf den Tresen.

»Wag es nicht!«, rief ich und wollte ihn beiseiteschieben, doch er zückte bereits seine Brieftasche.

»Du hast es dir verdient, ich möchte dir nur was Gutes tun.«

»Das Kleid ist ein Vermögen wert«, protestierte ich.

»Na und? Ich habe eines und ich gebe es gerne für dich aus«, sagte er und reichte der verwunderten Frau eine Handvoll Scheine.

»Du darfst jetzt *Danke* sagen«, lachte er, als er meinen Schmollmund sah. Aber Danke war nicht genug. Was Shawn für mich tat, war mehr wert, als Worte es sagen konnten. Ich würde mich revanchieren müssen, nur wusste ich nicht wie. Ich musste mir etwas einfallen lassen, aber fürs Erste sollte das hier reichen. Ich stellte mich langsam auf die Zehenspitzen und gab ihm einen Kuss auf die Wange.

»Danke.«

Kapitel 17.

Bis zum Ende der Woche bekam ich Shawn nicht mehr zu Gesicht. Er hatte sich damit entschuldigt, dass sein Vater auf seine Anwesenheit bestand. Dagegen konnte sich keiner von uns wehren. Deswegen ging ich die meiste Zeit in die Bar, meine neu erworbenen Schulsachen, die ich mir zuvor gekauft hatte, stets an meine Brust gedrückt. Charles öffnete bereits zur Mittagsstunde, aber kaum jemand ergab sich schon so früh dem Alkohol, deswegen hatte er viel Zeit für mich. Genau wie ich vermutet hatte, war er ein strenger, aber guter Lehrer. Er verbesserte meine Schreibfehler, gab mir Mantras für Regeln auf und schrieb mir sogar Merkzettel. Schnell war mir bewusst, dass ich sein Talent für Mathe nicht teilen würde, aber meine Leidenschaft für das Wort brach nicht ab.

Abends, wenn die Bar voller wurde und Charles mehr zu tun hatte, setzte ich mich an den Rand und lernte leise, was wir vorher aufgeschrieben hatten, manchmal kam Charles zu mir und stellte mir ein Bier hin, während er mir kurze Fragen stellte. Ich genoss es sehr und als der Sontag anbrach, erfüllte es mich mit Trauer, meinen ruppigen Lehrer erst in einer Woche wiederzusehen.

Alice und Claire hatten bereits alles verladen und würden in ihre wohlverdiente freie Woche fahren. Trotzdem wirkten sie entkräfteter, als die Aussicht zulassen sollte.

»Was ist denn passiert?«, fragte ich sofort. Alice schwankte, während sie versuchte sich zu verabschieden.

»Einer der Untoten benahm sich merkwürdig. Er hat immer wieder durch das Gitter gegriffen und uns fast zu packen bekommen, wenn wir nicht aufgepasst hätten. Wenn die jetzt anfangen schlau zu werden und ausbrechen, könnt ihr mich sofort erschießen«, erklärte Claire müde. Mit einem leichten, freundschaftlichen Klaps wies sie Alice an, auf den Beifahrersitz zu steigen. Das arme Mädchen schlief sofort ein, als sie saß, die Augenbinde war verrutscht und sie hatte es nicht geschafft, sich anzuschnallen. Ich übernahm es für sie und Claire fuhr fort: »Alice war zu aufgewühlt. Sie schlief sogar bei dem Tor, vor lauter Angst, sie würden mich zerfleischen und sie müsse alleine fliehen.« Wir verabschiedeten uns schnell voneinander und Claire fuhr davon.

Als wir am Tor ankamen, erwartete uns ein Schreckensbild. Mehrere Infizierte drängten sich an das Eisen, zerdrückten und zerrieben das, was von ihren Gesichtern noch übrig war, und stierten mit ihren blinden Augen umher, als könnten sie noch sehr wohl sehen. Sie waren stumm, zuckten nur kurz mit den Fetzen, die mal ihre Münder eingefasst hatten, als sie unsere Anwesenheit bemerkten, aber kein Laut kam über sie. Wir bewachten sie ebenfalls zu zweit, teilten uns nur auf, um neuen Proviant zu holen oder uns zu waschen. Am dritten Tag kam Samuel vorbei.

Ich rechnete schon damit, wieder in die Stadt zu müssen, und spürte den gegessenen Salat in meinem Hals kitzeln, als er sich wieder einen Weg nach oben bahnte. Aber als sich der sportliche Körper um den Wagen herumschlängelte und uns den Inhalt des Kofferraumes präsentierte, wurde mir erst richtig übel. Eine junge Frau, vielleicht in meinem Alter, hatte sich in Embryostellung zusammengekauert. Ihr stumpfes Haar klebte an ihren Wangen, verlieh ihr Anonymität, aber ich musste nicht ihr ausgemergeltes Gesicht sehen, um zu wissen, dass sie den Hungertod gestorben war.

»Verhungert«, erklärte Samuel knapp, als glaubte er, ich wüsste das nicht. Ich hatte Hunger selbst verspürt, viele Male.

»Und was machen wir jetzt mit ihr?« Ich wusste die Antwort und doch fragte ich mit belegter Stimme. Der Gedanke, dass dieses Mädchen genauso gut meine Mutter oder ich hätte sein können, ließ mir den Kopf schwirren. Mittlerweile war ich kräftiger geworden, besaß gesunde Rundungen und eine rosige Hautfarbe, aber als ich die mageren Rippen sich unter dem dünnen Stoff abzeichnen sah, wusste ich, dass ich vor ein paar Wochen noch wie sie ausgesehen hatte.

»Na was wohl. Schmeißt das über die Mauer. Wir wissen nicht, wie lange es schon tot ist, war unter einem Haufen Decken begraben und ich habe keine Lust, plötzlich angefallen zu werden.« Shawn trat zu mir und schnaubte leise über Samuels Kommentar. Ich war ihm dankbar für den Maß an Respekt, den er im Angesicht des Todes entgegenbrachte, im Gegensatz zu seinem Freund. Als wäre sie seine junge Braut, hob er das Mädchen hoch und lehnte sie an seine Brust. Sie war so schmal und klein, dass ihr schwarzes Haar und das ebenso dunkle Kleid kaum vor seinem Anzug zu erkennen war, hätte nicht ein magerer Arm hinab gehangen.

»Komm, Vika. Ich würde es zwar alleine schaffen, aber der Charmebolzen hier ist kein Umgang für dich«, witzelte er verbittert.

Als wir auf die Mauer geklettert waren, zögerte Shawn noch kurz. Das Haar des Mädchens war ihr über ihre Schulter gefallen und ihr Gesicht lag entblößt vor uns. Ihr Kopf hing zur Seite und ihre nach oben verdrehten Augen waren auf mich gerichtet. Ihr Kiefer war hinunter geklappt und sie stierte mich mit einem Ausdruck der Verzweiflung an, den nur ein Unterstädtler kannte. Ihre Wangen waren so eingefallen, dass ich die Muskeln erkannte, die ihre Knochen beisammenhielten. Jede Sekunde rechnete ich damit, dass ihre Pupillen zuckten und Shawn fixierten, sie den Mund mit erneut aufkeimender Kraft schloss. Ihr würden spitze Fangzähne wachsen und sie würde sie gierig in meinen Freund schlagen und ihm mit ihren Klauen den Helm zersplittern lassen. Erleichterung durchfuhr mich, als er sie endlich hinüber warf.

Ich beobachtete, wie der leblose Körper mit einem lauten Knacken aufschlug, Asche wirbelte empor. Als die Untoten das Geräusch hörten, lösten sie sich vom Gitter und kamen übereinander stolpernd unter uns zum Stehen. Sie wuselten wie ein Haufen Ameisen um die Leiche herum, spreizten die Gebisse und machten Anstalten, sie zu fressen, aber sie musste schon zu lange tot sein, um Futter darzustellen. Nach ein paar Minuten gaben sie ihre Suche auf und zerstreuten sich.

Erst jetzt bemerkte ich, wie Shawn und ich uns über die Mauer gelehnt hatten, die Finger miteinander verschränkt und gegen den unebenen Stein gepresst. Selbst durch die Handschuhe spürte ich seine tröstende Wärme. Ich drückte kurz seine Finger.

Die tote Frau lag immer noch auf dem Boden, ihre Gliedmaßen waren verdreht und ihr Kiefer noch weiter aufgeklappt. Asche war auf sie herabgeregnet und färbte ihre weiße Haut grau. Gerade wollten wir uns abwenden, Shawn kletterte bereits wieder in den Fahrstuhl, als mich das Geräusch von gedämpften Schritten und fortgestoßenem Geröll aufsehen ließ. Da war er.

Der Untote mit den sonderbaren Augen. Er kam auf die Leiche zu geschlurft, sein eisig blauer Blick war auf sie gerichtet.

Moment. Eisig Blau?

Es fiel mir wie Schuppen von den Augen. Die ganze Zeit hatte ich gerätselt, warum er mir so sonderbar vorkam, und nun wusste ich es. Infizierte waren blind. Ihre Augen waren milchig weiß. Doch die Augen dieses Mannes waren blau und kristallklar. Ich hatte nicht nur das Gefühl gehabt, er würde mir in die Seele starren, er konnte es wohl auch. Was das zu bedeuten hatte, wusste ich nicht.

Noch gespannter als zuvor sah ich zu, wie der Mann sich seinen Weg bahnte, sein zerrissener Umhang wirbelte hinter ihm her. Vor der Toten blieb er stehen und starrte auf sie hinab. Dann hob er den Kopf und blickte mich direkt an. Er wusste, dass ich hier war. Ich konnte den Blick nicht abwenden. Es lag keinerlei Emotion in seinem blauen Blick, aber es bestand kein Zweifel. Etwas in ihm lebte noch.

Der fast Untote bückte sich steif und packte die Frau am Bein. Er nahm sie mit sich.

Plötzlich packte mich ein Paar Hände an den Schultern und zog mich zurück. Ich fuhr zu Shawn herum, der mich nur verwundert ansah und dann den Kopf schüttelte. Er brachte uns wieder nach unten. Shawn und Samuel unterhielten sich noch, bevor der Grenzer aufbrach, aber ich hörte nicht zu. Meine Gedanken waren in dem Moment noch immer auf der Spitze der Mauer.

Am letzten Tag besuchte Samuel uns erneut.

»Wir brauchen wieder Untote, drei diesmal, die Kriminalitätsrate in der Unterstadt nimmt immer mehr zu.«

»Das liegt daran, dass sie hungern«, murmelte ich. Samuel hatte mich gehört. Fast schon rechnete ich damit, dass er mich zurechtweisen würde, aber er nickte nur und verkniff die Lippen. Das Piercing in seiner Augenbraue zuckte. Gern hätte ich ihm versichert, dass wir die Unterstädtler bei uns aufnehmen könnten, ich würde mein Haus sofort mit zehn Familien teilen, selbst wenn ich in der Badewanne leben müsste, aber Shawn zog mich mit. Ein Blick zurück verriet mir, dass es wohl niemanden zu überzeugen gab. Immer noch verwundert bemerkte ich nicht, wie ich oben auf die Mauer kletterte. Erst als ich zu Shawn hinab sah bemerkte ich, wie hoch ich gekommen war. Ich zögerte wieder. Seine grünen Augen umfingen mich und rangen die Panik in mir nieder. Er streckte die Arme aus und sagte mir auf diese Weise stumm, dass er mich immer wieder fangen würde. Ich ließ mich fallen. Als ich, ohne zu schreien, in seinen Armen landete, konnte ich mir ein stolzes Grinsen nicht verkneifen.

Leise schlichen wir durch den großen Friedhof. Mein Herz pochte mir bis in die Kehle und ich fragte mich schon, wann das verräterische Geräusch die Untoten anlocken würde. Shawn ging vor mir, wir mieden die Eingänge der Ruinen, doch auch nach einer gefühlten Ewigkeit erblickten wir keinen Untoten.

Als wir dann doch ein Opfer gefunden hatten, verlief alles reibungslos und wir schleppten den leblosen Körper zurück zur Mauer. Doch als wir uns erneut auf den Weg machten geschah es.

Ein lautes Knacken ließ uns zusammenfahren, unter Shawns Sohle war eine Glasscherbe zersplittert, die von Asche verdeckt gewesen war. Es wurde für einen Moment totenstill, wir rührten uns nicht, atmeten nicht. Jede Sekunde rechneten wir mit Kampfgeheul, einer Meute, die sich auf uns stürzte.

Doch das taten sie nicht. Wir atmeten erleichtert aus. Shawns Blick fand meinen, er öffnete den Mund. Plötzlich kippte er nach vorne, ruderte haltsuchend mit den Armen. Ein Untoter ohne Beine hatte zwischen den Bruchteilen gelegen, die wir passierten, ihn gepackt und zu Boden gerissen. Er röchelte nur und Sabber troff von den verbliebenen Zähnen. Mein Partner strampelte und versuchte ihn mit einem Tritt von sich los zu bekommen. Wie versteinert stand ich da und sah dem Schauspiel zu, konnte mich nicht rühren, wollte etwas unternehmen.

»Schieß«, keuchte Shawn eindringlich. Ich kam zu mir. Ich zog meine Waffe, mittlerweile hatte der Infizierte von Shawns Stiefel abgelassen. Angelockt von seinen Worten zog er sich an ihm hinauf und schlug mit seinen Fäusten auf Shawns Helm ein, um zu ihm durchzudringen. Sie rollten sich umher. Ich musste ihn töten. Er war kein Mensch mehr, aber er würde einem Menschen gewissenlos das Leben aussaugen. Ein Knacken war zu hören, spinnenwebartig breiteten sich Risse auf Shawns Helm aus.

Mein Herz verkrampfte sich, meine Arme zitterten. Ich drückte ab. Zischend schoss die Kugel aus dem Lauf, ich rechnete schon damit, dass der

Untote endgültig erschlaffen würde, dass ich Glück haben würde. Aber er hielt nur kurz inne, um dann laut kreischend weiter auf den armen Jungen mit dem Kupferhaar einzuschlagen. Ich hatte verfehlt. Unmenschliche Stimmen erschollen, das Trampeln von Hunderten.

Ich nahm all meinen Mut zusammen und trat den Untoten von Shawn hinab. Kreischend schlug er seine Klauen in mein Bein, riss an dem Stoff, biss in meine Sohle. Ich zerquetschte sein Gesicht auf dem festen Boden wie ein rohes Ei. Sein Griff erschlaffte. Übelkeit stieg in mir auf, aber mein Instinkt übernahm die Kontrolle. Ich zog Shawn auf die Beine.

»Komm schon, wir müssen hier raus«, wimmerte ich, doch Shawn sackte kraftlos gegen mich. Und dann sah ich es. Ich spürte es. Warmes Blut floss aus seiner Schulter über die Meine. Rot und frisch.

Panik kroch in mir hoch und ich realisierte zu spät, dass kein Zahn den Stoff zerreißen konnte. Aber eine Kugel konnte es. Tränen schossen mir in die Augen, meine Beine wurden weich. Die anderen Leichen würden uns gleich erreichen, die Mauer war hundert Meter von uns entfernt und Shawn war verwundet.

»Lauf«, flüsterte er und durch die gesprungene Scheibe hindurch konnte ich seinen erschöpften Blick sehen.

»Nur mit dir«, sagte ich mit einer Entschlossenheit, die mir bis dahin unbekannt war. Ich schlang mir seinen unverwundeten Arm um die Schulter und fasste ihn an der Hüfte. Shawn folgte mir stolpernd, ich wagte es nicht, mich umzusehen, aber ich hörte unsere Verfolger in der Ferne und wusste, dass sie uns jeden Augenblick erreichen würden. An der Mauer schubste ich Shawn auf den Aufzug. Hinter mir polterten Steine hinab. Ic h sah kurz über die Schulter und erkannte die ersten der Meute, ihre aufgerissenen Augen, ihre Schlunde. Ich schlug auf den Knopf, als mich ein Infizierter am Arm packte. Geifer spritzte mir auf das Visier, während er wackelnd mit uns hinauf gehoben wurde. Die anderen Infizierten unter uns klatschten gegen die Mauer und griffen heulend hinauf zu uns. Schreiend boxte ich ihm in die Ruinen seines Gesichts und katapultierte ihn damit von mir. Langsam wurden unsere Angreifer kleiner unter uns, sie sprangen und kreischten, schlugen sich ihre Nägel an der Mauer ab, aber sie erreichten uns nicht. Wir waren in Sicherheit.

Ich sackte zusammen, das Adrenalin hatte mich komplett verlassen und ich hyperventilierte. Noch nie hatte ich mich so sehr gefreut vom Erdboden entfernt zu sein. Auch Shawn hatte alle Kraft verlassen, aber sein Blut sickerte unaufhörlich auf das Holz und zwischen den Planken hinab. Roter Regen färbte die Asche.

»Was zur Hölle ist los bei euch?«, ertönte eine vertraute Stimme von der anderen Seite der Mauer. Die Infizierten heulten als Antwort los und Samuel flucht leise. Vor Erleichterung ließ ich meinen Tränen freien Lauf, ohne ihn hätte ich nicht gewusst, wie ich hätte weiter machen sollen.

»Shawn ist verletzt«, brachte ich mit erstickter Stimme raus. Stille. Samuels Stimme klang hohl, als er wieder sprach: »Dann wirf ihn rein und komm rüber.«

»Was? Ich kann ihn nicht hierlassen«, rief ich erstickt. »Wenn er stirbt, wird er ein Untoter. Und wenn er infiziert ist erst recht.«

»Nein, ich habe ihn verletzt«, sagte ich und die Worte waren wie ein Schuss, den ich selbst gefangen hatte. Samuel fluchte. »Ich schwöre dir, er wurde von keinem Infizierten berührt, nachdem ich ihn angeschossen habe, bitte, ich kann ihn nicht zurücklassen«, wimmerte ich. Ich hörte einen Tritt gegen die Mauer, dann zitierte mich der Grenzer zu sich. Shawn ließ ich mit viel Überwindung auf der Mauer zurück. Als ich schlotternd vor ihm stand, musste ich ihm noch einmal schwören, dass Shawn nicht infiziert war. Meine Tränen schienen ihn wenigstens dazu zu überzeugen, sich Shawn anzusehen. Gemeinsam fuhren wir mit dem äußeren Aufzug hinauf zu dem Verwundeten und Samuel kletterte bereits zu seinem Kollegen in den zweiten Fahrstuhl, als der Erste noch in Bewegung war. Er hob ihn hoch und half seinem Freund zu mir zu klettern. Ich umfasste Shawns Taille, war ihm so nah, dass unsere Visiere gegeneinanderschlugen, aber es lag nichts Beruhigendes in dieser Umklammerung.

»Pass auf, wenn du Infiziertenblut an dir hast, darf es nicht die Wunde berühren«, ermahnte mich Samuel und ich ließ Shawn so behutsam ich konnte hinab sinken.

Samuel nahm ihn sofort wieder auf den Arm, als wir festen Boden unter uns hatten. Shawn protestierte lahm, aber Samuel legte ihn einfach auf der flachen Motorhaube seines Wagens ab. »Wir müssen dich aus den Klamotten rausbekommen und die Wunde ansehen. Vielleicht könnte man jetzt schon faule Stellen erkennen.«

»Samuel –«

»Ich weiß, was du sagen willst«, Samuel hielt Shawns Blick stand. »Ich werde die Stadt nicht gefährden.«

Vorsichtig trat ich zu ihnen und begann mit meiner Arbeit. Shawn musste jetzt behandelt werden, sonst war es zu spät. Ich zog meine Handschuhe aus und öffnete Shawns Anzug. Erst wollte er protestieren, doch dann musterte er mich bei meiner Arbeit. Samuel half mir den Stoff festzuhalten, das ungesund gefärbte Blut durfte Shawn nicht berühren. Dieser saß ganz still.

Unter anderen Umständen wäre es mir vielleicht unangenehm gewesen, ihn auszuziehen und seine Brust zu erkunden, vielleicht wäre ich aufgeregt gewesen. Aber ich spürte nur, wie die Panik mich fest im Griff hatte. Wenn ich für seinen Tod verantwortlich sein würde, würde ich mir das nie verzeihen.

Ich tastete Shawns Schulter ab, aber da ich nicht viel von Wunden verstand, wusste ich nicht, wie schlimm sie war. Ich erkannte nur das erschreckend und gleichzeitig beruhigend rosige Fleisch und das rubinrote Blut, so rot, als würden seine Haare langsam seine Haut färben. Samuel zog mich zur Seite, damit ich an seiner statt den Stoff des Anzugs festhielt, und untersuchte nun ebenfalls die Wunde. Mein konzentrierter Blick saugte die Informationen auf, ehe er erleichtert ausatmete. Ich spürte, wie meine Beine zitterten.

»Er muss zurück in die Stadt, damit die Kugel entfernt und der Knochen untersucht werden kann«, sagte Samuel. Er ließ uns kurz allein, kam aber sofort mit einem Verbandskasten aus dem Auto wieder. Geschickt verband er die Wunde, wickelte eine weitere Mullbinde ein, um Druck auf die Blutung auszuüben.

»Ich fahre ihn«, warf ich ein, aber der Mann mit den blonden Haaren lachte nur humorlos. »Du glaubst doch wohl nicht, dass ich deinen Job übernehmen werde. Du bleibst hier und hältst Wache.«

»Samuel«, ermahnte Shawn ihn leise. Mein Herz schmerzte. Wenn ich jetzt argumentieren würde, könnte ich seine Heilung gefährden. Es war bedeutungslos, ob ich mich schuldig fühlte, oder nicht.

»Du bleibst hier, bis dich Claire und Alice ablösen, wie üblich«, murrte Samuel und half Shawn in den Wagen. Aus einem Koffer im Handschuhfach holte er reinweiße Mullbinden heraus und warf sie Shawn in den Schoß. Dieser hatte sich erschöpft nach hinten gelehnt. Ich ging zu ihm und kniete mich vor ihm in den Fußraum. Seine Augen schimmerten fiebrig, aber er lächelte trotzdem. Ich strich ihm eine Strähne aus den meergrünen Augen.

»Es tut mir so leid. Ich wollte dich nie verletzten. Bitte versprich mir gesund zu werden, damit ich dich besuchen kann, sobald ich daheim bin.«

»Geh lieber trainieren«, flüsterte er und sein Lächeln verzog sich zu einer Grimasse. Eine Träne brannte in meinem Augenwinkel. Nur für ihn.

»Versprochen«, hauchte ich.

Kapitel 18.

Als ich dem am Horizont kleiner werdenden Wagen hinterher sah, fühlte ich mich einsam und verlassen. Fast so, als stünde ich an der Mauer und müsste zusehen, wie Shawn meinem Bruder folgen würde. Für immer fort von mir. Um mich selbst bei Verstand zu halten, rollte ich meinen Schlafsack auf und stopfte meinen Proviant hinein. Meinen Helm nahm ich gegen alle Vernunft ab und legte ihn mit abgewandtem Visier hin. Nun war es fast so, als würde Shawn neben mir schlafen. Er ruhte, bis ich ihn zu seiner Wache wecken würde.

Aber es beruhigte mich nicht. Wenn ich das schwarze Plastik mit dem Metallkern sah, musste ich nur daran denken, wie Shawns müde Augen mich durch die zersprungene Scheibe angefleht hatten ihn zurückzulassen. Ein Schauer lief mir über den Rücken, als würden sich tausend Spinnen ihren Weg in meinen Ausschnitt bahnen. Es wäre mir sogar lieber gewesen.

Als es auf Mitternacht zuging, erklang ein leises Klicken hinter mir. Ich zuckte erschrocken zusammen, wagte es aber nicht, zum Zaun zu sehen. Einer der Untoten griff bestimmt hindurch oder lehnte sein Gesicht gegen die Stäbe, um mit seinen Zähnen an dem Metall zu schaben. Aber auch nach ein paar Minuten hörte es nicht auf, meine Nerven lagen lediglich blank. Ich hielt es nicht mehr aus, wollte den Untoten irgendwie dazu bringen aufzuhören, und wenn ich meine letzten Kugeln verschwenden müsste. Es war mir auch egal, ob ich dadurch noch mehr anlocken würde, er sollte nur endlich damit aufhören. Aber als ich herumwirbelte, entdeckte ich nicht irgendeinen Untoten.

Eisblaue Augen starrten mich erwartungsvoll an, während ein langer, blasser Finger wartend gegen das Gitter klickte.

Ich war wie erstarrt, gefangen in einem Meer aus Eis, unfähig zu atmen.

Meine Hand verharrte an meiner Hüfte, aber ich zog die Waffe nicht. Langsam wanderte sein kühler Blick an meiner Gestalt hinab und fixierte meine Hände, aber seine tote Miene verriet nicht, was er empfand. Falls er zu Empfindungen fähig war.

Vorsichtig räusperte ich mich, wollte meinen Mund öffnen und stockte. Wollte ich wirklich mit einem Infizierten reden? Seine Augen weiteten sich kurz, zwischen dem Blau und dem Weiß seiner Pupille gab es nur eine kleine Farbnuance.

Er knurrte und ich wich einen Schritt zurück. Der Körper des Mannes schüttelte sich als wolle er die tote Haut abwerfen. Ein würgender Laut drang aus seiner Kehle und er fixierte mich erneut. Erwartung lag in seinem Blick. Ich wusste nicht, was er wollte, hatte nur die Ahnung, dass etwas von mir verlangt wurde. Erst als er erneut würgte und ein Rasseln aus seinem Hals kam, das langsam in einem tiefen Ton verebbte, dämmerte es mir. Er versuchte mein Räuspern nachzuahmen.

Fassungslos starrte ich ihn an, meine Füße trugen mich gegen meinen Willen auf ihn zu, die Hand behielt ich auf der Waffe.

»Machst du mich nach? Kannst du sprechen? Verstehst du mich?«, fragte ich ihn leise. Er starrte mich nur an. Ich seufzte frustriert, war aber nicht gewillt meine Theorie jetzt schon aufzugeben. »Kannst du mir nachsprechen? Sag Hallo. Hal-lo«, machte ich es ihm langsam vor. Er öffnete den Mund und zeigte mir seine strahlend weißen Zähne. Sein Kiefer war gut erhalten, die meisten Untoten begannen bereits nach ein paar Monaten zu zerfallen, die Zähne flossen ihnen förmlich wie Speichel aus dem Mund. Doch diese Leiche, nein, er war keine Leiche, dieser Mann sah nicht aus, als würde er verwesen.

Seine Kleider waren dreckig und rochen nach Blut und Verbranntem. Sein Mantel hatte einen ausgestellten Kragen und auch das Hemd darunter war hoch ausgestellt. Nur die vielen Risse ließen mich darauf schließen, wie gut seine Haut erhalten war. Wie bleicher Marmor. Er wirkte perfekt.

Aber wieso sperrte man einen untoten Untoten ein?

Der Mann beobachtete mich noch immer, öffnete und schloss seinen Kiefer. Ich versuchte einen mütterlichen Blick aufzusetzen und deutete auf meinen Mund. »Hal-lo«, sprach ich wieder vor und zeigte ihm deutlich, wie meine Zunge gegen meine Zähne schnalzte. Diesmal blieb jegliche Reaktion aus. Mit toten Augen starrte mich der Unbekannte an und ich fragte mich langsam, ob nicht ich diejenige war, die den Verstand verloren hatte. Hatte ich eben wirklich versucht, einem toten Wesen das Sprechen beizubringen, oder stand ich in Wirklichkeit alleine vor diesem Zaun und verlor mich in meiner Einsamkeit?

Doch nach und nach kehrte Leben zurück in ihn, er blinzelte. Seine unergründliche Iris fixierte mich. Da war kein totes Wesen mehr.

»Machst … du dich über mich … lustig?«, krächzte er.

Schreiend sprang ich zurück, stolperte über meine Shawn-Attrappe und landete in der Asche. Sie wirbelte auf und bedeckte mich, sodass ich husten musste.

»Du kannst sprechen«, stieß ich aus, als ich mich ein wenig beruhigt hatte. »Du kannst wirklich sprechen. Ich dachte schon, ich sei verrückt, weil deine Augen so anders aussehen, aber du bist ein Mensch!«

»Nein«, antwortete der Mann knapp. Ich stand auf und klopfte mir die Asche ab.

»Was meinst du damit, natürlich musst du einer sein. Du willst mich nicht fressen, du verwest nicht und du sprichst.«

»Ja«, bestätigte er, »aber kein Mensch.«

Ich seufzte frustriert. »Warum hast du nicht schon vorher versucht mit uns zu sprechen?«, fragte ich leise. Langsam legte er den Kopf schief. Er dachte anscheinend nach.

»Ich wusste nicht, … dass ich es kann …« Seine rauchige und brüchige Stimme bestätigte es. Er hörte sich an, als würde er das erste Mal seit Jahren sprechen.

Ich wusste nicht was mich dazu brachte, aber ich kam dem Gitter näher. Viel zu nahe. Ich lehnte mich immer weiter vor, mir wohl bewusst, dass er mich beobachtete. Ich sog tief seinen Duft ein. Er stank nach Schmutz. Nach verbranntem Stoff und Moschus. Aber tief darunter erahnte ich noch etwas anderes. Es roch nach einer Erinnerung. Daran, wie mein Vater meinen Bruder und mich früh morgens geweckt hatte. Die Sonne war noch nicht einmal aufgegangen und er entführte uns zu einem Wanderausflug. Es ging quer durch die Felder, bis wir schließlich auf einem Hügel Rast machten. Dort hatte Dad eine Decke ausgebreitet, sich darauf fallen gelassen und mich auf seinen Schoß gezogen. Dann hatte er zum Horizont gezeigt, seine Wange an meine geschmiegt. »Und dort, Kinder, ist der schönste Moment, den man sehen kann.«

Andächtig schweigend hatten Will und ich dort hingesehen. Die Sonne war langsam über die Spitzen der fernen Häuser gekrochen, glühte tieforange und verbrannte den Horizont. Ich konnte spüren, wie die Welt um uns herum erwachte.

Und der Mann, der in der tristen, farblosen Welt vor mir stand, roch genau wie diese Wiese. Er roch wie die Strahlen der Sonne, die meine Nase gekitzelt hatten. Erst als ich erneut einatmete wusste ich, dass diese Erinnerung Hoffnung war.

»Was tust du?«, unterbrach er meine Schwelgereien und ich zuckte erschrocken zurück. Doch er wollte mich nicht beißen wie ich zuerst befürchtet hatte.

»Ich dachte nur, wenn du nicht wie die anderen riechst, dann kannst du wirklich kein Untoter sein.«

»Ich bin ... nicht wie sie.«

»Aber das sagte ich doch. Du bist ein Mensch.«

»Nein.«

»Und was dann?«

Nachdenklich legte er den Kopf schief und ich gab die Hoffnung auf. Er schien ebenfalls erst jetzt zu erfahren, wie viel in ihm steckte. Er war genauso ratlos wie ich. Ich musste es langsam angehen, egal, wie viele Fragen mir auf den Lippen brannten. Ich würde mit einer Einfachen beginnen.

»Kannst du dich an Etwas erinnern?«

»Nein.«

»Auch nicht an deinen Namen?«

»Nein.«

»Darf ich dir einen aussuchen?« Er verengte die Augen. Abwehrend hob ich die Hände. »Gut, dann nicht. Aber wie soll ich dich ansprechen?«

»Wir sind alleine.«

»Auch ein Argument«, seufzte ich ergeben. Hoffentlich würde er im Laufe der Zeit auftauen. Zum ersten Mal bereute ich es, wieder für eine Woche fortgehen zu müssen. Ich wollte weiter mit diesem Wesen reden, alles in mir wusste, dass er wichtig sein könnte. Und wenn er sich schon seine Sprache wieder aneignen konnte, so würden auch die restlichen Erinnerungen zurückkehren. Davon war ich fest überzeugt.

»Meinst du, du könntest dich erinnern, wenn wir reden?« fragte ich ihn.

»Ja.«

Triumphierend ballte ich eine Hand zur Faust. Er bemerkte es. »Sag mir aber sofort Bescheid, wenn dir etwas über dich einfällt.«

»Ich hasse es, viele Fragen gestellt zu bekommen.«

Nun war ich diejenige, die verstimmt die Augen verengte. Wie wollte er dann etwas über sich erfahren? Aber ich schluckte meinen Ärger hinab. »Und was möchtest du dann lieber machen?«

»Erzähl mir was.«

»Und was?«

»Immer diese Fragen. Irgendwas.«

Ich überlegte, aber mir fiel nicht ein, was ich ihm erzählen könnte. Würde er sich für die Ober- oder Unterstadt interessieren? Besaß er genügend Vorstellungskraft dafür?

»Ich kann dir eine Geschichte erzählen, die mir mein Bruder oft vorgelesen hat.« Er nickte zustimmend. Beschwichtigt fing ich an zu erzählen, von einem Ehepaar, das bald ein Kind erwarten würde und einer Hexe, die um ihren Salat betrogen wurde und dafür das Kind einforderte. »Als die Hexe mit dem Neugeborenen geflohen war, sperrte sie es in einen Turm ein und nannte es …«

»Rapunzel«, murmelte er. Verwundert hielt ich inne. Er erkannte es.

»Weißt du auch, wie es weiter geht?«, fragte ich mit vor Aufregung bebender Stimme.

»Das Mädchen hatte langes Haar. Ein Prinz kletterte daran zu ihr in den Turm, doch als die Hexe davon erfuhr, jagte sie das Mädchen fort und blendete den Prinzen.«

»Ja, genau«, hauche ich aufgeregt.

»Wenn sie sich wiederfinden, heilen die Tränen die Augen und der Prinz sieht wieder.« Ich nicke begeistert. Unwillkürlich hatte ich mir eine Hand über mein Herz gelegt. Es war angenehm warm geworden und beinahe konnte ich Wills Stimme hören, der mich neckend mit einem meiner Spitznamen rief.

»Schrecklich schnulzig«, kommentierte mein Gegenüber.

»Was? Das ist ein Märchen, sie müssen so sein, sie enden immer schön.«

»Sie verblenden.« Beleidigt pustete ich mir ein paar Haarsträhnen aus den Augen, die sich aus meinem Zopf gelöst hatten. Die Stille nutzte ich aus, um sein Gesicht genauer zu studieren. Abgesehen von seinen hellen Augen hatte er spitze Wangenknochen, die seiner Erscheinung etwas Royales verliehen. Ein König in Schmutz und Asche. Er hatte sein feines Gesicht hinunter gebeugt, sodass er mit mir auf einer Augenhöhe war. So standen wir da und beobachteten uns. Blau versank in Braun, Kälte geschmolzen durch Wärme.

Langsam streckte er seine Finger aus, diese langen, dünnen Finger, die perfekt zu einem Pianisten gepasst hätten. Mir wurde flau, mein Herz galoppierte. Ich hielt die Luft an. Ich musste in seine Augen sehen, damit mich die Panik nicht übermannte. Ich durfte nicht fliehen. Würde er es mir gleichtun, würde ich nicht mehr erfahren können.

Seine Berührung fühlte sich an als würde sie aus Federn bestehen, kalte Fingerspitzen strichen erst über meine Schläfe und hinterließen einen Schauer. Angst ballte sich in meinem Magen zusammen. Ich spürte, wie meine Instinkte nach Flucht schrien. Ein Ruck und er würde mir das Genick brechen. Wenn er mich zu sich zog, konnte ihn niemand daran hindern, seine Zähne in mein Gesicht zu schlagen. Zittrig atmete ich durch, als er meine Haare berührte.

»Du hast auch langes, helles Haar.«

»Ja«, keuchte ich leise. Schweigend standen wir uns gegenüber, seine Hand in meinen Haaren vergraben, mein Blick in seinem versunken. Die Zeit um uns stand still.

»Erzähl noch eine Geschichte, Rapunzel.«

Ich erzählte ihm die ganze Nacht lang Märchen. Was anderes wollte er auch nicht hören. Sobald ich wieder einen Versuch startete, ihm persönliche Fragen zu stellen, sah er mich mit zusammengekniffenen Augen an und verharrte so, bis ich das Thema wechselte. Es war erstaunlich, wie schnell er menschliches Verhalten übernahm, dennoch ließ er mich nicht die Grenzen austesten. Dabei war es das, was ich wissen wollte. Wie viel konnte er zurückgewinnen? Gab es eine Möglichkeit zur Rückverwandlung? Eine Heilung?

Als die Sonne aufging standen wir immer noch so da. Er hatte sich gegen den Zaun gelehnt und starrte zu mir herab. Ich hatte dafür gesorgt, dass ich zwei Schritte weit vom Zaun entfernt stand. Aber mein Oberkörper hatte sich zu ihm geneigt.

Leise Motorengeräusche rissen uns endlich aus unserer Trance. Kurz sah ich über meine Schulter und erkannte Alices und Claires Wagen. Shawn. Bald konnte ich ihn sehen, mich entschuldigen. Er lebte, das musste er einfach. Aber noch musste ich etwas erledigen. Ich sah zu meinem Infizierten zurück.

»Ich bin jetzt für eine Woche weg, aber ich komme wieder. Bist du dann auch da? Können wir wieder reden?«

»So viele Fragen.« Er verzog die Lippen.

»Bitte.«

Er nickte langsam. »Ich werde da sein.«

Erleichtert lächelte ich. Wenn er nicht wiedergekommen wäre, hätte ich nicht gewusst, was ich hätte machen sollen. Solch eine Entdeckung, die sich einfach in den Tiefen der toten Stadt verflüchtigte? Er durfte nicht verschwinden, ehe ich mehr herausfand.

Träge stieß sich der Untote vom Zaun ab und schlurfte hinfort. Doch in seinem Schritt lag eine Leichtigkeit, die andere Untote nicht besaßen.

Kapitel 19.

Ich wollte darauf verzichten, mich frisch zu machen, und sofort nach Shawn und meiner Mutter sehen. Doch sobald ich den Grenzer sah, der auf mich wartete, wusste ich, dass mein Plan vereitelt werden würde. Er wartete gnädigerweise noch, bis ich den Wagen verlassen hatte, dann kam er geschäftig auf mich zu gelaufen und zog die gepiercten Augenbrauen hoch.

»Na, Prinzessin? Wie war deine Nacht allein da draußen?«

»Ganz gut«, log ich. Ich würde Samuel nicht auf die Nase binden, wie viel mir diese Nacht bedeutet hatte. Dies würde ein Geheimnis tief in meinem Herzen bleiben.

»Ich stelle dir jetzt deinen neuen Partner vor.« Er winkte mich hinter sich her und brachte mich zu dem Gebäude der Wächter. An einem großen Tisch saß eine Frau. Zuerst fielen mir ihre grauen Augen auf, so freudig leuchtend wie die meiner Mutter, wenn sie meinen Vater gesehen hatte. Doch dabei waren sie fast das Unscheinbarste an ihr. Sie trug ihr schwarzes Haar in einem fransigen Bob, der es mir schwer machte, ihr Alter zu schätzen. Als sie aufstand, bekam ich einen guten Blick auf ihre Kurven, wie bei einer Sanduhr besaß sie eine große Oberweite und breite Hüften, war dafür aber nur ungefähr 1,60 groß. Sie kam mit erstaunlich großen Schritten auf mich zu und reichte mir die Hand.

»Hey, Samuel hat mir alles erzählt. Ich bin Diane Collister und der Ersatz des armen Kerles, den du niedergeschossen hast.« Sie lächelte, es verunsicherte mich, dass keinerlei Hohn oder Vorwurf in ihrer Stimme mitklang. Ich fühlte mich grauenvoll. Nicht nur, weil ich wieder an Shawn und seine blutende Schulter denken musste, sondern auch, weil eine lebensfrohe Person nun das düstere Reich hinter der Stadt kennenlernen musste. Unwillkürlich fragte ich mich, was sie getan haben musste, um so was zu verdienen.

»Weiß sie Bescheid?«, versuchte ich mich an einer kryptischen Frage. Samuel nickte. »Wahrscheinlich sogar besser als du. Sie war auch mal Wächterin am Tor, bevor sie anderweitig eingesetzt wurde.«

»Und wieso hat sich das geändert?«, fragte ich verblüfft. So wie ich es verstanden hatte, war das ein Job auf Lebenszeit. Das letzte Seil, der letzte Halt, der uns gereicht wurde, bevor wir die Stadt endgültig verlassen mussten.

»Das kann sie dir ja selbst erzählen. Ich habe jetzt Feierabend oder -morgen, und den möchte ich ungern bei einem Weiberklatsch verbringen.« Samuel legte sich zwei Finger an die Stirn und salutierte gehässig, ehe er das Haus verließ.

»Ich lasse dich auch kurz alleine, dann kannst du die miefenden Sachen ausziehen. Ich warte draußen«, sagte meine neue Partnerin und schritt mit wiegenden Hüften an mir vorbei. Dankbar warf ich meine Kleidung von mir. Jemand, wahrscheinlich ein Grenzer, würde sie mir frisch gewaschen zurück in mein Fach legen. Als ich den leichten Stoff meines Kleides auf der Haut spürte, fühlte ich mich fast schon wie ein neuer Mensch.

Diane saß draußen in der spärlichen Sonne als ich sie fand, die Augen geschlossen und die kleine Nase zum Himmel gereckt, als würde sie sich das Gesicht von den Strahlen küssen lassen. Mit den Händen riss sie Grashalme aus und zupfte sie auseinander, bis ihre weiße Leinenhose grün gestreift war. Ich setzte mich zögerlich zu ihr und sah sie abwartend an. Sie sollte den Vortritt haben, die Unterhaltung zu beginnen.

»Du kommst aus der Unterstadt, nicht wahr?«

»Woher weißt du das? Hat Samuel es dir verraten?«

Verblüfft musterte ich sie. Sie winkte ab. »Aus Samuel bekommt man keine zwischenmenschlichen Informationen raus. Naja, wenigstens kann er die Körbchengröße von Frauen mit nur einem Blick bestimmen.«

Sie zwinkerte mir zu.

»Das sieht ihm ähnlich«, sagte ich verschmitzt.

»Also nein, Samuel hat mir nichts erzählt, sondern mein Mann, Charles. Er sagte mir, du seist ein nettes, junges Mädchen und hättest ihn oft besucht.«

Wenn ich nicht so müde gewesen wäre, wäre mir sicherlich die Kinnlade runter gefallen. Diese kleine Person mit den kindlich funkelnden Augen war die Frau des hünenhaften Barbesitzers?

»Herzlichen Glückwunsch«, murmelte ich. Sie lächelte.

»Danke. Es freut mich übrigens sehr, dass ihr euch so gut versteht. Mit Charles kommen nicht sehr viele zurecht. Er ist ein einsamer Wolf, wenn man es so sehen möchte.«

Kurz wirkte sie traurig deswegen, aber sofort wich der Ausdruck. Aber ich hatte genug gesehen. Ich spürte, ich wusste, dass da mehr war. Mehr Last, die sie verheimlichen wollte, etwas, das mit Charles verknüpft war.

»Wie bist du eigentlich Wächterin geworden? Und vor allem: Wie hast du es geschafft, eine andere Aufgabe zu übernehmen? Ich dachte, Wächter müssten immer zur Mauer.«

Ihre Finger im Gras hielten inne, nur für einen Wimpernschlag. »Das ist eine komplizierte Geschichte.«

Sie lächelte und strich sich eine dunkle Strähne aus den Augen. Gerade als ich glaubte sie würde es dabei belassen, winkte sie mit beiden Händen ab.

»Ach, wir haben doch sonst nicht viel zu bereden. Und obendrein bist du meine neue Partnerin, ich gebe dir also einen Vertrauensvorsprung.«

Sie lächelte warmherzig und rutschte näher, um die Stimme verschwörerisch senken zu können, als seien wir zwei Kinder.

»Nun, du weißt sicherlich, dass nur diejenigen Wächter werden, die etwas ausgefressen haben, so viel hast du dir gewiss zusammengereimt. Wobei das nicht ganz richtig ist«, sie sah sich kurz um, als würde sie sich vergewissern wollen, dass auch wirklich niemand zuhörte,»Sondern dann, wenn unser Präsident der Meinung ist, jemand hätte etwas ausgefressen. Er allein entscheidet, wie schlimm das Vergehen ist. In der Unterstadt wirst du normalerweise einfach rausgejagt. Nun, bis auf dich, du darfst leben, obwohl du eine Verbrecherin bist.« Eigentlich hätte ich mich angegriffen fühlen sollen. Aber so wie sie Verbrecherin aussprach, klang es nach etwas Ehrvollem. Aber was war der Grund gewesen? Warum ich? Warum nicht Will?

»Charles und ich lernten uns schon im Sandkasten kennen und verliebten uns schnell. Natürlich heirateten wir und zogen auch gemeinsam in die Stadt. Ich war damals schon Grenzerin. Sich die öde Landschaft, diese Hoffnungslosigkeit anzusehen, ist für jemanden wie mich Strafe genug, aber so konnten wir in der Oberstadt bleiben. So groß war mein Vergehen nicht. Charles hatte seine Bar eröffnet, sobald wir hierher zogen. Er wollte stets, dass ich bei ihm einstieg und meinen gefährlichen Job aufgab, aber das kann ich nicht, verstehst du? Nicht nur weil es mir gesetzlich vorgeschrieben ist, sondern auch …« Sie stoppte sich kurz selbst. »Manchmal darf ich wieder bei den Grenzern arbeiten. Wenn ich da oben stehe, fühle ich mich frei, ich fühle mich, als könnte ich abheben und fort fliegen, irgendwo Hilfe suchen. Ich weiß, dass mein Beruf eine Farce ist, aber in der Bar bedrücken mich zu viele Dinge.«

»Welche Dinge?«

Sie sah zu mir.

»Erinnerungen.«

Sie seufzte leise, ehe sie hastig fortfuhr. Zu hastig.

»Und dann wurde ich verurteilt. Irgendwann geriet Charles in eine Schlägerei, so was wird natürlich nicht geduldet, besonders nicht von jemandem, der ein Geschäft führt, und so wollten sie ihn hinausschicken. Ich war bei der Besprechung nicht anwesend, ich hatte Dienst auf der Mauer. Ich glaube, sie wollten mich damit foltern, mich von ihm fernhalten. Als sie entschieden hatten, Charles hinauszuschicken, war ich bereits nicht mehr bei mir, ich war so verzweifelt, so gefangen, ich musste an Harrisons Seite stehen und den Befehl geben, das Tor zu öffnen. Doch Harrison drehte sich zu mir um, bevor ich auch nur realisieren konnte, dass ich die Mörderin meines Mannes werden würde und sagte höhnisch ›Dann wäre das entschieden. Außer jemand hätte einen besseren Vorschlag.‹ Ich musste es tun. Ich musste anbieten, alles zu tun, was er wollte, damit mein Mann verschont werden würde.«

Sie sah zu mir auf. Verzweiflung lag in ihrem Blick, aber dennoch wurde ich das Gefühl nicht los, sie würde mir nur die halbe Wahrheit erzählen. War Charles Vergehen wirklich hart genug, um hinaus geschickt zu werden? Eine Bar konnte sicherlich zur Stimmung beitragen, aber war er wichtig genug, um über sein Leben zu verhandeln? Es hätte jemand anderes lernen können Alkohol auszuschenken.

Oder hing es mit diesen Menschen zusammen, die Shawn erwähnt hatte. Ich traute mich nicht zu fragen.

»Charles verzweifelte darüber, er fühlte sich schuldig. Harrison war zufrieden. Er hatte meinen Charlie so mehr gebrochen, als er es anders gekonnt hätte. Mit mir. Als es mehr Wächter geben sollte, wurde ich abgelöst und wieder als Grenzerin eingesetzt. Aber sobald Harrison etwas auffällt, werde ich als Druckmittel benutzt, um … Charles ruhig zu stellen.«

Verwirrt runzelte ich die Stirn. Mir war ihre Pause aufgefallen. Sie hatte etwas Anderes sagen wollen. Schweigend sahen wir uns an, zwei Frauen mit Geheimnissen, die sie nicht teilen konnten. Zwei Frauen, die sich einsam fühlten. Hoffentlich würde sich das ändern, sobald wir hinter der Mauer waren, sobald wir die grausame Freiheit spürten. Mein Herz schmerzte, als mir klar wurde, dass ich nur mit Shawn nach draußen wollte.

Meine Mutter durfte ich immer noch nicht besuchen, aber sobald ich nach Shawn fragte, musterte mich die Sprechstundenhilfe von oben bis unten und zog eine Augenbraue hoch. Ohne weitere Worte führte sie mich einen Gang entlang. Die Gedanken rasten in meinem Kopf, während ich die sterilen Gänge ablief. Am liebsten wäre ich mit den Wänden verschmolzen, einfach verschwunden. Ich hatte Angst davor, was mich erwarten würde. Jetzt, da Shawn über den Berg war, würde er bestimmt mit mir schimpfen. Vielleicht wäre er auch erleichtert, dass wir überlebt hatten. Und ganz vielleicht würde er mich in seine Arme ziehen, mich küssen und mir danken, dass ich ihn nicht aufgegeben hatte. Röte stieg mir ins Gesicht. So was sollte ich mir nicht vorstellen, ich hatte ihn um mehr Zeit gebeten.

Mehrere Stockwerke ging es nach oben, den Aufzug durften wir nicht nehmen, da er nur für Patienten gedacht war. Herausgeputzt und elfengleich schwebte meine Begleiterin auf ihren hohen Absätzen den Flur hinab und blieb vor der letzten Türe stehen. »Hier ist es. Die Besuchszeit endet in drei Stunden, bis dahin sollten Sie bitte das Gebäude verlassen haben.« Sie versuchte sich an einem Lächeln und stolzierte wieder davon. Ich blieb nervös vor der Tür stehen. In mir tobte ein Gefühlssturm, den ich nicht unter Kontrolle bringen konnte. Ich wollte zu Shawn, ich wollte seine tröstende Nähe spüren. Aber ich wollte gleichzeitig nicht das Ausmaß meiner Schuld sehen.

Tief durchatmen, ermahnte ich mich selbst. Ich tat es, brachte meine zitternde Hand unter Kontrolle und öffnete die Tür.

Shawns Zimmer wies keinerlei Unterschiede zu denen in meinem neuen Haus auf. Ich stand in einem schmalen Gang, zu meiner Linken führte eine Tür in ein Bad, direkt vor mir sah ich nur einen großen Schreibtisch aus hellem Holz und ein Bild, das neben den beigen Gardienen hing. Kleine Kinder spielten im Schatten einer Burgruine mit Lämmern. Als ich weiter in das Zimmer trat, entdeckte ich Shawn in einem großen Bett, die Rückenlehne hoch aufgerichtet und einen Nachttisch auf Rollen neben sich. Er legte gerade einen leeren Teller zurück auf das Tablett. Auf seinem Schoß lag ein aufgeklapptes Buch. Er hatte noch nicht zu mir hingesehen, aber ein leiser Seufzer ließ seine Brust entspannen. Ich konnte mir vorstellen, dass er mich für eine Krankenschwester hielt. Bestimmt gingen ihm die Kontrollbesuche auf die Nerven. Er war keine Person, die gerne Umstände bereitete. Erst als er aufsah, kam Leben in seine grünen Augen. Seine Lippen kräuselten sich zu einem schiefen Lächeln.

»Da bist du ja endlich. Ich habe mir Sorgen gemacht, du würdest die Nacht nicht alleine überstehen, und veranlasst dich sofort zu mir zu schicken. Ich hatte schon Angst, Claire und Alice würden dich tot auffinden.« Die Sanftheit in seinen Augen erinnerte mich an meinen Vater. Er streckte seine Hand aus und zog mich sanft zu sich, sobald ich näher getreten war. Ich sank auf die Bettkante und wir musterten uns. Mein Blick schweifte ab und entdeckte die verbundene Schulter. Sie war dick gepolstert, wahrscheinlich geschient. Aber Shawn strahlte, als hätte mein Anblick ihm neue Lebenskraft gegeben. Angst, Schuld, Mitgefühl, Zuneigung und Erleichterung übermannten mich. Ich begann zu weinen. Ich weinte wie ein kleines Kind, große Krokodilstränen quollen aus meinen Augen und rannen mir die Wangen hinunter, alle Tränen für Shawn. Ein Arm legte sich um mich und zog mich behutsam an seine gesunde Schulter, sein Kinn versank in meinen Haaren und er wiegte mich leicht.

»Oh, Vika, warum weinst du denn? Es geht uns gut, es geht dir gut.«

»Ich habe auf dich geschossen und dich zum Tode verurteilt und du machst dir Sorgen um mich?«

Er lachte leise, tief. Meine Haut prickelte. »Von dir lasse ich mich doch gerne zum Tode verurteilen.«

»Hör auf damit«, rief ich hysterisch. Am liebsten hätte ich ihn geboxt. Er lachte nur leise und drückte mich kurz.

»Nur ein Scherz, ich bin auch lieber am Leben. Aber du hast mich gerettet, ich bin nicht infiziert und habe mich bald erholt. Und als ich das erfuhr, konnte ich nur an dich denken und daran, wie viel Angst du haben musst.«

»Wieso bist du nicht sauer auf mich?«, fragte ich und wischte mir eine Träne von der Wange. »Ich dachte, du würdest mich hassen.«

»Das hast du wirklich gedacht?«

Nun wirkte er betroffen. Er zog seine Augenbrauen zusammen und sah mich mit traurigem Blick an.

»Vika«, er atmete kurz durch, »ich mag dich. Und ich wusste, wie schlecht du zielst. Aber du wolltest mich retten, du bist nicht geflohen und du hast mich auch nicht zurückgelassen, als es so aussah, als käme jede Hilfe für mich zu spät. Du bist eine wahre Partnerin und ich bin dir dankbar.«

Feierlich sah er mir in die Augen. Dann grinste er wieder und zerstörte den Moment. »Du musst aber damit rechnen, dass ich dich ab und zu damit aufziehen werde.«

»Du solltest aufhören mein Wohl über das Deine zu stellen«, murmelte ich leise.

Er nickte erst, dann schüttelte er schnell den Kopf. »Die Menschen, die du liebst, sind immer wichtiger als du selbst. Ein Leben ohne sie wäre ein wertloses.«

Mein Atem stockte. Shawn schien nicht aufgefallen zu sein, was er mir damit preisgab. Und wenn doch, störte es ihn nicht. Er schenkte mir immer noch das Lächeln, das mein Herz erwärmte, was von so viel Sanftmut und Güte sprach. Ich wusste nicht, warum, aber als ich ihn beobachtete, meinen Freund, meinen ersten, richtigen Freund, der es innerhalb weniger Wochen geschafft hatte, meine Schale zu durchbrechen und das Mädchen, das Kind in mir zu finden, was vor zehn Jahren verloren ging, wollte ich ihn küssen. Ich wollte nicht aus einem Freund einen festen Freund machen. Ich wollte ihm nur zeigen, wie viel es mir bedeutete.

Ich beugte mich langsam zu ihm hoch, reckte meinen Hals und streifte seine Lippen mit den meinen. Ganz zärtlich. Ich legte kein Versprechen in diesen Kuss, nur all die Dankbarkeit, die in meinem Herz schwelgte. Es fühlte sich nicht so an wie in den Geschichten, die ich gelesen hatte, und so sollte es nicht sein.

Shawn erwiderte den Druck mit seinen Lippen und strich sanft über meinen Rücken. Wir kuschelten uns zusammen und verharrten so, bis die Besuchszeit zu Ende war. Ohne ihn, alleine in der Dunkelheit der Straßen, fühlte ich mich einsam.

Kapitel 20.

Eine einsame Woche würde vor mir liegen. Shawn hatte mich vorgewarnt, dass sein Vater ihn besuchen würde, und nach unserem Kuss war es mir nur recht, Zeit für mich zu haben. Ich brauchte sie zum Nachdenken. Aber ich wollte nicht denken. Das wusste ich schon, bevor ich die Augen am nächsten Morgen aufschlug. Ich lag noch lange wach im Bett, ließ meine Gedanken spielen. Ich stellte mir vor, durch meine Erinnerungen zu laufen wie durch eine Bibliothek, mit meterhohen Regalen, so hoch, dass ich die obersten Fächer nur erahnen konnte. Eines von ihnen stand für Shawn und jede Aufmerksamkeit, die er mir entgegen gebracht hatte. Sein Strahlen, sein Mitgefühl. Ein weiteres Regal, ein karges mit nur vereinzelten, kleinen Heften, stand für meine Entdeckung bereit. Es machte mich rastlos, daran zu denken, ihn erst in sechs Tagen wiedersehen zu können. Meinen Infizierten.

Meine Wange prickelte, genau an der Stelle, an der er mich berührt hatte. Unwillkürlich fasste ich dort hin und strich mit warmen Fingern über die Haut. Seine war kalt gewesen und hatte meine Brust aufgeregt flattern lassen. Ähnlich wie der Kuss, den ich mit Shawn getauscht hatte, und doch ganz anders. Bei Shawn fühlte ich mich geborgen, aber allein, wenn ich an den Infizierten dachte, brannte ich lichterloh vor Neugier.

Frustriert warf ich mich herum. Ich brachte die restlichen Stunden bis zum Abend mit Essen und Baden hinter mich, versuchte mir von den Aromadüften im Badezusatz meine Schuldgefühle fortwaschen zu lassen. Der Inhalt meines Kühlschrankes hätte meine Mutter, meinen Bruder und mich zwei Wochen lang ernähren können und hier saß ich, das Haar getränkt von teuren Tinkturen, und löffelte Joghurt mit Obst, nicht weil ich Hunger hatte, sondern aus Langeweile. Nach diesem Gedanken schmeckte es nur noch halb so gut.

Als es endlich Abend war, packte ich erleichtert meine Sachen und machte mich auf den Weg zur Bar. Ich wollte Charles zur Sprache stellen, ich wollte Gesellschaft.

Er begrüßte mich mit einem Nicken, als ich die noch spärlich besuchte Bar betrat. »Und? Wie geht es dir, nachdem du deinen Liebsten abgeknallt hast?«

Ich wurde rot. »Er ist nicht mein Liebster. Und abgeknallt habe ich ihn auch nicht, das war ein Unfall. Woher weißt du das denn wieder?«

»Nun, du hast mittlerweile meine Diane kennengelernt, dann solltest du dir die Frage selbst beantworten können.«

»Sie hat dir davon erzählt?«

»Wir haben keine Geheimnisse. Deswegen bin ich Harrison wohl so ein Dorn im Auge.«

Er verzog das Gesicht und schob mir ein Bier zu. Ich wollte schon dankend ablehnen, aber er brummte ein »Geht auf's Haus« und ich ergab mich. Langsam nippte ich an dem Getränk.

»Ich hoffe aber, du wirst meine Frau nicht einfach abschießen, dann werden dich auch deine Rehaugen nicht mehr retten können.« Er lehnte sich mit unheilvollem Ausdruck zu mir.

»Ich hatte es ja nicht vor, ich wollte ihn retten.«

»Dann versuch bitte nicht Sally zu retten.«

»In Ordnung«, antwortete ich verschmitzt. Charles musterte mich weiter. Seine roten Augen waren genauso durchdringlich wie gewisse eisblaue Augen, an die ich nicht denken wollte. Rot und Blau, Feuer und Eis. Ob die beiden sich verstanden hätten?

»Ist alles okay bei dir?«, riss er mich aus meinen Gedanken. Ich nickte nur. Charles reichte das und er widmete sich wieder seinen Gläsern. Nach einer Weile fasste ich meinen Mut zusammen und startete einen Angriff auf ihn.

»Darf ich euch zum Essen einladen?«

Als erste Reaktion zog er die Augenbrauen hoch. Ich errötete.

»Es ist nur, dass ich Diane besser kennenlernen sollte. Wenn ihr vorbeikommen würdet, koche ich uns was und wir unterhalten uns.«

Nun wirkte Charles eher amüsiert. »Das hört sich nicht schlecht an. Diane ist eine grauenhafte Köchin. Aber es geht nur zum Mittagessen, abends muss ich arbeiten.«

Ich nickte zustimmend. »Ich danke dir.«

»Du musst nicht nervös sein, weißt du.« Er legte seine massigen Arme auf den Tresen und beugte sich noch näher zu mir. Ich konnte seinen Atem nach Schnaps und dem Apfel riechen, den er zuvor wohl gegessen hatte. »Diane ist eine wunderbare Person. Bei ihr sind Geheimnisse sicher. Nun, bei uns.«

»Sie hat selbst Geheimnisse.«

»In dieser Welt hat sie jeder. Aber man muss wissen, wem man sich anvertrauen darf«, sagte er und richtete sich wieder auf. »Wir kommen morgen Mittag vorbei.«

Charles und Diane klingelten zu früh. Noch bevor ich die Tür komplett aufgezogen hatte, stolperte die kleine Frau auf mich zu und entschuldigte sich überschwänglich. Charles hingegen nickte mir nur zu und erhob die beiden Weinflaschen, die er dabei hatte. Beide mussten mir in der Küche helfen, da ich nicht rechtzeitig fertig geworden war. Aber das machte noch mehr Spaß, als lediglich mit ihnen zu essen. Diane war eine richtige Frohnatur, sie war stets am Plappern und erzählte von ihrem Eheleben mit Charles. Und immer, wenn sie mir eine weitere, pikante Geschichte erzählte, schnappte er sich sein Weinglas und nahm einen großen Schluck. Sobald sich Diane beim Schälen einer Kartoffel in den Finger geschnitten hatte, verbannten wir sie an den Herd, damit sie sich um die Suppe kümmerte. Dort erzählte sie fleißig weiter: »Weißt du eigentlich, wie Charles mir den Antrag gemacht hat?«

»Nein«, sagte ich lachend, erheitert von ihrer leichten Art.

Charles brummte nur. »Sie weiß seit einem Tag von uns, Sal, woher sollte sie es dann wissen?«

»Nur weil du ein grummeliger Miesepeter bist, der nie mit anderen spricht.« Mit tropfendem Löffel hüpfte sie vom Herd davon und drückte ihrem Gatten einen Kuss auf die Wange. Der Albino lächelte sanft, aber als er merkte, wie ich ihn beobachtete, setzte er wieder seine unergründliche Miene auf. Ich betrachtete die beiden gerne. Hoffentlich würde Diane nichts zustoßen.

»Naja, auf jeden Fall half ich ihm damals in der Bar aus. Du kannst dir ja vorstellen, was man da alles sah, Anträge über Anträge, vor allem wenn du Tag und Nacht nur daran denkst, bemerkst du es, aber Charles sagte stets«, sie ahmte seine tiefe Stimme nach und plusterte sich auf, » ›So einen

Schwachsinn wie einen Ring im Champagnerglas mache ich nicht<. Naja. Ich war zwar enttäuscht, aber so war es. Irgendwann saßen wir gemeinsam auf unserem Sofa und da platzte es einfach aus mir hinaus. Ich schimpfte mit ihm, dass ich gehen würde, wenn er mich nicht zu würdigen wisse, und dass ich ihn jetzt nur einmal fragen würde. Da setzte er sich auf, holte eine Schachtel aus seiner Tasche und sagte ‚Na gut, wenn du mir die Arbeit abnehmen willst'.«

Sie kicherte und auch ich stimmte mit ein. Charles trank wieder einen großen Schluck. »Du bist aber auch immer schrecklich ungeduldig, Frau.« Diane wurde rot und kicherte. Erneut kleckerte sie den Boden voll, als sie sich zu einem Kuss zu ihm beugte.

Für einen kurzen Moment stellte ich mir Shawn vor, wie er am Tisch saß, in meiner Küche dürfte er bestimmt nicht kochen, dann würde er aufstehen und die Arme um meine Hüften schlingen. Eine Hand würde er zu meiner Wange ausstrecken und mit federleichten, kühlen Fingern meine Haut liebkosen, ehe seine unergründlich blauen Augen mich mit seinem Blick versengen würden. *Oh, Vika, was denkst du nur?*

Während des Essens wagte ich endlich einen Sprung ins kalte Wasser. Diane zwitscherte vergnügt vor sich hin, Charles dagegen grummelte nur einen Kommentar, der sich so anhörte wie ‚Frauen und ihre fleischlosen Gerichte', während er in seinem veganen Curry herumpickte. Ich lachte verlegen und beobachtete die beiden. Die lebensfrohe Frau mit der Haut wie von Sonnen geküsst und der schweigsame, bleiche Mann. Es bedrückte mich zu wissen, wie ein kleiner Unfall ihr Leben drastisch beeinflusste. Aber es erschloss sich mir immer noch nicht. Ursprünglich hatte ich gedacht, ein Oberstädter sei unantastbar. Die Vergehen, um ein Wächter zu werden, müssten besonders hoch sein. Natürlich wollte Harrison Diane als Druckmittel verwenden, aber war er wirklich so grausam? Ich dachte an meine Mutter, mein eigenes Druckmittel.

»Wie hoch kann das Vergehen sein, bis man kein Wächter mehr sein kann, sondern hinaus geschickt wird?«

Zwei Kieferpaare hielten mitten im Kauen inne, graue und rote Augen musterten mich. »Das entscheidet der Präsident«, sagte Charles.

»Aber ich wurde eine Wächterin, obwohl ich aus der Unterstadt kam. Mein Bruder wurde rausgeschickt. Dabei ist er mutig und stark und ich ...« Ich ließ den Satz im Raum verhallen.

»Und genau das ist der Punkt. Dein Bruder ist bestimmt aufrührerisch gewesen, er hätte eine richtige Rebellion anzetteln können, Leute mobilisieren …«

»Diane«, zischte Charles, aber ich hatte es gehört. Ich hatte gehört, wie sie das Wort *richtige* betonte. Als hätte es bereits eine Rebellion gegeben.

»Rebellion?«

»Vergiss das, Mädchen. Und rede nie wieder darüber. Wir haben nichts zu entscheiden und du tust gut daran, nach den Spielregeln zu leben, wenn dir deine Mutter etwas bedeutet.« Drohend hatte er die Gabel erhoben.

Die Stimmung im Raum war so schnell gekippt, dass sich das Fehlen von Lachen und Freude anfühlte wie ein Riss. Meine Gäste aßen schweigend weiter, aber an Charles gramgebeugten Schultern erkannte ich, wie viel hinter Dianes Lüge stecken musste.

Kapitel 21.

Obwohl ich mir vorgenommen hatte Diane auszufragen, war ich auf der Fahrt eingeschlafen. Ich hatte die komplette Nacht wach gelegen und vor mich hin gegrübelt. Ich war sogar so weit gegangen und hatte mir eins meiner Hefte geschnappt und wollte dort Notizen aufschreiben. Über Harrison. Über Shawn. Über Charles und Diane, meine Mom, meinen Infizierten. Aber als ich daran dachte, jemand könne es lesen, ließ ich es bleiben. Zu groß war meine Angst, dieses Heft gegen mich verwendet zu sehen.

Meine neue Partnerin berührte mich sanft an der Schulter. Ich schreckte auf und sie wich einen Schritt zurück, die großen Augen erschrocken aufgerissen.

»Morgen, Schlafmütze. Claire und Alice sind bereits weg, möchtest du mir vielleicht dabei helfen auszuladen?«

»Was?«, fragte ich verwirrt »Du hättest mich doch wecken können, dann hätte ich auf Wiedersehen gesagt.« Ich stieg aus und rückte meinen Gürtel zurecht.

»Ach was, wenn jemand müde ist, soll er schlafen. Immerhin haben wir eine anstrengende Woche vor uns.«

Sie entriegelte die hinteren Türen und begann damit, unsere Vorräte zu sortieren. Hastig sprang ich ihr zur Hilfe. Diane war amüsiert über meinen Eifer, ihr glockenhelles Lachen vertrieb alle Farblosigkeit, ihre Lachfältchen ließen sie trotz allem jung und schön aussehen. Während wir arbeiteten, summte sie ein Lied, das ich nicht kannte. Oder ich erkannte es einfach nicht, denn Singen war nicht gerade ihre Stärke. Bei jedem schiefen Ton zuckte ich kurz und das brachte sie aus dem Takt. Sie schien sich konzentrieren zu wollen, doch es wurde nicht besser. Bereits als wir unsere Rucksäcke füllten und sie immer noch schief sang wurde mir wieder bewusst, dass ich sie mochte.

Glücklicherweise bemerkte sie nicht, wie ich ein Buch zwischen meine Brote und Decken stopfte.

Ja, Diane, auch ich habe Geheimnisse.

Ich übernahm die Fahrt, von mir selbst überrascht, wie erwartungsvoll ich war. Es lag an ihm, an den blauen Augen, an dem Wunder. Irgendwas hatte er mit mir angestellt. Es war Hoffnung, die er in meinem Herzen gesät hatte, gepaart mit Trauer. So viel hätten wir herausfinden können, wenn wir ihn früher entdeckt hätten. Die Angst wäre gebannt gewesen, Leben vielleicht verschont. Kurz zuckte das Bild meines Vaters vor meinem inneren Auge auf, wie er niedersank, wie ich all meiner Unschuld beraubt wurde, in der Nacht, in der ich lernen musste, erwachsen zu werden, in der Nacht, in der mein Vater seinen letzten Atemzug tat. In der Nacht, in der auch meine Mutter starb. Zumindest der größte Teil von ihr.

Das Tor tauchte vor uns auf und das erste Mal erschien es mir unwichtig, die Infizierten zu sehen. Es war sonderbar. Sonst glaubte ich immer vor Angst sterben zu müssen, meine Gefühle Laub im Wind, unkontrolliert und schwach. Ob er schon auf mich wartete? Ob er mich genauso vermisst hatte? Ich wollte mir die Hände auf die Brust pressen, ich musste, sonst würde ich zerspringen. Es erschien mir immer unmöglich, dass eine alte Realistin wie ich zu solch naiven Gedanken fähig war. Glaubte ich wirklich die Welt ändern zu können?

Etwas berührte mich am Arm und ich zuckte erschrocken zusammen.

»Na sowas, du bist ja ganz nervös. Ich wollte dich nur fragen, ob du hier drin Wurzeln schlagen willst. Ich kann auch zuerst allein eine Wache übernehmen, das macht mir nichts aus.«

Ich schüttelte den Kopf. »Nein, nein, alles gut, ich wollte sie übernehmen.«

Sie zuckte nur mit den Schultern und folgte mir hinaus. Wir standen steif und still auf unseren Plätzen, drehten uns nicht um. In mir war der Wunsch erwacht, es doch zu tun. Nicht wie vorher. Vorher war es so, wie wenn man einem zu stürzen Drohenden sagte, er solle bloß nicht nach unten sehen. Man musste es tun. Aber diesmal wollte ich hinab sehen, weil ich ihn finden wollte.

Als Diane zur Hütte aufbrach, drückte sie mir aufmunternd die Schulter und schenkte mir ihr mütterlichstes Lächeln. Ohne zu zögern, erwiderte ich es. Sie setzte sich in den Wagen, winkte mir aus dem Fenster und fuhr los. Nichts als eine Staubwolke blieb von ihr zurück.

Nun hieß es warten und harren. Mein Untoter würde bestimmt nicht sofort zum Zaun kommen, also versuchte ich mich so gut es ging zu beschäftigen. Meine Nervosität schien nicht zu leugnen sein, nach nur einer halben Stunde spürte ich einen sanften, unheimlichen Hauch auf meiner Wange. Es lief mir eiskalt den Rücken hinunter, wusste ich doch, dass der Wind sich gelegt hatte. Langsam, als ob mich in dieser Geschwindigkeit niemand bemerken würde, drehte ich mich um und sah direkt in das eisblaue, klare Meer.

Schwarze, staubige Strähnen furchten seine Stirn, teilten das undurchdringliche Blau. Seine dichten Augenbrauen, so perfekt geformt, waren fragend erhoben. Bei der Bewegung rieselte etwas Asche hinunter auf seine feine Nase.

»Wieso hast du das gemacht?«, fragte ich verwundert.

Er stand alleine dort. Um uns herum war es ruhig, momentan mussten sich die Infizierten tiefer in die Stadt zurückgezogen haben. Unwillkürlich lehnte ich mich vor, bis mein Gesicht den Stäben genauso nahe war wie seines. Seine Augen musterten mich, ein Funkeln durchlief sie, als wären sie ein tagheller Himmel, an dem die Sterne auf einmal zu leuchten begannen. Sie fesselten mich, spielten mit mir. Er blies mir seinen Atem ins Gesicht, seine dünnen Lippen leicht gekräuselt. Ich kniff die Augen zusammen und rümpfte angeekelt die Nase, doch der Gestank nach Verwesung, inneren Blutungen oder Moder blieb aus. Er roch nach nichts. Doch, etwas war dort. Eine Erinnerung. Wie das Rasierwasser meines Vaters. Scharf. Er war wie Feuer und Eis.

Ein neuer, mir unbekannter Ausdruck umspielte seine Züge. Ich vermutete, er habe die letzten Tage geübt. Als ob er mir präsentieren wollte, was er wiedererlernt hatte. Ich konnte seinen Eifer, seine Menschlichkeit spüren.

Stolz durchflutete mich. Er lernte wirklich. Das erste Mal, seitdem ich die Oberstadt betreten hatte, fühlte ich mich nicht mehr nutzlos. Ich war keine Last mehr. Mehr als das Mädchen, welches ihren Partner angeschossen hatte, mehr als das Püppchen, stets umsorgt von einem treuherzigen jungen Mann. Ich war eine Wissenschaftlerin, eine Träumerin. Zum ersten Mal.

Der Infizierte hatte die Augenbrauen über dem Nasenrücken zusammengezogen, die Augen weiteten sich. Er hatte die Lippen geteilt, als würde er etwas sagen wollen. Ich fragte mich, ob sie genauso kalt waren, wie sie aussahen.

»Du wirkst überrascht«, sagte ich leise.

»Rapunzel« krächzte er und musterte mich. Ich nickte nur. »Stört dich mein Atem?«, erkundigte er sich. Diese Frage überraschte mich so sehr, dass ich gerne leise gelacht hätte. War er besorgt, mir zu nahe getreten zu sein? Es war so menschlich!

»Nein«, rief ich begeistert aus. »Nein, du kannst es gerne nochmal machen.« Dies schien nun ihn zu verwirren und er begnügte sich lieber damit, mich weiter zu betrachten. Er besah sich meine geröteten Wangen. Gerne hätte ich mich abgewandt. Wie peinlich, ihn dazu aufzufordern, mir ins Gesicht zu hauchen.

Er merkte nichts von meinem Kampf, sondern beobachtete mich weiter, als sei ich die Kuriosität und nicht er. *Oder als wäre ich kostbar,* aber diesen Gedanken verbat ich mir schnell. Stattdessen verlor ich mich in den zugefrorenen Seen, bis er eine ganze Weile später den Blickkontakt brach. Ich hatte gar nicht gewusst, wie lange man sich nur ansehen konnte. Langsam hob er seine Hand, drehte sie, musterte sie, diese Hand, die einst einem Menschen gehört hatte. Ich schluckte kräftig gegen einen Wunsch an, den ich seit unserem ersten Treffen verspürt, aber nie Gehör geschenkt hatte. Doch er brach unweigerlich aus mir heraus. Meinen Körper an das Gitter lehnend atmete ich kräftig durch.

»Darf ich dich berühren? Ich würde gerne …« Den Satz konnte ich nicht mehr beenden. Pfeilschnell, wie eine Schlange war er vorgeschnellt und hatte sein Gesicht an das Gitter gelegt, seine kühle Stirn streifte die meine. Ich schrie auf, zu Tode erschreckt.

Wieso trug ich meinen Helm nicht? Wieso hatte ich ihn abgelegt? *Nur ein Biss und ich bin verdammt!*

Doch er tat mir nichts, legte nur fragend den Kopf schief, wie ein verwirrter Welpe. Seine Finger umklammerten das Gitter, die Knöchel wurden weiß vom Druck. Ich musste ihn verärgert haben.

Es hatte etwas Verzweifeltes an sich, auch wenn sein Gesicht völlig ausdruckslos wurde. Er stand still. Völlig reglos. Als wartete er nur auf meine Berührung, als lechze es ihn danach, ein lebendes Wesen zu spüren, meine Wärme zu spüren, zu wissen, dass ich es freiwillig tat. Er hielt still für mich. Als sei ich das instinktgesteuerte Wesen und nicht er.

Tiefe Trauer überkam mich. Nein, Mitgefühl. So hatte ich es noch nie betrachtet. Was, wenn es noch mehr wie ihn gab, Infizierte, die sich nach Wärme verzehrten. Äußerlich tot, doch tief in ihnen glomm noch die Glut.

Und ich hatte sie erneut entfacht. Ich wusste nicht, wieso, aber ich war mir sicher, dass mein Anblick in ihm einen Schalter betätigt haben musste. Erst als ich mit ihm sprach, erkannte er seine Fähigkeiten.

Und dies brachte mich schlussendlich dazu, alle Barrieren abzureißen. Ohne ihn aus dem Blick zu lassen, zog ich meine Handschuhe aus und warf sie in meinen Helm, der einsam am Boden hin und her wankte.

Alles, was nun geschehen würde, hing von diesem einen Augenblick ab. Nun stand ihm frei mich zu verdammen oder mir zu vertrauen, so wie ich ihm vertraute. Ich streckte zaghaft meine Fingerspitzen aus, kein Zittern durchfuhr mich und ich dankte leise einer höheren Präsenz dafür. Dann berührten meine Kuppen seine Stirn. Sie war genauso kalt, wie ich sie mir vorgestellt hatte, die Haut hart und weich zugleich, als habe sich nichts an ihm entschieden, was es sein wollte. Ich fuhr seinen geraden Nasenrücken hinab, spürte den Knochen, spürte die Anspannung. Endlich kam ich zur Ruhe und barg seine Wange in meiner Handfläche, meinen Daumen direkt unter seinem schönen Auge. Er blinzelte nicht.

Der Reflex, sein Auge zu schützen, war nicht wiederhergestellt. Erst als ich die Grenze austestete, schloss er kurz das Lid und seine langen Wimpern streichelten meinen Knöchel. So standen wir da, gefangen im Anblick des Anderen. Aber ich brauchte einen endgültigen Beweis. Ich legte ihm meinen Zeigefinger auf die Lippen, spürte seinen Atem auf meinem Handrücken, die bittere Kälte, die er ausstrahlte. Er musste nun nur noch den Mund öffnen und zubeißen. Dann wäre ich wie er. Nur würde ich alles vergessen, was mich ausmachte. Er spannte die Muskeln an, Furcht packte mich, wie eine Faust, die mein Herz zerquetschen wollte. Aber alles, was er tat, war seine Lippen fester gegen meinen Finger zu drücken. Ich spürte weder seine Zähne noch seine Zunge.

Er wollte mich nicht fressen, aber vielleicht nahe sein? Ich wusste es nicht. Ich wusste nur, dass ich es wollte.

Wir saßen. Ich hatte die Beine überschlagen, während er seine langen Glieder von sich streckte. Dennoch wirkte er bei weitem nicht so entspannt, wie seine Haltung vermuten lassen könnte. Ich hatte mich ihm gegenüber im Schneidersitz niedergelassen, meinen Helm zwischen die Beine geklemmt und meine Arme darauf gebettet.

Wir führten keine gute Unterhaltung, was hauptsächlich daran lag, dass er nicht sehr gesprächig war. Meistens musste ich ihm etwas erzählen. Darauf war ich vorbereitet und ich zog einen meiner drei Märchenbände aus der Tasche. Ich hatte ihn heimlich mitgenommen. Nur für meinen Infizierten. Doch als ich das Buch aufschlug und nach einer Geschichte suchen wollte, zischte mein Gegenüber. Ich sah auf. Er hatte einen langen, weißen Finger in meine Richtung ausgestreckt.

»Du?«

Ich runzelte die Stirn und er fuhr fort: »Dein Leben?«

»Du möchtest etwas über mich hören?«, fragte ich verblüfft. Er nickte langsam, sein Gesicht eine ernste Maske. Und ich begann zu erzählen. Ich ließ nichts aus. Erst fühlte ich mich beklommen und kam mir entblößt vor, aber als ich merkte, wie sehr ihm das gefiel, fühlte auch ich mich befreit. Seit Jahren hatte mir niemand mehr so aufmerksam zugehört. Abgesehen von Shawn.

Ich erzählte dem Infizierten von meinen Eltern, sogar, wie sich die beiden auf einer Reise kennen lernten und nicht mehr voneinander loskamen. Besonders ausführlich versuchte ich ihm das Gebirge zu beschreiben, in dem die beiden damals waren. Ich selbst war nie in den Bergen gewesen, aber meine Worte malten in uns beiden falsche Erinnerungen.

»Es war ein harmloser Sommerflirt, so glaubten sie es zumindest. Doch als sie sich trennen mussten, konnten sie nicht. Gleichzeitig fielen sie sich in die Arme und schworen Kontakt zu halten, obwohl man immer sagte, so was würde nicht halten. Aber sie zeigten es allen anderen und heirateten zwei Jahre später.« Lässig zuckte ich mit den Achseln, wollte überspielen, wie sehr mich diese Geschichte selbst rührte. »Und ein paar Monate später hat sich mein Bruder angekündigt.«

Ich schwieg kurz, überwältigt von den Erinnerungen an Will. Ob er wohl auch in dieser Stadt gelandet war, nachdem er draußen schmachvoll verhungert war? Könnte ich ihn doch nur noch einmal sehen? Zitternd holte ich Luft, doch der Schwarzhaarige hob die Hand.

»Du ... bist traurig«, murmelte er. Ich nickte und spürte, wie der Kloß in meinem Hals wuchs. Gleich würde ich anfangen zu weinen.

»Es ist schwer«, krächzte ich.

»Erzähl es mir«, verlangte er.

Ich sammelte mich. »Mein Dad war Polizist. Er hatte Wachdienst und infizierte sich. Wahrscheinlich war er einer der Ersten. Später kam er in mein Zimmer und versuchte …«, ich verstummte. Der Rest des Satzes blieb mir in der Kehle stecken. Was sollte ich sagen? Dass mein Vater – jemand wie er – versucht hatte sein eigenes Kind zu töten?

Er nickte, als habe er verstanden. Nicht nur meine Gefühle, sondern auch meine Geschichte.

»Dein Bruder?«, fragte er stattdessen. »Auch tot?« Ich nickte nur. Schnell wollte ich das Thema wechseln, strich mir über die feuchte Wange und schüttelte mich wie ein Hund, um meine trüben Gedanken loszuwerden.

»Schade, dass du dich nicht erinnern kannst. Dein Leben war sicherlich aufregend. Ich frage mich, wie alt du gewesen bist, vielleicht so vierundzwanzig? Oder älter? Du alterst nicht mehr, oder? Du hast zumindest einiges erlebt, bevor die Apokalypse ausgebrochen ist, vielleicht hattest du einen Job und eine Familie. Vielleicht warst du verheiratet und hattest Kinder.« Es verwunderte mich selbst, wie traurig meine Stimme dabei klang. Er konnte es nicht mehr zurückhaben. War es deswegen? Hoffentlich.

Doch als ich zu ihm aufsah, wirkte er bei weitem nicht so betroffen wie ich. Er hatte nur seine dichten Augenbrauen zusammengezogen und sah mich sauer an. »So viele Fragen«, murmelte er.

»Du sprichst ja nicht, also muss ich beide Teile der Unterhaltung führen.« Verloren hob ich die Schultern. Er kroch näher, ungelenk, kindesgleich. Er streckte eine Hand nach mir aus und ich wich nicht zurück, ließ ihn meine Wange zwischen seinen Fingern bergen. Mein Atem stockte, wirbelte in mir umher wie ein Schwarm verlorener Vögel. »Du … du …«, stotterte ich. »Ich muss ja sowohl Fragen stellen als auch beantworten, bist du denn gar nicht an deinem Leben interessiert?«

Langsam und bedächtig schüttelte er den Kopf. In seinem Blick solch eine Intensität, als würde er es auch so meinen. Wusste er, dass in seinem Leben etwas war, vor dem er flüchten wollte?

»Du möchtest, dass ich rede?«

»Ja«, hauchte ich. Er legte den Kopf schief, seine Lippen gekräuselt, die scharfen, weißen Zähne funkelten. Dann begann er:

»Who will believe my verse
In time to come
If it were filled with your
Most high deserts?
Through yet heaven knows it
Is but as a tomb
Which Hides your life and
Shows not half your parts
If I could write the beauty of your eyes,
And in fresh numbers number
All your graces,
The age to come would say
This poet lies,
Such heavenly touches ne'er
touched earthly faces.«
So should my papers, yellowed
With their age,
Be scorned, like old men of
Less truth than tongue,
And your true rights be
termed a poet's rage
And stretched meter of an
Antique song:
But were some child of yours
Alive that time,
You should live twice, in
It, and in my rhyme. «

Mit geöffnetem Mund starrte ich ihn an, unfähig zu sprechen, verzaubert von den schönen Versen. Sie kamen mir bekannt vor, doch verstand ich nur die Hälfte. Seine raue, tiefe Stimme hatte Worte geschluckt, ihnen aber mehr Emotionen geschenkt, als ich aufnehmen konnte. Als sei er in seinen Gedanken verloren, schloss er langsam den Mund und löste sich von mir. Ich folgte ihm, wollte den Moment nicht enden lassen. Er beobachtete mich dabei, sein Gesicht wieder eine ausdruckslose Maske. Aber ich glaubte zu erkennen, dass meine Reaktion ihm gefiel.

»Hast du dir das ausgedacht?«, flüsterte ich, weil ich nicht wagte die Atmosphäre mit lauten Worten zu zerstören.

Wieder betrachtete er mich, seine raubtiergleichen Züge verrieten nichts. Dann schüttelte er den Kopf.

»Woher kennst du es dann?« Ein schief gelegter Kopf und ein fragender Blick waren meine Antwort. Ich würde es wohl nicht erfahren. Vielleicht wusste er es selbst nicht.

Doch das Gedicht ... es war zweifelsohne ein Gedicht der Liebe, der Zeit, der Vergänglichkeit, so viel hatte ich verstanden. Ob er über sich selbst gesprochen hatte?

Langsam fraß sich die Sonne durch die Wolkendecke. Bald würde Diane kommen und mich ablösen. Aber ich wollte nicht gehen, ich wollte bleiben, ich wollte erfahren.

»Bitte, wenn du dich an irgendwas erinnerst, musst du es mir sagen. Kein Gedicht, etwas Persönliches. Etwas, an dem ich festhalten kann, bis ich dich wiedersehe.«

Er sah auf, Leben in seinen blauen Augen. Still saß er vor mir und ich ließ die Schultern sinken. Ich rappelte mich auf und klopfte mir den Staub von der Hose, als seine Stimme noch einmal die Stille durchschnitt.

»Ilias.«

»Was?« verblüfft sah ich ihn an. Das Wort war so schnell aus seinem Mund geschossen, dass ich schon befürchtete es mir nur eingebildet zu haben, doch er wiederholte es ein zweites Mal.

»Ilias. Mein Name ist Ilias.«

Meine Gedanken kreisten nur um ihn, Ilias. Ich sah sein Bild so klar vor mir, als würde ich nicht an die Decke der kleinen Holzhütte starren, sondern in sein mageres, edles Gesicht. Ich rollte mich frustriert seufzend auf die Seite und entdeckte meine Ausrüstung und einen Teller voll unberührtem Brot und Obst.

Ich hatte es nicht geschafft, auch nur einen Bissen hinunterzubekommen, hoffte aber, es würde sich nach einer Runde Schlaf ändern.

Langsam veränderte sich das Bild vor meinen Augen, die karge Holzhütte wich einem dunklen Saal, einzig zu sehen war ein großer Tisch aus weißem

Elfenbein. Seine Beine waren ausladend zur Seite geschwungen, endeten in Löwenpranken. Von der Ferse aufwärts schlängelten sich Ranken eines mir unbekannten Gewächses aufwärts und entfalteten sich in einer goldenen Kelchblüte mit langen Stempeln. Ich war mir sicher, dass solch eine Pflanze nicht existierte. Ein paar der Blätter, oval und mit kleinen Zähnen wie die einer Rose, wanden sich unter dem Gestell entlang und stützten die gläserne Tischplatte von unten. Das Glas selbst war mit runden Ornamenten graviert, die sich milchig färbten.

Ich musste mich erhoben haben, denn ich lag nicht mehr im Bett, sondern hatte mich an ebendiesem Tisch auf einen Stuhl gesetzt, ebenso weiß und reich verziert wie der Tisch. Die sonderbare Blüte bildete hinter mir eine glatte, lediglich gravierte Lehne. Das champagnerfarbene Polster unter mir war angenehm weich und ich blickte nach unten, wollte mich nur umsehen, war aber gebannt von dem Anblick meines Kleides. Der eisblaue Stoff wölbte sich bei jedem Atemzug, kleine Diamanten funkelten wie die erstarrten Hügel und überfrorenen Seen, nachdem der erste Schnee gefallen war.

Immer noch verzaubert von meinem Anblick schreckte ich erst auf, als sich jemand räusperte. Ich fuhr zusammen und erkannte, wer mir gegenüber saß. Er war sauber und wohlgenährt. Das war das Erste, was mir auffiel. Sein Haar war in einem gepflegten Zopf zurückgebunden, aber ich bemerkte schnell, dass mir der verwegen unordentliche Zopf besser gefiel. Sofort lösten sich einige der Strähnen, als hätten sie meinen Wunsch gehört. Sein pechschwarzer Mantel war gestärkt und gebügelt, ich wollte darüber streichen, wollte über ihn streichen, seine Wangen, seine Lippen. Waren sie immer noch kalt?

Er lehnte sich zu mir, anmutig wie eine Katze, bedrohlich wie ein Räuber, die Augen so voller Leben. Ein Schalk glitzerte in ihnen, der mich an den Hass in Harrisons Augen denken ließ. Aber Ilias war nicht zu Hass fähig.

Oder?

Ilias faltete langsam seine langen Hände, hob sie zu seinem Mund und verschloss so seine Gefühle vor mir. Ich konnte es kaum ertragen.

»Ilias«, hauchte ich, voller Ehrfurcht. Er nickte und als er sich mit einer Hand auf der dünnen Lehne zurück in den Sessel sinken ließ, offenbarte er mir sein Grinsen. Eine Grimasse.

Seine weißen Zähne glänzten im Licht ein paar Kerzen, die wie von Geisterhand erschienen waren. Er wirkte unheimlich, bedrohlich, seine markanten

Wangenknochen ließen sein Gesicht hohl wirken, aber die blauen Orbe leuchteten unentwegt.

Und ganz langsam verfärbten sie sich.

Sie wurden trüb, veränderten sich von einem klaren, gefrorenen See zu einem grünen Gewässer, einem Ozean.

Shawn hatte die Hände ergeben auf den Schoß gelegt, er wirkte verkrampft und unwohl, kränklich, als hätte Ilias all sein Leid auf ihn übertragen. Es waren seine hohlen Wangen gewesen, die mich verängstigt hatten. Tränen schwammen in seinen Augen.

»Wieso? Wieso hast du mich verraten? Wieso hast du uns verraten? Dich, mich, wir sind Partner.«

Schreiend schreckte ich aus dem Schlaf.

Kapitel 22.

»Also nochmal zum Mitschreiben: Du hast dich an ein Gedicht erinnert, das dein Vater dir einst vorgetragen hat, kannst den Inhalt aber nicht deuten, obendrein erinnerst du dich nicht mal mehr an die Worte. Du weißt den Namen des Gedichtes nicht und auch nicht, wer es geschrieben hat.«

»Es ist ein altes Gedicht«, verteidigte ich mich.

Shawn hatte sich auf dem Laufband vorgelehnt, den gesunden Arm aufgestützt, und beobachtete mich skeptisch. Da er nicht außer Form geraten wollte, hatte er darum gebeten, einen Fitnessraum aufsuchen zu dürfen. Dort trainierte er weiter und traute sich mittlerweile sogar an ein paar Übungen mit seiner verletzten Schulter. Als ich ihn dort angetroffen und auf dem Laufband joggen gesehen hatte, war ich erst so sprachlos gewesen, dass ich meine Frage völlig vergessen hatte. Seine meerfarbenen Augen waren grimmig und entschlossen auf die Wand ihm gegenüber gerichtet gewesen, jeder Muskel seines Körpers angespannt. Wirklich faszinierend.

Ursprünglich hatte ich Charles um Rat bitten wollen, aber nachdem Diane und ich aus unserem Wagen geklettert waren, hatte er sie sofort in Beschlag genommen und mir schweigend zu verstehen gegeben, dass keiner von beiden für den Rest des Tages ansprechbar sein würde.

Nun, da ich vor ihm stand und die Verwirrung in seinen Augen las, kroch langsam die Scham in mir hinauf. Mein Traum saß mir immer noch in den Knochen. Ich wollte Shawn nicht verraten. Aber es gab Dinge, die ich für mich behalten wollte. Ich wollte Ilias für mich behalten. Egal, wie viel ich Shawn schuldete, ich konnte ihm nicht sagen, dass mir ein Infizierter ein Gedicht vorgetragen hatte. Natürlich hatte er meine unvollständige Geschichte durchschaut, aber er war höflich genug nicht zu bohren.

»Ich weiß, damit kann man nicht viel anfangen.«

»Damit kann man eigentlich gar nichts anfangen. Alles Entscheidende, um ein Gedicht zu suchen, weißt du nicht. Hey, du musst jetzt nicht so gucken, ich schimpfe ja nicht mit dir«, warf er schnell ein und seine Stimme klang beinahe verzweifelt.

»Vika«, begann er wieder, nachdem wir eine Weile geschwiegen hatten, »glaubst du ich merke nicht, was in dir vorgeht? Immer, wenn es um Allgemeinwissen geht, wirst du leise und lenkst ab. Dabei weißt du genauso gut wie ich, warum ich mehr lernen konnte als du und es ist unfair.« Ich glaubte zu hören, wie er fester, fast schon wütend aufstampfte. »Außerdem habe ich dich bei Charles in der Bar gesehen. Du hättest auch mich fragen können, das weißt du.«

»Ich habe für dich gelernt«, murmelte ich verlegen, senkte den Blick auf meine zitternden Finger und spürte, wie ich rot wurde. In dem Moment gab es ein lautes Poltern. Erschrocken fuhr ich hoch und sah gerade noch, wie Shawn sich mit seinem gesunden Arm auffangen konnte, bevor er vom Laufband glitt. Hastig ordnete er wieder seine Füße und stellte die Geschwindigkeit runter.

»Für mich?«

»Geht es dir gut?«, rief ich entsetzt und lehnte mich wieder zu ihm vor. Hoffentlich war seiner Wunde nichts passiert.

»Was meinst du damit, du hättest für mich gelernt?«

»Hast du deinen Arm zu heftig bewegt? Das wäre gar nicht gut.«

»Willst du mich etwa beeindrucken?«

»Und dabei hatte ich so große Hoffnung, bald wieder mit dir Wache halten zu können.« Ich streckte die Finger nach dem Verband aus. Shawn reagierte instinktiv und wollte meine Hand festhalten. Er strich stattdessen meine Haut entlang, sein Blick fing den Meinen auf. Mir polterte das Herz in der Brust.

Irgendwie wünschte ich mir, dass er mich küssen würde. Meine Gefühle waren aufgewühlt, so sehr, dass es mir die Luft abschnürte. Shawn war die letzte Konstante in meinem Leben.

Er erfüllte mir meinen Wunsch. Sachte versenkten sich seine warmen Finger in meinem dichten Haar und zogen mich zu ihm. Instinktiv legte ich die Hände auf seine Brust, wohl bedacht, seinen Verband nicht zu berühren.

Er zischte dennoch auf und wir erdrückten das Geräusch mit unseren Lippen.

Er küsste mir jeden zweifelnden Gedanken fort, überzeugte mich durch den Druck seiner Lippen von ihrer Nichtigkeit. Meine Hände ruhten immer noch auf Shawns Brust, als wir uns voneinander lösten, doch seine waren von meinen Haaren zu meinen Wangen hin gewandert. Er strich mir sanft mit seinen starken Fingern über die Haut, die Kuppen seiner Daumen waren rau, wie die eines Mannes, der viel in seinem Leben gearbeitet hatte.

Seine Stirn sank gegen meine, er war mir so nah, dass ich jeden blauen Tupfer in seinen grünen Augen sehen konnte. Es waren vier kleine Sprenkel und ich liebte jeden Einzelnen von ihnen. Er stieß ein keuchendes, heiseres Lachen aus, als habe er seine Stimme jahrelang nicht benutzt. Das Blau seiner Augen wurde immer intensiver.

Erschrocken zuckte ich vor ihm zurück. Shawn blinzelte mehrmals, ein trauriger Ausdruck überfiel sein Gesicht. Er hatte seine Hand noch erhoben, als wolle er mich berühren. Ich wusste, wie perfekt meine Wange hinein passte. Langsam pressten sich seine Lippen aufeinander. Er wünschte sich eine Erklärung, warum ich gezuckt hatte. Was er getan haben musste. Aber wie konnte ich ihm beibringen, was in mir vorging, ohne Ilias zu erwähnen? Mein armes, kleines Herz schlug immer noch so wild vor Angst, dass ich keinen klaren Gedanken fassen konnte. Ilias war mein süßes Geheimnis. Nur Meines. Zumindest vorerst.

»Es tut mir leid, Shawn. Ich möchte dir nicht weh tun, aber ich bin im Moment zu durcheinander.«

»Du bist oft durcheinander«, murmelte er leise. Seine Enttäuschung durchbohrte mich wie ein Messer.

»Es ist anders als du denkst«, versuchte ich es weiter. Ich musste ihm zumindest einen Teil der Wahrheit erzählen. »Ich habe sehr oft starke Albträume. Ich bin regelrecht gefangen in ihnen und entkomme ihnen nicht mal, wenn ich wach bin. Letzte Woche habe ich von dir geträumt, es verfolgt mich.«

»Habe ich was Schlimmes gemacht?«, fragte er ernst. Sein Blick wurde eisern. Er erinnerte mich daran, wie Will mich angesehen hatte, nachdem ich ihm von dem Mann erzählt hatte, der mich mitten auf der schlammigen Straße der Unterstadt in sein Zelt gezogen hatte. Der Alte hatte mir mit seiner ekelhaften Zunge, die nach faulen Zähnen stank, die Wange abgeleckt und mit blubbernder Stimme Widerlichkeiten ins Ohr geraunt. Damals hatte ich geschrien und so fest nach ihm getreten, wie ich nur konnte. Die Panik, die mich befallen hatte, war so stark gewesen, dass ich gespürt hatte, wie mir der Kloß im Hals explodierte. Bevor der Mann mir das T-Shirt ausziehen konnte, hatte ich seine Weichteile erwischt und das Weite gesucht. Ich wusste noch genau, wie ich gestolpert war, die Kleidung und meine Haare vollgesogen mit Schlamm. Ich stürzte immer wieder und hoffte und fürchtete gleichermaßen für immer im Morast zu versinken. Will fand mich an der Haustür und kümmerte sich rührend um mich. Nachdem ich ihm gesagt hatte, was mir geschehen war, musterte er mich mit ebendiesem Blick. Am nächsten Tag wurde der Alte aus der Stadt geschickt.

»Shawn, du musst mich nicht gegen dich selbst verteidigen«, versuchte ich ihn zu beruhigen. Alles an mir fühlte sich beengt an. Ich spürte das Bedürfnis, aus mir selbst herauszubrechen.

»Aber ich befürchte, du würdest es mir zutrauen.«

»Nein, niemals!«, rief ich hastig und ergriff seine Hand. Augenblicklich drückte er meine Finger. »Es war anders. Du hattest mir vorgeworfen, dir etwas angetan zu haben.« Ich schluckte kräftig, als die Worte endlich über meine Lippen waren. In dem Moment wusste ich, warum es so schwer für mich war. Ich wusste, dass ich wirklich in der Lage war, Shawn zu verletzen. Ich musste es nicht einmal wollen.

Den Weg zurück zu seinem Zimmer legten wir schweigend zurück. Shawn hatte den Blick auf den sterilen Boden vor uns gerichtet. Ich spürte den Kummer in ihm. Kummer, den meine Worte ausgelöst hatten. Schuld ergriff mich und ich schämte mich dafür, wie ich zu ihm war. Shawn hatte sich von Anfang an für mich geopfert. Und ich war ihm nicht nur eine lausige Partnerin, sondern auch eine schlechte Freundin.

So gerne hätte ich ihn auf andere Gedanken gebracht, ihn noch einmal zu mir gezogen und ihn geküsst, aber er hätte bemerkt, warum ich es tat. Ich war ein offenes Buch für ihn.

Wir hatten sein Zimmer wieder erreicht und ich öffnete ihm die Tür. Mir fiel nur eine Ablenkung ein und gleichzeitig als ich sprach, schämte ich mich schon für meine Worte: »Also kennst du dich mit Gedichten aus?«

Shawn sah auf. Das Gedicht hatte er anscheinend schon total vergessen. Ich natürlich nicht. Und es war gemein, ihn dafür auszunutzen, die Worte eines

Fremden zu entschlüsseln, die mir dieser zugeflüstert hatte. Und dabei wollte ich nur an ihn denken. An Shawn. Doch Ilias war in diesem Moment stärker.

Shawn hatte sich auf sein Bett fallen gelassen. Lässig baumelte er mit einem Bein über dem Boden, während er das andere ausgestreckt auf die Decke gelegt hatte. Er musterte die saftig grünen Wiesen vor dem Fenster, als habe er sie noch nie zuvor gesehen.

»Ein wenig schon. Ich war nie ein großer Fan von Gedichten, die alten – und dazu zählt Deines auch - handeln meist von Liebe. Davon verstehe ich nicht viel, befürchte ich. Aber ich kenne die Wortwahl. Zuhause habe ich einen Gedichtband von Shakespeare stehen, es muss eines seiner Sonette sein. Mein Vater kommt heute Abend vorbei, ich bitte ihn darum, das Buch mitzubringen und morgen können wir nachsehen. Also falls du willst.«

»War das eine Spitze?«, fragte ich verwundert nach.Kurz sah Shawn ertappt aus. Ich befürchtete, dass meine Augen ebenso rund geworden waren. Ich war es, die einen Hintergedanken hatte, was das Gedicht betraf.

»Nein, eigentlich nicht. Sollte ich dir denn etwas vorwerfen?«, fragte er nach und diesmal klang er so aufrichtig, dass mein schlechtes Gewissen zunahm. Ich schluckte, um den Kloß in meinem Hals zu bekämpfen, ehe ich weitersprach, schnell, damit er nicht weiter nachhaken konnte.

»Morgen also.«

Wesentlich gefestigter, als ich es mir zugetraut hatte, stieß ich mich von der Wand ab, an der ich gelehnt hatte, und verließ das Zimmer. Als die Tür ins Schloss fiel, fühlte ich mich so schlecht wie schon lange nicht mehr.

Es dauerte bestimmt eine Viertelstunde, die ich ratlos auf dem Flur stand, ehe ich mich entschloss doch anzuklopfen. Nachdem ich gestern für Spannung gesorgt hatte wusste ich nicht mehr, ob es gut war direkt wieder mit Shawn über das Gedicht zu sprechen. Aber die ruhelose Nacht hatte alle Vernunft und den Wunsch, zu vergessen, was Ilias mir zugeflüstert hatte, zunichte gemacht.

Wenigstens hatte ich daran gedacht, etwas von meinem Abendessen aufzuheben und als Bestechung einzupacken.

Shawn bat mich leise herein und nachdem ich durchgeatmet hatte, drückte ich die kalte Klinke mit meinem Ellenbogen runter. Ich schob sie mit dem Rücken auf, die zwei Töpfe voll Essen balancierte ich so gut ich konnte in meinen Armen und fing schon an zu reden, bevor ich mich überhaupt umgedreht hatte.

»Shawn, es tut mir leid, dass ich gestern so schnell weg war. Ich hätte meine Laune nicht an dir auslassen sollen, kannst du mir vergeben?«

Mir blieben die Worte im Munde stecken. Shawn stand direkt vor mir, fasste meinen Arm unter und nahm den kleineren Topf an sich, der gefährlich wankte.

Seine Haare waren zerzaust, als habe er bis eben noch im Bett gelegen und nicht damit gerechnet, dass jemand vorbeikommen würde. Den Topf mit einer Hand haltend hob er ihn an die Nase und schnupperte. Seine Miene hellte sich auf. Erst dann fielen mir die kleinen Pflänzchen in seiner anderen Hand auf. Das einzige Indiz, dass er wohl doch auf meinen Besuch gehofft hatte. Weiße Blüten mit einem gelben Kopf. Gänseblümchen. Hatte er sie aus dem Krankenhausgarten gepflückt?

So standen wir uns gegenüber, er mit den Blumen, ich mit dem Topf. Dann fingen wir zu lachen an, stellten die Töpfe auf den Tisch und ließen uns auf das Bett sinken. Es fühlte sich genauso leicht an wie vorher.

»Hast du mir wirklich Blumen gepflückt?«

»Klar, was hätte ich sonst tun sollen? Ich habe keine große Auswahl an Wiedergutmachungsgeschenken, außer du freust dich über eine Spritze oder einen Infusionsbeutel. Und ich musste heute draußen spielen.« Bei seinem letzten Satz veränderte er die Stimme wie die eines kleinen Kindes. Wir kicherten und ich nahm ihm die Blumen ab.

»Wie süß sie sind.«

»Gänseblümchen«, sagte er, als glaubte er, ich würde den Namen nicht kennen. »Ich dachte mir, sie passen ganz gut zu unserer Situation.«

»Situation?«

Er wurde rot und sah verlegen weg. »Naja, am liebsten hätte ich dir Rosen geschenkt. Aber ich wusste nicht, ob du Rosen von mir gewollt hättest.«

Nun war unsere Leichtigkeit wieder verflogen.

»Shawn, ich –«

»Es ist in Ordnung. Du bist unentschlossen und das akzeptiere ich. Nicht jeder kann so blindlings durch die Welt laufen wie ich. Aber du musst damit rechnen, dass ich dann und wann ein bisschen traurig werde.«

Ich schluckte. Das belastende Gefühl auf meiner Brust wollte mich ersticken.

»Wenn man bedenkt, dass du im Krankenhaus liegst, weil ich auf dich geschossen habe, bin doch wohl eher ich diejenige, die blindlings durch die Welt läuft.« Wir lächelten wieder.

»Also? Was hast du Feines für mich gekocht? Ich komme um vor Hunger. Ich habe bestimmt seit zwei Stunden nichts mehr bekommen.«

Grinsend ging er zum ersten Topf und hob den Deckel an. Er streckte sein Gesicht über den Topf, schloss die Augen und atmete tief durch. Als ihn der Geruch meiner Suppe traf, seufzte er, als würde ihm jemand liebevoll durchs Haar streicheln.

«Super. Allein wegen deinem Essen liebe ich dich.«

Er holte sich die leere Schüssel seines Frühstückstabletts und schöpfte sich etwas auf. Was er gesagt hatte, war ihm dabei nicht aufgefallen. Aber mir.

Das Wort war wieder da. Liebe. Ihm kam es so beiläufig über die Lippen, als habe er schon so oft darüber nachgedacht, dass es für ihn völlig normal war es zu benutzen. Zufrieden löffelte er sich Suppe in den Mund und als er zu mir aufsah, mit seinen grünen Augen und den herrlich zerzausten Haaren, konnte ich ihn nicht darauf hinweisen.

Während Shawn aß, erfassten mich meine grüblerischen Gedanken erneut. Wieso fiel es Shawn so einfach, starke Gefühle zu empfinden? War ich abgestumpft? Wahrscheinlich. Wenn man liebte, musste man mit Verlust rechnen. Und ich hatte schon zu viele verloren, um noch eine weitere Seele in mein kümmerliches Herz zu lassen. Aber tief in mir spürte ich, dass meine Mauer nur ein Trugbild war. Mein Herz stand sperrangelweit offen.

Nachdem Shawn aufgegessen hatte, tätschelte er sich demonstrativ seinen Bauch und sagte: »Das war super, danke. Wir sollten uns öfters zoffen, dann bekomme ich wieder gutes Essen. Aber kommen wir zurück zu deinem Gedicht. Mein Dad hat mir das Buch mitgebracht, jetzt müssen wir nur noch suchen.«

Ich konnte ein Strahlen nicht unterdrücken. »Vielen Dank. Dann haben wir es ja fast.«

»Naja, es könnte unwahrscheinlich sein, dass wir es heute finden.«

»Wieso? So viele Gedichte können das doch nicht sein.«

Er lachte. »Es sind hundertvierundfünfzig und alle haben dasselbe Thema und keinen Titel.« Er stand auf und kramte in seiner Tasche. So ließ er mir Zeit, meine Gedanken zu ordnen. Ich war mir sicher es erkennen zu können.

Ich hatte einige Worte nicht verstanden, aber ich spürte, sie würden trotzdem die Erinnerungen wachrufen. Daran, wie Ilias tiefe Stimme gemurmelt hatte, wie alles in mir entflammt wurde.

»Na endlich habe ich dich«, rief Shawn und riss mich wieder in die Gegenwart zurück. Er zog kräftig an einem dicken, braunen Buch und zog es mit einem kleinen Ächzer aus einem Haufen Klamotten. Weiße Hosen und Shirts fielen wie Flocken auf den Boden. Shawn schien sich nicht dafür zu interessieren. Unwillkürlich fragte ich mich, ob sein Zimmer zu Hause ein Chaos wäre oder genauso unpersönlich wie mein Eigenes. Er sagte, er spiele Musik. Vielleicht sammelte er ja Instrumente.

»Das hier ist es«, erklärte er feierlich und trat eine frische Boxershorts unter sein Bett. Dann sank er neben mich.

Das Buch war genauso schwer, wie es aussah. Der Einband war an einigen Stellen porös, und zwar so sehr, dass er nicht nur unter der Verschmutzung und den Bränden gelitten haben musste. Nein, dieses Buch war schon damals alt gewesen. In der Mitte des braunen Umschlages schlangen sich zwei dicke, rote Balken, die sich an einigen Stellen schon schwarz gefärbt hatten. Es stand kein Titel darauf, aber dafür waren die Seiten an den Kanten aus Gold. Goldschnitt hatte meine Mutter das mal genannt, als sie mir ein Gesangbuch gezeigt hatte. Andächtig strich ich über den Einband. So ein schönes und wertvolles Buch hatte ich noch nie gesehen.

»Soll ich dir die Gedichte vortragen? So kannst du dich auf den Wortlaut konzentrieren.« Er hielt mir abwartend die Hand hin, überließ mir die Entscheidung und ich übergab ihm das Buch, ohne eine Sekunde zu zögern. Die nächste halbe Stunde verbrachten wir mit Vorlesen. Shawn hatte eine wunderbare Vorlesestimme, sie wurde ganz weich und leise, sein Rhythmus ließ die Worte perfekt erklingen. Er hatte mir zwischendurch gesagt, dass Shakespeare immer ein perfektes Reimschema auswählte, damit man sofort erkennen konnte, wie man seine Gedichte vorzutragen hatte.

Der einfühlsame Wächter schien die Gedichte ganz anders wahrzunehmen als der kalte Infizierte. Dieser hatte seinen Worten etwas ürzig-Bedrohliches hinzugefügt. Wie ein dunkles Versprechen.

Er blätterte und las mir Gedichte vor, die besonders bekannt sein sollten, aber bis jetzt war das von Ilias nicht dabei gewesen. Ich stoppte ihn. »Welches magst du am liebsten?«, fragte ich ihn leise. Shawn lächelte milde, klappte das Buch zu, behielt aber einen Finger als Lesezeichen zwischen den Seiten. Dann blickte er mir tief in die Augen. Und ich versank. Ich ertrank.

»Shall I compare thee to a
Summer's day?
Thou art more lovely and more temperate.
Rough winds do shake the darling buds of May,
And Summer's lease hath all
Too short a date.
Sometime too hot the eye of
Heaven shines,
And often is his gold
Complexion dimmed;
And every fair from fair sometime
Declines,
By chance, or nature's
Changing course, untrimmed;
But thy eternal summer shall
Not fade,
Nor lose possession of that fair
Thou ow'st,
Nor shall Death brag thou
Wander'st in his shade,
When in eternal lines to time
Thou grow'st.
So long as men can breathe
Or eyes can see,
So long lives this, and this gives
Life to thee. «

Obwohl ich wusste, dass ein Mann aus einer fernen Vergangenheit diese Zeilen geschrieben hatte, bekam ich das Gefühl, Shawn habe sie nur für mich gesprochen. Als seien sie ihm zugeflogen oder würden schon lange in seinem Herzen wachsen. Und auch mein Herz wuchs. Fast schon beschämt sah ich auf meine verknoteten Finger hinab, unfähig ihm zu antworten. Alles, was ich sagen würde, könnte er auf sich beziehen.

Es fühlte sich an, als würden Stunden vergehen, ehe ich wieder die Seiten des alten Buches rascheln hörte. Ein leises Seufzen begleitete sie. Mir blieb nichts anderes übrig als abzuwarten. Shawns sonores Murmeln erfüllte wieder den Raum, doch ich nahm seine Worte kaum noch wahr, war zu gefangen in meinen Selbstvorwürfen. Irgendwann schob sich seine Hand in mein Sichtfeld. Er ergriff die Meinen, die schon weiß waren, mit dicken, roten Flecken an den Stellen, an denen ich meine Fingerkuppen in mein Fleisch gedrückt hatte. Er nahm vorsichtig meine linke Hand und löste sie.

»Hey, Vika. Ich verlange nicht von dir, dass du dich mir sofort inbrünstig um den Hals wirfst, nur weil ich dir ein Gedicht vorgetragen habe. Natürlich nicht, es ist auch nicht deine Art. Ich wollte nicht, dass du dich unwohl fühlst.« Ich nickte nur und sah endlich zu ihm auf.

Seine Augen wirkten sanft, seine Lippen hatten wieder dieses schiefe Lächeln, das ich so sehr mochte. Kleine Fältchen hatten sich in seinen Augenwinkeln gebildet. Und an ihnen sah ich, dass er log. Shawns Haut war glatt, er hatte weder Grübchen noch Lachfalten. Er musste sich also dazu zwingen, richtig zu lächeln.

Und das Schlimmste war, dass ich Shawns liebevoller und warmer Stimme die monotone Kälte von Ilias vorzog.

Kapitel 23.

Shawn lieh mir den Band aus. Wir hatten das Gedicht nicht finden können, bevor die Besuchszeit vorbei war, und so hatte er ihn mir einfach in die Hand gedrückt, als ich gerade sein Zimmer verlassen wollte.

Es würde mir wohl unmöglich sein, ihm jemals seine Gesten zurückzahlen zu können.

Ich hatte mich danach auf den Weg zu Charles gemacht, doch sobald die Bartür hinter mir zugefallen war und ich den Ansturm an Kunden entdeckt hatte, wusste ich, dass ich an diesem Abend nicht mehr mit ihm Gedichte lesen könnte. Sogar Diane hatte sich eine Schürze umgebunden und wirbelte mit einem Tablett zwischen den Tischen umher, ihre großen Hüften dabei so wild schwingend, dass manche Kunden ihr ausweichen mussten. Ihr Mann hingegen schleuderte die Flaschen, mixte die Getränke und verschwand dann schnell im Hinterzimmer, nur um mit verdächtig abstehenden Haaren wieder zur Arbeit zurückzukehren.

Da der Ansturm nicht abflaute, sah ich Diane erst wieder, als wir zusammen zur Mauer aufbrachen. Ich übernahm die Fahrt und obwohl ich noch unsicher war, traute ich mich zu meiner Partnerin hinüber zu linsen. Sie blickte auf ihre Hände und drehte etwas, was unter dem Stoff ihres Handschuhs versteckt war, ein verträumtes Lächeln auf den Lippen. Sie dachte an Charles. Ich fragte mich, ob sie sich am Morgen liebevoll voneinander verabschiedet hatten.

Schmerzlich wurde mir bewusst, dass ich mich auch nach so etwas sehnte. Am liebsten wollte ich meine Mutter sehen, sie daheim haben und von ihr fest in den Arm genommen werden, bevor ich aufbrach. Ich vermisste sie. Und Dad. Und Will.

Aber es wartete lediglich Shawn auf mich. Und Ilias.

Claire und Alice lehnten an ihrem Wagen, bereit zurückzufahren. Obwohl wir sie noch nicht verstehen konnten, verriet Claires abweisende Körperhaltung, dass Alice ein Thema angesprochen hatte, das ihr nicht gefiel. Diane und ich tauschten einen schnellen Blick aus und stiegen schneller als gewöhnlich aus. Wie zwei Klatschtanten schlichen wir uns an und schnappten die letzten Gesprächsfetzen auf.

»Und wenn ich es dir doch sage. Er war dort, er hat mich beobachtet. Er lebt, glaub mir doch!«

»Sei still, Alice! Ich will nie wieder etwas davon hören! Er ist tot, er wurde verbannt und er wird nie wieder zurückkommen.«

»Warum erstickst du alles im Keim? Du lässt nichts mehr an dich heran. Glaubst du wirklich, dir könnte nie mehr jemand was antun, wenn du dich aufspielst wie eine Eiskönigin?«

Claires Blick wurde kühl. Sie bedachte die jüngere Frau mit zusammengekniffenen Lippen und zischte ihre Antwort nur noch.

»Wenn du nichts mehr hast, was lebenswert ist, wirst du es verstehen. Rodger ist tot. Er hat einen winzigen Fehler gemacht und musste dafür sterben.« Dann sah sie auf und erblickte uns.

Plötzlich fühlte ich mich gar nicht mehr so wohl dabei, sie bespitzelt zu haben. Bevor ich ihre Worte überhaupt interpretieren konnte, kam Claire auf uns zu, umarmte uns zum Abschied und bläute uns ein, das Gespräch niemals zu erwähnen. Mich verwirrte es. Als ob es irgendwen interessierte, worüber zwei Wachen sprachen. Wir waren nicht viel wert, oder?

Diane und ich begannen auszupacken. Nach wenigen Minuten begann sie zu sprechen, erzählte mir von ihrer Kindheit, als müsse sie die für sie unerträgliche Stille mit Worten füllen.

»Weißt du, manchmal bilde ich mir ein, das hier wäre ein Campingausflug wie früher mit meinem Dad. Er hat viel mit mir unternommen, weil meine Mutter schon früh starb und er stets fürchtete mir könne etwas fehlen.« Ihre grauen Augen quollen über vor Liebe. Ich wusste genau, wie sie sich fühlte. Auch ich vermisste meine Eltern und unsere Ausflüge. Die Sonne, die mir an diesem seltenen Tag mein Gesicht wärmte und die Wolken rosa färbte, wenn er sich gen Abend neigte. Doch stattdessen wurde die Kiste mit Munition in meinen Armen immer schwerer und schwerer.

»Wir hatten nie viel Geld, er nahm sich zu oft frei, hatte viel Ärger mit seinem Chef. Er konnte mir nie große Geschenke machen, mir keine teure Kleidung kaufen, aber er sparte auf ein tolles Zelt und manchmal durfte ich einen Freund mitnehmen, der mit uns campte.«

»Charles«, erriet ich und sie nickte.

»Das fehlt mir wirklich. Aber ich bin auch froh, dass mein Vater niemals diese Zeit erleben musste. Nur meine Hochzeit bekam er mit und um mehr hätte ich nicht beten können.«

Diane erzählte weiter, bis wir alles aufgeräumt hatten, schüttelte kurz das Kissen im schmalen Holzbett auf und ein kurzer, sehnsüchtiger Ausdruck huschte über ihr Gesicht. Auch ich wünschte mir, ich könnte mich wieder ins Bett legen.

Die letzten Minuten unserer gemeinsamen Wache waren unerträglich. Ich spürte die Präsenz Ilias, der bereits am Tor stand und ab und zu mit den Fingernägeln gegen das Eisen klickte, als wolle er mich dazu auffordern, mich endlich zu ihm umzudrehen.

Ich lächelte stumm in mich hinein. Er war also ungeduldig.

Endlich verabschiedete sich Diane von mir, warf mir durch das heruntergelassene Fenster ein Lächeln zu, aber sie beobachtete etwas, was hinter meiner Schulter lag. Starrte sie Ilias an? Erkannte sie, dass seine Augen nicht tot waren? Aber es dauerte nur kurz, dann schüttelte sie den Kopf, rief mir ein überschwängliches »Bis später« zu und wendete den Wagen. Erst als sie davongefahren war, merkte ich, dass ich die Luft angehalten hatte.

Sofort schnellte ich herum. Und da stand er. Seine Haare hingen ihm über die Augen, dimmten das Licht in ihnen aber nicht.

»Du hast mich ignoriert«, stellte er fest. Aber es war nicht nur eine Feststellung, es klang auch ein Hauch von Vorwurf mit.

Mein Herz pochte im wilden Galopp. »Es tut mir leid, ich wollte dich nicht verletzen. Aber wenn Diane gesehen hätte, dass ich mit dir spreche, dann …«

»Aber du hast sonst auch mit mir gesprochen.«

»Aber wenn mehr Wächter von dir erfahren, könnte dir etwas zustoßen und das möchte ich nicht.«

Er schwieg. Sein Gesicht war eine unergründliche Maske. In diesem Moment wünschte ich mir nichts sehnlicher, als in seinen Kopf blicken zu können. Schweigend standen wir uns gegenüber, keiner wusste, was er tun sollte. Ich spürte, dass ich mich besser erklären musste. Ilias musste wissen, wie gefährlich die Menschen für ihn waren. Genauso gefährlich wie seine Artgenossen für mich. Wir waren in Gefahr, ständig, aber da war noch so viel mehr.

»Ich … ich habe etwas mitgebracht«, versuchte ich hastig das Thema zu wechseln. »Mir ging dein Gedicht nicht mehr aus dem Kopf. Ich habe ein Buch dabei, ein paar Gedichte habe ich schon durchgelesen, aber deines noch nicht gefunden, aber es sollte hier drin sein. Wir können es ja gemeinsam lesen, dann finden wir es bestimmt. Ich weiß die Worte nicht mehr, aber es war wunderschön, du kannst mir ja auch sagen, warum …«

»Du redest viel«, unterbrach er mich. Ich zuckte zusammen. Ilias blieb ausdruckslos. Er ließ sich auf den Boden sinken und streckte die Beine aus. Ich folgte seiner stummen Aufforderung und kniete mich ebenfalls hin. Danach zog ich das Buch aus meiner Tasche und hielt es hoch. Ilias musterte es zwar, zeigte aber keinerlei Regung.

»Das Gedicht«, versuchte ich es erneut. »Du hattest mir ein Gedicht vorgetragen und es fühlte sich so an, es klang, wie ein …« Ich schluckte, brachte das Wort kaum über die Lippen. »Liebesgedicht.«

Ilias schwieg, sein Blick war von dem alten, braunen Einband zu mir gewandert und taxierte meine Haut wie Nadeln. Ich ließ die Arme sinken, legte das schwere Buch in meinen Schoß.

»Das war es«, sagte Ilias auf einmal.

Ich sah auf. »Warum hast du es vorgetragen?« Langsam lehnte er sich zu mir vor. Mein Herz stockte. »Meintest du damit mich?«, fragte ich mich. Am liebsten hätte ich mir zur Strafe die Zunge abgebissen. Wie vermessen konnte ich denn sein?

Ilias verformte seine Lippen zu einem Lächeln. Zumindest glaubte ich, es sollte eines sein. Es glich einer Fratze.

»Du bist wunderschön, Vika«, murmelte er leise. Aus Reflex legte ich mir die Hände an die Wangen, um zu verdecken, wie rot ich wurde. Ilias brachte mich völlig aus der Fassung. Seine Worte, so karg und einfach gewählt, brachten mein Herz mehr zum Rasen, als es jeder Kuss von Shawn geschafft hätte. Und gleichzeitig schnürte mir diese Erkenntnis die Kehle zusammen. Ich fühlte mich untreu und dennoch wollte ich nichts sehnlicher, als seine kalten Lippen mit den meinen zu berühren.

»Ilias?«

Er schwieg, nickte aber knapp.

»Ich möchte dich gerne küssen.« *Ich möchte es sehr,* fügte ich noch in Gedanken hinzu. Erst geschah nichts. Dann rückte er näher an das Gitter heran, bis seine blasse Wange das Eisen streifte. Ich legte das Buch weg, er zog mich an wie ein Magnet. Ich wollte zu ihm und rückte näher.

Tausende Gedanken hätten mir durch den Kopf schießen sollen. Was, wenn Diane zurückkam und uns sah, oder ein Infizierter uns bemerkte und mich durch das Gitter hindurch anfiel. Oder wenn Ilias mir etwas vorspielte?

Nichts davon dachte ich wirklich.

Alles, woran ich denken konnte, war, wie sehr ich mich nach ihm sehnte. Langsam schlossen sich meine Augen, ob Ilias es mir gleichtat, sah ich nicht mehr. und ich lehnte mich immer weiter vor. Kalt und hart, als würde ich das Eisen zwischen uns küssen, legten sich seine Lippen auf meine. Er war dennoch nicht grob, seine Haut war wie Stein und doch samtig weich.

Sein Kuss löste in mir ein Feuerwerk aus, in schillernden Farben explodierte ich.

Am liebsten hätte ich mich ihm um den Hals geworfen, mich an seine Brust geschmiegt und ihn nie mehr losgelassen. Das Gitter war keine sichere Absperrung mehr, es war ein Hindernis. Es trennte mich von ihm.

Ilias vertiefte den Kuss, lehnte sich weiter zu mir und ich zuckte erschrocken zusammen, als sich seine kalte Hand auf meine Wange legte, langsam hoch zu meinen Haaren fuhr. Er strich über meine Ohrmuschel und erkundete die empfindliche Haut an meinem Halsansatz. Dann vergrub er seine Finger in meinen Haaren, packte sie fest und zog mich enger zu sich.

Eine Ewigkeit lang saßen wir so da, vertieft in diesen einen, alles bedeutenden Kuss.

Ilias brach ihn zuerst. Erst benommen, dann doch hastig zog er sich von mir zurück, dennoch nahmen seine blauen Augen mein komplettes Sichtfeld ein. Er war wunderschön, aber damit meinte ich nicht nur ihn als Person, sondern alles, wofür er stand. Hoffnung, Leben. Ich wollte ihn wieder küssen, biss mir auf die Unterlippe, spürte es aber nicht. Sie war kalt und taub von den seinen geworden.

»War es das, was du wolltest?«, durchbrach Ilias leise Stimme die Stille. Ich nickte nur, traute mich nicht zu sprechen. Diesmal glich Ilias Fratze schon ein bisschen einem Lächeln. »Ihr Menschen seid verrückt«, stellte er fest. Als würde er sich nicht zu ihnen zählen. Ich wusste dem nichts entgegenzusetzen.

Ilias und ich saßen noch lange da, berührten uns aber kein weiteres Mal. Trotzdem verschlangen meine Augen seinen Anblick. Ob ihm die Intimität dieses Momentes bewusst war, zeigte er nicht. Mein kleines, zerbrechliches Herz wünschte es sich.

Was das für mich bedeutete, wollte ich mir noch nicht vor Augen halten. Eine Beziehung war undenkbar. Er war noch nicht so weit, um mich in die Stadt zu begleiten und selbst wenn, was würde dann passieren? Und was würde aus ihm werden, wenn er auf ewig in diesem Gefängnis saß?

Ich spürte, wie es mich verrückt machte, unruhig. Noch schlimmer war es, dass Ilias mir nicht helfen konnte. Also versuchte ich mir nichts anmerken zu lassen, bis Diane schließlich mit dem Wagen vorfuhr. Beschwingt stieß sie die Tür auf, sprang hinaus und setzte sich gleichzeitig ihren Helm auf. Auch ich trug wieder meine Ausrüstung und stand neben dem Tor, als habe ich mich nie bewegt. Als hätte ich nicht das Verlangen gehabt, mich gegen das Gitter zu pressen und Ilias zu berühren.

Er stand immer noch da, beobachtete uns, sagte aber nichts. Genau so, wie ich ihn gebeten hatte.

»Hey, Vika, komm, mach dich auf, ich habe dir das Bett zurecht gemacht und wenn du dich beeilst, ist das eingelassene Badewasser noch warm.« Ich lächelte ihr dankbar zu, auch wenn sie mich durch das verdunkelte Visier wahrscheinlich nicht erkannte, und nickte. Blind für mein Gefühlschaos verabschiedete sie mich.

Das Wasser war tatsächlich noch lauwarm und ich ließ mich erleichtert in die Wanne sinken. Ich schrubbte mir den Schweiß von der Haut und als ich mich wieder sauber fühlte und meine nassen Haare auf meinem Kopf aufgewickelt waren, lehnte ich mich zurück und dachte an kalte Lippen, die mich liebkosten. Am liebsten hätte ich mir seine Berührungen erst gar nicht fort gewaschen, aber der Schmutz der Welt haftete an mir.

Ich hatte erwartet, diese Pause lang nicht schlafen zu können, zu aufgewühlt von den Empfindungen des Tages, doch kaum hatte meine Wange das Kissen berührt, war ich auch schon in meiner Traumwelt versunken.

Ich träumte von Shawn. Er saß vor mir, der reich geschmückte Tisch türmte sich wie eine Barriere zwischen uns auf. Diesmal warf er mir nicht vor, ihn verraten zu haben, aber seine stummen Lippen, sein Blick sprachen Bände. Langsam lehnte er sich zu mir vor, sein Leid überspülte mich.

Ich fuhr erschrocken hoch, ein kleiner Blick auf den alten Wecker neben mir verriet mir, dass ich noch eine halbe Stunde hätte schlafen dürfen, aber ich konnte nicht.

Ich musste an Shawn denken. Shawn, der daheim auf mich wartete, Shawn, der mich mochte, der mich liebte. Shawn, der so starke Schuldgefühle in mir hervorrief, dass es mir die Luft zum Atmen nahm.

Seufzend ließ ich mich wieder in das Kissen fallen. Wie sollte ich dieses Problem lösen? Ohne wen von den beiden würde ich auskommen können? Shawn war ein bedeutsamer Bestandteil meines Lebens, er war mein Partner. Aber Ilias war vielleicht der Weg zur Heilung.

Frustriert ballte ich die Finger zu einer Faust und ließ sie auf die Matratze fallen. Staub wirbelte empor und brachte mich zum Niesen. Es war einfach zu kompliziert.

Aber musste ich überhaupt auf einen der beiden verzichten?

Eine Beziehung mit Shawn, ein Leben in der Oberstadt war, wie einen Ball zu besuchen, dessen Tänze ich nicht kannte. Doch Ilias zu lieben glich einer Schlucht, die ich nicht zu überbrücken wusste.

Kapitel 24.

Mein Blick war auf die beiden sich küssenden Schwäne gerichtet, während wir den Weg zurück zur Oberstadt entlang holperten. Diane hatte dieses Mal das Lenkrad übernommen, was mir ganz recht kam, denn so konnte ich meinen Gedanken nachgehen.

Die wenigen Stunden, die Ilias und mir die letzte Woche vergönnt waren, hatten wir schweigend zugebracht. Er schien es zu mögen, mich einfach nur anzusehen, vielleicht sah er in mir ein Leben, das er verpasst hatte. Auch wenn ich ihn gerne wieder berührt hätte, hatte ich es nicht gewagt.

Für die nächste Woche an der Stadt der Toten hatte ich mir vorgenommen mehr Wasser in meine Tasche zu packen. Auch wenn Ilias nicht stank, klebte Ruß und Asche an seiner Haut. Ich hoffte ihm eine Freude machen zu können, wenn ich ihm eine Möglichkeit bot, sich den Ruß vom Körper zu schrubben.

Doch vorerst würden Diane und ich in unsere Betten fallen und den Schlaf der Gerechten schlafen. Danach konnte ich nach Shawn und meiner Mutter sehen. Vielleicht würde auch Charles wieder Zeit für mich finden. All das ließ mich nicht ganz so hoffnungslos auf die kommende Woche blicken wie zuvor, als Ilias, allein am Gitter stehend, immer kleiner und ferner wurde.

Diane und ich packten schnell aus, zumindest kamen wir uns schnell vor, aber die Übermüdung ließ uns wie betrunken wanken. Als wir unsere weißen Kleider angelegt hatten und die kleine Hütte verließen, gähnte Diane herzhaft und kicherte dann.

»Jetzt muss ich aber dringend ins Bett. Du solltest auch erst schlafen gehen, aber komm uns doch die Woche mal besuchen, das würde uns sehr freuen«, bot sie mir im fröhlichen Plauderton an. Man merkte ihr lediglich an den dunklen Ringen unter den Augen an, wie übernächtigt sie war. Bei der Umarmung zum Abschied lehnten wir uns förmlich auf die andere, ehe wir leise lachend auseinander gingen. Ich würde sie unbeschreiblich gern besuchen.

Zu Hause warf ich allerdings meinen Plan über Bord. Ich hatte so lange geschlafen, dass keine Zeit mehr blieb, das Krankenhaus aufzusuchen. Also machte ich mir eine große Platte voller Leckereien und kuschelte mich mit dem Shakespeare-Gedichtband auf das weiße Stoffsofa in meiner Bibliothek. Erst allmählich fiel mir auf, wie viele Werke ich von diesem Mann besaß. Er musste ein bedeutender Schriftsteller gewesen sein.

Als das fahle Licht des fast verhangenen Mondes durch das Fenster schien, räumte ich meine Sachen weg, packte eine Tasche und machte mich auf den Weg zur Bar.

Tatsächlich gab es weniger Besucher als beim letzten Mal und so konnte ich Charles sofort ausmachen, wie er mit einem unter den Arm geklemmten Tablett zurück zur Bar marschierte. Doch Etwas war anders an ihm. Er hatte seine weiße Fliege gegen eine rote Krawatte getauscht, die locker gebunden vor seiner breiten Brust umher wippte.

Gleichzeitig kam ich mit ihm an der Bar an und ließ mich auf einen der Hocker sinken, die Tasche klemmte ich zwischen meinen Beinen fest. Ich räusperte mich, um meinen Hals freizubekommen. Charles sah auf und zog eine schneeweiße Augenbraue in die Höhe.

»Hallo«, sagte ich besonders geistreich, mein Blick schweifte immer wieder zu seiner Krawatte hinab. Das Rot stach förmlich in den Augen, wenn die Welt nur aus Weiß und Grau bestand. Als Charles das bemerkte, lächelte er amüsiert. Dieses Lächeln, das man nur erahnen konnte, wenn man ihn kannte.

»Guten Abend, Kleine. Wie kann ich dir helfen?«

Ich schnappte mir die Spitze der Krawatte, als sie kurz über die Theke streifte und hob diese hoch. »Rot? Habe ich etwas verpasst? Ich dachte wir tragen nur Weiß, um unsere Reinheit zu unterstreichen.«

Vorsichtig entzog er mir den seidigen Stoff und strich ihn auf seiner Brust glatt. Ganz sanft, als wäre es das Haar seiner Frau. »Anscheinend. Es wird bald ein kleines Fest geben. Nichts Geringeres als unser Jahresbestandsfest. Wir feiern, dass wir schon wieder ein Jahr in unserem hübschen Gefängnis überlebt haben. Es wird viel Essen geben, Musik, Anekdoten, ein paar Würdenträger werden sich selbst loben und dann tanzen wir uns besinnungslos. Klingt doch toll, nicht wahr?« Was er eigentlich damit sagen wollte, war klar. Er sah es als überflüssig an. Entweder war ihm nicht nach Feiern zumute, wenn er sowieso gefangen war, oder er prangerte es an. Wegen der Unterstadt. So hoffte ich es, aber ich traute mich nicht nachzufragen. Er und Diane hatten schon genügend Schwierigkeiten gehabt.

»Und deswegen dürfen wir bis zu diesem Abend von heute an eine einzige Farbe tragen. Schwarz ist weiterhin verboten. Überflüssige Selbstinszenierung. Aber da Diane mir diese Krawatte geschenkt hat, trage ich sie so oft ich kann.«

»Oh, wie süß«, entwischte es mir und ich errötete. Es war mir peinlich, ihre Beziehung so auszukosten. Früher hatte mir Liebe nicht viel bedeutet. Daraus resultierte nur ein weiteres, hungriges Maul und ein Leben, das man verlieren konnte. Doch hier, in Sicherheit, entdeckte ich endlich meine romantische Ader.

»Und obwohl ich nicht möchte, werde ich mit meinem kleinen Frauchen zu diesem Ball müssen. Er ist quasi Pflicht, nur Grenzer und Wächter sind freigeschrieben, aber ihr habt dann frei.«

»Willst du damit etwas andeuten?«, fragte ich schalkhaft. »Ich weiß nicht mal, ob ich das wirklich will, wenn er wirklich so öde sein soll.«

»Hey, wenn Diane mich zum Tanzen zwingt, dann musst du das gefälligst auch. Du brauchst nicht mal eine Begleitung, wobei dein süßer Freund dich sowieso fragen wird, da würde ich meine Krawatte drauf verwetten.«

Schlagartig lief ich rot an. Als ich an Ilias in einem glänzend schwarzen Anzug dachte, der seine blauen Augen leuchten ließ, wurde mir ganz heiß. Zu spät wurde mir bewusst, dass Charles nicht von ihm gesprochen hatte.

»Ich wäre mir da nicht so sicher. Er ist immer noch im Krankenhaus.«

»Ist er nicht«, sagte Charles und zeigte ein Raubtierlächeln. »Er ist seit zwei Tagen wieder daheim, er möchte die nächste Woche auch wieder arbeiten. Dann habe ich endlich meine Frau in Sicherheit.«

Ich sah auf. Shawn wurde entlassen? Mein Herz begann zu pochen. Bei dem Gedanken, wieder mit ihm alleine bei der Mauer zu sein, machte es kleine Hüpfer. Es freute und verärgerte mich zugleich, wollte ich doch gerne mit Shawn zusammen sein. Aber hatte ich nicht entschieden, Ilias mehr zu begehren? Es zog und zerrte von allen Seiten an mir, beides fühlte sich zugleich richtig und entsetzlich falsch an.

Ein Klirren holte mich aus meiner Zwickmühle zurück, Charles hatte ein Glas Wasser vor mir abgestellt. Unsere Blicke trafen sich. Ein wissendes Blitzen lag in seinen Augen, aber er hakte nicht nach. Dankbar dafür prostete ich ihm kurz zu und leerte das Glas in einem Zug.

»Wie ich sehe, hast du deine Bücher dabei. Soll ich mit dir lernen, oder der kleine Romeo?«

Ich wollte gerade nach meiner Tasche greifen, um Hefte und Stifte auf dem Tresen auszubreiten, doch seine Worte ließen mich innehalten. »Der kleine was?«, fragte ich verwirrt.

Zur Antwort nickte Charles in Richtung Tür, ehe er sich seinen Gläsern widmete. Ich drehte mich auf meinem Hocker um und erblickte Shawn, der soeben hereingekommen war. Er hatte uns nicht bemerkt, sondern ließ sich an einem kleinen Tisch für zwei Personen fallen und warf sich seinen Schal zurück über die Schulter. Er war herrlich blau, ein so intensives Kobalt, dass es sich eigentlich mit dem Braunrot seiner Haare hätte beißen müssen, aber so brachten sich die Farben nur gegenseitig zum Leuchten. Genauso wie er es mit mir schaffte. Ich war sein Gegensatz. Nur durch ihn konnte ich strahlen.

»Na los, setz dich zu ihm. Ich kann verstehen, wenn du lieber bei ihm bist. Dann kann ich mich auch meiner Arbeit zuwenden«, sagte er und schrubbte wirklich demonstrativ seine Gläser.

Mit wackeligen Knien erhob ich mich, presste mir die Tasche vor die Brust und fragte mich, warum ich auf einmal so nervös war. Erst als ich direkt vor ihm stand und die kleine Kerze auf dem Tisch durch den von mir erzeugten Luftzug zitterte, bemerkte er mich. Er hatte eben noch die Karte gelesen, bestimmt nicht um etwas zu bestellen. Jeder hier musste die Karte auswendig kennen. Vielleicht wollte er ja nicht angesprochen werden und ich störte ihn. Aber als er mich erblickte, wanderte ein Leuchten über sein Gesicht und er legte sie sofort weg.

»Vika, wie schön dich zu sehen. Ich hatte schon gedacht, du würdest bis morgen früh komatös bleiben. Ich wäre es zumindest. Willst du dich zu mir setzen?«

Ich schluckte und setzte mich wirklich. Falls ihm meine Nervosität auffiel, ließ er es sich nicht anmerken. Er lächelte nur sein unwiderstehliches schiefes Grinsen.

»Das sind deine Schulbücher, oder? Bist du deswegen so wortkarg? Weil du für mich lernen wolltest?«

»Wollen wir nicht lieber das Thema wechseln?«, grummelte ich und er lachte leise. Lässig lehnte er sich zurück und streckte seine Beine bis zu mir aus. Sein Hosenbein streifte meine Wade und mir jagten wohlige Schauer über den Rücken. Das zurückgeworfene Ende des Schals war wieder auf seine Brust gerutscht.

»Nun gut. Wie du sehen kannst, geht es mir wieder gut. Nächste Woche werde ich dich also wieder nerven können.«

»Du meinst wohl eher ich dich.«

Wir lächelten. Aber für mich fühlte es sich nicht mehr so leicht an. Obwohl ich ihn nur eine Woche nicht mehr gesehen hatte, war er mir fremd geworden, so fremd, wie man sich nur sein konnte. Dabei kannte ich ihn schon ein paar Monate.

Zu diesem Zeitpunkt spürte ich die Müdigkeit in mir, eine Erschöpfung, die kein Schlaf erholen konnte. Ich war es leid, ihn hinzuhalten, ich war es leid, Ilias zu verheimlichen, ich war es leid, vor jedem meiner Schritte Angst zu haben. Aber würde ich ausbrechen, dann würden sie mich hinaus schicken. Dann wäre ich verloren.

Erst als ich das Schaben von Stuhlbeinen hörte und zwei starke Hände auf meinen Schultern spürte, merkte ich, dass mir Tränen in den Augen standen. Wie peinlich.

»Wollen wir lieber raus gehen?« Shawn löste sich von meiner Schulter, um aufzustehen. Die Haut an meiner Schulter brannte vor Kälte.

Shawn führte mich zu den Wiesen, die er mir in der ersten Woche gezeigt hatte. Ich spürte, wie ich wieder freier atmen konnte, das Brennen in meinem Hals ließ langsam nach und es entrang sich mir ein tiefer Seufzer. Die Tränen verschwanden, ungeweint.

Shawn dirigierte meinen tauben Körper, bis er mich mitten im Gras niederdrückte. Ich kam mir lächerlich vor. Um Shawn nicht zu zeigen, dass ich immer noch aufgewühlt war, versuchte ich besonders intensiv auf die gebrochenen Grashalme hinter ihm zu achten, während er sich mir gegenüber hinsetzte und sich halb auf meinen Rucksack lehnte. Hier hatten wir auch gesessen, nachdem ich an der Schusswaffe so kläglich versagt hatte. Aber Tanzen ... das sollte ich schaffen können, oder?

»Übst du mit mir?«, fragte ich leise.

»Was?«

Ich rückte näher und setzte meinen eindringlichsten Blick auf. »Möchtest du mit mir tanzen üben? Ich schaffe das nicht alleine, jemand muss korrigieren, was ich mache. Ich bin einfach zu dumm, um mir das zu merken.«

»Vika«, sagte er empört und zog die Augenbrauen zusammen, »das bist du nicht. Wer hat dir das in deinen süßen Kopf geredet? Wenn du mich fragst, ist diese Person dumm.«

»Ich habe mir das selbst eingeredet.«

Er blinzelte, ich grinste. Dann lächelte auch er. »Okay, dann bist du vielleicht doch dumm. Aber nur weil du es glaubst.«

»Also wäre ich intelligent, nur weil ich glaube klug zu sein?«

»Weißt du was? Mein Kopf platzt gleich, lass uns lieber deine Hefte angucken.« Amüsiert den Kopf schüttelnd zog er meinen Rucksack zu sich. Er ging sie durch, sah sich die rot markierten Seiten an, die mich beschämt den Kopf senken ließen. Am Ende fasste er mir sanft unter das Kinn. Ich musste aufsehen. Musste ertrinken im grüngesprenkelten Ozean.

»Weißt du, heutzutage ist nur der klug, der überleben kann. Und du bist eine der wenigen, die dort draußen durchkommen würden. Die Oberstädter sind verweichlicht und verstecken sich hinter einem weißen Vorhang. Aber du bist eine Kämpferin. Wenn die Mauer fallen würde, würdest du es schaffen.«

»Ich würde noch am ersten Tag vor Angst tot umfallen.«

»Sagt die Wächterin.« Wie beiläufig blätterte er mein Textbuch durch, um eine geeignete Stelle zu finden, die ich kopieren konnte. »Diane hat mir übrigens verraten, dass du nun viel lieber alleine Wache hältst.«

Der kleine Vogel in meiner Brust flatterte aufgeregt. »Naja, je schneller ich zu meinen Wachen komme, desto schneller vergeht die Zeit und ich kann wieder nach Hause«, versuchte ich mich rauszureden. Er glaubte mir nicht wirklich, doch als er meine bibbernden Schultern sah, unterbrach er den Blickkontakt.

Er zog sich den wunderbaren Schal aus und fächerte ihn auf. Er war viel breiter, als ich dachte. Vorsichtig legte er ihn mir um die Schultern und band ihn vor meiner Brust zusammen. Dabei hatte ich das Gefühl, er würde ein bisschen zu lange auf meine Brüste starren. Mit roten Ohren lehnte er sich wieder zurück.

»Na komm, bevor die Sonne untergeht, korrigiere ich dir das noch. Ich kann dir noch Hausaufgaben aufgeben. Wenn du möchtest.«

»Na, an dir ist aber ein Lehrer verloren gegangen«, witzelte ich.

Er schmunzelte. »Tatsächlich wollte ich mal Lehrer werden. Aber kein kreidefingriger Spießer, sondern ein alter Zen-Meister. Zuerst wollte ich meine Schüler in dem Glauben lassen, ich sei ein tattriger Greis, und dann meine Kräfte spielen lassen, nur um am Ende noch einen klischeehaften Spruch zu sagen. Tja, und dann wurde ich sechs und merkte, wie dämlich der Traum war.«

Ich lachte. Und auch Shawn, der sich eben noch seinen imaginären Bart gestreichelt hatte, konnte nicht mehr ernst bleiben. Kichernd lehnten wir uns aneinander, ehe wir ins Gras zurücksanken, meine Augen gefangen von Seinen. Um uns herum war nichts zu hören, außer dem Flüstern des Windes und unserem schweren Atem. Shawn streckte vorsichtig eine Hand aus und fing mit seinem Zeigefinger eine meiner Lachtränen auf. Er betrachtete sie, wie sie im letzten Schein der Sonne funkelte, ehe sie hinab tropfte und in der Erde zwischen uns versickerte.

Ich war mir sicher, dass er mich küssen würde und ein Teil von mir lechzte danach. Dieser wollte sich seinen behutsamen Lippen entgegen beugen, doch Shawn brach die Spannung, indem er sich aufsetzte. Zu gern hätte ich aufgeseufzt.

»Naja, einen Teil meines Wunsches habe ich ja geschafft. Die klugen Sprüche kann ich nun bei dir klopfen.« Er grinste. Ich kicherte, um meine Verlegenheit zu überspielen. In Gedanken war ich immer noch bei dem perfekten Kussmoment. Ich wurde erst hinaus gerissen, als Shawn sich über mich beugte. Sein Haar brannte im Schein, seine Augen funkelten aus den Schatten seines Gesichtes heraus. Er sah so warm aus, strahlte so viel Geborgenheit aus. Mir fehlte die Luft zum Atmen.

Langsam beugte er sich zu mir hinab. Ich konnte das Salz riechen, die Wellen rauschen hören. Meine Lider schlossen sich wie von selbst, sein Atem strich über meine Haut und ließ mich erschaudern.

»Möchtest du mit mir zum Ball gehen?«

Kapitel 25.

Als die Sonne verschwunden war und uns in ein dämmriges Grau tauchte, glaubte ich unseren Atem in Wolken entweichen zu sehen. Vielleicht war mir auch nur schwindelig und ich erkannte Shawn deswegen nicht genau. Er hatte mich gefragt. Mein Herz hämmerte mir in den Ohren.

Ein Teil von mir wollte aufspringen, ihm um den Hals fallen und laut »Ja!« jubeln. Aber das war der kleinere Teil. Der andere vermisste Ilias und täuschte mich damit, nicht in die Nähe von Shawns Vater zu wollen. Bestimmt leitete er das Fest und Shawn musste wie ein Zinnsoldat an seiner Seite weilen. Da wollte ich nicht dabei sein.

Ich musste wohl eine ganze Weile geschwiegen haben, denn Shawn zog sich langsam zurück und sah mich traurig aus dunklen Augen an. »Ich wollte nur ein Date mit dir und nicht dein Erstgeborenes«, murrte er verstimmt.

»Das weiß ich ja«, entschuldigte ich mich lahm. Auch ich setzte mich langsam auf und wollte nach seiner Hand greifen, doch er zog sie zurück. Erst wirkte er noch unschlüssig, doch dann vergrub er sie einfach in seinem dichten Haar.

»Ich dachte nur, wir könnten als Freunde dort hin. Sonst war ich immer mit Alice dort, aber diesmal wird sie arbeiten müssen. Also dachte ich mir ‚Hey, wieso fragst du nicht das Mädchen, in das du verknallt bist, ihr müsst danach ja nicht heiraten, oder so'. Aber ich habe mich wohl getäuscht.«

Gepeinigt sah ich von ihm weg. Auch er versuchte sich klein zu machen. Das Gefühl von Einsamkeit legte sich wie ein schweres Tuch über uns und es war mir, als würde ich erst jetzt einen großen Teil von ihm verstehen können.

Shawn war an seinen Vater gekettet, dessen Wahnsinn er langsam beim Gedeihen beobachtet hatte, seine Freunde mochten alle viel älter als er sein, abgesehen von Samuel und Alice. Und für keinen der beiden empfand er wie für mich. Fast schon befürchtete ich, dass er mich nur mochte, weil ich neu und anders war. Aber so oberflächlich war Shawn nicht.

Ich sah zu ihm auf, zu seinen zusammengepressten Lippen und dem stummen Vorwurf in seinen Augen, den ich aus meinem Traum kannte. Und eine Seite in mir gewann zeitweise über die andere. »Ich möchte ja auch mit dir zum Ball. Ich befürchte nur entweder eine Blamage für dich zu sein oder deinen Vater allein durch meine Anwesenheit zu verärgern.«

»Ich kann mich auch ganz gut selbst blamieren. Mein Rhythmusgefühl hört in meinen Füßen auf.«

»Echt? Du? Spielst du nicht Gitarre?«

»Ja schon, aber das ist, als würdest du eine Jacke mit einer Hose vergleichen. Beides sind Kleidungsstücke, aber versuch mal eine Hose über den Kopf zu ziehen.« Wir lachten wieder, ein befreiendes, aufrichtiges Lachen. Diese Momente mit Shawn waren das, was mich frei und unbeschwert machte.

»Ich glaube dir trotzdem nicht, das werde ich überprüfen müssen.«

»Also ist das ein *Ja*?«, fragte er und die Hoffnung in seiner Stimme ließ mir die Brust schmerzen. Trotzdem nickte ich. »Das ist ein Ja.«

Die Woche verging wie im Flug. Shawn und ich saßen, wann immer sein Vater ihm freie Zeit gab, auf meinem Sofa und lernten gemeinsam. Da er nicht nebenbei mit Alkohol jonglierte, machte ich wesentlich mehr Fortschritte und konnte Charles abends in der Bar stolz davon berichten. Auch Diane bekam ich des Öfteren zu Gesicht, aber die versprochene Einladung blieb noch aus. Ich hatte das starke Gefühl, Charles habe sie dazu überredet, mich und Shawn nicht zu trennen. Der große Mann war ein gerissener Kuppler. Im Krankenhaus hatte ich weiterhin keinen Erfolg, aber Shawn versuchte mich aufzumuntern.

Und dann, viel zu schnell und doch schleppend, brach eine neue Woche an. Ich band mir die Haare zu einem Zopf, zog mein liebstes weißes Kleid an und trat hinaus in die Dunkelheit. Ich lief durch die leergefegten Straßen, meine Ballerinas machten das einzige Geräusch auf dem Marmor, die Villen stierten mich aus ihren großen Augen an. Noch immer konnte ich kaum den Blick von ihnen abwenden, war zu überwältigt von dem Paradies, das auf dieser Seite der Mauer schlummerte.

Würde man die Menschen aus der Unterstadt hierher lassen, dann könnten sie ... Nein! Lass diese verbissenen Gedanken los, Vika. Es passt dir nicht, wie die Oberstadt profitiert, aber du musst hierher gehören. Für Mom. Und Shawn und Charles. Für Diane und Claire und Alice.

Und für Ilias.

Die Fahrt über versuchten wir ausgelassen zu sein, aber mir fiel schnell auf, wie angespannt Shawn im Gegensatz zu mir war. Mich hatte nur eine Vorfreude gepackt, die ich ihn nicht sehen lassen durfte.

»Weißt du, vielleicht hole ich mir extra für diesen Ball einen neuen Anzug. Du kannst mir ja beim Aussuchen helfen, ich verstehe rein gar nichts von Mode.«

»Ich doch auch nicht. Bevor ich zu einem verwöhnten Kinder-Topmodel werden konnte, stahlen andere Schönheiten uns die Show.«

Er zuckte mit den Mundwinkeln. »Naja, aber ich wette, du hast trotzdem mehr Ahnung als ich. Dass wir nur weiß tragen dürfen kommt mir fast zugute, stell dir mal vor, ich ziehe aus Versehen einen gelben Hut und einen grünen Anzug an, dann wäre ich die erste und einzige Ampel der Stadt.« Wir lachten.

»Hört, hört, der Herr versteht also doch ein wenig von Mode, was kann er denn nicht?«, witzelte ich. Aber die Stimmung war mit einem Schlag vorbei. Shawn hatte betroffen die Augenbrauen zusammengezogen und konzentrierte sich besonders angestrengt auf den Weg vor uns.

»Ich kann dich nicht glücklich machen.«

»Niemand macht mich so glücklich wie du«, warf ich ein und ich meinte es auch so. Mit Shawn war alles leicht.

Er schwieg dazu.

Nachdem wir Alice und Claire verabschiedet hatten, streckte Shawn sich genüsslich. Wir sahen noch eine Weile dem Wagen der beiden Frauen hinterher, die Luke des Kofferraumes war mit dickflüssigem Blut beschmiert, von den Infizierten, die sie diese Woche hatten abholen müssen. Als Claire nüchtern davon berichtete, hatte ich nur auf Alices verkleinerte Pupille achten können. Das Mitgefühl hatte mich eisern gepackt und kurz war in mir der Wunsch entflammt, ihr Ilias zu zeigen, ihr zu beweisen, dass sie keine Angst haben musste. Aber würden andere wie ich reagieren?

»Jetzt brauche ich ein Frühstück«, verkündete Shawn, während er die

Arme wieder sinken ließ. Wir machten uns gemeinsam an den Holzkisten zu schaffen und holten uns Proviant für die kommende Wache raus.

Noch während der Fahrt schmierte ich Shawn ein Brot, das er sogleich genüsslich verschlang. Es hätte ein schöner Ausflug sein können, würde nicht der Tod auf uns warten.

Diesmal war er sogar noch aufdringlicher. Schon seit der ersten Stunde, die Shawn und ich gemeinsam Wache hielten, spürte ich Blicke von Ilias in meinem Nacken. Sie stachen mich förmlich, beunruhigten mich, sodass mir fast mein Brot im Hals stecken blieb. Als ich mich einmal kurz umwandte, nur um mich zu vergewissern, wie es ihm ging, presste er wieder sein Gesicht gegen die Stäbe, direkt an der Brust des linken Schwanes, als wolle er um jeden Preis zwischen ihnen hindurch passen. Shawn hatte mich in dem Moment schnell umgedreht und mahnend angesehen.

»Schau sie dir nicht an. Beachte sie nicht und mache kein lautes Geräusch, sonst ruft es noch die anderen. Und so ein Drama möchte ich nie wieder am Tor haben.«

»Ist dir so was schonmal passiert?« fragte ich und spürte, wie sich eine kalte Hand, so kalt wie Ilias, um mein Herz schloss. Ich glaubte zu wissen, welche Geschichte er mir erzählen würde. Shawn nickte beklommen und seine Schultern sackten merklich ein. Sein Gesicht war hinter dem Visier unkenntlich.

»Wie war es?« fragte ich im Flüsterton. Doch sobald ich es ausgesprochen hatte, bereute ich es. Wir waren nicht allein. Wie würde Ilias reagieren, wenn er von den Monstern hörte, die seine Gefährten waren?

Es dauerte ein wenig, bis Shawn antwortete. Offensichtlich musste er sich viel Mut abringen, darüber zu sprechen. »Mein ehemaliger Partner und ich hielten Wache. Einer der Untoten schlich am Zaun entlang. Eigentlich tat er nichts Schlimmes, aber mein Partner wurde sofort nervös, obwohl ich ihm sagte er solle sich beruhigen.« Shawn schluckte. Er drehte mir den Kopf zu, ich wusste genau welcher Ausdruck in seinen Augen lag. Panik. Mir zog sich die Kehle zusammen. »Irgendwann griff er an. Nicht nur er, es kamen hunderte herbei, schlugen und schrien und packten uns. Einer hieb mit seinen Krallen auf meinen Helm ein. Ich taumelte zurück und stürzte, aber mein Partner schoss auf die Infizierten. Sie bäumten sich auf, wurden nur noch rasender und das Tor begann zu beben, als würden sie es jeden Moment aus den Angeln reißen.« Kurz wanderten unsere Blicke zum versiegelten Eingang. Kalte Schauer jagten über mich hinweg. »Fast wären sie entkommen. Wenn nicht ein Grenzer zu uns gefahren wäre und mir geholfen hätte die Infizierten zu betäuben, wären sie ausgebrochen. Natürlich verriet er uns und wir mussten uns vor Gericht stellen. Ich wollte meinen Partner decken, aber er übernahm die ganze Verantwortung. So mussten wir das Tor reparieren, aber ihn haben sie hinausgeschickt, dafür, dass er beinahe einen Ausbruch ausgelöst hatte.« Er senkte den Blick auf seine Schuhspitzen.

Ich stand wie betäubt da, wusste nicht, wie ich auf seine Geschichte antworten sollte. Gern hätte ich ihm mein Mitgefühl ausgesprochen, aber es würde fahl auf meiner Zunge schmecken. In dieser Zeit kam es einer lapidaren Begrüßung gleich.

Es war ein Impuls, der mich dazu brachte, zu ihm zu wanken. Shawn zuckte zusammen, als würde ich ihn angreifen, hielt aber still, sobald ich meine Arme um seinen Hals schlang. Unsere Helme schlugen aneinander, aber wir störten uns nicht daran, hielten uns, fühlten die Worte, die zwischen uns nicht ausgesprochen werden mussten. Shawn legte die Arme fest um meine Hüften, damit ich nicht wankte.

So standen wir noch lange da. Ilias war mittlerweile gegangen.

Etwas lag diese Woche in der Luft. Hormone, so glaubte ich, denn sowohl Shawn als auch Ilias benahmen sich seltsam. Während Shawn besonders anhänglich wurde, mich kaum noch am Tor alleine lassen wollte, zog sich Ilias immer mehr zurück, sobald Shawn ging. Er war nicht so gesprächig wie sonst, was bei ihm bedeutete, dass er gar nicht mehr mit mir sprach. Die meiste Zeit lehnte er an der Mauer, sodass ich nur die Hälfte seines Gesichtes sehen konnte und er musterte mich.

Es schmerzte mich, dass er mir fernblieb. Wir hatten doch so wenig Zeit.

Sobald Shawn sich am vierten Tag unserer Wache von mir verabschiedet hatte, trat Ilias endlich aus seiner Deckung hervor. Er umklammerte mit seinen dünnen Fingern die Stäbe und stierte mich an. »Er will dich«, zischte er und seine blauen Augen glühten.

Ich wurde rot und winkte ab. Langsam nahm ich den Helm ab und ließ ihn neben mir zu Boden sinken.

»Shawn und ich sind nur Freunde.« *Vielleicht.*

»So sieht er dich nicht an«, stelle er klar. Es war fast schon ein Vorwurf.

»Das weiß ich«, murmelte ich leise und versuchte ihm meine Zerrissenheit in meinem Gesicht zu zeigen. Doch er fletschte nur kurz seine Zähne, seine scharfen, unmenschlichen Zähne. Der Infizierte bäumte sich in ihm auf.

»Küsst er dich auch?«, fauchte er und wirkte fremdartig, wild und doch so vertraut. Zum ersten Mal glaubte ich eine Menschlichkeit in ihm zu sehen, so emotional, wie der Infizierte in ihm nie sein konnte. Sachte presste ich mir eine Hand auf die Brust, damit mein Herz nicht davon flog.

»Ilias«, begann ich, aber er unterbrach mich, indem er harsch den Kopf schüttelte, sodass seine losen Strähnen das Gitter peitschten. »Macht er es?«, wollte er wissen, lauter und kräftiger, als er jemals zuvor gesprochen hatte.

»Nein!«

Ich wusste nicht, was mich zu dieser Lüge verleitet hatte. Scham kroch augenblicklich in mir hoch, ich wollte die Worte zurücknehmen, mich entschuldigen, doch als Ilias sich beruhigte und wieder zu seinem kühlen, kontrollierten Selbst zurückkehrte, konnte ich es nicht mehr. Er ließ das Gitter los.

»Wollen wir wieder über etwas Fröhliches reden?«, versuchte ich es. Endlich schaffte ich es, mich zu rühren und stolperte auf ihn zu. Ich musste ihn berühren, sehnte mich so sehr nach ihm, dass es wehtat. Doch Ilias wich von dem Gitter zurück und zog verärgert die Augenbrauen zusammen. So menschlich. Warum auf einmal?

»Nein«, blaffte er und drehte sich um. Er verschwand. Und ich blieb zitternd zurück.

Am nächsten Tag sah ich ihn nicht wieder. Es war dämlich, mir Sorgen um ihn zu machen, aber ich konnte es nicht verhindern. Ilias war sauer auf mich und er hatte jeden Grund dazu. Er musste wissen, dass ich gelogen hatte, aber woher?

In der letzten Nacht hatte ich schon die Hoffnung aufgegeben, ihn nochmal zu sehen. Nur noch eine Stunde und Shawn wurde wieder zu mir stoßen. Und dann wäre ich für eine Woche weg. Ich würde ihn so vermissen.

Als Shawn wieder zu mir kam, war er guter Dinge und begann mich sofort mit einer seiner typischen Geschichten zu unterhalten. Doch ich konnte mich nicht konzentrieren. Ich spürte seine Präsenz. Ilias musste hinter mir stehen, uns beobachten, ich wusste es einfach.

Nichts war mir jemals so schwergefallen, wie mich in diesen sechs Stunden nicht umzudrehen. Shawn hatte ich ausgeblendet, all meine Konzentration galt diesem Zwang, dem ich nicht nachgeben durfte. Ich wollte meine Lüge zurücknehmen, ich wollte mich Ilias erklären. Ich wollte herausfinden, was mit mir geschah, warum ich zwischen den beiden Männern stand und keine Entscheidung treffen konnte. Ich wollte die Einsamkeit in mir bekämpfen, ich wollte mich finden, mich verlieren.

Ein Schluchzen drang an meine Ohren und es wiederholte sich noch zwei Mal, ehe ich begriff, woher es kam. Ich weinte.

Meine Gefühle übermannten mich und ich konnte sie nicht länger zurückhalten. Ohne darüber nachzudenken, zog ich meinen Helm aus. Shawns erschrockenes Keuchen war bis hierher zu hören. Ich wischte mir vorsichtig eine Träne weg, nachdem ich den Handschuh ausgezogen hatte.

»Vika, was machst du da?«, zischte Shawn und kam zu mir rüber. Er blieb vor mir stehen und nahm meinen Helm. Erst wollte er ihn mir wieder aufsetzen, doch als er merkte, dass meine Tränen nicht versiegten, klappte er sein Visier hoch. Er betrachtete mich aus seinen sanften Augen, die voller Kummer waren. Wegen mir. Eine weitere Kerbe in meinem Brett. Er schlang den freien Arm um meine Hüfte und zog mich langsam enger zu sich. Ich konnte mich nicht wehren, wollte es nicht, musste es.

Er küsste mich vorsichtig auf die Lippen, als wäre ich eine Puppe aus Glas, so kostbar. Und trotzdem wünschte ich mir, dass ein anderer Mann dort stand und mich küsste, mich hielt. Aber dieser war verschwunden, seitdem ich Shawns Kuss erwidert hatte.

Kapitel 26.

Shawn musste unseren Kuss falsch verstanden haben. Und ich war erneut damit beschäftigt, mir zu überlegen, wie ich diesmal meine Schwäche erklärte.

Noch als Claire und Alice bei uns waren, verhielt sich Shawn mir gegenüber, als hätte ich seinem Werben endlich nachgegeben. Was mich am meisten bestürzte, war der flüchtige Kuss, nachdem er mir eine besonders schwere Kiste abnahm. Alice warf mir noch über seine Schulter einen aufgeregten Blick zu und schlenderte auf mich zu, sobald er weg war.

»Ich freue mich ja so, dass ihr endlich zusammen seid«, verkündete sie und umarmte mich. Ich drückte sie verblüfft zurück und sagte: »Aber ich habe doch nicht …«

»Shawn hat schon oft davon erzählt. Er ist wirklich verschossen in dich. Und du ja offensichtlich auch in ihn, so rot wie du wirst.« Sie zwinkerte.

»Alice, ich hatte einen schwachen Moment, ich wollte nicht …«

»Aber sicher doch«, und damit speiste sie mich ab, um ihrer Arbeit nachzugehen.

Ich konfrontierte Shawn nicht auf der Autofahrt. Es war nicht so, dass ich befürchtete er würde mich aus dem fahrenden Wagen werfen, aber wieder einmal stand mir mein Mangel an Mut im Weg.

Wir zogen uns schweigend in dem kleinen Haus um, peinlich darauf bemüht, uns nicht zu beobachten. Zu gerne hätte ich einen Blick riskiert.

Vika, reiß dich zusammen! Was möchtest du, was?

Aber ich wusste es nicht.

Sobald wir fertig waren, drehten wir uns zueinander, ich knetete nervös den Saum meines Oberteiles. Dann öffneten wir gleichzeitig unsere Münder und setzten an. Verlegen kicherten wir. Ich musste es ihm sagen. Dass der

Kuss keine Antwort war, dass er ein Fehler war. Aber ich ließ ihm den Vortritt.

»Ich habe nicht lange Zeit. Diese Woche möchte mein Vater mich an seiner Seite wissen, deswegen sehen wir uns erst am Montag wieder, ich hoffe das ist okay für dich.«

Ich schwieg. Er sah mich erwartungsvoll an. *Sag es, jetzt.* »Klar. Bis dann«, krächzte ich mit belegter Stimme.

Er küsste mich vorsichtig auf die Schläfe und lächelte.

»Vielleicht kann ich mich ja mal wegschleichen«, versprach er mir. Und dann war der Moment verstrichen.

Wie zu Beginn jeder zweiten Woche schaffte ich es auch an diesem Tag gerade noch in meine Luxuswanne, nur um kurz darauf wie erschlagen in mein Bett zu fallen und erst aufzuwachen, als draußen die Dunkelheit die Welt umfing. Meine Mutter konnte ich so nicht mehr besuchen und auch auf die Bar hatte ich wenig Lust, obwohl mir Charles und Diane fehlten. Also briet ich mir nur Gemüse, Kartoffeln und Käse an und kuschelte mich mit meinem vollen Teller und einem neuen Buch in mein Bett.

Gerade als ich aufgegessen hatte, ertönte von unten ein Klopfen. Vor Schreck hätte ich beinahe meinen Teller vom Bettrand getreten. Mir war bewusst, dass jemand vor meiner Tür stand, aber ich konnte mir nicht vorstellen, wer. Tausend Szenarien schossen mir durch den Kopf. Es war Präsident Harrison, der mir mitteilte, er wolle mich nicht mehr in der Stadt haben. Oder Doktor Lewis, der mir übermitteln musste, dass meine Mutter von uns gegangen war.

Doch als ich, den leeren Teller in der Hand, die Tür öffnete, war es Diane, die mir entgegen lachte.

»Hey, Vika. Charles arbeitet und mir ist langweilig, da meinte er, ich könne dich ja besuchen und das war eine wirklich gute Idee. Hmm, das riecht aber lecker, was hast du denn da?«, fragte sie ohne Umschweife und lugte auf den leeren Teller, der immer noch einen leichten Geruch verbreitete.

»Nichts mehr, aber wenn du möchtest, kann ich dir was machen«, bot ich an.

»Das wäre super, ich bin eine miserable Köchin. Ich kann nur Bloody Marys.« Sie deutete an, wie sie sich selbst die Finger mit einem monströsen

Beil abhackte. »Wenn ich Charles nicht hätte, würde ich erbarmungslos verhungern.«

Bevor ich darauf antworten konnte, hatte sie mich schon am Handgelenk gepackt und in die Küche gezogen, stets dem Duft nach. Wie selbstverständlich begann sie mein Geschirr zu spülen, während ich meinen Kühlschrank durchstöberte und überlegte, was ich meinem Gast vorsetzen konnte.

»Weißt du, du musst dir nicht so viel Mühe geben, eigentlich habe ich schon gegessen. Trotzdem, ich habe immer Hunger. Ich wollte nur eine Konversation starten, damit du mich nicht gleich an der Tür abwimmelst und da fiel mir nichts Besseres ein.«

Ich lachte. »Du hättest auch so bleiben dürfen. Ich fühle mich oft einsam in diesem großen Haus. Vor allem wenn es dunkel wird.«

»Ja genau, ich finde es schrecklich, wenn Charles nachts arbeiten muss. Manchmal versuche ich noch wach zu bleiben, wenn ich ihm nicht aushelfe. Aber ich schlafe immer ein, bevor er heimkommt und dann ist das Bett so schrecklich kalt.«

»Und zu groß«, fügte ich an.

»Ja, und jetzt stell dir mal vor, dein Ehemann ist ein Riese, ihr habt ein doppelt so großes Bett gekauft und du musst immer alleine einschlafen.« Sie schüttelte gekünstelt den Kopf, ihre zuckenden Mundwinkel nahmen ihr die Schärfe. »Du könntest ja Glück haben, wenn du es endlich zulassen würdest. Shawn würde bestimmt gerne bei dir übernachten.«

»Autsch!« mehr erschrocken als im Schmerz hob ich meinen Finger an die Lippen, in den ich soeben geschnitten hatte, und lutschte das Blut ab.

»Genau das passiert mir auch immer!«

»Woher weißt du von Shawn und mir?«, fragte ich, meinen Daumen immer noch im Mund. Es passte mir nicht, das Gesprächsthema unserer Freunde zu sein. Dadurch fühlte ich mich beobachtet.

»Ach Süße, es ist ja wohl offensichtlich. Und obwohl jeder meinem Charles sein Herz ausschüttet, kann er teilweise gar nichts damit anfangen. Der Mann ist genauso empathisch wie ein Stein, wenn ich ihn nicht gerade mit der Nase auf etwas stoße, ignoriert er es gekonnt. Wir lästern nicht, sieh es als Nachhilfe an.«

Ich schwieg dazu. Ich war nicht sauer, dass sie über uns redeten. Diane und Charles waren verheiratet, sie erzählten sich sicherlich alles. Aber ich wollte nicht, dass die Geschichte von Shawn und mir weiter verbreitet wurde. Nicht nur weil wir offiziell kein Paar waren, sondern auch, weil ich keine Aufmerksamkeit erregen wollte. Shawn war der Sohn unseres Präsidenten, jeder kannte ihn. Und wenn ich seine Freundin werden würde, würde auch jeder mich kennen. *Das Mädchen aus der Unterstadt, kaum wohlhabend, schon strebt sie nach dem Präsidentensohn.* Man könnte mir solche und schlimmere Dinge unterstellen. Dafür war ich nicht stark genug.

Schweigend richtete ich Dianes Teller an. Dabei spürte ich ihre besorgten Blicke, wollte mich aber noch nicht damit konfrontieren. Als ich schließlich doch zu ihr sah, zog sie in einem mütterlichen Lächeln die Mundwinkel hoch.

»Egal, was für Kummer du dir machst, es ist vielleicht nicht so schlimm, wie du glaubst.«

»Ich habe Angst vor der Öffentlichkeit«, gestand ich.

Diane verstand sofort: »Die brauchst du nicht zu haben. Und wenn doch, möchtest du dir wirklich dein eigenes Glück nur deswegen verbauen?«

Nicht nur deswegen, hätte ich gerne gesagt, aber ich konnte nicht. Also musste ich andere Argumente vorbringen.

»Wenn man mir Dinge unterstellt, könnte man mich rausschicken. Ich glaube nicht, dass sie viel auf meine Seite der Geschichte legen.«

»Ja, das stimmt wohl. Jeder, der Kritik übt oder etwas ändern möchte, wird zerstört.« Das Wissen in ihrem Blick sprach Bände. Die Unruhen. Oft schon wurden sie erwähnt, aber niemand wollte mich aufklären. Was war damals vorgefallen?

»Wie kann ich Shawn um mehr Zeit bitten, ohne einen Streit heraufzubeschwören?«, fragte ich stattdessen.

»Halte ihn einfach nicht hin.«

»Würde ich ja gerne, aber ich kann nicht. Ich kann ihn aber auch nicht verlieren, dazu ist er mir zu wichtig.«

Sie seufzte und nahm über den Tisch hinweg meine Hand, »Du wirst ihn immer verletzen, wenn du nicht zu ihm stehst. Aber er wird dich weder hassen noch allein lassen.«

Diane blieb über Nacht. Das freute mich unheimlich, mir wurde nämlich schmerzlich bewusst, dass ich seit Wochen mein Bett mit Büchern teilte.

Der letzte, ruhige Moment, als ich neben einem warmen Körper einschlafen durfte, war in unserer alten Wohnung gewesen, als Will mir vorlas. Mit schmerzlicher Erinnerung an ihn richtete ich mein Bett so her, dass Diane neben mir schlafen konnte. Diese Nacht war keine von uns allein.

Auch am nächsten Morgen ging sie nicht heim; bewaffnet mit Müsli und Süßigkeiten kuschelten wir uns auf das Sofa und unterhielten uns. Über Belangloses. Und über Erinnerungen. Es war herrlich, so was hatte ich bis dahin noch nie getan. Als Diane begann meine Haare zu komplimentieren, war ich zunächst noch verlegen. Doch als sie mir eine Pflegespülung empfahl, die sie immer benutzte, war ich ganz Ohr und hörte ihr liebend gern zu. Charles sah zwischendurch vorbei, doch als er bemerkte, wie Diane ihre peinlichsten Ehe-Anekdoten preisgab, verließ er uns schnell wieder, nur mit der Info, er würde daheim warten.

Am Abend verabschiedete sie sich wieder und das Haus war ohne sie so groß wie noch nie zuvor. Erst überlegte ich ihr hinterher zu laufen und mich bei ihnen einzunisten, aber ich kämpfte gegen diesen Wunsch.

Unternehmungsdrang packte mich die nächsten Tage. Mit Hinblick auf den Ball, ging ich alleine in das riesige Einkaufszentrum. Der Wind blies mir kühl um die Nase. In dem Moment wünschte ich mir, ich hätte Shawns Schal dabei gehabt. Aber nicht nur den.

Ohne Shawn im Rücken jagte es mir eine Menge Respekt ein, doch als ich die kleine Tanzschule erreicht hatte, von der er mir erzählt hatte, fühlte ich mich schon wohler. Wenigstens hatte ich den Weg gefunden. Meine Tanzlehrerin war eine hagere, ältere Frau, der die gebräunte Haut in winzigen Falten hinab hing. Trotzdem war sie nicht hässlich. Niemand mit solch einer Grazie könnte unattraktiv sein. Ich lernte sehr schnell, schneller als die anderen Schüler und freute mich darüber. Tanzen machte mir Spaß und ich war mir sicher, hätte ich ein normales Leben geführt und einen Abschlussball gehabt, wäre danach nicht Schluss damit gewesen.

Auf dem Rückweg stattete ich dem Supermarkt noch einen Besuch ab, um meine Vorräte aufzustocken. Vielleicht könnte ich erneut Diane einladen. Es war bereits dunkel, als ich das Einkaufscenter verließ. Bestürzt stellte ich fest, dass ich nicht im Krankenhaus gewesen war. Das Schamgefühl begleitete mich, bis ich die zusammengesunkene Gestalt auf meinen Stufen vorfand.

»Shawn! Steh doch auf oder willst du eine Blasenentzündung

bekommen?«, rief ich aus. »Ich mache dir einen Tee und du wärmst dich auf. Wie lange sitzt du denn schon da?«

Er antwortete nicht. Sobald ich ihn erreicht hatte, stand er auf, nahm meine Handgelenke und zog mich sanft zu sich. Er küsste mich, seine Lippen so zart, dass ich sie kaum spürte. Ich erwiderte den Kuss nicht. Der Moment war gekommen. Ich durfte nicht spielen. Mein verdrehtes Herz schmerzte, als es gleichzeitig in zwei Richtungen springen wollte.

Langsam löste er sich von mir und sah mich an. Ich konnte sehen, wie sich seine Augen allmählich dunkel färbten, wie immer, wenn ich ihn verletzte. »Was hast du? Stimmt etwas nicht?«, raunte er mit tiefer Stimme.

»Ja«, brachte ich nur heraus. Ich war ein Idiot. »Gehen wir rein? Ich koche was und wir können reden.«

Seine traurigen Augen brachen mir das Herz.

Wir gingen langsam rein. Shawn, ganz der Gentleman, nahm mir meine Tüte ab und assistierte mir dabei, den Kühlschrank einzuräumen. Mehrmals versuchte ich etwas zu sagen, aber der Kloß in meinem Hals verwehrte mir alle Worte. Auch Shawns Lippen zitterten, als müsse er sich zurückhalten. Wir waren uns so nah und doch so fern. Zwischen Shawn und mir stand keine Mauer und doch konnte ich mich nicht überwinden.

»Soll ich dir beim Kochen helfen?«, fragte Shawn schließlich.

Dankbar nahm ich seine Ablenkung an. »Ich dachte du seist ein Feuerteufel in der Küche.«

»Wenn ich es schaffe, beim Gemüseschneiden etwas in Brand zu setzen, darfst du mich gerne als Gott anbeten.« Er versuchte sein schiefes Lächeln. Mir wurde bewusst, dass ich es immer seltener sah.

»Ich denke, ich schaffe das schon alleine«, sagte ich und machte mich an die Arbeit.

Shawn ignorierte dies und stellte sich zu mir. Ergeben seufzte ich und schob ihm ein Küchenbrett zu. Schweigend arbeiteten wir.

»Ich habe nochmal darüber nachgedacht, weißt du? Wenn mein Vater das Problem ist, möchte ich nur sagen, dass du mich nicht auf ihn reduzieren solltest. Ich bin mein eigener Mensch.« Ich sah auf. An Shawns verbittert zusammengezogenen Augenbrauen meinte ich zu erkennen, das mehr hinter diesem Satz steckte.

»Er hat meinen Bruder ermordet«, rutschte es mir plötzlich heraus.

Sofort biss ich mir auf die Zunge, um das dumme Ding festzuhalten. Shawn hielt mitten in der Bewegung inne, nur um kurz darauf weiter die Pilze zu putzen.

»Ja, das habe ich gehört. Ich bin nicht stolz darauf, wie diese Stadt geführt wird. Ich würde gerne etwas ändern, aber mir sind die Hände gebunden. Ich wünschte, du würdest mich nicht für die Taten meines Vaters verschmähen.«

»Das tue ich nicht. Aber ich hasse ihn.«

Shawn sah von mir weg. Das machte mich nur noch wütender. Galle kochte in meinem Magen.

»Dort drüben leidet man Hunger. Mein Bruder hat nicht mehr getan, als Geld zu stehlen, damit er seine und andere Familien versorgen kann. Und dein Vater hat genug, ich habe genug und es macht mich krank, keinen Kontakt mehr haben zu dürfen. Wir könnten sie alle retten, wir hätten meinen Bruder retten können. Wie würdest du dich fühlen, wenn du an meiner Stelle wärst? Wenn ich die Tochter des Mannes wäre, der dein wertloses Leben bestimmt hat und es immer noch tut. Der dir mit dem Tod deiner Mutter droht, nur damit du ein braves Lamm bleibst. Ich will kein Lamm sein, ich will kämpfen, aber ich bin machtlos und gebunden und das macht mich krank. Ich versuche nicht mehr daran zu denken.«

Ich atmete heftig. Der Vulkan in meinem Magen hatte noch nicht genug, er wollte endgültig ausbrechen, er wollte alles Übel vernichten und ein neues Fundament schaffen. Aber es stimmte doch. Mir waren die Hände gebunden.

»Genauso leben die anderen Bürger der Oberstadt«, sagte Shawn schließlich und nahm mir damit allen Wind aus den Segeln. »Diejenigen, die du so sehr verachtest. Sie alle flüchten sich in Verdrängung und jeder gaukelt sich seine eigene Utopie vor, die nicht existiert. So ist es, wenn man das Ende der Welt erreicht hat.« Resigniert sanken seine Schultern. Dann sah er zu mir und schmunzelte, doch seine Augen konnten nicht verbergen, wie es in ihm aussah. »He, pack die Rehaugen ein. Wir sollten uns nicht runterziehen lassen, du hast recht, Verdrängung ist gut.« Er strich mir eine lose Strähne hinter das Ohr und brachte mich zum Erröten.

»Ich habe übrigens die Tanzschule besucht«, wechselte ich verlegen das Thema. »Jetzt wirst du dich alleine blamieren müssen, ich bin ein Naturtalent.«

Er lachte. »Keine Sorge, ich blamiere dich gleich mit.«

»Glaubst du, wir schaffen es die Woche gemeinsam zum Unterricht?«

»Eher nicht, ich konnte mich heute schon kaum raus stehlen. Ich kann auch nicht lange bleiben.«

Und er behielt recht. Nach unserem kurzen Abendessen verabschiedete er sich schnell und ich sah ihn für den Rest der Woche nicht mehr. Zwischen meinen Tanzstunden und einem weiteren Mädelsabend mit Diane besuchte ich täglich das Krankenhaus. Aber auch mit Beständigkeit kam ich nicht weiter. Langsam bezweifelte ich, dass meine Mutter jemals wieder aufwachen würde.

Kapitel 27.

Er war nicht da. Ilias wartete nicht auf mich. Als ich die zweite Wache allein übernahm, konnte ich es kaum aushalten, bis Shawn in einer Staubwolke verschwand. Schon wirbelte ich herum, aber vor mir lag eine gähnende Leere, hinter den Toren lag eine Aschesteppe, nur durchbrochen durch Ruinen, die kaum noch als solche zu erkennen waren.

Ich wartete. Die ganzen sechs Stunden, die mir zur Verfügung standen, aber Ilias kam nicht. Ich wusste nicht, wieso er mich nicht mehr sehen wollte oder ob ihm etwas passiert war. So oder so würde es mir das Herz brechen. Als ob ich die Risse bereits spüren würde, musste ich mir eine Faust auf die Brust legen, um sie zusammenzuhalten.

Dabei wollte ich doch mit ihm reden, ihm meine Lüge eingestehen, vor allem da er bereits gesehen hatte, wie Shawn mich küsste. Und dann fiel es mir wie Schuppen von den Augen.

Der Kuss.

Er hatte gesehen, wie Shawn mich tröstete, mich an sich zog und mich küsste und wie ich seine Zärtlichkeiten erwiderte. Ich hatte ihm meinen Verrat um die Ohren geschlagen, kein Wunder, dass er mich mied.

Mir war zum Weinen zumute. Meine Augen brannten bereits, ich schämte mich so sehr, meine Gefühle drohten mich zu zerbrechen, aber ich schluckte die Tränen hinunter. Heulen war keine Lösung. Ich musste für meinen Fehler geradestehen, ihn wieder gutmachen. Koste es, was es wolle.

Als Shawn mich ablöste, kämpfte ich immer noch mit mir. Noch nie war ich so dankbar für meinen Helm. Er bemerkte meine roten Augen nicht und löste mich schnell ab. Erst als ich alleine in der Hütte war und in meinem warmen Bad saß, brachen die Gefühle über mich herein und während ich leise schluchzte, mischte sich das Badewasser aus meinen Haaren mit dem

Salz auf meinen Wangen.

Gepeinigt von Träumen über blaue Augen war ich wenig erholt, als ich wieder zurückfahren sollte. Ich zog meinen Helm schon im Auto auf, es reichte nur ein Blick in den Rückspiegel und ich wusste, dass mir selbst im Schlaf noch die Tränen gekommen waren.

Unsere gemeinsame Wache verlief zunächst ereignislos. Shawn versuchte ab und zu ein leises Gespräch zu beginnen, aber ich war zu unkonzentriert, um ihm zu antworten. Nach einiger Zeit, die Sonne ging bereits auf, hatte ich eine Ausrede und weitere Ablenkung zugleich.

Röchelnder Atem drang an mein Ohr und ich wollte schon herum wirbeln und Ilias wimmernd um Entschuldigung bitten, aber als ich über meine Schulter blickte stand da nicht Ilias.

Es war ein unbekannter Infizierter, er lehnte am Gitter, Geifer und Blut tropfte von seinem Oberkiefer. Der untere Teil fehlte, nur noch verwesende Haut hing von seinen Wangen hinab. Die Augen waren groß und blass, besaßen nichts von der Schönheit, wie sie Ilias hatte. Es lief mir eiskalt den Rücken hinab, Shawns Warnung von unserer letzten Wache kam mir wieder ins Gedächtnis. *Sieh sie nicht an und mach keine Geräusche.*

Der Infizierte hob langsam seinen Arm. Die Hand und Teile seines Unterarmes fehlten, Elle und Speiche waren gesplittert. Er fuhr mit dem Knochen am Metall entlang, erzeugte eine schiefe, unnatürliche Melodie. Hörte sich so das Totenlied an?

Meine Nerven lagen blank, so sehr, dass ich Shawn am Arm packte, sobald er wieder seine Pause antreten wollte und ihn verzweifelt zurückzog. Der Infizierte beobachtete uns fast schon gelangweilt.

»Kannst du bitte hier bleiben?«, wimmerte ich. Durch die verdunkelten Scheiben unserer Visiere erahnte ich sein liebevolles Lächeln. Vielleicht wusste ich auch nur, dass es da war. Er nickte, ging aber trotzdem zum Wagen und öffnete die Hintertür. Er holte einen Schlafsack heraus und legte sich auf meiner Seite weiter vom Gatter entfernt hin, um seine Pause zu halten.

»Gute Nacht«, murmelte ich leise und sah zu, wie er langsam in die Traumwelt hinab stieg, mich zurück ließ mit dem Infizierten. Sechs Stunden lang konnte ich nichts anderes beobachten als die dichten Wimpern mit den hellen Spitzen, die lange Schatten auf seine Wange warfen.

Die nächsten Tage ließ ich Shawn wieder in die Hütte fahren. Ich hegte immer noch die Hoffnung, dass Ilias mich besuchen würde, aber ich wurde jedes Mal enttäuscht.

Als wir unsere letzte Wache antraten, war die Hoffnung bereits wie eine welke Blume in mir verkümmert.

Plötzlich stand Shawn neben mir, tippte mir auf die Schulter und zeigte auf eine Staubwolke am Horizont. Ein Wagen. Ich wusste, was das bedeutete.

Wir mussten in die Stadt. Heute würde wegen uns ein Unschuldiger sterben.

»Beruhige dich«, murmelte Shawn, während ein fremder Mann ausstieg. Er war groß und breitschultrig, den Helm nahm er nicht ab, so wie Samuel. Vielleicht war er noch neu im Job und hatte Angst. Oder Samuel war es genauso egal wie uns beiden.

»Wir haben eine Hinrichtung. Drei Infizierte, Beeilung!«, bellte er seinen Befehl. Aber die hinter seinem Rücken verschränkten Arme zitterten. Shawn und ich wechselten einen Blick, dann atmete ich kräftig durch und folgte ihm zu unserem kleinen Aufzug.

Während wir hochfuhren, überprüften wir den Halt unserer Ausrüstung. Zum Glück, denn während wir ruckelnd emporstiegen, kroch die Höhenangst meinen Hals hinauf. Shawn hatte dies vorgeschlagen, weil ich so durch den Wind wirkte. Aber ich hatte verglichen mit dem letzten Mal kaum Angst. Hinter dieser Mauer lebte jemand, den ich begehrte.

Diesmal kniete ich mich mutig neben ihn auf die Mauer, meine Handflächen begannen zu schwitzen und in dem Leder klebrig zu werden, als ich die immer weiter schwindende Erde erblickte. Shawn spähte in die Ferne, überprüfte unsere Lage und als er sie für sicher befand, packte er meinen Arm und zog mich mit über den Rand.

Ich schrie nicht. Zum Glück. Sicher, nur mit schmerzenden Knien, landete ich neben Shawn im Staub.

So früh in der Dämmerung zeichneten die Ruinen in der Nähe lange, schaurige Schatten vor uns. Sie wirkten wie Zähne, die nach uns schnappen wollten. Ich war zurück in der Stadt.

Sofort verblasste meine Gelassenheit, wie bei einem Hund, der nur mutig genug war zu bellen, wenn das Hoftor geschlossen war. Hier war kein Tor mehr. Panik kroch kalt durch meine Glieder und ich erinnere mich an den

Infizierten, der mir in der ersten Nacht zugesetzt hatte. Bilder schossen mir durch den Kopf, von Shawn, getroffen von meiner Kugel, wie er zu Boden sank, die Verzweiflung, die ich empfand, während ich ihn in Sicherheit brachte. Ich würde keine Waffe mehr benutzen können. Wenn Shawn in Gefahr war, würden wir beide sterben.

Die Hand meines Partners legte sich langsam um meine und drückte meine Finger. Es beruhigte mich ein wenig, aber das Klopfen meines Herzens würde mein Begleiter bleiben.

Langsam schlichen wir los, jeder Schritt bedacht. Nahe der Mauer standen kaum noch Gebäude, was uns zum einen wenig Deckung bot, aber auch eine gute Sicht auf die direkte Umgebung.

Drei Infizierte sind nicht viel, Vika, sagte ich mir immer wieder. Es half nicht. Shawn überwältigte den Ersten schon innerhalb der ersten Minuten, die wir in der Stadt waren. Er hatte in der Nähe des Tors herumgelungert, zu fasziniert von den Motorengeräuschen, die er noch vor kurzem vernommen hatte, um unsere Annäherung zu bemerken. Auch der zweite erwies sich als keine Schwierigkeit und kurz darauf zog ich ihn schon mit spitzen Fingern zur Hebebühne. Es war ein alter, dicker Mann, der wohl auch im lebenden Zustand gestunken hätte. Damals war er wohl aufgrund seines Körpergewichtes sofort überwältigt worden. Doch ein Infizierter kannte keine Erschöpfung. Er hatte sich genauso schnell und animalisch bewegt wie eine Raubkatze, sein aufgequollener Bauch hatte auf dem Boden geschleift, als er sich zum Wittern hinkniete. Das war Shawns Chance gewesen und er nutzte sie.

Die ganze Zeit über hatte ich Shawn mit einem Taser Rückendeckung gegeben. Er war der Meinung, mir würde das Zielen damit leichter fallen. Ich hingegen war nur froh keinen Gebrauch davon machen zu müssen. Damit ich mich nicht so nutzlos fühlte, hatte ich vorgeschlagen, die Infizierten zu transportieren.

»Das war's, nur noch einen«, wollte Shawn mich aufmuntern, als ich wieder zu ihm stieß. Ich folgte ihm zurück in die Stadt hinein. Von hier aus wirkten die kleinen Ruinen auf einmal hoch, beinahe imposant. Doch die Skelette der Hochhäuser in der Ferne kamen einer Fata-Morgana gleich.

Shawn führte mich an einer Wand entlang, der ich keinen zweiten Blick schenken wollte. Sie war an manchen Stellen rot gefärbt, als wäre eine Tomate an ihr zerplatzt. Mir wurde übel. Plötzlich hielt mein Begleiter an und gab mir mit Handzeichen zu verstehen, ihm Deckung zu geben, während er um die Ecke spähte. Ich nickte, musste nun doch meinen Taser ziehen und kniete hinter ihm nieder.

Ein Knacken wie von brechenden Ästen war zu hören, schweres Atmen. Hinter der Mauer musste ein Infizierter stehen, dazu musste Shawn nicht spähen. Unser Letzter. Bald wäre ich daheim und könnte mir Schmutz und Schuld von der Haut waschen.

Shawn nahm Abstand, um den Infizierten auf Distanz treffen zu können. Ich folgte ihm, drehte mich langsam um mich selbst, sicherte die Umgebung. Das Knacken kam nicht von hinter der Mauer.

Sie kauerte auf dem Weg hinter uns, musste zwischen den Gebäuden hervor getreten sein. Ich sah in eine dunkle, leere Augenhöhle. Blut rann in sie hinein, ein schwarzer Pony verdeckte das zweite, blinde Auge, die Lippen waren aufgerissen und entblößten weiße Zähne, dunkle Adern durchzogen die fahle Haut. Der Mund öffnete sich langsam. Die Zunge fehlte zur Hälfte, perfekt abgerissen vor einem Perlenpiercing.

Die Infizierte stieß ein keckerndes Lachen aus, ehe es in einem Schrei endete. Ich schrie mit ihr, genauso schrill, und stolperte von ihr weg. Ich hastete rückwärts, erhaschte einen Blick auf das rote Cocktailkleid, aufgerissen und durchstochen von einer Rippe. Ihre Riemchenschuhe hatten ihren früheren Glanz verloren. Sie streckte ihre dreckigen Fingernägel nach mir aus, ihr Kopf wackelte herum als sei ihr Genick gebrochen. Plötzlich stieß ich gegen etwas Hartes, schlug mit der Waffe, doch Shawn hielt mich fest, bevor ich ihn treffen konnte.

Er rannte los. Ich stolperte ihm hinterher, mein Handgelenk immer noch fest in seinem Griff. Ich wollte nicht zurückblicken, hörte die brechenden Knochen, das Keuchen. Ich tat es doch.

Die Frau rannte hinter uns her. Ihre langen Pfennigabsätze fanden kaum Halt. Ihre Knöchel verdrehten sich, brachen, die Haut riss. Nichts davon hielt sie auf, das verbliebene Auge stierte mich hungrig an, die Klauen waren nach mir ausgestreckt. Auch als ihr linker Fuß abriss und sie auf dem blanken Knochen weiter rannte wurde sie nicht langsamer.

Ich hätte nicht zurücksehen sollen. Mit der Spitze meines Stiefels blieb ich plötzlich an einem Stein hängen, ich schlug mir das Knie auf. Shawn hatte mich so festgehalten, dass auch er durch den Ruck zu Boden gezogen wurde.

Sofort packten Klauen nach meiner Schulter, gruben sich fast durch den Panzer hindurch, der in den Anzug integriert war. Das war das Ende. Ein fester Druck legte sich auf meinen Hals. Sie biss mich, aber mein Halsgurt schützte mich.

»Vika«, schrie jemand.

Schwarze, dreckige Haare peitschten wie Tentakel über mich hinweg, verschmierten den Ruß. Ich sah in das blinde Auge, das mich aus dem Winkel fixierte. Der Druck an meinem Hals verstärkte sich. Tränen liefen mir über die Wangen.

Plötzlich fuhr ein Ruck durch uns hindurch. Ich wusste, nun sammelte sie ihre Kräfte, um mich endgültig zu erreichen, doch sie ließ von mir ab. Ihre Klauen wollten mich nicht loslassen, zogen mich mit, mit solch einer Kraft, dass ich Sterne sah. Ich erkannte nur einen schwarzen Sturm, der die Frau in Rot packte und in der Luft auseinanderriss. Den Oberkörper donnerte der Fremde auf den Boden bis der Schädel platzte und ihn von oben bis unten mit schwärzlichem Blut bespritzte.

Ilias Schultern bebten und er ließ den schlaffen Körper fallen. Er stierte mich an, vollkommen ausdruckslos, nur seine wütend nach unten gezogenen Augenbrauen verrieten eine Regung in ihm.

Ein ohrenbetäubender Knall zerriss den Moment, Ilias taumelte. Aus einem Streifschuss in seinem Hals floss Blut, nicht viel, aber genug, um ihn zu faszinieren.

Shawn schlitterte an meine Seite, legte den Arm um mich, hob mich hoch. Wie einen nassen Sack warf er mich über seine Schulter, um mit der freien Hand auf Ilias zielen zu können.

Sie starrten einander an. Blau traf auf Grün. Es war Ilias, der den Kontakt brach und davon ging.

Shawn rannte los, mich immer noch über der Schulter liegend. Alles, was ich sehen konnte, war Ilias' Rücken und sein wehender Umhang. Er schritt durch das Blutbad, das er angerichtet hatte, ohne hinabzusehen.

Endlich setzte Shawn mich auf der Rampe ab. »Bleib hier«, keuchte er. Ich hätte eh nicht fortgehen können. Zitternd, die Arme um mich geschlungen, damit ich nicht auseinander fiel, saß ich da und wartete, bis Shawn mit dem letzten Infizierten zurückkehrte.

Abgesehen von meinem schnellen Atem blieb die Stadt still, obwohl das Echo des Schusses noch einige Male zwischen den Häusern geklungen hatte. Niemand war aufmerksam darauf geworden. Warum?

Erst als ich wieder auf der anderen Seite der Mauer war, dämmerte mir, was soeben geschehen war.

Ilias hatte mich gerettet.

Kapitel 28.

Sobald ich sicheren Boden unter mir hatte, sackte ich wieder zusammen. Meine Beine versagten mir den Dienst, ich fand keine Kraft mehr. Wäre Ilias nicht gewesen, hätte mich die Infizierte wie eine Krabbe aus meinem Anzug geschält und gefressen.

Eine Hand legte sich auf mein Knie. Ich zischte. Es tat noch entsetzlich weh von meinem Sturz. Shawn hatte bereits die Infizierten verladen und den Helm kurz abgelegt.

»Lass mich deinen Hals sehen. Du musst dich untersuchen lassen.«

Ich schluckte hart.

Es lag nichts Erotisches in der Art, wie Shawn erst meinen Hals, dann meine Schultern und schließlich meine Beine absuchte. Ich fror in meiner Unterwäsche, doch gleichzeitig war mir zum Lachen zumute.

»Du scheinst unversehrt. Aber an deinem Hals werden ein paar schöne, blaue Flecke entstehen. Tut dir noch was anderes weh?«

»Ich glaube mein Genick ist gebrochen«, murmelte ich leise. Er schmunzelte. »Passiert mir ständig. Na komm, zieh dich an, wir haben nicht mehr viel Zeit.«

Wie ferngesteuert sank ich neben Shawn in den Sitz. Dieser schaukelte mich hin und her; ich war nicht in der Lage, meine Muskeln genügend anzuspannen. Meine Gedanken erforderten all meine Kraft.

Ilias. Er hatte mich gerettet. Ich hatte ihn belogen und trotzdem hatte er über mich gewacht. Als wäre er mein Schutzengel, mit Klauen und Wut bewaffnet.

Shawn fragte mich nicht einmal, ob ich ihm helfen würde. Er ließ die Infizierten selbst frei, kletterte wieder zu mir in den schützenden Wagen, noch bevor die Schüsse fielen, zog mein Gesicht samt Helm an seine Brust.

Dennoch glaubte ich das Knirschen der Reißzähne hören zu können. Den Schrei der Frau, die bei lebendigem Leibe gefressen wurde. Er würde sich in mein Gedächtnis brennen.

Nachdem die Infizierten ihr Mahl beendet hatten, liefen sie suchend umher, der Matsch, gemischt aus Staub und Blut, klebte an ihren Füßen und verlieh ihnen einen taumelnden Gang.

Shawn drückte kurz mein Knie, dann nahm er eine lange Waffe mit breiterem Lauf zur Hand und ließ einen Pfeil, gefüllt mit einer gelblichen Flüssigkeit, in den breiten Lauf rutschen. Weitere legte er in einem Päckchen auf das Armaturenbrett. Er öffnete vorsichtig die Tür, legte den Lauf in die kleine Lücke zwischen ihr und dem Rahmen. Er stützte den Kolben gegen seine Schulter, zielte und traf. Auch der zweite Schuss saß. Nur der letzte Infizierte, der, den er alleine aus der Stadt geholt hatte, wurde um wenige Zentimeter verfehlt, weil er sich nach den dumpfen Aufschlägen seiner Artgenossen umgewandt hatte.

Shawn fluchte, fingerte nach der nächsten Spritze, während der bullige Mann hell kreischend auf uns zu donnerte. Er packte nach Shawn, doch bevor er seinen Kiefer gegen dessen Helm schlagen konnte, hatte Shawn die Spritze gepackt und rammte sie ihm mit der bloßen Hand direkt in die Wange. Dann sprang er weg, der Infizierte wollte ihm folgen, doch Shawn klemmte ihn zwischen Tür und Wagen fest, bis er strampelte und erschlaffte. Zu schnell hatte das Serum sein Nervenzentrum lahmgelegt.

Shawn atmete erleichtert aus. Auch ich hatte vor Angst die Luft angehalten und versteift auf meinem Platz gekauert. Mein Partner packte den schlaffen Leib und warf ihn als erstes in den Laderaum.

Sobald alle verstaut waren, warf er sich neben mich auf den Sitz und seufzte schwer. Ich wusste, er wollte sich durch die Haare fahren, aber den Helm würde er nicht abnehmen.

Wir brachten die Infizierten zurück. Dabei hievte ich sie an ihrem Oberkörper zu Shawn auf die Mauer und er warf sie einfach nach unten. Als ich den Infizierten anhob, der Shawn beinahe erwischt hatte, knackte seine Schulter und ich zuckte erschrocken zusammen, voller Angst, ihm die Knochen gebrochen zu haben. Doch dann schüttelte ich über meine eigene Dummheit den Kopf. Das konnte mir doch egal sein.

Nachdem die Infizierten drüben waren, drehte sich Shawn zu mir um. Er war auf dem Zenit der Mauer geblieben, während ich im Aufzug kauerte. Gemeinsam fuhren wir runter und der Knoten in meinem Magen wollte sich allmählich lösen. Eine Hand schlang sich um meinen Arm, hielt mich auf, bevor ich den Fahrstuhl verließ. Als Shawn sprach, ließ er mein Herz stehen.

»Er hat dich gerettet. Der Untote. Er hat die Infizierte getötet und mich nicht aufgehalten, als ich dich in Sicherheit bringen wollte.«

Am liebsten hätte ich kichernd abgewunken, aber ich wusste, mein Lachen würde hysterisch und falsch klingen. Also schwieg ich und hoffte, er würde mein rasendes Herz nicht hören. Shawn zog den Helm ab.

»Ich habe ihn schon ein paar Mal gesehen«, fuhr er fort. »Er lungert oft am Tor herum. Weißt du, was das zu bedeuten hat, Vika? Lass uns zum Tor und sehen, ob er da wieder steht.«

Er nahm meine Hand und wollte mich mit über die Kante ziehen, aber ich hielt dagegen. »Ich weiß nicht, ob das so eine gute Idee ist«, versuchte ich es zögernd.

»Ach, komm schon. Es ist ein Tor dazwischen, du wirst nicht wieder angegriffen.«

Er sah mich bittend an, in seinen funkelnden Augen erkannte ich etwas, dass ich selbst vor ein paar Wochen empfunden hatte. Hoffnung.

Diesmal schaffte er es, mich mitzuziehen und er ließ mich erst wieder los, als wir vor dem Tor standen. Bald würden Claire und Alice kommen, um uns abzulösen. Meiner Meinung nach konnten sie gar nicht früh genug da sein.

»Shawn ...«, begann ich wieder, aber er ignorierte mich. Er schnalzte mit der Zunge und pfiff als wolle er einen Hund anlocken. Ilias würde das sicherlich nicht mögen. Alles, was Shawn erreichen würde, wäre ein Aufstand am Tor. Bald schon antworteten die Infizierten ihm und Shawn entfernte sich wieder vom Gatter. Ein kleines Rudel von vier Infizierten blieb keuchend und lauernd vor uns stehen.

»Shawn, die Sonne ist bereits aufgegangen. Claire und Alice warten bestimmt an der Hütte auf uns.«

Er seufzte nur und ließ ergeben die Schultern hängen. »Ja, du hast recht. Aber wenn wir ihn fangen können, könnte ein Arzt erforschen, was ihn unterscheidet. Stell dir nur vor wir könnten ... immun werden.« Ich schwieg. Auch wenn ich dies selbst dachte, fürchtete ich mich nun davor, was mit Ilias geschehen würde. Er war mein Geheimnis gewesen und nun sollte er ein Versuchskaninchen werden.

Auf der Rückfahrt konnte man die dicke Luft förmlich greifen. Shawn war enttäuscht, weil ich mangelnde Begeisterung zeigte. Ich wollte etwas sagen, wusste aber nicht, wie ich beginnen sollte. Dass ich mich merkwürdig benahm, war mir klar. Shawn sprach es nicht an, aber ich wollte etwas dazu sagen.

»Es tut mir leid, ich war dir eine Last«, begann ich.

»Du warst unter Schock, ich kann das verstehen. Ich mache diesen Job jetzt lange genug, um die Anzeichen zu erkennen. Ich wäre dir niemals sauer.«

Er musterte mich, schenkte mir den Moment, um mich darauf zu besinnen. Er hatte recht, ihm gehörte bereits eine Routine, die ich noch nicht erreicht hatte. Aber das war nicht alles.

»Ich hätte dir helfen müssen. Dieser Infizierte hätte dich erwischt, wenn du nicht schnell genug gewesen wärst.«

»Aber ich war es.« Nun zuckte doch sein Mundwinkel. »Vika, wenn du in Gefahr gerätst, rette ich dich. Und ich weiß, dass du das auch für mich tun würdest. Bereits getan hast. Du beschützt mich.«

Ich war mir da nicht so sicher.

»Du machst nie Fehler«, setzte ich wieder an. Er schwieg kurz. Dann breitete sich sein schiefes Lächeln auf seinem Gesicht aus. Es lag keine Freude darin. »Als die Infizierte dich angegriffen hat, hätte ich sie wegzerren können. Ich hätte sie erschießen können, aber ich war zu gelähmt vor Angst. Ich hätte dich verlieren können.«

»Aber …«, fing ich nach einer Weile wieder an, »du bist sonst immer so besonnen. Wie schaffst du das?«

Shawn räusperte sich. »Das hat mit Claire zu tun. Wir kannten uns schon vor der Mauer. Sie ist hart im Nehmen, sie ist klug und sie ist ein Kontrollfreak. Sie hat mir immer eingebläut, wie ich mich verhalten soll. Sie sagte stets ‚Tu so, als wolltest du mich beeindrucken. Worauf achtest du?'. Und das habe ich gemacht. Und so dumm es auch klingt, es hilft. Wenn ich dich beeindrucken möchte, dann vergesse ich keine Regel.« Wir lächelten. Die wohlige Wärme in meinem Bauch, die bei diesen Worten entstanden war, betäubte vorerst die Erinnerungen des Tages. »Kannte dein Partner diese Tipps auch?«

»Natürlich. Wie kein anderer.« Traurig verzog er die Lippen. *Dumm*, schalt ich mich. *Warum musstest du das fragen?*

Glücklicherweise kam in dem Moment die Hütte in Sicht.

Noch bevor wir aus dem Wagen gestiegen waren, schwang die Holztür auf und Alice stand mit einem Gewehr im Eingang. Shawn sprang raus und hob beruhigend die Hände. »Hey, was soll das denn werden?«

»Seid ihr gebissen worden?«, rief Alice, ohne den Lauf von ihm zu richten.

»Was? Nein, wie kommst du darauf? Alles ist glatt gelaufen.«

»Richard sagte, sie sei angegriffen worden und nicht ansprechbar gewesen, als ihr vorhin die Infizierten ausgesetzt habt.« Sie nickte in meine Richtung. Sobald auch ich ausgestiegen war, richtete sie das Gewehr auf mich. Ich blieb erstarrt stehen.

»Ich habe sie untersucht.« Shawn kam langsam auf Alice zu und legte seine Hand auf ihre Stützhand am Lauf, schob die Mündung zur Seite. Verunsicherung lag in ihrem Auge. Gehetzt sah sie zwischen uns hin und her. »Du deckst sie doch nicht etwa?«

»Soll ich mich ausziehen?«, rief ich und trat, von einem mir unbekannten Mut angetrieben, auf sie zu. Endlich ließ ihre Anspannung nach, sie senkte die Waffe und betrachtete mich. »Es tut mir led. Hier draußen muss man auf alles gefasst sein.«

»Glaub mir, würde sich eine von euch infizieren, würde ich sie lieber erschießen, als sie dieser Demütigung auszusetzen.« Irgendwie konnte ich mich über Shawns Kompliment nicht freuen.

»Claire ist drinnen. Wir haben eure Sachen schon zusammengeräumt. Sie wird erleichtert sein, wenn sie davon hört. Sie hätte euch nur ungern erschossen.« Alice versuchte ein Zwinkern, ein Lächeln, aber es gelang ihr nicht. Und das lag nicht am fehlenden Auge. Ihre Miene verhärtete sich.

Shawn nickte und umfasste meinen Ellenbogen. Sanft führte er mich, während ich mich dankend gegen ihn lehnte. Er war meine Stütze. In so vielerlei Hinsicht.

»Richard hätte trotzdem nicht die Pferde scheu machen müssen!«, rief Shawn Alice noch über die Schulter zu.

»Er ist ein Freund deines Vaters, was erwartest du? Am Ende hoffte er noch, wir würden sie erschießen.« Dazu sagte Shawn nichts. Aber ich meinte seinen Kiefer mahlen zu hören. Mir wurde schwindelig. Sah Harrison mich immer noch als Bedrohung an? Als Hindernis, als lästiges Insekt? Womöglich alles von dem.

Claire beäugte uns misstrauisch, als wir in die Hütte kamen. Doch sobald sie sich zu mir hinab gebeugt und meine Augen begutachtet hatte, die immer noch dunkelbraun und ohne jeglichen milchigen Hauch waren, glätteten sich ihre Sorgenfalten und sie hievte mir die erste der Kisten in die Arme.

»Was hat euch denn so lange am Tor aufgehalten? Wir haben euch längst erwartet«, sagte sie beiläufig. Shawn blieb bei ihr stehen, er sprach nicht, beobachtete mich nur. Ich duckte mich unter seinem Blick hinweg und verließ die Hütte.

Panik wollte sich in mir anstauen. Er durfte ihr nicht von Ilias erzählen. Er durfte nicht zu ihnen ans Tor. Sein Geheimnis würde ihn auf einem Labortisch enden lassen.

Aber zu mir würde er auch nicht mehr kommen.

Er hatte mich verlassen.

Kapitel 29.

Shawn war auf der Fahrt eingeschlafen. Sobald ich das Auto hinter der Mauer geparkt hatte und bereits Grenzer angelaufen kamen, musste ich ihn wecken, doch bei dem Anblick der grauen Ränder unter seinen Augen glaubte ich, mir würde kaum etwas so schwerfallen.

Ich war schwach. Angezogen von seinem zerwühlten Haar, dem unschuldigen Gesicht, hinter dem so viel Stärke und Mut eingesperrt war, seinem Duft, lehnte ich mich zu ihm und barg mein Gesicht kurz in seiner Halsbeuge. Leise murmelte ich ihm ins Ohr: »Wir sind da.« Mehr brauchte es nicht, um ihn zu wecken. Vielleicht hätte ich nicht mal etwas sagen müssen.

Wir überließen es den Grenzern, unseren Wagen auszuladen und gingen uns umziehen. Erinnerungen daran, wie Shawn meinen Körper auf Bisse abgesucht hatte, tauchten in meinem Kopf auf und ich lief rot an. Mein Herz pochte. Könnte er mich doch nur nochmal berühren. Könnte mich doch nur Ilias berühren.

Die Verzweiflung schnürte mir meine immer noch brennende Kehle zu.

»Ich werde vorher noch zum Arzt gehen«, rief ich über die Schulter. Mit vorher meinte ich, bevor ich tot in mein Bett fallen und bis zum Montag durchschlafen würde.

»Ich begleite dich«, murmelte er. Auch ohne ihn zu sehen, wusste ich, wie müde er noch war.

»Du solltest dich lieber hinlegen.«

»Es wäre aber besser«, hielt er dagegen. Wir wandten uns einander zu. Braun traf Grün. »Ich habe den Angriff gesehen.«

»Und ich ihn gespürt, ich werde Doktor Lewis schon sagen können, wo es drückt.«

Seine Mundwinkel zuckten.

»Dann sollte ich wenigstens dafür sorgen, dass du einen neuen Halsschutz und einen neuen Anzug bekommst.«

Im Krankenhaus wies mich die Empfangsdame sofort zurecht, dass ich meine Mutter noch nicht sehen dürfe, bevor ich überhaupt den Mund aufbekommen hatte. Verlegen erklärte ich ihr, dass ich eine Wächterin sei, doch bevor ich mir eine geeignete Lüge ausdenken konnte, winkte sie mich auch schon mit sich.

»Wächter haben immer Vorrang«, unterrichtete sie mich. Ich war nur froh, nicht gegen meinen Vertrag - niemandem von meinem Job erzählen zu dürfen - verstoßen zu müssen.

Tatsächlich verlor der Arzt keine Sekunde. Als er zu mir in das Behandlungszimmer Nummer 4 kam, klebte ihm noch ein Krumen Brot im Mundwinkel, den er eilig wegleckte. Ich musste nichts sagen, er bereitete sofort eine Lampe vor, mit der er meinen kompletten Körper ableuchtete und die, so sagte er zumindest, Schürfwunden besonders gut sichtbar machte. Ich ließ ihn gewähren.

Die blauen Flecke an meinem Hals und die Blutergüsse an meiner Schulter waren nicht zu übersehen. Dafür bekam ich eine Salbe und eine Art Halskrause, die er »KED« nannte. Sie würde meinen Kopf stabilisieren und verhindern, dass ich mir in meinem angeschlagenen Zustand noch das Genick brach.

Als ich wieder aufstehen wollte und ihm die Hand reichte, hielt er mich fest. »Sie sollten zur Überwachung hier bleiben. Ich schließe eine Gehirnerschütterung nicht aus, Sie müssen stark herumgewirbelt worden sein. Das dient nur zur Vorsicht, Sie brauchen keine Angst zu haben, aber wir müssen Ihre Atmung bei Nacht überprüfen können.«

»Meine Atmung?«, meine Stimme hörte sich merkwürdig hoch an. Die Halskrause saß so fest, dass ich kaum sprechen konnte.

»Wegen inneren Blutungen. Keine Sorge, es wird mit großer Wahrscheinlichkeit nichts passieren. Sie können sich glücklich schätzen.«

Ich schnaubte.

Mein Krankenzimmer für diese Nacht war klein und viel schlichter als das, in dem Shawn damals untergebracht worden war. Wenigstens war ich allein. Sobald Shawn ausgeschlafen und von meinem Krankenhausaufenthalt erfahren hatte – er hatte ziemlich lange vor der verschlossenen Tür meines

Hauses gesessen, ehe er auf den Gedanken kam – war er zu mir gefahren und leistete mir nun Gesellschaft. Von ihm wusste ich, dass es Pflicht war, Wächter nicht mit normalen Patienten im selben Raum unterzubringen.

»Wächter sprechen oft im Schlaf«, hatte er nur gesagt. Sofort hatte ich die Decke enger um mich geschlungen.

Er blieb, bis die Besuchszeit ihn heim zwang. Die Nacht hindurch wurde ich von Albträumen geplagt.

Die Infizierte jagte mich. Ihr heißer Atem prallte gegen meinen Nacken, ich drehte mich um, fuhr wie ferngesteuert rückwärts von ihr davon. Hinter ihr ragte die schützende Mauer auf. Jemand stand dort, winkte panisch, aber ich konnte nicht zu ihm gelangen. Die Macht, die mich fortbewegte, ließ mich nicht entkommen.

Klauen rissen an mir, zerrten an meinem zarten, weißen Kleid. Geifer troff aus dem Schlund der Frau, das blinde Auge war weit aufgerissen und blendete mich fast. Ich wollte schreien, wollte gegen meine Schädeldecke trommeln, um mich zu wecken, aber ich konnte es nicht. Dann stürzte sie sich auf mich. Ihre Knöchel brachen, nichts hielt sie auf, als sie sich auf mich stürzte und mich zu Boden drückte. Ich landete hart, etwas Spitzes grub sich in meinen Po.

Über mir war nichts außer Schwarz und Rot. Blut tropfte wie Regen auf mich hinab, umfloss mich und die Leiche, die über mir kauerte, färbte den Stein rot, floss die Stufen hinab, auf die wir gestürzt waren. Wir waren nicht mehr in der Totenstadt.

Wie auf einem Podest lagen wir mitten in dem Einkaufszentrum, durch das Shawn mich geführt hatte. Blinde Augen stierten uns an, Münder gespickt mit Reißzähnen murmelten und knurrten. Sie lechzten nach meinem Blut.

Das schwarze Haar der Frau umspielte mein Gesicht, nahm mir die Sicht. Doch dann war es, als wurde die Zeit angehalten. Die fettigen, schlammigen Strähnen wurden sanft und weich, liebkosten meine Haut. Eisblaue Augen musterten mich, abschätzend und besitzergreifend zugleich.

Und meine Erinnerungen an ihn wandelten den bösen Traum in einen Guten.

Shawn besuchte mich auch wieder am nächsten Tag. Mehr noch, er kam in mein Zimmer rein, den Gurt seiner Gitarre um die Schulter gelegt und dirigierte zwei Krankenpflegerinnen, die ein weiteres Bett reinschoben.

»Ich ziehe bei dir ein«, verkündete er laut und ließ sich auf das zweite Bett fallen. Verständnislos starrte ich ihn an, reden tat mir immer noch weh, aber er verstand, was ich wollte. »Naja, daheim ist es so langweilig und ich vermisse dich. Vitamin B schadet ja nicht, also darf ich hier bleiben und dich unterhalten.« Er schwang die Gitarre herum, bis sie perfekt in seinen Händen landete und setzte sich auf das Bett. »Freust du dich?« Das kleine Lächeln auf meinen Lippen war ihm Antwort genug.

Shawn war ein wunderbarer Pfleger. Sobald unser Essen kam, merkte ich, wie sehr mich die Krause einschränkte. Shawn rutschte augenblicklich zu mir auf mein Bett und begann mir selbst noch die kleinen Brocken in meinem veganen Frikassee zu schneiden.

»Ich liebe das Essen. Nicht ganz so sehr wie deines und auch nicht wie das von Samuel, aber hier schmeckt es wirklich vorzüglich. Du entscheidest nicht zwischen Matsche und Pampe, du darfst sogar Extrawürste haben.« Er hielt mir die Gabel hin, als sei ich ein Kleinkind, das es zu füttern galt, doch als ich den Mund öffnete, zog er die Gabel schnell weg und steckte sie sich selbst in den Mund. Sein spitzbübisches Grinsen wollte mich zum Lachen bringen, doch als sich alle Muskeln in mir anspannten, drückte nur mein Hals und mir wurde schwindelig. »Vorsicht«, wisperte er und legte einen Arm um mich. Als ob ich mich entspannen könnte, wenn er mir so nah war.

Er fütterte mich vorsichtig, wofür ich sehr dankbar war. Da mein Kopf fixiert war, konnte ich gerade noch den oberen Rand meines Tellers erkennen, mehr nicht. Kleckern war ohne ihn vorprogrammiert. Sobald wir satt waren, schob er den auf Rollen gestellten Tisch fort und sah zu mir. Ich erwartete schon, dass er seine Gitarre holen und mir endlich etwas vorspielen würde, aber das tat er nicht.

»Ich muss ständig an diesen Infizierten denken.«

Er hatte den Blick auf seine Hände gesenkt. Meine gute Laune verrauchte wie ein Tropfen Wasser auf einer heißen Herdplatte. Wollte er wirklich über Ilias sprechen? Insgeheim hatte ich gehofft, er würde ihn vergessen, sich peinlich wegen seinem Verhalten vorkommen und nicht mehr darüber reden wollen. Aber dem war nicht so. Was hatte er Claire davon erzählt? Auch diese Frage keimte wieder in mir auf.

»Was, wenn es ein Zufall war?«, piepste ich. Und gleichzeitig fragte ich mich, wieso ich Ilias verleugnen wollte.

»Wie meinst du das?«

»Was, wenn die Infizierte noch nach Mensch roch?«

»Dann hätte sie erst vor kurzem sterben müssen. Und unsere Toten sind immer weiß gekleidet.«

»Nicht vor dem Ball.«

»Wir dürfen Akzente setzen.« Wie zur Untermalung seiner Worte zog er am Knoten seiner Krawatte, die er heute trug. Sie war grau.

»Was, wenn sie aus der Unterstadt war?« Mein Hals brannte immer mehr. Ich bekam kaum Luft, kleine Wolken blitzten vor meinen Augen auf, aber ich wusste nicht, ob sie nicht doch von meiner Panik stammten.

»So teure Kleidung trägt niemand in der Unterstadt. Die Leute dort können sich glücklich schätzen, wenn sie abgetragene Lumpen bekommen oder Decken um sich binden können.« Verblüfft sah ich ihn an. Woher wusste er das? Doch Shawn mied meinen Blick, die weichen Lippen zusammengekniffen.

»Wir sollten es vorerst für uns behalten«, sagte er dann schließlich. Eine Last - größer als ich zuerst angenommen hatte - fiel von meinen Schultern. »Ich glaube, mein Vater würde es sowieso ignorieren, wenn wir ihm von der Anomalie erzählen. Damit ich nicht in die Stadt gehe und ihn suche.« Eine Sanftheit erschien auf Shawns Zügen, die ich in der Verbindung mit seinem Vater nie gesehen hatte. Mir wurde schmerzlich bewusst, dass er ihn immer noch lieben musste. Natürlich, er war der Mann, der ihn groß gezogen hatte. Auch wenn ich Jack Harrison dafür verachtete, dass er meinen Bruder hinrichten und die Unterstadt im Dreck verkommen ließ, war er vielleicht mal ein liebender Vater gewesen, ein Wesen gebeutelt von der Zeit, zerfressen von Wahnsinn und Angst. Wie wir alle.

»Hätten die Rebellen früher von ihm gewusst, wäre es anders ausgegangen. Wir hätten so viel verhindern können.« Nun horchte ich auf. Shawn hatte leise gemurmelt, undeutlich, während er auf seiner Fingerkuppe kaute. Als er aufsah und mich bemerkte, erschrak er.

Rebellen.

Da war dieses Wort wieder, diese Gruppe, von der alle wussten, aber über die niemand sprach. Wenn es Oberstädter gab, die sich gegen Harrisons Regeln auflehnten, dann musste ich es erfahren. Ich wollte helfen! Ich wollte etwas erreichen.

Nicht zum ersten Mal hatte ich den Eindruck, einen dieser Rebellen vor mir zu haben. Er hatte mir in meiner ersten Woche gebeichtet, dass selbst manche Oberstädter nicht mit der Ungerechtigkeit zufrieden waren, mit der sein Vater herrschte. Aber Shawns verschlossene Miene verriet mir sofort, dass er nicht darüber reden würde. Genauso wenig wie Charles. Oder Diane. Was war passiert?

»Das ist kein gutes Thema«, sagte Shawn schließlich. »Es hat vielen Unbeteiligten das Leben gekostet, das möchte ich nicht für dich.« Aber ich saß doch mittendrin! Wer war denn sonst so dick auf Harrisons Abschussliste geschrieben wie ich? Das Mädchen aus der Unterstadt, das Mädchen, das einen Arzt angriff und vor dem man fürchtete, es könne eine Rebellion anzetteln. Shawn konnte mich nicht schützen, nicht für immer.

»Ich will es wissen«, krächzte ich, doch er hob mahnend den Zeigefinger. »Nein, das ist ein wirklich dummer Gedanke. Wir wechseln das Thema, sofort.«

»Du hast angefangen.«

»Und ich beende es auch. Kein Wort über den Infizierten und keins über die Rebellen. Nicht hier.«

Erst an der Stadt der Toten.

Kapitel 30.

Shawn durfte tatsächlich bei mir übernachten und es war so schön wie schon lange nicht mehr. Ähnlich wie bei Diane saßen wir abends zusammen, sahen zu, wie sich die Welt mitternachtsblau färbte, ehe Shawn seine Gitarre zu sich zog und leise ein paar Akkorde zupfte. Wir verbrachten die meiste Zeit damit, uns über unsere Kindheit auszutauschen, erfüllten den weißen, kargen Raum mit bunten Erinnerungen und Lachen.

Schon am Wochenende durfte ich mein Halskorsett abnehmen. Shawn packte unsere Taschen, was mir anfangs peinlich war, während ich zu Doktor Lewis ging. Er befreite mich von der Krause, tastete meinen Hals mit kalten Fingern ab, leuchtete mir in den Rachen und nahm zufrieden lächelnd seine Brille ab, ehe er mir offenbarte, dass ich wieder arbeitsfähig war. Für jeden anderen wäre dies wohl eine Strafe gewesen.

Der Arzt schenkte mir ein väterlich-mitleidiges Lächeln, schüttelte mir die Hand und wandte sich zum Gehen, doch ich hielt ihn fest. Das war meine Chance.

»Doktor Lewis, noch eine Frage. Was ist mit meiner Mutter? Warum darf ich sie nicht sehen? Und wenn ich nur kurz an ihrem Bett stehen darf, ich vermisse sie so sehr.«

Der hochgewachsene Mann vor mir seufzte schwer. Er schob sich die Brille auf die Stirn und massierte seine Nasenwurzel. Die Augen hatte er zusammengekniffen. Solche Unterhaltungen führte er bestimmt zu oft.

»Miss Bain, ich verstehe Ihre Sorge. Aber in unserer Welt gibt es Regeln, die ich zu befolgen habe, egal, ob ich es möchte, oder nicht. Ich kann da leider keine Ausnahme machen.«

Ich seufzte verbittert. »Okay, trotzdem vielen Dank.« Ich wedelte mit meinen Entlassungspapieren, die er mir soeben unterschrieben hatte.

Shawn ließ es sich nicht nehmen, mir die Tasche bis nach Hause zu tragen. Mehrmals versuchte ich sie ihm zu entreißen, doch er hielt sie stets lachend aus meiner Reichweite.

»Du bist doch sowieso zu klein und schmächtig, um sie zu tragen«, sagte er dann, wenn ich hüpfend nach ihr greifen wollte. Teils lachend, teils japsend gab ich es schließlich auf. Ich hätte es nur noch geschafft, wenn ich ihm auf den Rücken gesprungen wäre, aber da dort seine Gitarre hing, hütete ich mich das kostbare Instrument zu gefährden.

Shawn verbrachte die letzten beiden Tage bei mir, assistierte mir beim Kochen, indem er mir alte Lieder vorspielte. Manche Melodien erkannte ich sogar und es stimmte mich traurig, nicht den Text zu wissen. Gern hätte ich gesungen. Einfach nur, um meiner Leichtigkeit Ausdruck zu verleihen. Mit Shawn war alles leicht.

Doch trotz all dieser Leichtigkeit schwebten immer noch meine unbeantworteten Fragen über uns.

Claire und Alice hatten dicke Luft, als wir bei ihnen ankamen. Wie Claire mir erklärte, war Alice fast in Panik ausgebrochen, als sie einen Infizierten fangen sollte und hatte sie beide in Gefahr gebracht. Die strenge und unerschütterliche Claire hatte das nicht tolerieren können und das Mädchen zusammengefaltet. Hinter der großen Frau erkannte ich, wie Shawn die schluchzende Alice tröstend in den Arm nahm. Die beiden passten zueinander. Verstoßene, die sich aneinander klammerten.

Zum Abschied drückte ich Alice besonders lang und sie nahm die Geste dankbar an. Sie wirkte so zerbrechlich, als sie neben Claire auf dem Beifahrersitz zusammensackte. Es war nicht fair, ihr diese Aufgabe aufzubürden. Für niemanden von uns war es fair.

Gerade als ich unseren Kofferraum auspacken wollte, hielt Shawn mich auf. Sanft zog er meine Hand zu sich und brachte mich dazu, zu ihm aufzusehen.

»Lass uns alles mitnehmen. Wir bleiben zusammen dort und suchen nach dem Infizierten. Wenn er an die Mauer kommt, ist das gut, wenn nicht, auch. Ich möchte dich nicht wieder in Gefahr bringen.« Mir wurde mulmig zumute. Aber wie hätte ich widersprechen können? Ergeben nickte ich und stieg wieder zu ihm in den Wagen.

Ich hatte noch nichts gegessen und ehe ich mich auf meinen Posten stellte, rüstete ich mich noch mit einem Apfel aus. Die Frucht knackte unter der Kraft meiner Zähne, er war herrlich fruchtig und sauer. Ich aß ihn samt Gehäuse und schnippte zum Schluss nur noch den Stiel weg. So abgelenkt in meiner kleinen Euphorie bemerkte ich Shawn erst danach.

»Was machst du da, du Idiot?«, rief ich aus und wollte ihn vom Gatter wegziehen. Er hatte sich einen geräucherten Schinken geschnappt und wedelte damit durch die Gitterstäbe hindurch herum.

»Vielleicht lockt ihn das an.«

»Hast du jemals einen von ihnen Schwein essen sehen? Oder etwas Gekochtes?«

»Nein, du hast Recht, das sind ziemliche Banausen. Vielleicht sollte ich mein Gesicht …«

»Untersteh dich«, drohte ich. Shawn war zu versessen darauf, den Infizierten zu finden. Jetzt konnte ich fast die Sorgen seines Vaters verstehen, die er im Krankenhaus angesprochen hatte. Angetrieben durch den Wunsch der Heilung könnten wir in unser Verderben rennen.

Shawn ließ auch die nächsten Tage nicht von seinen Versuchen ab. Einmal streckte er sogar seinen Arm durch das Gitter, doch als er meinen Aufschrei hörte, zog er ihn schnell wieder zurück. Gerade rechtzeitig, denn ich hatte ein paar herumstreifende Infizierte angelockt, die uns für den Rest des Tages keine Ruhe ließen. Ilias war nicht unter ihnen.

Je mehr Shawns Versuche scheiterten, desto verdrießlicher wurde er. Es schmerzte mir mitanzusehen, wie mein sorgloser, süßer und optimistischer Freund zu einer eigenen Form von Infiziertem wurde. Seine wüst abstehenden Haare, wenn er den Helm abnahm, oder die verbissen zusammengekniffenen, vor Resignation hellen Augen veränderten ihn komplett. In solchen Momenten ähnelte er seinem Vater.

Ich wusste nicht, wie ich ihm helfen konnte.

Nachdem Shawn am dritten Tag mit einem weiteren Schrei die Untoten anlockte und sie das Tor für fast fünf Stunden nicht verließen, fühlte ich mich zermürbt. Sie stemmten sich gegen das Gitter, eine Wand aus Schlünden und Klauen, weit aufgerissenen, weißen Augen. Ich konnte nicht schlafen. Es verfolgte mich.

Wenigstens schaffte ich es, Shawn ab und zu dazu zu überreden, in die Hütte zu fahren und zu duschen. Auch ich wusch mich oft, obwohl ich mir stets Sorgen um ihn machte und so schnell wie möglich zurückwollte.

Als ich am letzten Abend zu ihm zurückkehrte, tigerte er gerade wie ein gefangenes Tier auf und ab, starrte erst in die Ferne zu den zerstörten Bauten, dann kurz zu mir und drehte ab zur nächsten Runde.

Es war zum verrückt werden: ich versuchte still neben ihm zu wachen, aber ich merkte, wie seine unruhige Stimmung auf mich überging. Nicht selten zog ich meinen Zopf aus meinem Rückenausschnitt und zwirbelte die Spitze, oder zog meinen Zeigefinger aus dem Handschuh, um den leeren Gummifinger zu drehen. Als wir die vorletzte Wache antraten, platzte mir endlich der Kragen. Ich hielt ihn fest, wirbelte ihn zu mir herum und setzte meinen strengsten Blick auf.

»Shawn Harrison, du gehst jetzt zur Hütte und schläfst aus. Deine Augenringe sind so groß, dass bald du als Infizierten-Kuriosität zählen kannst. Und wenn da einer ist, der anders ist, was macht das schon? Willst du dafür dein Leben riskieren?« Für meinen nächsten Satz hasste ich mich jetzt schon. »Oder Meines? Geh schlafen. Oder erzähl mir von den Rebellen.« Er schnaubte nur, ließ dann aber die Schultern sacken. Ich sah den Kampf in ihm, den Wunsch, mir etwas entgegen zu können, aber er erkannte die Logik in meinen Worten.

»Danke. Dass du auf mich aufpasst«, raunte er schließlich und stieg endlich in das Auto ein. Als er davonfuhr spürte ich, wie ich mich entspannen konnte. Soweit es eben möglich ist, wenn der Tod im Rücken lauert.

Dank Shawn spukten auch in meinem Kopf Fantasien über eine bessere Zukunft. Wir hatten alle Infizierten eingesperrt. Wir könnten draußen leben, wenn die Wüste nicht unbewohnbar wäre. Wir müssten die Asche entfernen, wir könnten anpflanzen, Tiere züchten und auswildern. Herrliche Wiesen kamen mir in den Sinn. Unberührt vom sauren Regen. Menschen, die gehen konnten, wohin sie wollten. Lachen. Leben. Ich vermisste es. Schmerzlich wurde mir bewusst, wie viel ich verpasst hatte. Es gab Tiere, Orte und Geschichte, die ich noch nie gesehen hatte. Und wohl niemals sehen würde. All das hatte mir diese Krankheit genommen. Nicht nur mir. Und nicht nur das.

Wenn ich an meinen Vater dachte, schmerzte mein Körper so sehr, dass ich mich vornüberbeugen und übergeben wollte. Wenn er doch nur auch in der Stadt der Toten sein könnte. Wenn Ilias doch nur seine Rettung hätte sein können. Hoffentlich gab es eine Erlösung nach dem Tod, auch für Infizierte.

Ich nahm meinen Helm ab, er schnürte mir die Luft ab und mein immer noch angeschlagener Hals rebellierte. Ich wollte atmen, frische, gesunde Luft atmen, ich wollte frei sein, frei von Angst, Lügen und Intrigen.

Heiße Bäche flossen über meine Wangen und ich konnte sie nicht stoppen. Ich fühlte mich verrückt, als säße mein ganz persönlicher Virus in mir.

»Vika.«

Erschrocken wirbelte ich herum, eine Hand am Abzug meiner Waffe, jeder Muskel zum Zerreißen gespannt. Zum ersten Mal, seit ich ihn kannte, wirkten seine Augen ruhig und besonnen. Nachdenklich fast. Die unterschwellige Wut, die ihn stets begleitet hatte, war fort.

»Ilias«, keuchte ich und stolperte zu ihm. Ich konnte es nicht ertragen, auch nur eine weitere Sekunde von ihm getrennt zu sein, ich wollte in seine Arme sinken, mein Gesicht an seiner Brust bergen, die sicherlich hart und schutzbietend und so perfekt für mich war. Ich warf mich fast gegen das Gitter, starrte verzweifelt zu ihm auf. Er musterte mich und langsam kehrten Emotionen in seine Augen.

Ich konnte Enttäuschung und Sehnsucht sehen. Und auch die Wut, von der ich glaubte, sie sei von ihm gewichen. Es gab noch so viel, was ich über ihn wissen musste. Obwohl ich die Zuneigung zu ihm spürte, meine Sehnsucht, war ich mir bewusst, dass ich nichts über ihn wusste. Ich fühlte nur. Und es brachte mich schier um.

Ich wollte ihn küssen, meine Entschuldigung in Berührung verpacken, aber das wäre nicht richtig gewesen. So stand ich einfach nur da und wartete auf sein Urteil. Ungeduldig trat ich von einem Bein auf das andere. Er bemerkte es und zog die geraden Augenbrauen in die Höhe.

»Hast du noch Schmerzen?«, erhob er endlich die Stimme. Seine Sorge erwärmte mir das Herz. Also war ich ihm doch noch nicht egal. Vielleicht konnte er mir meine Lüge verzeihen.

»Nein, mir geht es gut. Mein Hals hat noch eine Weile weh getan, aber es war nicht so schlimm. Wie geht es dir? Erzähl mir von dir«, drängte ich ihn. Er schloss langsam die Augen, sammelte sich. Dann öffnete er sie wieder. Eine Veränderung ging in ihm vor. Als müsse er etwas in sich unterdrücken. Er betrachtete mich von oben bis unten und ich spürte, wie mir wohlige Schauer über die Haut liefen.

»Du hast ihn geküsst.« Er sagte es ohne jegliche Emotionen, dabei kochten sie doch in ihm. Nun war es an der Zeit, endlich ehrlich zu sein. Zum ersten Mal, seitdem ich den Vertrag unterschrieben hatte, schwor ich mir, keine einzige Lüge oder Ausflucht mehr zu erzählen. Hoffentlich hielt ich durch. Für ihn.

Seine blauen Augen nagelten mich förmlich auf meinem Platz fest, zwangen mich dazu, endlich zu reden.

»Ilias, ich habe gelogen. Aber das weißt du ja schon. Obwohl wir uns schon geküsst haben, sind Shawn und ich nicht zusammen. Wir sind Freunde, gute Freunde sogar. So was braucht man, wenn man allein ist. Ich wollte dich nicht belügen, es tut mir leid.« Er schwieg. Bei dem Wort Freunde hatte er seine Lippen eingesogen und kaute nun auf ihnen herum. Sein Adamsapfel hüpfte, als er gegen etwas anschluckte.

»Ich habe dich verletzt und nichts, was ich sagen könnte, würde es entschuldigen. Ich bin zu ängstlich, zu verunsichert. Und wenn du gehen möchtest, dann verstehe ich es. Aber vorher muss ich mich bei dir bedanken. Du hast mich gerettet, obwohl ich dich so behandelt habe. Danke«, sagte ich leise. Der Kloß in meinem Hals war unerträglich.

Plötzlich griff er durch die Stäbe. Ich hatte keine Zeit zu schreien, erschrocken zu keuchen, oder mich zu wehren. Er presste seine kalten Finger auf meine Wangen und riss mich zu sich. Mein Nacken protestierte, als er mich auf die Zehenspitzen zwang und seine Lippen fest auf meine presste. Ich starrte ihn überrascht an, trotz seiner Kälte durchfuhr mich eine Hitze, die mich verglühen lassen wollte. Ich krallte mich in seine Arme, um mein Gleichgewicht zu halten, während meine Knie immer weicher wurden. Langsam schloss ich die Augen, sank gegen die Stäbe und trank gierig von meinen Empfindungen. Ich wollte mehr, so viel mehr.

Wir standen lange so da, erkundeten die Münder des anderen, meine Hände wanderten vorsichtig hinauf zu seinen Schultern und wieder hinab zu seiner Brust, wo sie auf den harten Muskeln verweilten.

Ilias fehlte die Sinnlichkeit, er war nicht weich, nicht wie Shawn. Und trotzdem verzehrte es mich nach ihm. Ich spürte, dass ich ihn liebte, obwohl es jeder Logik widersprach. Aber es war genauso unmöglich, dass er existierte. Und er tat es.

Irgendwann teilten sich automatisch meine Lippen und ich gewährte ihm

Zugang zu meinem Mund. Er öffnete seinen ebenfalls und ich spürte seine kühle Zunge, die mich sanft streichelte. Auch Ilias Hände wurden forscher, sie verließen mein Gesicht, wanderten hinab, wurden aufgehalten von dem Gitter. Er knurrte, hörte aber nicht auf. Bis er die Arme um meine Taille schlingen konnte, um mich leicht anzuheben. Das Eisen presste sich hartnäckig gegen meinen Körper, verhinderte, dass ich ihn berühren konnte, so wie ich es wollte.

Gerade als ich glaubte, nie wieder aus meiner Ekstase auftauchen zu können, schreckten uns Motorengeräusche auf. Wir fuhren auseinander. Ilias sah genauso zerwühlt aus, wie ich mich fühlte und ich setzte mir eilig meinen Helm auf, um dies zu vertuschen.

Als ich wieder aufsah und mich von Ilias verabschieden wollte, war er bereits verschwunden, als sei nie etwas gewesen.

Kapitel 31.

Shawn sah wesentlich besser aus. Anfangs konnte ich ihn nicht ansehen, war noch zu sehr in meiner Begegnung mit Ilias gefangen. Meine Lippen brannten noch immer und fühlten sich wund an von dem groben Kuss, den ich mit Ilias geteilt hatte. Es war fast so als habe er Besitz auf mich beansprucht und auf eine primitive Weise freute ich mich darüber.

Shawn schien mein merkwürdiges Verhalten aufzufallen, mehrmals sprach er mich an, manchmal musste er kurz an meiner Schulter rütteln, weil ich es nicht bemerkte. Ich versuchte ihn damit abzuspeisen, dass ich bloß müde war. Dabei träumte ich doch die ganze Zeit.

Er schien mir zu glauben und wir brachten die Wache ohne weitere Zwischenfälle hinter uns. Shawn fuhr uns zur Hütte zurück, im Wagen nahm er seinen Helm ab. Die Haare darunter waren immer noch klamm und klebten an seinem Kopf, wie feuchtes, rotes Laub.

Unsere Kameradinnen erwarteten uns bereits, packten ihre Sachen aus und winkten uns. Der Streit zwischen Alice und Claire schien im Laufe der Woche vergessen zu sein. Sie halfen uns noch beim Verladen, ehe mich beide in den Arm nahmen und mich an sich drückten. Diesmal war ich so müde, dass ich fast vergaß mich zu verabschieden. Mittlerweile musste ich meine Erschöpfung nicht mehr als Ausrede nutzen.

Gern hätte ich ihnen mehr Respekt gezollt, aber als sie merkten, dass selbst Shawns Energiereserven nachließen, winkten sie nur ab und schickten uns ins Bett. Es hatte etwas Endgültiges, sie diesmal im Rückspiegel verschwinden zu sehen, so als wüsste ich, dass ich sie nie wieder so sehen würde.

Im Wagen drohte ich fast einzuschlafen, aber ich wollte wach bleiben. Ich wollte in meinen Fantasien schwelgen. Shawn sprach mich nicht mehr an, an seiner verkrampften Haltung erkannte ich, dass auch er mit der Müdigkeit kämpfte und seine ganze Konzentration für den Weg brauchte. Sobald wir das Auto in Sicherheit abgestellt hatten, lehnte er sich zurück und seufzte erleichtert. Er strich sich durch die klammen Haare und sah zu mir. Noch waren wir allein.

Ein verschmitztes Lächeln trat auf seine Lippen und wie er mich so betrachtete, merkte ich, wie er langsam in meine Richtung sank. Er wollte mich küssen, das sah ich, aber noch konnte ich die Kälte von Ilias Lippen auf den meinen spüren. Shawn durfte sie nicht erwärmen. So sehr ich den Jungen mit dem braunen Haar auch mochte, es war der Infizierte, nach dem ich mich sehnte.

Ich streckte meine Hand aus und legte sie müde auf seine Brust. Augenblicklich hielt er inne und blinzelte verwirrt. Seine Augen wurden groß und dunkel, er betrachtete mich, wartete auf eine Erklärung.

Gottseidank musste ich sie ihm nicht geben, denn die Grenzer kamen in diesem Moment herbei geeilt, um uns beim Verladen zu helfen. Und dann war der Moment, in dem ich Shawn vom Haken hätte lassen können verstrichen. Erneut. Und mich beschlich das ungute Gefühl, es würde mich erleichtern. Wie feige ich doch war.

Shawn kam mir wieder näher, zog mich an sich. Er wiegte mich sanft in den Armen und murmelte besänftigend auf mich ein. Das war zu viel für mich. Schluchzend sank ich gegen ihn, mein Torso wollte mich nicht mehr halten, aber Shawn tat es. Die Müdigkeit hatte die Barriere in meinem Herzen und meinem Kopf erneut eingerissen und alle Gedanken, alle Empfindungen spülten über mich hinweg. Ich vermisste. Ich vermisste so viel. Meine Mutter, die so nah und doch so fern war. Meinen Vater, der stets beschützen wollte und vor dem man schlussendlich beschützt werden musste. Meinen Bruder, für den jede Hilfe zu spät gekommen war. Ich weinte um Shawn, der zu gut für mich war, um Alice und Claire, die gerade ihr Leben riskieren könnten, um Thomas, der von Infizierten zerfetzt wurde, nur weil er seine Schmerzen lindern wollte, um Margo, die nun völlig allein war, um Charles und Diane, denen etwas so Grausames passiert war, dass sie nicht mit mir darüber reden konnten. Und um Ilias. Den ich nicht verstand und der doch alles zu bedeuten hatte.

Ich weinte so lange, bis mir kalt wurde und ich zu zittern begann. Shawn unterbrach mich nicht, sondern wartete ab, bis ich nicht mehr heulen musste, wischte mir geduldig die Tränen von den Wangen.

Dann stand er auf, ging um den Wagen herum und hob mich heraus. Wie eine Braut trug er mich in das Wächterhaus, doch es lag nichts Romantisches in dieser Geste.

Er rettete mich. Wie immer.

Als ich in meinem Zimmer aufwachte, konnte ich mich nicht erinnern, wie ich hierhergekommen war. Alles in meinem Kopf war diffus, als hätte ich zu viel Alkohol getrunken, aber zum Glück blieben die Kopfschmerzen aus. Draußen war es bereits hell, oder noch, je nachdem wie spät am Tag es war.

Ich schlug die Decke zurück und starrte erst noch benommen auf meine Beine, die in meiner dicken, kuschligen Schlafanzugshose steckten, als ich bereits Schritte auf der Treppe hörte. War das Shawn? Hatte er mich hierher gebracht und umgezogen, oder hatte ich mir noch so viel Ehre bewahrt und mich selbst ins Bett gelegt?

Aber es war Charles, der sein weißes Haupt durch die Tür schob. »Na? Endlich wach Dornröschen?«, feixte er, lächelte aber nicht. Er wirkte fast schon desinteressiert.

»Du?«, fragte ich verwirrt. Er verzog den Mund und sah mich beleidigt an.

»Oh, entschuldige, leider bin ich nicht dein Märchenprinz. Aber ich habe gekocht. Komm runter, du solltest etwas zu dir nehmen, du hast fast zwei Tage verschlafen. Noch ein bisschen länger und der Totendienst hätte das Haus auf den Kopf gestellt, um deine Leiche zu suchen.«

»Zwei Tage?« rief ich entsetzt.

»Fast.« Nun kam er in mein Zimmer herein. Um seinen Hals baumelte immer noch die lose gebundene, rote Krawatte. Er brachte den Duft von gebratenem Gemüse mit sich und mein Magen grummelte sofort. Eine eindeutige Bestätigung für meinen langen Schlaf.

Ich wälzte mich aus meinem Bett und tapste immer noch benommen zu ihm. Instinktiv legte er mir eine seiner Pranken auf die Wirbelsäule und schob mich sanft zur Tür hinaus.

»Ich kann mich nicht erinnern, wie ich hierher gekommen bin«, gestand ich. Mir war es peinlich, so die Fassung verloren zu haben. Alles nagte an mir. Ich war ein morscher Baum, dessen Inneres ausgefressen wurde.

»Shawn hat dich heimgebracht. Direkt danach kam er zu uns und erzählte uns von deinem Zusammenbruch. Er bat uns nach dir zu sehen und nachdem du heute auch nicht aufwachen wolltest, hat Diane mich hierher geschleift und sich um dich gekümmert. Was heißt, sie hat bei dir gesessen und dich beobachtet, bis ich sie in die Küche bekommen habe.«

»Das klingt nach Diane.«

Nun schmunzelte er doch. »Manchmal habe ich das Gefühl, ich sei mit einem Kind verheiratet. Einem nervigen Kind. Sie wollte dir tatsächlich die Haare bürsten und glaubte, das würde dich nicht wecken. Irgendwann wickelt sie noch einen von uns, wenn wir nicht aufpassen.«

»Vielleicht wäre es dann Zeit für ein Baby«, kicherte ich. Charles verzog keine Miene.

Als wir unten in der Küche ankamen und sich Charles Schatten über die kleine Frau ausbreitete, die am Herd stand und die Nase schnuppernd in einen Topf hielt, ließ sie schnell den Deckel zurückfallen und drehte sich unschuldig grinsend zu uns herum. Jetzt sah ich das Kind auch.

»Ich hab nichts genommen, ehrlich«, rief sie aus.

»Natürlich nicht, wenn man dich nicht stoppt, ist der Kühlschrank leer«, schnaubte Charles. Diane überging den Kommentar und trat auf mich zu.

»Guten Morgen, endlich bist du aufgewacht, wir haben uns schon echt Sorgen gemacht«, grüßte sie mich.

»Habe ich schon gehört.«

»War es sehr anstrengend? Ihr wart hinter der Mauer, nicht wahr?«

Ich nickte nur abwesend, ließ Shawns sonderbares Verhalten und vor allem den Kuss mit Ilias aus. Was hätte ich auch sagen können, ohne den Infizierten zu verraten?

»Charles hat eine Gemüsepfanne mit Reis gemacht. Das wird dir guttun, vor allem, weil ich nicht eine Sekunde dabei geholfen habe, du bist also in Sicherheit.« Ohne auf meine Antwort zu warten, nahm sie die Teller vom gedeckten Tisch und schöpfte auf jeden Gemüse und Reis. Sobald alle Teller zurück am Platz waren, begannen wir zu essen. Ich musste mich vom Schlingen abhalten. Charles konnte wirklich gut kochen, aber so ausgehungert, wie ich war, hätte ich selbst etwas gegessen, was Diane gekocht hätte. Nur vor Shawns kulinarischen Kreationen würde ich mich hüten. Ich sah erst wieder von meinem Teller auf, als ich auch die letzten Reiskörner aufgepickt hatte, die noch mit dem Soßenrest in der Tellerwölbung saßen.

»Und wo ist Shawn jetzt hin?« Ich zuckte fast zusammen, als ich den vorwurfsvollen Ton in meiner Stimme hörte. Ich klang wie eine versetzte Geliebte. Und ich hasste es. Jedes Mal, wenn wir die Mauer verließen, entfernte sich Ilias so sehr, dass ich mich nach Shawn sehnte. Es war zum verrückt werden.

»Er musste seinem Vater helfen, deswegen bat er uns gerade erst auf dich aufzupassen«, murrte Charles, während er unsere Teller einsammelte und jedem einen Nachschlag auftat. Dankend nickte ich ihm zu und aß diesmal langsamer weiter. Nur Diane schaufelte sich noch die Backen voll.

»Aber er kam spät am Abend nochmal vorbei und wollte nach dir sehen. Er hat sich große Sorgen um deinen seelischen Zustand gemacht.«

»Ob er heute kommen kann, weiß er nicht, aber er wird es sicherlich versuchen«, tröstete mich Diane mit vorgehaltener Hand, damit sie mir nicht Reis entgegen spuckte.

Ich lächelte. »Damit kann ich leben. Würdet ihr aber bleiben? Ihr könnt in das leere Zimmer ziehen, nur für diese Woche«, flehte ich.

»Selbstverständlich.« Diane strahlte mich mit Hamsterbacken an.

Sie hielten ihr Versprechen, Charles ging nur nochmal zurück, um ein paar Sachen zu holen. Am Abend verabschiedete er sich zur Arbeit und überließ mich Dianes Obhut. Zuerst kochten wir, was eine schlechte Idee war. Diane schnitt sich augenblicklich in den Finger, als hätte die Klinge ihr Fleisch gesucht. Nachdem sie verarztet war und wir gegessen hatten, entführte sie mich ins Kino. Stolz verkündete sie, dass sie nun mit mir einen Liebesfilm gucken konnte, was mit Charles unmöglich sei. Im Kino durften wir selbst den Film aus der Sammlung von geretteten Aufzeichnungen wählten und nahmen uns den ersten Teil der *Dornenvögel* vor.

Doch am Ende entschieden wir uns dazu, dass dieser Film ruhig hätte verbrennen können. Den ganzen Heimweg lang ahmten wir die Charaktere nach oder verliehen ihnen neue Texte.

Gerade als Diane den Priester mimte, wie er dem kleinen Mädchen erklärte, sie würde nicht verbluten, sondern nur zu einer Frau heranwachsen, wurde mir bewusst, dass ich mit der einzigen Peron zusammen war, die ich kannte, die in einer intakten Beziehung stand. Das war meine Chance.

»Diane?«, unterbrach ich sie. Sie hielt sofort inne, ließ die Arme sinken und sah mich an. Skepsis lag in ihrem Blick und ich versuchte sofort sie wieder zu beruhigen.

»Es ist nichts Schlimmes, ich wollte dich nur was fragen zur …«, ich stockte, wusste nicht, wie viel ich erzählen sollte. »Liebe«, endete ich vage. »Es gibt neben Shawn noch einen.«

Sie blieb stehen. Verblüfft zog sie beide Augenbrauen hoch und musterte mich, forderte mich stumm auf weiterzusprechen. Nun musste ich lügen. Erneut.

»In der Unterstadt gab es jemanden, den ich sehr mochte. Ich habe ihn zurücklassen müssen und obwohl er nun unerreichbar für mich ist, kann ich ihn nicht gehen lassen. Ich fühle mich hin und her gerissen, was soll ich nur tun?«

Sie schwieg und ich rechnete es ihr hoch an. Sie hätte mich sofort zu Shawn drängen können, ihrem Freund, aber sie tat es nicht. Stattdessen spielte sie mit der Haut an ihrem Hals, während sie nachdachte.

»Du musst bedenken, dass mir diese Situation nicht vertraut ist. Für mich gab es immer nur Charles, nie einen Zweifel. Ich habe einfach gespürt, wer der Richtige für mich war. Hast du das nicht?«

»Ich weiß es nicht«, gestand ich leise. »Ich glaube, ich bin zu verkopft. Mit *ihm* werde ich nie zusammen sein können.«

»Wenn du aufgibst, ist er nicht der Richtige.«

Das hatte gesessen. Aber sie wusste auch gar nicht, wie viel zwischen Ilias und mir stand. Welten.

Ich grübelte, zuckte erschrocken zusammen, als sie sich zu mir beugte und mir über die Stirn strich. Ihre Augen funkelten im Licht. »Jetzt glätten wir die Sorgenfalten und denken nicht mehr dran. Du bist so ein junges, hübsches Mädchen, darum musst du dir noch keinen Kopf machen. Dein Leben liegt noch vor dir.« Sie umfasste mein Gesicht mit den Händen und strich über meine Wangen. Ich erwiderte ihr Lächeln und ließ zu, dass sie meine Stirn kurz zu ihrer hinunter zog und mich sanft anstupste. Dann ließ sie mich los und schüttelte ihre eigenen sorgenvollen Gedanken fort. Erneut zog sie über den Film her und ließ mich mit meinen eigenen zurück.

Als wir bei meiner Villa angekommen waren, kuschelten wir uns auf das Sofa und redeten weiter. Genau wie sie es verlangt hatte, waren meine trüben Gedanken abgeklungen, sobald es klingelte.

»Das ist sicherlich Shawn«, mutmaßte Diane und sprang hastig aus dem Bett. Ich folgte ihr zur Tür. Doch als ich sie öffnete, strahlten mir keine meergrünen Augen entgegen. Eine kleine Frau mit langen, schwarzen Haaren stand vor mir. Sie wirkte so wie am ersten Tag.

»Miss Stark?«, fragte ich verblüfft. Ihr Auftauchen bedeutete sicherlich nichts Gutes. Meine Mutter, schoss es mir durch den Kopf. Sie war tot und nun sah niemand mehr einen Sinn darin, mich hier zu behalten. Doch Stark verlagerte nur gelangweilt ihr Gewicht von dem einen Bein auf das andere und schlug sich ungeduldig eine lange Strähne aus dem Gesicht.

»Collister«, begrüßte sie Diane. »Sie sind auch hier? Dann kommen Sie ebenfalls mit. Ich wurde nach Miss Bain geschickt.« Ohne auf unsere Antwort zu warten, ging sie zu der kleinen Kutsche voraus, die mich schon an meinem ersten Tag durch die Oberstadt gefahren hatte. Alessia Stark lief offensichtlich nicht gerne. Ein Blick auf ihre Stilettos verriet mir auch wieso.

Diane und ich nahmen nebeneinander auf dem weichen Polster Platz, unwillkürlich fasste ich nach ihrer Hand. Ich fasste es als gutes Zeichen auf, dass auch nach ihr verlangt wurde. Dann hatte ich zumindest nichts verbrochen. Oder wir beide.

Stark ließ sich nichts anmerken. Als die Kutsche endlich hielt und wir vor dem kleinen Haus standen, in dem sich die Wächter vorbereiteten, waren meine Hände schweißnass. Unsere Begleiterin stieg zuerst aus und wartete nicht auf uns, stolzierte voran. Obwohl der Boden uneben und weich war, verlor sie nicht den Halt, knickte nicht um. Lediglich ihr Absatz färbte sich von der Erde.

Diane und ich folgten ihr, verschüchtert wie zwei Schafe, und betraten nach ihr das Gebäude. Was uns in dem Aufenthaltsraum empfing, verschlug mir den Atem.

Alice saß am Tisch, die Hände vor das Gesicht geschlagen und schluchzte hemmungslos. Vor ihr lag ein Berg benutzter Taschentücher. Ihre Schultern bebten, schüttelten den kleinen Leib durch. Sie stand sichtlich unter Schock.

Shawn saß neben ihr, eine Packung mit unbenutzten Tüchern griffbereit. Auch seine Augen waren gerötet, er kämpfte sichtlich dagegen an, die Fassung zu verlieren. Sein blauer Schal lag zusammengeknüllt an der Tischkante.

Der Anblick der beiden hatte mich so aus der Fassung gebracht, dass mir die anderen Personen im Raum erst nicht aufgefallen waren. Samuel war dort, die Uniform herausgeputzt, den Helm lässig unter den Arm geklemmt. Er unterhielt sich mit einem Mann mit mitternachtsblauen Haaren. Der Pony verdeckte seine Augen. Seine komplette, angespannte Körperhaltung sprach von Aggression. Ihm schien nicht zu gefallen, was Samuel ihm zu murmelte.

Am Fenster, uns am nächsten und in meinem toten Winkel, bemerkte ich unseren Präsidenten und Doktor Lewis in ein Gespräch vertieft. Der Arzt flüsterte hektisch, aber Jack Harrison achtete nicht auf seine Worte. Seine kalten Augen durchbohrten mich. Ich schluckte heftig.

Dann war der Moment gebrochen, ich war frei und Harrison schloss kurz die Augen, um sich zu sammeln.

»Sie haben ja alles im Griff. Ich habe Wichtigeres zu tun«, unterbrach er den Arzt und marschierte an uns vorbei. Ich hätte schwören können, dass selbst seine Aura kalt war, und ich erschauerte, als er mich passierte. Lewis schnappte kurz nach Luft, die offensichtliche Kränkung schien ihn getroffen zu haben, aber er erwiderte nichts.

Sofort als ich mich wieder bewegen konnte, stürzte ich zu Alice.

»Was ist passiert?«, quiekte Diane, deren Stimme erschreckend hoch geworden war. »Bist du verletzt?«

»Nein«, würgte Alice zwischen ihren Schluchzern hervor. Shawn hielt ihr ein frisches Tuch hin und sie tupfte ihre Wange ab.

Doktor Lewis trat an uns heran, richtete seine Brille, die auch vorher schon tadellos gesessen hatte, und erhob das Wort. »Es gab einen Vorfall. Miss Haldy und Misses Miller wurden hinter der Mauer angegriffen.«

Meine Kehle war mit einem Schlag staubtrocken. Zu trocken, um zu schlucken, zu trocken, um normal zu sprechen.

»Wo ist Claire?«, krächzte ich.

»Sie wurde überrannt. Die Infizierten haben sie gepackt, konnten aber nicht durch ihren Helm und ihre Kleidung gelangen. Miss Haldy erzählte mir, sie seien in der Nähe von Ruinen gewesen und die Masse der Angreifer habe eine alte Hauswand zum Einstürzen gebracht. Viele der Infizierten wurden erschlagen oder bewegungsunfähig gemacht, aber leider wurde auch Misses Miller getroffen.«

Ein Wimmern drang über Dianes Lippen. Ich war wie erstarrt.

»Miss Haldy hat sie aus den Trümmern gezogen und hierhergebracht. Sie liegt auf der Intensivstation, ihr Blut wurde untersucht, aber da sie eher zerquetscht, als zerrissen wurde, konnte der Anzug wie durch ein Wunder halten. Sie ist sauber, dennoch ist ihr Zustand kritisch. Selbst wenn sie überlebt, wird sie nie mehr einsatzfähig sein.«

Ich spürte mein Zittern erst, als ich neben Alice auf einen Stuhl sank. Es hätte jedem passieren können, nur nicht ihr. Claire war ordentlich, Claire war bedacht. Sie hatte Shawn geholfen, sie wirkte stets so unerschütterlich wie ein Fels. Und nun hing ihr Leben am seidenen Faden.

Und ich, die so viele Fehler beging, hatte einen Schutzengel bekommen. Es war nicht fair.

»Also muss ich wieder raus«, hauchte Diane. Sie sah aus, als würde auch sie jeden Moment in Tränen ausbrechen. Für Claire. Für sie. Vor allem für Charles.

»Nein.« Lewis schüttelte den Kopf und nickte dann zu dem Fremden hin, der bis jetzt geschwiegen hatte. »Es gibt einen neuen Wächter, er wird die Wache übernehmen. Ich lasse Sie nun alleine, klären Sie bitte den Rest unter sich. Ich habe Patienten, um die ich mich kümmern muss.« Mir warf er noch einen bedauernden Blick zu. Diese Woche würde ich nicht meine Mutter besuchen können. Aber jemand anderes würde meine Gesellschaft gebrauchen können.

Samuel trat vor, sobald die Tür hinter dem Arzt ins Schloss gefallen war. »Mar ist nicht eingearbeitet«, begann er, »dennoch brauchen wir zwei Wachen am Tor.« Sein Blick ruhte auf Shawn und mir. Es traf mich mit voller Wucht. Natürlich, wie könnte Alice in ihrem Zustand zur Wache antreten?

Ich nickte dumpf, umfasste die Hand meiner Freundin. Alice nahm die Geste dankend an, sank gegen mich und schluchzte an meiner Schulter. »Es tut mir leid«, murmelte sie. Immer wieder.

»Du hast alles getan, was du konntest«, versuchte ich sie zu beruhigen. Aber es half nichts. Auch ich spürte die Leere meiner Worte.

Kapitel 32.

Wir mussten lediglich unseren Anzug anziehen und unsere Waffen schultern, dann waren wir bereit. Zu gerne hätte ich weiter bei Alice gesessen, ihre eingesunkene Haltung sprach von so viel Leid, wie es ein einziger Körper nicht ertragen könnte. Ich wollte es ihr nehmen.

Shawn und ich bewegten uns ferngelenkt und routiniert, unsere Gedanken waren bei der gefallenen Kameradin.

Nein, Vika. Wenn du Claire jetzt schon wie eine Tote betrauerst, hat sie keine Chance.

Doch die Erinnerung daran, wie ich selbst erst vor kurzem unter einer Infizierten begraben war, quoll in mir hoch. Wie musste es erst sein, wenn sich eine ganze Horde auf dich stürzte? Ihre Todesangst hatte keine Konkurrenz. Nachdem die Ruine eingestürzt war, nachdem sie Alices Gnade ausgeliefert war, hatten sicherlich noch die Leichen an ihr gerissen, hatten sie in ihre Schlunde ziehen, sie verwandeln wollen. Und doch wurde sie nicht infiziert. Ich musste es als Zeichen nehmen. Als Trost, um diese spontane Rückkehr zur Stadt der Toten zu überstehen. Der Glanz, den Ilias ihr verliehen hatte, war verloschen. Ich war erwacht. Das würde mir nicht nochmal passieren.

Die erste Schicht brachten wir wie in einem Delirium hinter uns. Als Shawn seine erste Pause antreten durfte, bat er mich ihn nicht zurückzuschicken. Auch ich wollte ihn nicht gehen lassen. Er legte sich auf die Rückbank des Wagens und schlief nach wenigen Sekunden ein. Oder er tat so, um nicht mit mir sprechen zu müssen. Um seine Gedanken seiner Mentorin zu widmen. Er war so lang, dass seine Beine hinaus ragten und ich fixierte mich fest auf das Profil seiner Schuhe und den Hauch Rot, der aus dem Inneren schimmerte.

Ob sie mittlerweile wussten, wie es um Claire stand? Was war an ihr unwiderruflich zerstört worden? Was wenn Samuel zu uns fahren und uns ihre Leiche bringen würde, damit wir sie über die Mauer warfen? Würde ich das können? Würde Shawn es können? Ich wusste es nicht.

Irgendwann regte sich mein Partner, das leise Bimmeln des Weckers, den er aus der Hütte mitgenommen hatte, war zu hören. Er setzte sich auf, wuschelte sich durch die Haare und rutschte unbeholfen über die Sitze, bis seine Füße den Boden berührten. Er machte sich fertig und trat mit dem Fuß die Wagentür hinter sich zu.

»Möchtest du zur Hütte fahren?«, fragte er mich, während er sich seinen Waffengurt anlegte.

Das Angebot war verlockend, vielleicht sogar logisch. Ich könnte für uns Essen holen, aber ich konnte nicht alleine sein. Ich wollte von ihm bewacht werden. Müde ging ich an ihm vorbei, um mich selbst auf den Rücksitz zu legen. Er war noch warm und roch nach Schlaf. Irgendwann, nachdem ich mich unruhig hin und her geworfen hatte, versank ich im Traum.

Im Traum saß ich wieder am goldenen Tisch. Diesmal war ich alleine, aber um mich herum herrschte keine Schwärze, sondern ein flimmerndes Grau. Asche. Überall war Asche und die Mauern der Stadt umfingen mich. Mit Schrecken erinnerte ich mich an meinen letzten Traum, meinen letzten Besuch. Ich sah mich hektisch um, aber keine Infizierten lauerten im Schatten. Ich versuchte mich zu erheben, aber eine unsichtbare Kraft zwang mich auf meinen Platz.

Mehrere Gestalten rannten an mir vorbei, erst schemenhaft, doch schon allein an ihrem Gang erkannte ich die Untoten. Sie trieben Claire vor sich her, ihre Augen waren vor Panik weit aufgerissen, ihre wirren Locken peitschten durch den Wind. Ich wollte aufspringen, ihr zur Hilfe eilen, aber ich konnte nicht. Wie ein Politiker, wie Jack Harrison, saß ich an meinem goldenen Tisch und ließ eine hilflose Frau um ihr Leben kämpfen.

Einer der Infizierten sprang. Claires hellbraune Augen, die so analytisch, so gefasst waren, explodierten in ihrer Panik, als sich die Klauen in sie gruben. Reißzähne zogen an ihrer Kehle, erstickten jeden Schrei in ihr. Sie stürzte, wurde überrannt, verschwand aus meinem Blickfeld. Nur sich windende Leiber waren zu sehen, die ein Stück Fleisch ergattern wollten.

Und plötzlich, innerhalb eines Blinzelns, waren sie fort. Claire lag mit gebrochenen Gliedern auf dem Bett aus Schmutz, eine kleine Blutfontäne spritzte aus ihrem aufgerissenen Hals empor, als sie versuchte zu sprechen. Ihre Augen waren leer, nicht einmal für Angst war Platz. Langsam konnte ich sehen, wie das Leid in ihr endete. Ich heulte auf, riss an meinen unsichtbaren Fesseln, aber sie waren zu stark. Dabei musste ich ihr doch helfen, musste bei ihr sein. Niemand sollte allein sterben. Ein heftiges Beben erfasste mich, die Erde brach auf, bäumte sich auf. Claires lebloser Kiefer klappte auseinander, während sie in die Schwärze hinabfiel.

Ich schrie und schrie und fuhr hoch.

Schweiß rann mir in die Augenbrauen, mein Atem entkam heftig meinen Lippen. Als mir wieder bewusst war, wo ich mich befand, entdeckte ich Shawn, der in der offenen Tür des Wagens stand und mich entsetzt anstarrte. Sein Helm lag neben mir im Fußraum.

Vorsichtig, noch steif vom Schlaf und der unbequemen Unterlage, setzte ich mich auf. Ich wollte zu ihm kriechen und mich entschuldigen, doch als ich seine rote Nase sah hielt ich inne. Nun kletterte er zu mir ins Innere und schlang seine starken Arme um mich. Wir schmiegten uns aneinander, stützten uns gegenseitig. Ich hatte meine Wange auf seiner Brust gebettet und lauschte seinem melancholischen Herzschlag.

So saßen wir, schweigend, trauernd. Plötzlich tropfte mir etwas auf die Nase. Shawn hob hastig eine Hand, um auch die übrigen Tränen fortzuwischen. Er wollte sich abwenden, aber ich hielt ihn auf und bettete seinen Kopf auf meiner Schulter. Dankbar nahm er mein stummes Angebot an. Er schlang die Arme um meine Taille, barg das Gesicht an meinem Hals und weinte leise. Ich hielt ihn. Nun würde ich ihm zurückgeben, was er für mich getan hatte.

Als wir uns endlich gefasst hatten, kletterten wir aus dem Wagen und traten wieder unsere Wache an. Auch die nächsten Schichten waren so chaotisch, wie die Erste, kurz rafften wir uns auf, um ein paar Lebensmittel zu holen und uns frisch zu machen, schlafen wollten wir aber beide an der Mauer.

Wenigstens schien Shawn Ilias vergessen zu haben, oder er erschien ihm gerade als unwichtig. Zwar wünschte sich ein Teil von mir den Infizierten hierher, damit er mir all die Sorgen nahm, aber die Konsequenzen, wenn Shawn ihn sah, waren größer.

Also hielt ich nicht nach ihm Ausschau, obwohl ich ihn vermisste. Lediglich die Gedanken an Claire ließ ich in den letzten Tagen übrig. Bald war es so weit. Dann wären wir daheim und konnten nach ihr sehen. Es war so unwirklich. Wenn man in Armut lebte, aber sicher, konnte man die Infizierten vergessen. Genauso, wenn man jemanden wie Ilias hatte, der einen rettete. Zum ersten Mal wurde ich mir meines Glückes bewusst. Und dem Unglück anderer.

Es traf mich wie ein Schlag.

Hatte Ilias den Angriff auf Claire gesehen? Und wenn ja, warum hatte er ihr nicht geholfen? Selbst wenn er sie nicht kannte, musste doch noch so viel Menschlichkeit in ihm stecken, um in ihm den Wunsch zu erwecken, sie zu retten.

Ich musste mit ihm reden, das stand außer Frage. Aber wie? Die Hoffnung war nicht groß, so wie er sich seit dem Kuss zwischen mir und Shawn verhalten hatte. Zwar hatte er mich seitdem auch geküsst, war aber ohne ein Wort gegangen. Er war noch wütend, daran bestand kein Zweifel.

Mir war klar, dass Shawn die Mauer verlassen musste, damit überhaupt eine Chance bestand, ihn zu sprechen. Und wenn ich ihn rufen müsste. Schließlich fasste ich mir ein Herz, meinen Plan in die Tat umzusetzen.

»Shawn, ich mache mir Sorgen um dich. Du schläfst unruhig und der Wagen ist viel zu klein für dich. Du kannst ruhig zur Hütte fahren und dort schlafen.«

»Du bist diejenige mit den Albträumen«, hielt er fast schon verblüfft dagegen.

Ich klackte leise mit den Zähnen. »Ja schon, aber wenn diese Woche vorbei ist, wird dein Vater dich in Anspruch nehmen. Du musst ausgeruht sein.« Shawns Unterlippe zitterte, er wollte etwas erwidern, aber er erkannte die Wahrheit in meinen Worten. Ergeben seufzte er. »Ich bleibe aber nicht lange. Nicht mal eine Wache.«

Langsam kam er auf mich zu und stupste meinen Helm an, als wollte er mein Kinn umfassen. »Möchtest du mich jetzt retten?«, fragte er. Das Schmunzeln war nicht zu überhören.

»Es wurde langsam Zeit«, flüsterte ich. Shawn dotzte seinen Helm aufmunternd gegen meinen, neckte mich. Verabschiedete sich. Den Wagen fuhr er nur langsam zurück zur Hütte als hätte die Müdigkeit ihn bereits übermannt.

Sobald er weg war, wirbelte ich herum und ging so dicht an den Zaun, wie ich mich traute. Noch traute ich mich nicht zu rufen, die Bilder von Claire waren zu fest in meiner Vorstellung verankert.

Ich wartete nur, beobachtete die Infizierten, die mich nicht wittern konnten, aber von Ilias fehlte jede Spur. Ob er an dem Angriff wohlmöglich beteiligt gewesen war? Eine irrationale Wut ergriff Besitz von mir. Nun wollte ich ihn noch dringender sprechen und mein Zorn wurde belohnt. Ein schwarzer Schemen löste sich aus den Schatten und kam auf mich zu. Zumindest glaubte ich das, doch er lenkte nach rechts ab. Ich sprang vor, beobachtete ihn. Er fing an ein altes Gemäuer auseinander zu nehmen, wählte einen besonders großen Stein und zog ihn heraus. Dass dabei der Rest der Wand einstürzte und ein paar seiner Artgenossen aufheulten, störte ihn nicht. Den Brocken mit seinen starken Armen umfasst, ging er zurück in die Düsternis, in der ich ihn zuvor nicht erkannt hatte. Er stellte ihn auf, tätschelte ihn. Es war so surreal, ich hatte keine Erklärung dafür.

Langsam erhob er sich, drehte sich zu mir um. Nun sah er mich an, ich war mir sicher. Er kam auf mich zu, seine Schritte waren so schwer, als wäre er nicht mehr Herr seiner Sinne. Schweigend blieb er vor mir stehen.

Mein Herz klopfte wie wild, Gedanken an unseren Kuss schossen mir durch den Kopf. Die Leidenschaft, die ich dabei empfunden hatte, die Erinnerungen, trieben mir die Röte in die Wangen.

Würde er mich jemals wieder so küssen?

Wie in Trance nahm ich meinen Helm ab. Ich wollte ihm ohne Schutz entgegentreten. Er sollte sehen, was in mir vorging, falls er es verstehen konnte. Ilias Mantel umwehte seine langen Beine. Er streckte eine Hand durch die Gitterstäbe. Ich zuckte nicht zurück, er zeigte keine Regung.

An meinem Ohr hielt er an, ich spürte seine kühlen Finger an meiner Haut und ein Keuchen entwich mir. Er ergriff eine Haarsträhne und zog sie langsam aus meinem Pferdeschwanz. Als mich die Haare an meinem Rücken unter meinem Anzug kitzelten, erschauerte ich. Langsam folgte der ersten Hand die Zweite und er löste meinen Zopf auf. Ich kam einen Schritt näher, presste meine Brust gegen das Gitter und konnte fast schon die Seine spüren. Wie gerne würde ich ihn ohne ein Hindernis berühren können. Aber ich konnte nicht. Das Tor durfte sich niemals öffnen. Meine Gedanken zuckten zu Shawns Partner. Dem Mann, der hinaus gejagt wurde, weil wegen ihm das Tor beinahe gebrochen wäre. Ich schluckte, zwang mich zurück in die Gegenwart und zu Ilias eisblauen Augen. All meine Fragen schienen wie ausgelöscht, nun, da ich ihn sah.

Ilias griff um meinen Kopf herum und zog vorsichtig mein Zopfgummi von den letzten Strähnen ab. Er betrachtete es kurz, legte es sich an die Lippen und schloss die Augen. Ich schluckte, konnte nicht fort sehen. Nachdem er die Augen wieder geöffnet hatte, ließ er den rosaroten Zopfgummi in seiner Jackentasche verschwinden.

Ein Windhauch erfasste uns, aber meine Haare warfen nur Wellen, während Ilias Gesicht kurz von den seinen verdeckt wurde. Ich hätte trotzdem nicht in seiner Miene lesen können.

»Ilias«, flüsterte ich, einfach weil ich den Klang seines Namens hören musste. Plötzlich packte er meinen Nacken, drückte mit seinem Daumen mein Kinn hoch und zwang mich zu ihm aufzusehen. Er senkte seine Lippen auf meine herab und küsste mich besitzergreifend. Er bewegte sich, erhöhte den Druck seiner Lippen, bis ich aufstöhnte. Sofort wich er zurück, berührte meine Lippen kaum noch. Ich drängte mich an ihn, lechzte nach seinen Berührungen. Während er seine süße Folter fortsetzte, erkundeten meine Finger seine Brust, seinen Bauch. Ich spürte Unebenheiten an seinen perfekten, harten Muskeln. Doch als ich mich lösen wollte, um dem auf den Grund zu gehen, hielt er mich fest.

»Sieh es dir nicht an«, murmelte er an meinen Lippen. Seine Stimme hatte sich verändert, klang noch tiefer als zuvor. Sein Begehren jagte mir Schauer über den Rücken und beinahe hätte ich mich erneut an seinen Mund geworfen, ohne darüber nachzudenken, was ich sagen wollte.

»Aber tut es nicht weh?«

»Ich fühle keine Schmerzen.«

»Die Narben fühlen sich gefährlich an, tödlich beinahe.«

»Ich bin schon tot.«

Ich schluckte. Natürlich hatte er Recht. Er war immer noch ein Infizierter, gebissen und verwandelt. Er war kein Mensch. Und ich vergaß es immer mehr.

»Also können dir Wunden nichts anhaben? Kannst du nur sterben, wenn man dich enthauptet? Wie die anderen.«

»Das schafft niemand.« Ein triumphierender Ausdruck lag in seinen Augen. Bevor ich weitersprechen konnte, zog er mich zu sich und wir küssten uns erneut. Aber ich musste ihn fragen. Die Zeit lief davon. Mit all meiner Willensstärke, die ich aufbringen konnte, schob ich ihn von mir fort und sah durch die Gitter zu ihm auf.

»Wir müssen reden«, begann ich. Ilias sah mich hingegen mit einem Ausdruck an, der genervt wirken könnte. Oder einfach nur gelangweilt. Ich konnte ihn ja verstehen.

»Es geht um die Frau, die vor ein paar Tagen hier verletzt wurde. Hast du das gesehen?« Ich hielt den Atem an. Mein Herz klopfte immer lauter, zählte die Zeit, bis Ilias die entscheidende Antwort geben würde.

»Ja.«

Er sagte es ohne Reue zu zeigen. Sein Ausdruck blieb so kalt wie seine Haut.

»Aber du hast ihr nicht geholfen.«

»Nein.«

»Wieso nicht?« Er schwieg und starrte mich an. Offensichtlich war er der Ansicht, mir keine Antwort zu schulden. Ich versuchte es dennoch weiter.

»Mir hast du doch auch geholfen.«

»Du bist du.« Ich spürte, wie ich rot wurde.

»Das sollte kein Argument sein.« Er schwieg wieder. Ich seufzte frustriert. Konnte er es nicht verstehen?

»Ilias, wir Menschen retten jeden, dem wir helfen können, das macht man nun mal so, das musst du lernen.« Er knurrte. Ich zuckte zurück.

»Ich habe genug gelernt. Während du diesen Versager, diesen Teufel umgarnt hast, hatte ich genügend Zeit dazu.«

»Ich habe ihn nicht umgarnt!«, fiel ich ihm ins Wort, aber er ignorierte mich.

»Du bist etwas Besonderes, deswegen habe ich dich gerettet. Du hast aus mir gemacht, was ich jetzt bin, und das gefällt mir. Ich bin stark. Aber diese Frau hatte keinen Nutzen für mich, wäre sie gestorben, wäre sie wenigstens noch Fraß geworden.«

»Aber wenn du nicht sterben kannst«, wimmerte ich, »hättest du ihr helfen können.« Mittlerweile war ich voller Angst, musste meine Kraft sammeln, dagegen ankämpfen zurückweichen zu wollen.

»Wenn mir Wunden geschlagen worden wären, würden sie genau so aussehen.« Langsam hob er den Saum seines Hemdes an. Ich keuchte auf, als seine perfekt definierten Bauchmuskeln zum Vorschein kamen. Seine blasse Haut wirkte wie Marmor, das V, das auf seine Hose zeigte, trieb mir die Hitze in den Kopf. Doch als ich die Schnitte und Einschusslöcher in seinem Bauch sah, stockte ich. Sie verheilten schlecht. Oder gar nicht. Mir schwindelte es bei dem Anblick. Doch bevor ich mich in seiner Erscheinung verlieren konnte, zog er sein Oberteil wieder herunter. Der dumme Teil meines Gehirnes, der immer noch von meinen Hormonen beherrscht wurde, jaulte empört auf, als seine Haut unter dem Stoff verschwand.

»Ich muss mich nicht für irgendeinen Menschen weiter entstellen lassen. Vor allem nicht für jemanden wie sie. Sie hat mich eingesperrt. Und nun bewacht ihr uns und verhöhnt uns.«

Ich schluckte, befeuchtete meine Lippen. Mein Kopf drehte sich immer noch. Wie sollte ich ihm erklären, dass wir nicht bösartig waren? Wir standen an einem Scheideweg. Zum ersten Mal wurde mir bewusst, dass auch Ilias Feinde hatte. Mich. Shawn. Die Wächter, die Menschen. Wir waren sein Albtraum, wir sperrten ihn ein. Aber er musste auch verstehen, dass wir nicht durch seine Artgenossen sterben wollten.

»Ilias, du könntest so vielen helfen«, hauchte ich.

»Und wer hilft mir?«

»Na ich!«, rief ich aus. »Ich würde dich beschützen, so wie du mich beschützt hast. Und erinnerst du dich daran, wie wir sprechen geübt haben? Wie wir gelesen haben? Wir haben uns gegenseitig geholfen, als wir uns die Einsamkeit nahmen. Außerdem, wenn du nur mir helfen möchtest, hättest du sie trotzdem retten müssen. Sie war meine Freundin.«

»Ich habe dich geküsst. War das nicht Gefallen genug?«

Ich wich zurück, meine Wangen brannten. Ich schämte mich, fühlte mich vorgeführt. Sollte das etwa heißen er habe mich nur geküsst, um eine Schuld bei mir zu begleichen? War ich nicht mehr als ein liebeskranker Teenager, den er zu erdulden hatte? Ich fuhr mir mehrmals durch die zerwühlten Haare, genau wie Shawn es tat, wenn er hilflos war. Und so fühlte ich mich auch.

»Was?«, flüsterte ich endlich. »Ich dachte, der Kuss würde dir reichen. Die Frau bedeutet mir nichts.«

»Hast du mich nur geküsst, weil du dich verpflichtet gefühlt hast?« Ich schrie fast. In der Ferne heulte etwas. Ich hielt es nicht aus, wollte ihn schütteln. Warum begriff er nicht?

Ilias schmale Lippen teilten sich bereits, doch dann erschollen die leisen Motorengeräusche. Shawn kam zurück. Er war viel zu früh, ich musste doch noch so viel wissen. Ilias richtete sich auf und sah über mich hinweg.

»Dein Geliebter kommt.«

»Er ist nicht mein Geliebter«, zischte ich, obwohl ich Shawn im Moment lieber mögen wollte als ihn.

Der Wagen kroch immer näher und ich wusste nicht, was ich machen sollte. Es fühlte sich an, als würde mich ein Fremder lenken, mich aber zwingen, wie festgewurzelt zu stehen. Nur noch wenige Minuten. Ich zwang mich Ilias festzuhalten, damit er sich auf mich konzentrierte.

»Sieh mich bitte an. Magst du mich? Empfindest du auch nur einen Hauch für mich? Oder wolltest du mich nur zufrieden stellen?« Seine Mundwinkel zuckten bei meinen Fragen. Ich glaubte fast schon, dass er lächeln würde, aber dazu reichte es nicht. Nein, Ilias lächelte nicht, er lachte auch nicht. Als würde er keine positiven Gefühle kennen.

Es liegt daran, dass er kein richtiger Mensch ist, und du wusstest das. Du hast dich dennoch in ihn verliebt, es ist allein deine Schuld.

Ilias kräuselte weiter seine Lippen, es war immer noch kein Lächeln, doch seine Augen blitzten schalkhaft auf. Ich erschrak.

»Ich habe unseren Kuss sehr genossen. Ich küsse dich gerne. Auf Wiedersehen, kleine Prinzessin.«

Galant wirbelte er herum. Es hatte etwas Tänzerisches an sich. Etwas Animalisches. Jeder Schritt strotzte vor Kraft und Selbstsicherheit.

Und während Ilias verschwand, während meine Wangen brannten, musste ich mir eingestehen, dass ich genauso wenig wusste wie zuvor.

Kapitel 33.

Shawn hatte mir nicht angemerkt, was mich so aufwühlte. Sobald Ilias verschwunden war, hatte ich mich unter meinem Helm versteckt. Lediglich zu meinen wirren, offenen Haaren hatte er etwas gesagt, aber ich wiegelte ihn ab und hielt die letzte Wache mit ihm.

Er übernahm gottseidank die Rückfahrt und sobald ich den weichen Sitz unter mir spürte, dämmerte ich auch schon weg. Aber nicht ganz, die Gedanken an Claire hatten mich erneut gepackt, hielten mich wach und wucherten durch mein Gehirn wie eine giftige Pflanze. Ilias würde wieder warten müssen. Bis zur nächsten Woche.

Shawn und ich machten uns schweigend fertig. Wir bewegten uns wie durch Watte, der Moment, in dem wir erfahren würden, ob Claire noch lebte, kam immer näher. Samuel holte uns ab und wir eilten sofort auf ihn zu.

»Können wir nach Claire sehen?«

»Hat sie es geschafft?«, fragte ich fast gleichzeitig. Samuel schmunzelte leise, auf seine ganz eigene, arrogante Art, und schnipste sich einen imaginären Fussel vom Anzug. Männer in Uniform. Im Gegensatz zu meiner Mutter gehörte ich wohl nicht zu dem Typ, der darauf stand.

»Ja, sie hat überlebt, ihr könnt sofort zu ihr. Allerdings steht sie unter starken Schmerzmitteln, erhofft euch also nicht zu viel, sie ist nicht sehr gesprächig.«

Shawn und ich atmeten erleichtert aus. Erst jetzt merkte ich, dass ich die Luft angehalten hatte und meine Lunge schmerzte, als ich ihr endlich den benötigten Sauerstoff gab.

Wir eilten zurück zur Stadt, so früh am Morgen war kaum jemand auf den Straßen. Shawn übernahm die Führung, ich selbst verlief mich noch oft in den immer gleich aussehenden Straßen.

Die Sprechstundenhilfe kannte ich mittlerweile, auch wenn sie mir nie ihren Namen genannt hatte. Anlässlich des Jubiläums hatte sie sich ihre Nägel in demselben grellen Rot ihrer Schuhe lackiert, mit denen sie im Takt meines rasenden Herzens den langen Gang hinunter zu Claires Zimmer stolzierte. Claire lag in demselben Flur, in dem ich untergekommen war. Natürlich, Wächter lagen immer allein.

»Hier liegt sie. Seid bitte besonders vorsichtig«, ermahnte sie uns, dann verschwand sie. Shawn und ich standen zitternd vor der Tür. Keiner von uns wollte sie öffnen, konnte sich kein Herz fassen. Was würden wir dahinter erfahren?

Ich hörte Shawn durchatmen und sobald er sich gesammelt hatte, drückte er die Klinke hinab. Zuerst mussten wir gegen das gedimmte Licht anblinzeln. Die Vorhänge waren zugezogen, den Tisch in der Ecke konnte ich nur schemenhaft erkennen. Das große Bett wurde von einem orangenen Schein – der letzten Lichtquelle - beschienen.

Claires Gesicht war wie ein Schattenriss zu erkennen, sie rührte sich nicht. Wir traten langsam näher, unsere Absätze hallten fürchterlich laut. Links neben Shawn war eine Klospülung zu hören und wir zuckten zusammen. Wahrscheinlich war Alice zu Besuch.

Shawn umfasste meine Hand und zog mich langsam näher. Je dichter wir an Claire kamen, desto weniger sah sie sich ähnlich. Ihre Haut war von blauen Blutergüssen übersäht, ihre Lippe ausgetrocknet und blutig, als hätte sie sich aufgebissen. Ihre Haare waren stumpf und unordentlich aus dem Gesicht gesteckt, sodass ihre eingefallenen Augen groß und dunkel wirkten. Die Arme waren an den Gelenken geschient.

Das, was mich vor Entsetzen erstarren ließ, war ihr rechtes Bein. Es war nicht zugedeckt, sodass man die aufgeschnittene Haut und das rohe Fleisch sehen konnte. Dicke Schrauben und Metallstege waren an ihren Knochen befestigt, um sie zusammenzuhalten. Wie ein Käfig spannte sich eine Konstruktion um ihren kompletten Oberschenkel.

Erleichterung durchspülte mich, als Alice hinter uns die Tür öffnete und mich ablenkte. Shawn war an mir vorbei gewankt, doch ich drehte mich zu der jungen Frau um. Ihr verbliebenes Auge war rot und geschwollen, als hätte sie die Tage durchgeweint. Ich zog sie zu mir und dankbar lehnte sie sich an mich, vergrub ihr Gesicht in meinen Haaren. Heiße Tränen durchtränkten meinen Träger, aber ich drückte sie nur noch fester an mich.

»Danke«, flüsterte sie irgendwann und löste sich von mir. Ich wollte mir nicht ausmalen, was in ihr vorging. Diesen Anblick würde sie niemals vergessen können. Ich stützte sie auf dem Weg zu Shawn, der regungslos an der Seite seiner Mentorin stand. Alice stellte sich zwischen Shawn und mich und wir schlangen die Arme umeinander. Jeder stützte jeden, während wir unsere Kameradin bewachten.

»Manchmal kommt sie zu sich, doch dann wimmert sie vor Schmerzen und wird wieder bewusstlos.«

»Bekommt sie Medikamente?«

»Ja, die hauen sie jedes Mal um. Zum Glück.«

»Aber sie wird wieder laufen können?«, fragte ich hoffnungsvoll. Keiner der beiden antwortete. Wir alle starrten das Fleisch an, atmeten die stechenden Desinfektionsmittel ein.

Es war Shawn, der die Stille durchbrach. »Sie war immer so stolz auf ihre Kalligraphie. Und mit dem Bein wird sie nicht mehr putzen können. Sie wird wahnsinnig werden.«

Verwundert hob ich den Blick. Ich wusste nicht, was er meinte, doch als ich mich von dem Bein losreißen konnte und zu den bandagierten Armen auf der fluffigen Decke sah, wusste ich was er meinte.

Ich keuchte entsetzt auf. Zuvor war mir die Sicht versperrt gewesen, doch nun lag das in weiße Verbände eingeschlagene Urteil vor mir. Claires Arm fehlte.

Wie paralysiert liefen Shawn und ich nach Hause. Es fiel keinem von uns auf, dass Shawn nicht zu seinem eigenen Haus ging, sondern mir folgte, bis er neben mir im Bett zusammenbrach. Wir drückten uns eng aneinander, obwohl mein Bett groß genug war, um uns nicht gegenseitig berühren zu müssen. Wir waren todmüde, doch keiner von uns konnte schlafen. Ich barg mein Gesicht an seiner Brust, seine Arme umfingen mich in Dunkelheit. Sein Kinn ruhte auf meinem Kopf und er bewegte es ununterbrochen. Manchmal glaubte ich das Knirschen seiner Zähne zu hören. Er war so gestresst.

Irgendwann schliefen wir beide ein, die uns verhöhnende Sonne schien trotz der zugezogenen Vorhänge auf unsere Gesichter, doch nichts konnte uns wecken.

Als ich aufwachte, schweißgebadet, spukten noch immer Bilder von zerfleischten Armstümpfen und durch Apparaturen zusammengehaltene Knochen durch meinen Kopf. Shawn schlief noch, hielt mich umklammert. Seine Miene war verzerrt, kleine Tropfen standen auf seiner Stirn. Kurz überlegte ich ihn aus seinem Albtraum zu erlösen, doch so benommen wie er war, würde ihm wohl jeder Schlaf guttun. Es war wie sonst. Keine Entscheidung war die Richtige. Wir mussten das kleinere Übel wählen. Nur wussten wir nicht, welches das war.

Doch als sich meine Blase und mein Magen gleichzeitig meldeten, musste ich mich von ihm befreien. Zuerst versuchte ich nach unten aus seinen Armen zu rutschen, doch als er bemerkte, dass ich mich von ihm befreien wollte, murrte er nur leiser und drückte meinen Kopf noch fester an sich. Seine harten Oberarmmuskeln begannen mir meine Oberlippe hochzuschieben, bis meine Zähne die feinen Härchen spüren konnten. Ich stemmte mich gegen ihn, hebelte seinen Arm hoch und zog flugs meine Haarpracht hinter mir her, bevor er sie mir einklemmen konnte.

Nur einen Blick warf ich zurück auf meinen tief schlafenden Freund, dessen Haare dank der untergehenden Sonne in Brand standen. Nachdem ich mich erleichtert hatte, schlich ich hinab in die Küche und schmierte uns ein paar Brote. Gern hätte ich Shawn mit einem aufwendigen Frühstück überrascht, aber mir fehlte der Elan dazu.

Oben im Zimmer angekommen erblickte ich Shawn, wie er sich auf dem kompletten Bett ausgestreckt hatte. Den linken Arm hatte er über sein Gesicht gelegt, deswegen bemerkte ich erst als er zu sprechen begann, dass er wach war.

»Claire war immer extrem ordentlich. Es hat sie erfüllt zu putzen, vielleicht war es auch ein neurotischer Zwang. Sie sagte stets, die Apokalypse hätte sie schon im Job, dann wollte sie sie nicht im Haus haben.«

»Ich weiß«, flüsterte ich leise. Ich wusste nicht, was ich sonst sagen könnte. »Schon lustig, wenn sie so ordentlich ist und trotzdem ein wildes Lockenmeer auf dem Kopf hat.«

Shawn lachte leise auf, aber es klang kein Glück darin. »Ja, das hat sie gehasst, aber sie bekam sie nie glatt. Manchmal sagte sie zum Spaß, sie würde sich eine Glatze rasieren, aber niemand nahm sie ernst, außer …«

»Außer?«, hakte ich nach, doch er schüttelte nur langsam den Kopf.

Ich musste ablenken, schnell. »So radikal wäre sie nicht«, versuchte ich es erneut.

»Vielleicht mehr als du denkst«, murmelte Shawn andeutungsvoll.

Ich ging nicht weiter darauf ein. Shawn war so wortkarg, als wolle er mir nicht mehr verraten. Selbst wenn ich nachgefragt hätte, hätte er mich nur vertröstet. Wie mit den Rebellen. Stattdessen hielt ich ihm einen Teller unter die Nase. »Frühstück?« Endlich nahm er den Arm von seinen Augen.

Sie waren gerötet, als würde er gegen die Tränen kämpfen. Ich versuchte es so diskret zu ignorieren, wie ich konnte, und hob das Brot vom Teller, um es ihm unter die Nase zu halten. Langsam reckte er sich und biss ab, machte sich aber nicht die Mühe, sein Essen selbst zu halten. »Baby«, murmelte ich leise, nahm demonstrativ seine Hand und drückte es ihm hinein. Mir selbst hatte ich das Brot mit Frischkäse beschmiert, Tomaten drauf gelegt und Kräuter drüber gestreut, aber genauso gut hätte ich den Matsch von den Straßen der Unterstadt lecken können. Es schmeckte nach nichts.

Nachdem wir beide fertig waren, stellte ich die Teller auf meinen Nachttisch und verschränkte die Hände in meinem Schoß. Shawn lag immer noch auf dem Rücken und beobachtete mich, bis er irgendwann nach meiner Hand griff und mit meinen Fingern spielte.

»Weißt du was? Es ist spät. Lass uns hier liegen bleiben und morgen gehen wir in die Tanzschule. Das wird uns ablenken.«

»Und was ist mit Claire.« fragte ich leise.

»Ich denke nicht, dass wir dauernd in ihr Zimmer schneien sollten, vor allem wenn sie nicht mal wach ist. Gehen wir sie übermorgen besuchen. Dann fragen wir auch wieder nach deiner Mum.«

Ich seufzte. Den letzten Satz ließ ich wie ungehört verklingen. Es behagte mir nicht, mich mit Shawn zu amüsieren. Unwillkürlich fragte ich mich, ob Claire gerne getanzt hatte. Es schnürte mir die Kehle zu, daran zu denken.

Eine weiche Hand legte sich um mein Kinn und hob meinen Kopf an. Shawn war näher gekommen und sah mir besorgt in die Augen. »Hey, Claire schafft das. Und sie ging bis jetzt mit allem, was ihr widerfahren ist, gefasst um. Und sie hat einige Scheiße hinter sich.« Er lachte humorlos auf. »Also zerbrich dir nicht weiter deinen hübschen Kopf. Wir lenken uns ab, das haben wir verdient.«

Nach einer kurzen Weile nickte ich schließlich. Zwar widerstrebte es mir,

Claire aus meinen Gedanken zu verbannen, andere aus meinen Gedanken zu verbannen, die mein Andenken verdient hatten. Doch der Virus hatte schon zu viele Opfer gefordert. Bald hatte ich alle vergessen.

Shawn und ich verbrachten den Rest des Tages damit, dass wir uns an das Klavier setzten und gemeinsam versuchten Lieder zu spielen. Dabei übernahm jeder von uns eine Hand, aber wir merkten schnell, dass wir uns gegenseitig aus der Konzentration rissen. Manchmal konnten wir sogar darüber kichern, aber Claires Schicksal lag trotzdem noch wie ein Schleier über uns.

Am Abend unterwies ich Shawn in meinen Kochkünsten. Er war wirklich hoffnungslos ungeschickt. Wie konnte ein Mann, der aus hundert Meter Entfernung einem beweglichen Objekt sauber in den Kopf schießen konnte, nicht auf seine eigenen Finger aufpassen, wenn er ein Küchenmesser hielt? Mehrere Pflaster fielen ihm zum Opfer und als das Gemüse endlich geschnitten war, glichen seine Finger schon kleinen Mumien. Kurz erlaubte er sich einen Scherz und kam mit erhobenen Händen schlurfend und stöhnend auf mich zu gewankt, doch als er merkte, wie sehr mich das verängstigte, hörte er sofort auf und nahm mich beruhigend in den Arm.

Wir aßen gemächlich und Shawn bot mir augenblicklich an den Abwasch als Dank zu übernehmen. Danach erneuerte ich ihm seine Pflaster, die sich mit dem Waschwasser vollgesogen hatten und von seinen Fingern rutschten. Normalerweise würde niemand einen Aufstand deswegen machen. Doch in unserer Zeit war die Chance auf eine Infizierung zu hoch.

Obwohl wir die meiste Zeit des Tages geschlafen hatten, versanken wir in unseren Träumen, sobald wir das Kissen berührten. Ich wachte erneut vor Shawn auf, dankenswerterweise war mein Schlaf ereignislos geblieben. Shawn hatte nicht so viel Glück, seine Stirn war von tiefen Falten zerfurcht, die auch nicht verschwanden, als er mich im Bad abwechselte. Nachdem er geduscht war, sein T-Shirt herrlich an seinem Oberkörper klebte und ihm die Strähnen in die Augen hingen, hatte ich noch immer nicht alle Knoten in meinen Haaren entwirrt.

Shawn holte so lange etwas Obst zu uns hoch und reichte mir einen Apfel, den ich zwischendurch aß. Er knackte frisch und erfüllte mein Zimmer mit einem sauren Geruch.

»Wann wollen wir heute los?«, fragte Shawn, während er eine Traube in seinen Mund warf. Ich schmunzelte. »Keine Ahnung, das letzte Mal bin ich einfach spontan hingegangen.«

»Du warst schon dort?«

»Mir war langweilig.«

»Das ist unfair«, beschwerte er sich. »Jetzt hast du einen Vorsprung.«

»Den hätte ich ehrlich gesagt so oder so. Ich kann nämlich tanzen«, erwiderte ich stolz und flocht mir endlich die Haare.

»Na toll. Aber wenigstens habe ich dann eine Begleitung, die nicht nur hübsch, sondern auch talentiert ist.«

Wir scherzten noch bis nur noch das Wasser des gewaschenen Obstes in der Schüssel übriggeblieben war, dann machten wir uns auf den Weg. Wie sich herausstellte, konnte man in den Wochen vor dem Ball täglich zum Kurs dazu stoßen.

Shawn war nicht der einzige Neuankömmling und so machte die drahtige Lehrerin mit der Haut, die ihr wie eine fleischfarbene Kette vom Hals hing, zuerst die Basisschritte vor. Zuerst zeigte sie den Männern ihre Schritte und so nahm ich Abstand, um mir meine eigenen wieder ins Gedächtnis zu rufen. Als ich aufsah, erkannte ich Shawn, der die kleine Frau überfordert im Arm hielt, während sie ihn immer und immer wieder korrigierte.

Danach übergab sie ihn an mich. »Meinst du wir bekommen das hin?«, fragte ich, immer noch ein Lachen unterdrückend.

»Bestimmt«, versprach er. Und er brach es auch nicht. Sobald die Musik einsetzte, zog er mich sanft näher, ich stand nahe genug, um meine Brust gegen seine zu lehnen, erhob mich trotz meiner Absätze langsam auf die Zehenspitzen. Shawn hielt mich fest, ließ mich kein einziges Mal wanken. Er tanzte, wie er lebte. Unerschütterlich, fürsorglich, vorsichtig. Es war, als würde ich, als seine Partnerin, ihn zur Perfektion antreiben können.

Und dennoch. Als ich aufsah und die anderen Paare bemerkte, die so unbeschwert herumwirbelten, lachten, sich küssten, oder in den Pausen in Grüppchen zusammenfanden, merkte ich wieder, wie ausgestoßen wir waren. Es hatte etwas Ironisches an sich, dass gerade Shawn und ich hier waren und versuchten uns in eine Gesellschaft einzugliedern, die nicht mehr zu uns passte.

Shawn und ich verbrachten den kompletten Nachmittag in der Tanzschule, unterbrachen den Unterricht nur kurz, um uns etwas zu Essen zu kaufen.

Danach setzten wir uns auf eine Terrasse und überblickten die Stadt von oben. Leider hatte Shawn meine Höhenangst vergessen und während er sich ans Geländer lehnte, blieb ich so nahe an der Terrassentür, wie ich konnte. »Jetzt komm endlich da weg!«, flehte ich ihn schließlich an, als er sich auf das Geländer setzen wollte. Überrascht sprang er weg und strich sich eine Entschuldigung brummend durch die Haare.

Am Ende des Tages hatten wir die Schritte einigermaßen drauf, doch um perfekt zu sein, müssten wir wesentlich mehr üben. Dabei waren es nur noch zwei Wochen. Vielleicht konnten wir an der Mauer üben. Sofort flammte in mir das Bild auf, wie Shawn und ich in unseren schwarzen Anzügen umher wirbelten. Ein raubtierhaftes Publikum wäre unsere Kulisse, Klagen unsere Musik.

Ich wechselte gerade von meinen hohen Schuhen in die bequemen Ballerinas, die ich so gerne trug, als Shawn zu mir zurückkam und mir meine Tasche abnahm. »Du bist mein Held. Mir tun so die Zehen weh, ich werde die nächsten Tage kaum laufen können«, jammerte ich. Mir brannten noch immer die Sohlen. Lachend nahm Shawn meine Hand und legte sie in seine Armbeuge, um mich wie eine alte Dame zu stützen. »Ich meine das ernst«, begann ich von Neuem. »Ich fühle mich, als wäre ich auf Nadeln gelaufen.«

»Ich habe dich doch fast über das Parkett getragen, dir dürfte also nichts weh tun.«

»Meine Füße müssen trotzdem immer schön gestreckt sein«, machte ich weiter, aber mein Grinsen verriet mich. Shawn musste sich mein Gejammer noch auf dem Heimweg anhören. Irgendwann packte er mich und warf mich über seine Schulter. Meine Haare peitschten mir über den Kopf, doch Shawn ignorierte meinen neuen Protest. Erst vor meiner Tür setzte er mich lachend wieder ab.

Ich bürstete mir lediglich den Staub aus der Spitze des Zopfes, ehe ich meine Haare öffnete. Gemeinsam aßen wir und kuschelten uns in mein großes Bett.

Shawn schlang seine Arme um mich und mir blieb nichts anderes übrig, als meine Wange auf seiner Brust zu betten. Es lag nichts Romantisches in diesem Beisammensein. Es war tröstlich. Während ich Shawns Körperwärme genoss, verschwand aus ihm die Leichtigkeit des Tages. Verwundert sah ich auf und musterte sein Profil. Er kaute auf seiner Unterlippe. Dieser weichen, sanften Haut.

»Woran denkst du?«, fragte ich leise und versuchte noch näher an ihn heranzurücken. Instinktiv zog er seinen Arm fester um mich. »An Claire«, murmelte er. Claire. An sie hatte ich heute nicht mehr gedacht. Bald würde sie zu sich kommen und über ihren Zustand erfahren. Ich wünschte ihr, das würde noch eine ganze Weile dauern.

»Es ist schrecklich, was mit ihr passiert ist.«

»Und vielleicht wird sie dennoch sterben.«

Ich stockte. Langsam setzte ich mich auf und sah zu ihm hinab. »Wie meinst du das? Ihr Blut ist rein und wenn sie Hilfe bekommt, wird sie vielleicht wieder laufen können. Sie könnte einen angenehmeren Job finden. Und wenn nicht, kann sie Geld von mir haben, ich habe genügend, ich könnte so vielen damit helfen.« Ich konnte nicht verhindern, dass ich weinerlich klang. Der Gedanke, ihr beim Dahinsiechen zusehen zu müssen machte mich wahnsinnig.

Shawn rang mit sich. Ich sah, wie seine Kiefer arbeiteten. Er wirkte, als müsse er die Worte sorgfältig durchkauen, prüfen, wie sie beim Aussprechen schmecken würden.

»Es hat mit dem zu tun, was wir dir nie sagen konnten. Wir Wächter sind Leute, die sich etwas zu Schulden haben kommen lassen. Wenn in der Oberstadt jemand ein Delikt begeht, muss auch er bestraft werden. In der Unterstadt ist das einfach, derjenige wird hinausgeschickt und dem Hungertod überlassen. Aber was wird mit Oberstädtern gemacht? Würde man sie in die Unterstadt abstufen, so könnten sie verraten, wie wohlhabend wir sind. Das würde zu Aufruhr führen. Zu Beginn schickten wir sie auch noch raus. Doch …«, er stockte. Das tiefe Meer seiner Augen fixierte mich, »mein Vater wollte mich nicht genauso verurteilen. Ich habe etwas getan, was in seinen Augen schlecht war und er hatte mich zu verurteilen. Mich und eine größere Menge der Oberstadt. So erschuf er das Amt der Wächter. Wir sollten gebrochen werden, durch psychische Qualen, wir sollten ruhig gestellt werden und auch diejenigen, die mit uns sympathisieren sind durch uns gewarnt. Dich haben sie wahrscheinlich auserkoren, weil du die Chance hattest, einen Aufstand anzuzetteln.«

»Mich?«, hauchte ich verblüfft. »Wieso ich? Ich kann gar nichts ausrichten.«

»Du bist stark genug gewesen. Du hattest noch Hoffnung. Du hättest ein

Vorbild sein können. Und du kanntest Leute, denen es genauso gut erging wie dir, die kräftig genug waren und klug genug, um die Ungerechtigkeit zu erkennen. Die anderen wären dir gefolgt.« Ich stockte. Hatte er Recht? Ich konnte mir nicht vorstellen, das Oberhaupt einer Rebellion zu sein, niemals. Das war Wills Ding. Will. Mein Bruder hätte das geschafft. Er war schon immer ein Rebell, bis zum Schluss. Er hatte die Oberstadt bestohlen und das wiederholt. Vielleicht hatte Harrison geglaubt, in mir würde derselbe Kampfgeist stecken. Oder er erinnerte sich noch an mich von der Anhörung. Egal wie, es war wohl ein kluger Schachzug. Nun würde ich sicherlich nicht mehr aufbegehren, das Leben meiner Mutter hing von meinem Betragen ab. Das hatte er so gewollt, so geplant.

»Was hast du angestellt?«, fragte ich vorsichtig, aber er schüttelte nur den Kopf und wechselte das Thema. Frustration keimte in mir auf. Warum öffnete er sich mir nicht? War sein Verbrechen wirklich so schlimm? Ich kannte ihn gut genug, um zu wissen, dass es nicht so war.

»Wächter brauchen etwas in der Stadt, das sie verlieren können. Claire hat alles verloren. Es ist sicherlich nur eine Frage der Zeit, bis mein Vater sie hinaus schicken wird, obwohl er weiß, wie gern ich sie habe.«

Mein Herz zog sich zusammen. Ich konnte es vor mir sehen, die hinkende, gebrochene Claire. Sie würde zusammenbrechen, ehe die Infizierten sie erreichten, würde zerrissen werden, bis nur noch Metall übrig war. Die Infizierten, die wohlmöglich jahrelang unter ihrer Wache standen, würden sie bezwingen, sie würde verschwinden. Für immer.

Und irgendwo in meinem Unterbewusstsein fragte ich mich, was Shawn den Antrieb gegeben hatte weiterzumachen.

Kapitel 34.

Sie war wach, als wir zu ihr ins Zimmer kamen. Claire starrte an die Decke. Ihr Gesicht war verschont geblieben, dennoch zeichneten sich die Spuren ihres Leides darauf ab. Dunkle Ringe lagen unter ihren trüben Augen, sie wirkte, als wüsste sie bereits, dass sie trotz ihres Kampfes nicht leben dürfte.

Es hinterließ einen bitteren Nachgeschmack zu wissen, einer Todgeweihten gegenüberzutreten. Ich sammelte mich, krampfte meine Hände zu Fäusten. Sie durfte mir nicht anmerken, dass ich es wusste. Dies sollte für sie nicht wie ein Abschied wirken.

Shawn und ich standen noch eine Weile unschlüssig in der Tür, ehe wir zu ihr traten. Sie drehte den Kopf nicht, zeigte uns nicht, ob sie uns wahrnahm. Erst als sie kräftig durchatmete, wusste ich, dass sie sich für uns wappnete. Ich hatte mir versprochen sie nicht zu bemitleiden und diese Reaktion, dieses Sammeln der Kräfte, bestätigte mich nur in meinem Vorhaben. Shawn hob vorsichtig zwei Stühle von dem kleinen Tisch in der Ecke an und stellte sie an ihr Bett. Mir stellten sich die Nackenhaare auf, als ich das viel zu laute Scharren der Stuhlbeine vernahm. So viel dazu, Claire nicht wie ein rohes Ei zu behandeln.

Wir setzten uns und schwiegen. Die Stille lastete schwer auf uns. Jetzt wollte ich am liebsten selbst die Stuhlbeine über den Boden schieben. Irgendwann, als es zu bedrückend wurde, ergriff Shawn ihre verbliebene Hand. Claire verzog nur kurz die Mundwinkel, beschwerte sich aber nicht.

»Keine Angst« murmelte er. Seine Stimme war kehlig und rau, aber nicht auf die gute Art, so, wie sie wurde, wenn er mich küssen wollte. Kummer schwang in ihr mit.

»Ich habe keine Angst.«

Ihre hingegen war fest und klar. Als wäre sie zu Besuch am Krankenlager. Es ließ mich Hoffnung schöpfen. Sie war eine Kämpferin. Und auch ohne Arm und mit lahmem Bein würde sie allem trotzen. Wenn man sie nur gewähren ließe.

Shawn ließ den Kopf hängen, seine roten Strähnen verbargen kurz seine Augen, seine Gefühle vor uns. Als er aufsah, fixierte er seine Freundin mit festem Blick. »Ich meine damit, dass du hierbleiben wirst. Ich lasse dich nicht gehen. Du findest eine Arbeit, ich weiß es. Du bist wertvoll.«

Endlich drehte sie den Kopf. Shawns Worte hatten nichts an ihrem regungslosen Ausdruck geändert. »Und wenn ich wieder in diese Stadt muss.«

Shawns Knöchel knackten. »Das wirst du nicht. Wo ist deine Vernunft hin, Claire?« Sie antwortete nicht darauf. Aber Shawn wollte das Thema noch nicht ruhen lassen. »Mein Vater wird dir dein Haus nehmen wollen.«

Ein Zucken des Augenwinkels. »Ich werde bei Alice unterkommen können. Dann kann ich ihr Haus sauber halten, wenn sie unterwegs ist.«

»Du kannst auch gerne bei mir wohnen«, meldete ich mich mit piepsiger Stimme zu Wort. Claires Augen funkelten mich kurz dankbar an. Es beflügelte mein Herz.

»Auch wenn ich dir eine Last wäre?« fragte sie mich. Ich schüttelte den Kopf so schnell, dass mir die Haare um den Körper flogen. »Du wärst niemals eine Last. Du kannst alles meistern, das weiß ich.«

»Wenigstens eine, die an mich glaubt. Alice ist auch davon überzeugt, mich sterben zu sehen. Aber ich habe die gottverdammte Apokalypse überlebt, ich habe den Tod überlebt. Mein Arm und mein Bein sind nur ein weiteres Hindernis auf meinem Weg. Danke, Vika.«

»Du verstehst den Ernst der Lage nicht«, fing Shawn an, aber Claire unterbrach ihn forsch.

»Und wenn er mich rausschmeißt, ist es eben so. Aber behandle mich nicht, als wäre dies mein Totenbett.«

Shawn verzog den Mund, seine Kiefer arbeiteten angespannt. Ich befürchtete schon er würde einen Streit anfangen. Ein kleiner, wimmernder Laut entwich mir. Beide sahen mich an. Langsam entspannte Shawn seine Muskeln und hauchte seine Frustration aus. »Wir werden sehen, was die Zukunft bringt«, beendete er die Diskussion.

Wir wollten noch den ganzen Tag bleiben, doch als Doktor Lewis sie untersuchte und uns auf den Gang schickte informierte er uns darüber, dass er ihr ein starkes Schmerzmittel verabreichen würde. Tatsächlich, nachdem der Arzt gegangen war, realisierte Claire keine unserer Fragen mehr. Als sie begann von dem Angriff zu reden, von den vielen Leibern, die sie zu Boden drückten, von dem einstürzenden Geröll, dem Gefühl, nicht mehr atmen zu können, prickelte Furcht über meinen Körper. Shawn packte mich und zog mich aus dem Raum. Dankbar ließ ich mich ziehen. Allein hätte ich es nicht geschafft.

Shawn dirigierte mich die nächsten Wochen. Ich war in meiner eigenen Welt gefangen und dankbar für seine Stütze. Er verbrachte jeden Tag bei mir, trieb mich morgens zum Training an, besuchte mit mir nachmittags Claire und assistierte mir abends beim Kochen. Niemanden sonst hätte ich mir in diesen Momenten an meine Seite gewünscht.

Nur am letzten Tag ließen wir unsere Routine sausen und blieben bei Claire. Shawn hatte mich darum gebeten und ich wusste, obwohl ich nicht nachgefragt hatte, dass er sich von ihr verabschieden wollte. Abends, als er mich im Bett sanft an seine Brust gezogen und seinen warmen Atem in meine Haare gehaucht hatte, hatte er mir verraten, wie sie Claire wohl töten würden. Sie würden ihr eine Überdosis eines Narkosemittels geben, sie einschläfern wie ein Tier. Wenn wir sie wiedersehen würden, stand die Wahrscheinlichkeit sehr hoch, dass wir ihre Leiche über die Mauer werfen mussten.

Shawn übernahm das Fahren, ohne dass ich ihn fragen musste und dafür war ich sehr dankbar. Die vergangene Nacht hatte ich keinen Schlaf finden können, zu erfüllt waren meine Gedanken an die kämpfende, sterbende Claire.

Während unserer Schicht schwiegen wir. Es war befremdlich. Die vergangene Woche hatten wir jede Sekunde gemeinsam verbracht. Ich konnte ihn nicht mehr von meiner Seite denken. Ich hatte damit gerechnet, er würde mich sofort küssen, sobald wir dort waren. Seines Wissens nach stand nur sein Vater zwischen uns. Aber er tat es nicht.

Irgendwann streckte er sich, ich hörte seine Knochen knacken, als er sie überdehnte. »Ich mache Pause, ja? Schaffst du es alleine?«

»Natürlich.« Ich lächelte ihm durch die verdunkelten Visiere zu. Er erwiderte es, obwohl wir beide wussten, dass weder Seines noch Meines echt war.

Sobald Shawn verschwunden war, genügte mir nur ein Blick über die Schulter, um zu wissen, dass ich allein war. Völlig allein. Ilias ließ sich meine komplette Wache über nicht blicken und ich verfluchte und sehnte mich gleichzeitig nach ihm. Er wäre mein Lichtblick gewesen. Und gleichzeitig auch die Dunkelheit, die drohte mich mitzureißen, bis ich mich selbst verlor.

Wütend kickte ich Asche und Dreck vor mir her, scharrte wie ein ungeduldiges Pferd. Diese lähmende Hilflosigkeit durfte nicht für immer anhalten. Ich war nicht diejenige, die das entschied.

Als Shawn zurück kam, hatte ich eine breite Kuhle ausgehoben und die Ränder platt getreten. Er sagte nichts dazu, aber ich merkte, wie er mich beobachtete. Seine Sorge konnte ich fast schmecken.

Mein Schlafmangel, meine Angst, meine Einsamkeit machten mich gereizt. Bevor ich Shawn anfahren konnte, er solle bitte strenger mit mir ins Gericht gehen, packte ich schnell meine Sachen und fuhr zu meiner Pause. Ich schlief gut, ohne einen Traum und wachte, noch eine Stunde bevor unsere gemeinsame Schicht begann, wieder auf. Ich wollte die Zeit nutzen mich frisch zu machen und Shawn etwas zu Essen mitzubringen. Als Entschuldigung für das, was ich nicht gesagt, aber gedacht hatte.

Ich badete kalt, das Wasser stach wie Nadeln, meine Zähne klapperten und ich versuchte so schnell wie möglich meine Mähne einzuschäumen und wieder auszuwaschen. Meine Luxuswanne hatte mich in der kurzen Zeit definitiv verwöhnt.

Meine Haare trockneten an der Luft, nachdem ich mich angezogen hatte und Shawn und mir Sandwiches zubereitete.

Shawn sah mich verwundert an, als ich ohne Helm und mit nassen Haaren und geröteten Wangen aus dem Wagen ausstieg.

»Alles okay? Wenn du mehr Zeit gebraucht hättest, hättest du sie dir gerne nehmen können, nicht dass du dich erkältest«, sagte er. Ich konnte die Besorgnis in seiner Stimme hören. Erneut. »Nein, ich hätte dir nicht Bescheid geben können und du hättest dir Sorgen gemacht, das wollte ich nicht.«

Er grinste schief. »Na gut, du kennst mich. Aber trotzdem kannst du dir gerne eine halbe Stunde länger Zeit nehmen, um dich um deine Wolle zu kümmern.«

»Meine bitte was?« Wir kicherten beide.

Shawn nahm den Helm ab und seine Augen begannen zu strahlen, als er das Sandwich sah. Wir setzten uns zusammen auf den Boden und aßen. Endlich fühlte es sich wieder richtig an. Der dunkle Schatten war von uns gewichen.

Nachdem wir gegessen hatten, wandten wir uns wieder unserer Aufgabe zu. Aber nicht ganz. Ich hatte mir eine Bürste und Zopfgummis eingepackt und widmete mich nun meiner Wolle. Die Arbeit für meine Hände beruhigte mich, gab mir einen kleinen Sinn in meiner Sisyphusarbeit. Nachdem ich meine Haare entknotet und wieder geflochten hatte, steckte ich mir den immer noch nassen Zopf in den Kragen. Ich erschauderte, weil mir ein paar kalte Tropfen zwischen den Schulterblättern den Rücken hinunter perlten. Shawn brachte das zum Lachen und ich strafte ihn mit einem bösen Blick.

»Was hast du auch so lange Haare«, rechtfertigte er sich. Er kicherte leise weiter, sagte aber nichts mehr und wir hielten schweigend unsere Wache.

So verging die Woche und ich fühlte mich von Minute zu Minute beruhigter. Claire war uns noch nicht gebracht worden. Das war ein gutes Zeichen.

Doch dann brach meine letzte Schicht an. Shawn war schon eine Weile weg, als ich eine Bewegung hinter mir spürte. Ich wirbelte herum und hielt meine Waffe schussbereit. Ich hatte geübt, ich würde es schaffen. Doch als mich die kristallblauen Augen fixierten, senkte ich meine Arme sofort wieder.

»Ilias«, hauchte ich. Ich befestigte die Pistole wieder an meinem Gürtel und ging zu ihm. Er stand ein wenig vom Zaun entfernt und beobachtete mich. Seine Haltung wirkte verkrampft, als müsse er etwas in ihm unterdrücken, was nicht zutage treten durfte. Aber genau das zog mich an wie Licht die Motten. Er war aufregend, mystisch und gefährlich. Und ich das Lamm, das dem Löwen bereitwillig ins Maul spazierte, nur um ihm nahe zu sein.

Ich stolperte zum Gitter, lehnte mich dagegen, wollte ihn berühren, ihm endlich ohne Hindernisse entgegentreten. Gleichzeitig vergaß ich, wie sauer ich wegen Claire auf ihn sein musste. Als würde er nur mit seinen eisigen Blicken mein Herz kontrollieren.

Ich umschlang die Stäbe ohne Furcht, lehnte mein Gesicht so nah heran, dass ich das Eisen riechen konnte. Doch Ilias blieb, wo er war. Er teilte meine Wünsche nicht.

»Können wir unseren Streit vergessen?«, flehte ich. »Du hast Claire nicht angegriffen, das weiß ich, und du bist niemandem verpflichtet zu helfen. Aber du wirst wieder lernen, was Nächstenliebe bedeutet.« Ein Zucken ging durch seine Gestalt und ich glaubte zu sehen, wie sich für eine Sekunde ungläubig seine Augen weiteten.

»Ich werde es wieder lernen?«, fragte er mich. Seine Schultern spannten sich an, nahmen eine drohende Haltung an. Er kam mir so viel größer vor.

Ich schluckte. Sein Unterton war so eisig wie seine Augen. Gar nicht gut. Mein Herz schlug schneller. Er bereitete mir Angst. Und doch glaubte ich ihn verletzt zu haben mit dem, was ich gesagt hatte. War das überhaupt möglich?

Ich wollte mich bei ihm entschuldigen, ich war zu unsensibel gewesen. Doch gerade als ich den Mund öffnete, wurde mir bewusst, dass ich meine Worte nicht rechtfertigen musste. Wie wollte ich aus Ilias einen vernünftigen Menschen machen, wenn ich ihm nicht vorlebte, wie ein Mensch funktionierte?

Ich schluckte und straffte meinen Rücken. »Ich meinte das nicht, um dich zu verletzen. Ich möchte dir helfen. Man muss nicht abwägen, wer nützlich erscheinen kann, so sollte man niemals denken. Jedes Leben ist wichtig und schützenswert.«

»Belehrst du mich?« Seine Augenbrauen zogen sich zusammen und warfen dunkle Schatten auf seine Augen.

»Nein! Also ja, eigentlich schon, aber das ist nicht böse gemeint.«

»Niemand belehrt mich«, grollte er. Ein animalisches Knurren. Ein Infiziertenknurren.

»Ilias, warum bist du nur so? Ich will dich nicht ärgern, wir können voneinander lernen. Und du hättest Claire retten können, sie wird wegen ihren Verletzungen vermutlich sterben. Dir hätten die Infizierten kaum etwas anhaben können. Du bist einer von ihnen.«

Er schwieg. Seine Lippen waren so verbissen, dass ich nur noch feine Striche in seinem Gesicht erkannte. Ich schien es schlimmer zu machen.

»Ilias, bitte. Ich will dich nicht beleidigen. Du könntest unsere Rettung sein.«

»Und wieso sollte ich das wollen? Bin ich dein Haustier? Befreist du mich erst, wenn ich fertig dressiert bin?«

»Ich dressiere dich nicht!«, rief ich empört.

»Doch. Das tust du.«

Plötzlich schoss er vor, packte meine Hände und drückte die Nägel in meinem Handrücken, als würde er mich mit Klauen fixieren. Das Eisen drückte gegen meine Handfläche, doch er ließ mich nicht los. Stattdessen lehnte er sich zu mir vor, bis sich unsere jeweilige Stirn fast berührte. Ich unterdrückte ein Wimmern. Meine Augen brannten.

»Ich wollte nie …«, begann ich, aber er unterbrach mich.

»Bin ich für dich nur ein Hund? Willst du mich dazu abrichten deinen Job zu machen?«

»Nein!«, rief ich und versuchte mich aus seinem Griff zu befreien. Aber er grub seine Nägel nur fester in meine Haut.

»Was dann? Was bin ich dann für dich? Wenn ich nicht dein Haustier bin, dann bin ich wohl dein Sklave. Ich darf in deiner Nähe bleiben, bekomme kleine Belohnungen von dir, wenn ich dich rette, doch anstelle mich mit Ehrgefühl und Respekt zu behandeln, zeigst du mir die kalte Schulter, wenn ein anderer winkt.«

»Hör auf!«, schrie ich und wand mich.

Es war mir egal, ob unser Geschrei Infizierte anlockte. Die Panik vernebelte mir die Sinne. Ich hatte nur Angst vor dem einen Infizierten, der direkt vor mir stand. Dessen Krankheit mich vollkommen ohne Gewalt befallen hatte. Ich zog an meinen Händen und die Tränen brachen sich ihren Weg. Schluchzend zog ich, mein Atem kam nur noch stoßweise.

»Was bin ich für dich?«, verlangte Ilias noch einmal zu wissen, während sich seine tiefe Stimme bei jedem Wort weiter zu einem Grollen verzerrte, bis es dem Geheul der Infizierten glich.

»Lass mich gehen«, flehte ich.

Sein Griff wurde fester, er zog mich enger zu sich, während Hass in seinen grellen Augen loderte.

»Du gehörst mir.«

Ich schüttelte den Kopf, krallte mich in seine Finger, wollte sie von mir lösen, schaffte es nicht. Ich spürte, wie das angestaute Blut in meiner Hand pochte.

Die Lippen von Ilias hatten sich geöffnet, um seine Zähne zu zeigen. Sein Gebiss war kaum merklich schärfer als das eines normalen Menschen, doch in diesem Moment wirkte es tödlich. Er ragte über mir auf wie ein Schatten, hüllte mich in seiner Präsenz ein. Wäre das Gitter nicht, so wäre ich erbarmungslos seinem Willen ausgesetzt.

»Ich gehöre niemandem«, traute ich mich zu sagen. Die Mauer war ein schützender Wall zwischen uns. »Erst recht nicht jemandem, der willkürlich entscheidet, wen er rettet. Du hättest Claire beschützen können!«

»Menschen interessieren mich nicht. Und wenn sie gefressen werden, haben sie noch einen Dienst erledigt.«

Ich schluckte. Die Kälte breitete sich von meinem Handgelenk über meinen Arm hin bis zu meinem Herzen aus.

»M–Monster ...«, hauchte ich.

Plötzlich fiel ich nach hinten. Ich landete auf meinem Steiß und schlug mit dem Kopf auf dem Boden auf. Ein Stöhnen entrang sich meinen Lippen und ich blieb für ein paar Augenblicke liegen. Mein Herz stolperte immer noch. Ich musste es festhalten, bevor es zerbrach.

Als ich mich endlich erheben konnte, drehte sich alles vor meinen Augen. Mein Kopf pochte, meine Sicht verschwamm.

Ich war allein.

Kapitel 35.

Als Shawn zurückkam, saß ich noch immer auf dem Boden. Mein Helm lag achtlos neben mir. Ich fühlte mich wie im Delirium, hörte seine Fragen, spürte seine Hände an meinen Schultern, meinen Wangen. Er schüttelte mich kurz, aber ich konnte nur ein Wimmern von mir geben. Mein Kopf pochte so sehr. Mein Herz vermisste ihn.

Shawn zog mich von den Gitterstäben weg. Dumpf meinte ich zu hören, wie er mir sagte, ich solle hierbleiben, bis wir abgelöst würden.

Also wartete ich. Ich saß neben dem Wagen, gefangen in meinen eigenen Gedanken. In meinen Erinnerungen an Ilias weiße Augen, an die Wut, die Kälte, die er verströmte. Wie er mich anschrie ich solle ihm sagen, was ich in ihm sah.

Monster hatte ich gesagt und in dem Moment wirklich so empfunden. Ich fühlte mich so hoffnungslos.

Unsere Schicht endete bald, Shawn kam zu mir und wischte mir Tränen und Asche von den Wangen. Ich hatte gar nicht gewusst, dass ich wieder geweint hatte.

Ob er erraten hatte, was geschehen war, ob er an Ilias, den sonderbaren Infizierten dachte, verrieten seine Augen mir nicht. Aber nachdem er mich vorsichtig hochgehoben und auf den Beifahrersitz gelegt hatte, stand er noch eine Weile da und musterte mit verkrampften Händen die Stadt. Ich versuchte mich anzuschnallen und weckte ihn damit aus seiner Trance. Er beugte sich zu mir hinab, half meinen zitternden Fingern den Gurt zu halten. Sobald ich fertig war, stemmte er seine Hände links und rechts neben mir auf den Sitz und sah mich an. Ich erkannte Besorgnis in seinem Blick. Und Kummer. Er versuchte zu lächeln, aber es gelang ihm nicht. Genauso wenig wie mir, aber wir bemühten uns. In einer Welt aus Lügen war ein falsches Lächeln auch nur ein weiterer Versuch zu täuschen.

Vorsichtig beugte er sich zu mir vor und gab mir einen zärtlichen Kuss auf die Stirn. Er schloss die Tür und fuhr zurück zur Hütte.

Alice und Mar kamen vor uns an. Es war merkwürdig, den Mann mit den blauen Haaren anstelle der großen Dame zu sehen, die uns sonst empfing. Er hatte seinen Helm nicht auf, sodass ich seinen verbissenen Ausdruck sehen konnte. Schweigend schleppte er die Kisten in die Hütte und lehnte sich mehr steif als lässig in den Türrahmen, als wir ausstiegen.

Alice hingegen kam auf uns zu und lächelte uns an, auch wenn ihre Augen nicht mitlachten. Erst als sie mein verschmiertes, verheultes Gesicht sah, legte sie ihre Maske ab und nahm mich sofort in die Arme. »Alles in Ordnung?«, fragte sie und ich spürte, wie ihre Hände vorsichtig meinen Rücken abtasteten, aber nicht als würde sie mich trösten wollen. Sie suchte nach Verletzungen. Als sie meinen Steiß berührte, zischte ich leise und sie riss ihr Auge erschrocken auf. »Ich bin gestürzt«, besänftigte ich sie und Shawn schnell. Dieser war erschrocken nähergekommen.

»Dabei bin ich auf dem Po gelandet, mehr ist es nicht. Das hört bestimmt bald auf weh zu tun.«

»Oh, hoffentlich«, rief Alice aus und strich sich die Haare unter dem Band ihrer Augenklappe weg. »Immerhin ist diese Woche doch der Ball und ihr wollt sicherlich Spaß haben.« Am liebsten hätte ich sie ausgelacht. Zumindest wenn mir danach zumute gewesen wäre. Der Ball war das letzte, worüber ich mir gerade den Kopf zerbrach.

»Ich werde mich schon um sie kümmern, keine Sorge«, versuchte Shawn sie zu beschwichtigen und begann wieder unser Gepäck zu verladen.

»Aber medizinisch gesehen, ja?«, witzelte seine Freundin und drohte ihm gespielt mit dem Finger.

»Für was für einen Kerl hältst du mich denn, ich bin entsetzt.« Betroffen legte er sich die Hand auf die Brust, doch als er zu mir sah bemerkte ich, dass seine Traurigkeit kein bisschen gespielt war. Ich fühlte mich schlecht, Shawn erneut allein gelassen zu haben, doch seine Augen verboten mir mich zu entschuldigen. Als ich einen Schritt auf ihn zutreten wollte, rutschte Alice dazwischen und nahm mich fest in den Arm.

»Ich sehe, du ringst mit dir. Aber du wirst das schaffen, ich weiß das. Du bist so viel mehr, als du denkst. Auf dass du wohlbehalten zurückkommst«, flüsterte sie mir zu und strich mir diesmal liebevoll und nicht forschend über den Rücken. Ich ließ mich in ihre Umarmung sinken, ließ sie einen Teil meiner Last von meinen Schultern heben.

Obwohl ich immer davon ausging, niemals mit ihr befreundet sein zu können, da wir uns so selten sahen, war dies der Augenblick, in dem mir klar wurde, wie wenig das bedeutete. Alice war meine Freundin, genauso wie Claire. Leid verband. Zusammen konnten wir es in etwas Gutes verwandeln.

Etwas weniger traurig löste ich mich von ihr und wandte mich an Mar. Er hingegen machte keinerlei Anstalten, auf mich zu zukommen. Ich versuchte ihn zu verabschieden, doch er winkte nur ab und verschwand mit einer Entschuldigung in der Hütte.

Seufzend und mit den Achseln zuckend, um Alice und Shawn meine Ratlosigkeit zu demonstrieren, drehte ich mich zu den beiden um. Sie umarmten sich gerade, zwei Freunde, die so gut gepasst hätten. Wenn es mich nicht gäbe. Oder Samuel, versuchte ich mein schlechtes Gewissen zu beruhigen. Ja, Samuel und ich waren das böse Gift für diese beiden reinen Seelen.

»Bis dann«, rief uns Alice noch zu, nachdem sie Shawn losgelassen hatte und winkte uns. Wir erwiderten die Geste und stiegen in unseren Wagen.

Als wir endlich wieder hinter der schützenden Mauer waren und unsere weiße Kleidung trugen, legte Shawn den Arm um mich. Er stützte mich auf dem Weg zu meiner Villa, wärmte mich. Auch die Stufen folgte er mir hinauf und lehnte sich gegen eine der protzigen Säulen, um mich in Ruhe betrachten zu können. Ich kam nicht umhin zu bemerken, wie einfühlsam er war. Er wahrte den Abstand, den ich brauchte und fing mich auf, wenn ich auch nur drohte zu fallen. Er war so anders als Ilias. Theoretisch war er der perfekte Mann für mich, warum konnte mein dummes Herz nicht einsehen, was mein Gehirn wusste?

Shawns Augen wanderten umher, wichen mir aus, suchten am Horizont einen Faden, an dem er sich entlang hangeln konnte. Nachdem es keinen Flecken mehr gab, den er noch mustern konnte, trat er zu mir, schloss die Augen und lehnte seine Stirn gegen Meine.

»Es tut mir leid, was auch immer dir passiert ist. Ich hoffe, es war nicht allzu schlimm.«

»Es war Nichts.«

Es war Alles. Ich hatte alles verdorben.

»Du sollst nur wissen, dass ich immer bei dir bin. Und wenn du nur jemanden zum Reden brauchst. Oder zum Heulen. Oder zum Küche putzen, nachdem du gekocht hast.« Sein Mundwinkel zuckte.

»Das weiß ich doch. Ich werde damit fertig.«

Er lächelte leicht. Endlich öffneten sich seine Augen. Ich ertrank in einem ruhigen, sanften Ozean. Ich wollte mich verlieren.

»Also wegen dem Ball«, riss er mich aus meinen Gedanken und ich musste blinzeln, um wieder zu mir zu kommen. »Ja?«

»Ich hole dich um Acht ab«, sagte er hastig. Wir lächelten beide.

»Okay, ich werde fertig sein. Ich habe eine Stylistin, weißt du?«

»Die hättest du nicht gebraucht, du bist auch so schön genug.« Diesmal schaffte er sein schiefes Grinsen und seine Wangen röteten sich. Er gab mir zum Abschied einen Kuss auf die Wange, dann sprang er die Stufen hinab und verschwand, nur sein braunes Haar, das durch den Kuss der Sonne rot flimmerte, hob sich vom reinen Weiß der Stadt ab.

Ich ging in mein Haus und sobald die Tür hinter mir zuschlug, ließ ich mich schluchzend auf den Boden sinken.

Diane kam am Morgen des Balles bei mir vorbei, einen großen, weißen Beutel über dem Arm ausgebreitet, aus dem die Spitze eines Kleiderbügels ragte. In der anderen Hand trug sie eine Art Koffer. In dem Sack war ihr Kleid, so viel stand fest. Was sie im Koffer hatte, würde sich noch herausstellen.

»Guten Morgen, Vika«, flötete sie und schob sich an mir vorbei, noch bevor ich die Tür komplett geöffnet hatte. Sie hüpfte fast ins Wohnzimmer, legte ihr Kleid vorsichtig über die Rückenlehne des Sofas und drehte sich schwungvoll zu mir um.

»Charles kommt auch gleich und hat den Rest dabei. Ich habe mir gedacht, wir beide verwöhnen uns erst noch, bevor es an die Frisuren geht.«

Sie ließ mir kaum Zeit zu protestieren. Wir liefen in die Küche, holten uns ein wenig Obst und gingen hoch. Nachdem wir beide in Badekleidung gewechselt hatten, genossen wir ein ausführliches Schaumbad. Leider wusch es nur den Schlaf von mir, aber nicht meine Schuldgefühle. Diane ließ sich von meiner bedrückten Miene nicht die Stimmung verderben. Sie plapperte drauf los, erzählte mir von den anderen Bällen, die sie mit Charles besucht hatte. Vieles konnte ich mir nicht merken, teilweise, weil sie von skandalösen

Auftritten von Personen sprach, die ich nicht kannte. Abgesehen von den Wächtern kannte ich nur eine Handvoll Leute.

»Jedenfalls waren wir komplett überrascht«, fasste sie gerade den Monolog zusammen, als wir das Becken verließen. »Wer ist schon schwanger und bemerkt es nicht? Im vierten Monat, ich dachte immer so was sei Comedy-Show-Material.«

»Wenn man gestresst ist, kann das schon passieren«, warf ich ein, aber sie winkte lachend ab.

Kinder. Ein Thema, über das ich nie nachgedacht hatte. Ich beobachtete Diane, die kleine, kindliche Frau, die mir eine Freundin geworden war. Wäre dies eine normale Welt, wäre es nie dazu gekommen. Aber die Apokalypse machte uns alle gleich. Zumindest sollte sie.

Und dennoch hatte ich Ilias vorgeworfen ein Monster zu sein. Und ich demnach sein Opfer.

Die trüben Gedanken drückten auf meine Stimmung, die sich erst wieder hob, als mich Diane rüber in mein Zimmer zog und mein Kleid bewunderte. Auf der Stange an der Flügeltür meines Schrankes hing das hellblaue Kleid mit dem fließenden Stoff. Gerade als ich es mir über den Arm gehängt und ein besonderes Schmuckschächtelchen hervorgeholt hatte, klopfte es unten und wir ließen Charles rein.

Auch er hatte einen Koffer dabei, dazu eine Stoffrolle. Über der Schulter trug er einen wesentlich dünneren Kleiderbeutel für seinen Anzug. Er lud alles auf dem kleinen Tisch ab und ließ sich in einen Sessel fallen. Diane entrollte sofort die Stoffrolle und enthüllte damit eine Reihe unterschiedlicher Pinsel. Staunend bewunderte ich die kleinen Schätze, die sie auspackte, die Bürsten, die komplett rund waren, verschiedene Haarsprays, Haarfärbemittel, Klammern, Haarnadeln, einen elektronischen Stab, den sie Glätteisen nannte, Kämme, Lockenwickler und noch viel mehr.

»Also? Wie möchtest du deine Haare haben?«

»Meine Haare?«, fragte ich verwirrt. Sie überforderte mich. Was sollte ich mit meinen Haaren schon groß anstellen können?

»Ja«, riss mich Diane aus meinen Gedanken. »Ich werde weder Schneiden noch Färben, keine Angst. Aber wenn du dich schon fein machst, dann richtig. Vielleicht stecke ich sie hoch und locke die Spitzen, das sähe bestimmt schön aus. Mit deinem Toga-ähnlichen Kleid könntest du aussehen wie eine griechische Göttin. Oder waren das die Römer? Charlie?«

»Beide Antik«, brummte dieser nur und verschränkte die Hände über seinem Bauch. »Naja egal, lass mich einfach machen.«

Es dauerte drei Stunden meine Haare zu machen, aber als ich die Frisur im Spiegel sah, war ich überwältigt. Ich sah wirklich aus wie eine Göttin. Diane hatte mehr Volumen in die Haare gebracht und mit chemisch riechendem Haarspray an meinen Kopf geklebt. Die Strähnen waren nach hinten gekämmt und zu einem hohen Zopf zusammengebunden. Den Gummi hatte sie mit einer broschengleichen Klammer versteckt, deren gestanzten Blätter und Ranken bei jeder Bewegung funkelten. In der Mitte der silbernen Ornamente war ein großer, blauer Stein eingefasst. Der Rest meines voluminösen Zopfes hatte zuerst herunter gehangen, doch meine Stylistin hatte mit dem Lockenstab Korkenzieherlocken hinein gedreht, die bei jeder Bewegung fröhlich auf meinen Schultern wippten. Zu guter Letzt zog Diane an jeder meiner Schläfen eine Strähne aus meiner Frisur und zwirbelte sie so, dass sie mein Gesicht umrahmten.

Selbst in meiner weißen, weiten Hose und dem Top fühlte ich mich wunderschön, als ich mich im Spiegel sah.

Diane brauchte dank ihrer kurzen Haare nicht einmal ein Drittel meiner Zeit. Sie hatte sich die Haare frisch gewaschen und zwischendurch Lockenwickler reingedreht, sodass sie nun ihr herzförmiges Gesicht umrahmten.

»Was beneide ich dich um deine langen Haare«, sagte sie, als sie zu mir vor den Spiegel trat und diese nach vorne über meine Schulter schob. »Wenn du auch nur eine Kleinigkeit an deinem Aussehen veränderst, fliegst du raus. Nein, dann sperre ich dich ein, bis du wieder schön aussiehst.« Wir lachten. Diane wurde rot, hüpfte zu ihrem Mann und küsste ihn kurz zum Dank. Dieser grummelte nur und während wir begannen uns zu schminken, plünderte er meinen Kühlschrank.

Diane übernahm wieder die Regie, trug mir Make-Up auf, tuschte meine Wimpern, bemalte meine Augenlider mit einem sanften Silber, die Lippen in einem blassen Rosa. Zum Schluss zog sie mir einen Lidstrich, der mich noch mehr wie eine antike Figur aussehen ließ.

»Du siehst so hübsch aus wie eine Nymphe«, komplimentierte sie mir, sobald sie fertig war. Bei ihr selbst trug sie wesentlich mehr Farbe auf, was perfekt mit ihren pechschwarzen Haaren harmonierte. Sie wirkte dramatisch mit den dunkel geschminkten Augen und dem perfekten Kussmund, aber man erkannte immer noch sie selbst. Als Charles ihr sagte sie würde wie ein Bond-Girl aussehen, lachte sie glücklich und küsste ihn erneut. Ich wusste nicht, was das bedeutete, freute mich aber für sie.

Bis es halb acht war, saßen wir beisammen, Diane und ich versuchten zu naschen, ohne unser Make-Up zu ruinieren, während Charles, ständig einwerfend, wie kompliziert Frauen doch waren, genüsslich zulangte.

Als es endlich Zeit war, verschwand Charles im Bad, um seinen Anzug anzuziehen. Dadurch gab er uns die Möglichkeit, in unsere Kleider zu schlüpfen. Passend zu der roten Fliege, die ich kurz zuvor auf Charles Arm gesehen hatte, hatte Diane sich ein rotes Kleid mit herzförmigem Ausschnitt rausgesucht. Es war trägerlos, eng und zusätzlich mit einem tiefen Rückenausschnitt. Kleine Pailletten waren darauf genäht und schillerten im Licht wie das Schuppenkleid eines Drachen. Die kleine Frau musste dank der Korsage die Luft anhalten, als ich den Reißverschluss schloss, doch sobald das Kleid saß, bauschte sich der Rock um ihre Beine und entblößte einen gewagten Beinschlitz. Nachdem sie ihren Schmuck angelegt hatte, half sie auch mir in mein Gewand.

Überwältigt von dem kühlen Gefühl auf meiner Haut stolperte ich noch ohne Schuhe zum Spiegel und besah mich. Ein mythisches Wesen starrte mir entgegen, umhüllt von einem Glanz, den diese Welt schon lange vergessen hatte. An seine Seite trat eine ebenso bildhübsche Frau, geschmückt mit Kostbarkeiten, die ein ganzes Volk sättigen könnten. Nichts verdeutlichte mir so stark, wie sehr sich die Bewohner der Oberstadt selbst belogen, wie diese beiden Wesen im Spiegel. Diane und ich sahen teuer aus, luxuriös, nichts wies darauf hin, dass wir gegen Untote kämpfen mussten.

Charles, nun gekleidet in Schwarz, was seine breite Brust perfekt betonte, gesellte sich zu uns und schlang sofort die Arme um seine Frau. Sie kicherte und protestierte, als er sie küssen wollte, da ihr Lippenstift färben könnte. Charles brummte, hob die zierliche Diane hoch und drückte ihr auf beide Wangen und die Stirn laut schmatzende Küsse. Diane kicherte und wischte sich gespielt angeekelt über das Gesicht. »Jetzt muss ich nochmal von vorne beginnen«, beklagte sie sich lachend.

Neid durchspülte mich. Das wollte ich auch, genau das. Mich Hals über Kopf in den einen verlieben und für immer bei ihm bleiben.

Erst das Klopfen an der Tür erinnerte die beiden daran, dass sie nicht alleine waren. Ich öffnete und vor mir stand Shawn. Er trug ebenfalls einen schwarzen Anzug, seine kobaltblaue Krawatte passte perfekt zu meinem Kleid. Als er mich sah, wurden seine Augen groß und mondrund.

»Vika«, hauchte er. Seine Sprachlosigkeit brachte mich zum Lächeln. Sie beflügelte mich. Verspielt drehte ich mich hin und her, bis mein Saum um mich herum wirbelte, und stellte die Hüften aus. »Gefällt es dir?«

»Zieh nie wieder was anderes an«, murmelte er.

Ich kicherte. Langsam glitten seine Augen an mir entlang. Als er wieder bei meinem Gesicht angelangt war spürte ich das Blut in meinen Wangen. Sein Blick wurde weich und er zupfte leicht an einer meiner losen Haarsträhnen. Unwillkürlich trat ich einen Schritt näher.

»Du siehst so atemberaubend aus. Ich habe das Gefühl, das hier würdest du gar nicht brauchen.« Erst da bemerkte ich das silberne Kästchen in seiner Hand. Er öffnete es vorsichtig und zeigte mir den schönsten Schmuck, den ich jemals gesehen hatte.

Zwei große, leuchtend blaue Ohrclips lagen auf silbernem Samt, umrahmt von einer silbernen Kette. Kleine Ranken lösten sich von der dünnen Kette ab, verliefen aufeinander zu und umfassten einen genauso blauen Stein, wie im Ohrschmuck. Erst nach wenigen Sekunden bemerkte ich, dass es keine Ranken waren, sondern Federn. Filigrane, gespreizte Federn eines Schwanes mit einer blauen Brust.

»Oh Shawn, das hättest du nicht tun müssen, er war sicherlich teuer.«

»Ich weiß, aber ich wollte ihn an dir sehen.«

»Danke«, hauchte ich und nahm ehrfurchtsvoll das Kästchen entgegen. Shawn half mir beim Anlegen der Kette und als ich das leichte Metall auf der Haut fühlte, traute ich mich kaum noch zu atmen aus Angst ich könnte sein Geschenk zerstören.

Charles und Diane traten zu uns und Diane bemerkte sofort das Geschenk. Während wir die Stufen hinunter und den Weg entlang zu der Kutsche gingen, die uns zum Ball bringen würde, stolzierte sie rückwärts vor mir her, um mich bewundern zu können. Ihr Mann musste ihr dabei eine Hand auf den Rücken legen und verhindern, dass sie umfiel.

In der Kutsche ließ ich mich neben Shawn nieder. Er nahm meine Hand und verschränkte unsere Finger, legte sie auf seinen Oberschenkel. Diane redete ununterbrochen, aber ich hörte ihr nicht zu. Ich war in meiner eigenen Blase. Dieses Bild vor mir wollte ich in mir konservieren. Drei Menschen, die mir alles bedeuteten, waren bei mir. Wir würden einen wunderschönen Abend haben, kein schlechter Gedanke durfte mich ereilen. Oder meine neue Familie. Shawn drückte meine Finger und ich sah zu ihm auf. Seine sanften Augen funkelten vor Freude.

Die Kutsche fuhr uns ohne Probleme zu dem größten Haus, mitten im Zentrum. Es wirkte eher wie ein riesiger Tempel, wie es dort auf dem großen Platz thronte. Vier riesige Säulen hielten das Vordach, der dreieckige Giebel war mit Reitern in langen Gewändern geschmückt. Die großen Türen, deren Höhe nur sechs Männer, einer auf den Schultern des anderen, erreichen konnten, waren weit offen und Leute gingen aus und ein.

Die Männer waren in einfachen Farben gehalten, schwarze, graue und ab und zu blaue Anzüge in einem Farbenmeer aus bunten Kleidern. Die Frauen schillerten wie ein Schwarm Fische, kein Kleid glich dem anderen, jedes übertrumpfte das nächste. Es gab große Röcke, enge Röcke, kurze und lange. Manche Frauen waren von oben bis unten geschmückt und konnten sich kaum bewegen, andere waren schlicht gekleidet und trugen nur eine aufwendige Frisur als Blickfang. Eine von ihnen hatte so übertrieben, dass sie in dem rosaweißen Felltraum wirkte wie eine gigantische Torte.

Shawn musste mich unterfassen und vorsichtig mit sich ziehen, so abgelenkt war ich von diesem Anblick. Als er mich durch die Tür geleitet hatte, begann das Staunen erneut.

Diane hatte nicht übertrieben, als sie mir zuvor vom Ball erzählt hatte. Der Raum war erleuchtet von Kerzen an den Wänden und drei Kronleuchter aus echtem Glas hingen an der Decke. Das Licht brach sich an den Kristallketten und zauberte Regenbögen auf die hellen Wände. Die Decke selbst war bemalt mit Wolken, einem harmonischen Abbild dessen, was uns draußen hätte erwarten sollen. Ich ließ den Blick schweifen, das warme Licht im Raum ließ die Ornamente auf dem marmornen Boden verschwimmen.

Ich hätte dort ohnehin nicht viel erkennen können, zu viele Menschen tummelten sich auf der Tanzfläche, wirbelten herum, ließen ihre Röcke fliegen. Der Raum war von einem Summen erfüllt von den leise murmelnden Stimmen. Am Rande des Raumes, vor den gewaltigen Fenstern mit den schweren, roten Vorhängen, standen Tische und Stühle in Gruppen und eine weitere lange Tischreihe, auf der ein Büfett angerichtet war. Selbst von hier lief mir das Wasser im Munde zusammen.

Doch mir blieb keine Zeit, die Mahlzeiten zu inspizieren, Shawn zog mich sofort zur Tanzfläche, drehte mich kurz und schlang dann seinen Arm um meine Taille. Es rührte mich, wie enthusiastisch er war, und obwohl wir keine Zeit mehr gefunden hatten zu üben, gefährdete er die Füße der anderen nicht. Diane und Charles waren bereits verschwunden, nur ab und zu erhaschte man den weißen Haarschopf in der Menge.

Shawns warmen Arme zogen mich enger an ihn, er hob mich beinahe hoch und wirbelte mit mir über die Tanzfläche. Ich spürte, wie wir Eins mit der Musik wurden, wie alles um uns herum verschwand. Das Stimmengewirr wurde immer leiser, verstummte. Es gab nur noch Shawn und mich, ich sah nur ihn, hörte nur seinen Atem, spürte nur seine Hände.

Wir tanzten pausenlos, die schnellen und die langsamen Lieder, probierten Figuren aus, schlangen die Arme fest umeinander und drehten uns einfach, oder wippten eng aneinander geschmiegt von einem Bein auf das andere. Hier konnte ich alles vergessen. Hier gab es keine Infizierten, hier gab es keine Armut, keinen Hunger, keine Angst. Nur Glück. Ich war dem Ball in die Falle gegangen, aber es war mir gleich.

Erst als mir die Füße schmerzten hörten wir auf. Es mussten Stunden vergangen sein, aber es fühlte sich an wie Sekunden. Ich wollte zurück. Nie wieder durfte mich dieses euphorische Gefühl verlassen, nie wieder durfte ich ohne Shawn, mein Leben, sein.

Er führte mich zu einem Tisch und zog mir einen Stuhl zurück. Nachdem ich mich gesetzt hatte, eilte er zum Büfett und holte uns etwas zu essen.

»Das sah ja richtig beeindruckend aus.« Ich zuckte erschrocken zusammen und drehte mich auf dem Stuhl herum. Es war mir gar nicht aufgefallen, wie Charles und Diane zu uns gekommen waren, dabei saßen sie bereits am Tisch. Oder hatte ich sie nicht bemerkt, als ich mich gesetzt hatte? Verlegen strich ich mir die losen Strähnen hinter die Ohren. Diane grinste über das ganze Gesicht. Charles hingegen fixierte wieder sein Essen vor ihm.

»Danke«, sagte ich verlegen und war froh, als Shawn zu meiner Unterstützung zurückkam. Er trug zwei Gläser Wasser und einen vollen Teller in der anderen Hand. Den Teller stellte er zwischen uns und wir bedienten uns zusammen. Mein Glas leerte ich in einem Zug. Ich war völlig außer Atem.

Dianes Blick spürte ich die ganze Zeit auf uns. Sie wartete nur darauf, dass Shawn und ich uns niedlich benahmen, das merkte ich an ihrer gespannt nach vorne gebeugten Haltung.

Irgendwann, Shawn, Diane und ich unterhielten uns bereits angeregt, setzte die Musik aus. Die Gespräche um uns herum brachen ab und als ich aufblickte, entdeckte ich Shawns Vater auf der Tanzfläche. In der Hand hielt er ein Kristallglas, in dem Sekt vor sich hin sprudelte.

»Ich freue mich«, begann er und seine Stimme war laut genug, um den kompletten Saal zu füllen, »mit Euch feiern zu können, dass unsere Stadt nun glorreiche zehn Jahre Bestand hat. Unsere Gesellschaft ist gewachsen, so strahlend und schön, wie noch nie. Als Euer Präsident kann ich euch mit gutem Gewissen versprechen, dass dies nicht abbrechen wird. Wir haben eine große Zukunft vor uns, zu der jeder von Ihnen beiträgt. Auf weitere Errungenschaften und ein neues, produktives Jahr.«

Verwirrt sah ich zu Shawn und stupste ihn an. Er löste seinen Blick von seinem Vater und hob fragend eine Augenbraue. »Was soll der Quatsch?«

»Was meinst du?«

»Wovon redet er? Welche Errungenschaften, welche Produktivität? Warum erwähnt er die Infizierten nicht?«

»Weil sie niemals erwähnt werden.«

»Aber ich dachte das hier wäre die Jahresfeier zur Gründung dieser Stadt. Und gegründet wurde sie wegen der Infizierten.«

Shawn seufzte. »Das stimmt, aber trotzdem erwähnen wir sie nicht. Wir erwähnen sie nie vor einer großen Menge.«

Seufzend ließ ich mich zurücksinken. Es hatte keinen Sinn. Dem Rest der Rede hörte ich nicht zu. Vor allem als ich kurz von Lewis medizinischen Erfolgen hörte, konnte ich nicht mehr folgen. Ich hatte meine Mutter monatelang nicht mehr zu Gesicht bekommen.

»Und zu Guter Letzt bleibt mir nichts anderes übrig als uns weiter diese Zusammenarbeit zu wünschen. Ich danke Euch. Esst und trinkt, tanzt und feiert das Bestehen unserer wunderbaren Stadt.« Harrison erhob sein Glas und prostete in den Raum. Viele Gäste taten es ihm gleich und tranken gleichzeitig mit ihm. Ich bemerkte, dass Diane, Charles und Shawn es nicht taten. Auch mein Glas blieb auf dem Tisch.

Den Rest des Abends saßen wir zusammen, Diane und ich jammerten über unsere engen Schuhe, bis die Männer uns ablenkten. Obwohl Shawn und Diane sich förmlich überwarfen mit ihrer guten Laune war sie mir vergangen. Jack Harrisons Rede hatte mich wütend und traurig zugleich gemacht. Wäre ich an seiner Stelle gewesen, hätte ich mich an die verlorenen Seelen erinnern wollen. Wollte er nicht an seinen toten Sohn denken?

Irgendwann griff Shawn nach meiner Hand und zog mich von meinem Platz. »Was machst du da?«, fragte ich ihn, während er mich wieder auf die Tanzfläche zog. Er drehte mich mehrmals, bis mein Rock meine Beine hinaufkroch, dann zog er mich zu sich und tanzte erneut mit mir. Die Musik war schnell und wir mussten uns konzentrieren, um in den Rhythmus zu kommen. Er hatte wohl absichtlich dieses Lied gewählt. Eine gute Taktik. Shawn war so wunderbar.

Irgendwann wurden die Lieder wieder langsamer und ich schlang die Arme um seinen Hals. Er hielt mich an den Hüften fest und wir wiegten uns langsam von einem Bein auf das andere. Er lehnte seine Stirn an meine. Nun bestand meine Welt nur noch aus Grün, umrahmt von weichen Wimpern.

»Vika«, hauchte er meinen Namen. Ich mochte es, wie kostbar mein Name aus seinem Munde klang. Ich wünschte Ilias würde ihn auch so aussprechen.

»Ja?«

»Ich weiß, ich sollte dir Zeit geben. Ich will dich auch nicht bedrängen. Aber du entgleitest mir, nicht wahr?«

»Ich entgleite dir?«

Sein Blick wurde traurig und er umfasste mich fester. »Ja. Irgendwas steht zwischen uns und langsam glaube ich nicht mehr, dass es mein Vater ist. Habe ich nicht die Wahrheit verdient? Habe ich überhaupt jemals eine Chance bei dir gehabt?«

»Shawn, ich …«

»Das schuldest du mir«, unterbrach er mich.

Jetzt war er also gekommen. Der Moment, in dem ich mich entscheiden musste. Und er hatte Recht. Ich war es ihm schuldig. Aber konnte ich mich entscheiden?

»Ich bin hin und her gerissen. Ich mag dich, ich mag dich wirklich sehr, keiner steht mir so nahe wie du. Aber dann muss ich immer wieder an Ilias denken.«

»Wer ist Ilias?«

Mir gefror das Blut in den Adern. Hatte ich wirklich nicht aufgepasst und Ilias Namen erwähnt? Was sollte ich jetzt machen? Am liebsten wäre ich davon gelaufen und hätte gewartet, bis Shawn das Thema von selbst vergessen hatte, aber wusste, dass es nun kein Zurück mehr gab. Nur eine zweite Apokalypse konnte ihn das vergessen lassen. Aber wenn ich jemandem von Ilias erzählen konnte, dann ihm. Würde er mich verurteilen? Shawn gegenüber wollte ich keine Ausrede benutzen. Er verdiente die Wahrheit. Und ich wusste, er würde die Ausmaße begreifen können.

»Du erinnerst dich doch an den Infizierten, der anders war, anders als die anderen. Der mir das Leben rettete. Irgendwann kam er zu mir und hat mit mir gesprochen. Wir haben viel geredet. Aber er ist nicht menschlich, das habe ich letzte Woche schmerzlich erfahren müssen.«

Fassungslos starrte er mich an. Nun musste ich ihn führen, sonst wäre er einfach stehen geblieben.

»Deswegen warst du so neben der Spur.«

»Ja. Wir hatten einen Streit. Es war furchterregend. Er ist ein Infizierter, daran kann ich nichts ändern. Aber vergessen kann ich ihn auch nicht.«

»Also bist du in ihn verliebt?«

Ich schwieg. War ich das? Oder war ich in Shawn verliebt? Mit wem wollte ich mein Leben verbringen?

Wir waren stehen geblieben, um uns herum drehten und wirbelten die Paare, aber für uns beide stand die Welt in diesem Moment, dem Moment der Wahrheit, still. Erst wenn ich meine Entscheidung getroffen hatte, würde sie sich wieder drehen. Aber hatten wir dann dasselbe Tempo?

Ich war hin und her gerissen, mein Magen begann sich zu verknoten, mir war so schlecht. Gerne hätte ich mich herausgeredet, alles beendet, aber das war nicht fair.

Ich schloss die Augen, wollte mein Bauchgefühl entscheiden lassen, doch Charles unterbrach mich im entscheidenden Moment. Ich wollte erleichtert zusammensacken. Er legte uns beiden die Hände auf die Schultern und schob uns von der Tanzfläche. Das Thema war damit verschoben, aber Shawns bohrender Blick erinnerte mich daran, dass er es nicht vergessen würde.

»Geht zu Diane. Ihr werdet anscheinend gebracht«, murmelte er, als er sich zu uns hinab beugte. Shawn und ich wechselten einen verwirrten Blick, gingen seiner Aufforderung aber nach. Neben Diane stand Samuel. Er trug seine Grenzer-Uniform. Anscheinend war er im Dienst, aber was machte er dann hier?

»Was ist los?«, fragte Shawn.

»Nicht hier drinnen. Kommt mit raus. Alle drei«, sagte er kurz angebunden. Diane, Shawn und ich folgten ihm und ein ungutes Gefühl machte sich in meinem Bauch breit. Wozu mussten drei Wächter anwesend sein? Was gab es so dringend zu besprechen?

Sobald wir vor der Tür standen, konnte Shawn es nicht mehr aushalten. »Also? Was ist los?«

»Die Infizierten. Sie sind ausgebrochen.«

Wir waren wie in Trance. Ich spürte nichts, als wir, noch in unserer Abendgarderobe, zum Aufzug rannten, der uns hoch zur Mauer brachte. Nicht die Kälte, nicht meine Füße, nicht die Höhenangst. Es gab eine neue, viel Schlimmere.

Mit einem Ruck hielt der Aufzug an und wir standen oben auf der Spitze. Die restlichen Grenzer hatten sich dort versammelt und zielten hinab auf die andere Seite. Manche feuerten, doch andere waren wie gelähmt.

Shawn stolperte sofort zum Rand und da er als einziger keinen Helm trug erkannte ich sofort, wie ihm jede Farbe aus dem Gesicht wich. Seine Augen waren schreckgeweitet und seine Beine zitterten, als würde er jeden Moment zusammenbrechen. Ich musste es selbst sehen.

Langsam tastete ich mich auf meinen hohen Absätzen näher heran und spähte hinunter. Was ich dort sah, entsprang meinen schlimmsten Albträumen.

Hunderte, tausende von Infizierten lungerten unter der Mauer, sie türmten sich auf, rannten übereinander hinweg und versuchten die Spitze, uns zu erreichen. Andere bildeten eine Traube um etwas, warfen es hin und her und kreischten so laut, dass mir die Zähne von dem schrillen Geräusch weh taten.

Metallisches Rumpeln drang zu uns, dann das Splittern von Glas. Erst jetzt bemerkte ich, was die Infizierten umringt hatten. Es war der Wagen, mit dem Alice und Mar unterwegs gewesen waren.

Ein markerschütternder Schrei drang zu uns durch, als die Infizierten versuchten in das Wageninnere zu gelangen.

Alice.

Sie war dort drinnen. Sie würden sie töten!

Der Schock lähmte mich, ich würde meiner Freundin nicht helfen können, nur hier oben stehen, ein entfernter Zuschauer, während sie ihr Leben aushauchen würde, bis etwas Neues, Widerwärtiges ihren Körper besetzen würde.

Plötzlich hielten die Monster inne, sie rührten sich nicht, schrien nicht. Diejenigen, die unsere Mauer eben noch erklimmen wollten ließen ab und krochen zurück zum Wagen.

Ein einzelner Infizierter kletterte behände auf das Dach, riss das Loch im Metall noch weiter auf, als wäre sie nur aus Papier und griff hinein. Er zog die strampelnde Alice heraus, selbst von meiner Position aus konnte ich das Blut sehen, mit dem sie überströmt war. Es blieb kein Zweifel daran, was Mar zugestoßen war. Vielleicht rannte er schon in wenigen Stunden mit der Meute und walzte den letzten Rest unserer Welt in Grund und Boden.

Der Infizierte hatte die Wächterin fest an den Haaren gepackt, sein schwarzer Mantel wehte leicht im Wind, genauso wie sein pechschwarzes, langes Haar.

Ilias hielt die freie Hand ausgestreckt, als könnte er so seine Artgenossen von sich fernhalten. Nein. Als würde er ihnen befehlen fortzubleiben. Und sie hielten den Abstand, lauerten, geiferten, gehorchten aber ihrem Meister. Denn das war Ilias wirklich. Keine Rettung für die Menschheit. Er war ihr Ende.

Er sah zu uns auf und auch wenn ich seine Augen nicht erkennen konnte, wusste ich, dass er nur zu mir sah. Er starrte mich an, er wollte sich vergewissern, dass ich alles sah, dass ich wusste, was er tun würde. Es war meine Strafe, daran blieb kein Zweifel.

Dann zog er Alice zu sich und schlug seine Zähne in ihren Hals.

Epilog

Er schmeckte ihr warmes Blut, spürte, wie es ihn befriedigte. Seine scharfen Zähne waren mühelos durch ihre Haut gedrungen und er musste sich beherrschen, um ihr nicht das Fleisch aus dem Hals zu reißen. Nein, er wollte sie so unversehrt wie möglich haben, eine Artgenossin, eine Intelligente. Eine Verständnisvolle.

Zwar wäre es ihm lieber gewesen, wenn Vika ihren Platz eingenommen hätte, aber er würde die Furcht in ihrem Blick nicht vergeben. Ihr Herz war schwach, es konnte sich nicht zwischen ihm und dem Braunhaarigen entscheiden. Für sie war er ein Monster, obwohl sie ihn zuerst vom Gegenteil überzeugen wollte. Menschen. Wie wankelmütig sie doch waren.

Widerwillig löste er seinen Kiefer von dem Hals der einäugigen Frau, die langsam in seinen Armen erschlaffte, während das heiße Blut aus ihrer Wunde quoll. Zu seinen Füßen kreischten seine Hunde, sein Gefolge, erhofften sich ein paar Spritzer der köstlichen Flüssigkeit.

Obwohl die Frau noch nicht transformiert war, spürte er schon jetzt, dass sie wie er werden würde. Sein Plan ging auf. Zusammen mit ihr würde er seine Armee leiten können, die Menschen unterwerfen, die ihn eingesperrt hatten, für die er nicht einmal ein Haustier war. Nur wertloser Abfall, ein Monster, Abschaum!

Ein wütendes Fauchen brannte in seiner Kehle. Wut. So viel Wut.

Er würde die Menschen lehren ihn zu fürchten, ihn zu respektieren. Ihre Herrschaftszeit war vorbei. Sie wussten es genauso gut wie er, die Infizierten waren die Zukunft. Niemand war davor sicher.

Erneut sah er hinauf und erblickte das Mädchen im blauen Kleid. Ihre langen Haare wehten hinter ihrer elfengleichen Silhouette. Sie wäre eine wundervolle Partnerin geworden.

Ilias hatte sie wirklich gemocht, mochte sie noch immer, wollte sie, begehrte sie mit jeder Faser seines brennenden Verstandes. Er hätte viel für sie getan, er hatte nur dank ihr zu sich selbst zurückgefunden. Aber sie stand nun neben dem grünäugigen Teufel, seinem Peiniger, seit so vielen Wochen. Und vielleicht schon länger.

Nein, Ilias ließ sich nicht gerne berauben. Eifersucht hatte sein Innerstes zerfressen. Er würde seine Rache bekommen. Er würde dem Mädchen mit den rehbraunen Augen zeigen, was für eine Bestie in ihm schlummerte.

Er würde sie niederzwingen und dafür nicht einen Finger krumm machen müssen. Genauso wie er den Mann durch seine tausend Leiber hatte in Stücke reißen können. Er und die einäugige Frau waren kein Hindernis für ihn gewesen. Die Infizierten folgten ihm nur zu gern. Die Einäugige war schneller gewesen, aber niemand entkam ihm. Ein gewisses Mädchen hatte dafür gesorgt, ihm seine Intelligenz zurückzugeben. Er war der Kopf geworden, das Gehirn der Meute. Sie waren die Kraft, sie waren die Furcht und er ihr Lenker.

Dank Vika hatte er erforscht, was wirklich in ihm steckte. Ein Anführer. Er würde seine Armee der Leichen dazu befehligen, diese Mauer genauso einzureißen wie das eiserne Tor, hinter dem er den Betrug seiner Liebsten erfahren hatte.

Und hier stand er nun, den toten, warmen Körper zu seinen Füßen und erahnte in ihm die Veränderung.

Vika stand oben auf der Mauer, neben dem Jungen, der Ilias seines Eigentums beraubt hatte.

Ilias grinste zu ihnen hinauf.

Ja, seine Rache würde über sie hinein brechen, wie ein Sturm.

Fortsetzung folgt …

Danksagung

Süße siebzehn war ich, als ich endlich feststellte, dass Horrorfilme nicht mein Metier sind. Meine Angst vor Zombies wuchs und raubte mir nachts den Schlaf, bis ich irgendwann begann Szenen, die sich in meinem Kopf abspielten und mich gefangen hielten, aufzuschreiben. Langsam setzten sie sich zu einem Bild zusammen und die Stadt der Toten entstand. Ich hätte nicht zu träumen gewagt, dass das Manuskript, das mich nun so lange begleitet, endlich in die Welt hinaus darf.

Mein erster Dank gilt hier dem wunderbaren Wreaders Verlag, der mir diese Chance ermöglicht hat. Danke, dass ihr an mein Buch geglaubt und ihm Flügel geschenkt habt. Danke an meine Lektorin Melli, die mir half die ganzen Hürden zu nehmen, vor allem die des Selbstzweifels. Du hast jede kritische Frage gestellt, die meine Geschichte hören musste und warst rund um die Uhr erreichbar, das ist nicht selbstverständlich. Danke! Und auch an meine Grafikern Miriam. Ich habe dich geflutet mit Ideen, die alle nicht zusammengepasst haben, und dennoch hast du ein stimmiges und wundervolles Cover gezaubert. Ich bin immer noch sprachlos, was für Mühen du auf dich genommen hast und Stadt der Toten hat trotz der schlimmen Inhalte ein wirklich atemberaubendes Kleid bekommen.

Danke an meine Freunde, die immer zum Hypen bereit sind und mich unterstützten, selbst dann, wenn ich nicht mehr an mich glaubte. Danke! Vor allem dir, Ollo, eine bessere Unterstützung kann ich mir nicht wünschen.

Danke an meinen Vater, der akribisch mein Manuskript durchgelesen und nach Fehlern gesucht hat, auch wenn es ihn verunsicherte, was da so aus dem Kopf seiner Tochter blubberte.

Und danke, Mama. Dies ist die letzte Geschichte, die du von mir gelesen hast. Du kennst das Ende nicht, aber du wusstest, dass ich tausend Zombies bekämpft hätte, um dich zu retten. Ich liebe dich.

Mein letzter Dank gebührt dir, lieber Leser. Danke, dass du mein Buch in die Hand genommen hast. Stadt der Toten war lange Zeit mein Herzensprojekt und nun zu wissen, dass es in Bücherregalen von fremden Personen stehen darf, ist ein unglaubliches Gefühl. Danke.

Triggerwarnung

Dieses Buch beinhaltet Themen wie Tod, Mord, Gewalt physischer und psychischer Art, Depressionen und Suizidgedanken, sowie Horrorelemente, Beschreibung von Leichen und Entstellungen.